Su Turhan
Anstich

PIPER

Zu diesem Buch

Kaum ist Anstich, ist die Wiesn auch schon wieder vorbei. Es herrscht Katerstimmung auf der Münchner Theresienwiese – zumal die Schausteller und Budenbesitzer bei den Aufräumarbeiten einen schier unfassbaren Fund machen. Drei Leichen in einem Müllhaufen. Zeki Demirbilek alias Kommissar Pascha muss sein Romantikwochenende in Istanbul abbrechen, denn einer der Toten hat nicht nur dem Augenschein nach ausländische Wurzeln. Doch ohne Oktoberfest-Experten Kommissar Pius Leipold läuft auf bayerischem Hoheitsgebiet nichts. Als Leipold nach der Befragung einer Tatverdächtigen spurlos verschwindet, geht Zeki zwischen verwaisten Bierzelten und skelettierten Fahrgeschäften selbst auf Spurensuche. Mit leidenschaftlicher Gründlichkeit und dem ein oder anderen Weizen rückt der bekennende Münchner Türke dem Verbrechen zu Leibe.

1968 verschlägt es den in Istanbul geborenen *Su Turhan* von der Bosporusmetropole ins niederbayerische Straubing. Nach dem Studium der Neuen Deutschen Literaturwissenschaft an der LMU München beginnt er Drehbücher zu schreiben und arbeitet als Regisseur, u. a. für sein Liebesdrama »Ayla«, das internationale Publikumspreise erhielt. Mit »Kommissar Pascha: Ein Fall für Zeki Demirbilek« gab Turhan sein Debüt als Kriminalautor. Er lebt mit seiner Familie in München.

Su Turhan

ANSTICH

Ein Fall für Kommissar Pascha

PIPER
München Berlin Zürich

Mehr über unsere Autoren und Bücher:
www.piper.de
Aktuelle Neuigkeiten finden Sie auch auf Facebook, Twitter und YouTube.

Von Su Turhan liegen im Piper Verlag vor:
Kommissar Pascha
Bierleichen
Kruzitürken
Anstich
Getürkt

MIX
Papier aus verantwortungsvollen Quellen
FSC® C083411
FSC
www.fsc.org

Ungekürzte Taschenbuchausgabe
März 2017

Erstausgabe: Knaur Taschenbuch, München 2015
Ein Imprint der Verlagsgruppe Droemer Knaur GmbH & Co. KG
Umschlaggestaltung: Favoritbüro, München
Umschlagabbildung: Zoryana Ivchenko/GettyImages (Tisch, Glas), Africa Studio/Shutterstock (Apfel); IStockphoto
Satz: Droemer Knaur GmbH & Co. KG
Gesetzt aus der Times New Roman
Druck und Bindung: CPI books GmbH, Leck
Printed in Germany ISBN 978-3-492-31170-0

Für Floyd

LETZTER TAG DER WIESN

1

Geht es dem Münchner gut, besucht er das Oktoberfest. Geht es ihm schlecht, geht er erst recht hin. Sinnvoll – das wissen alle, die sich jemals auf dem größten Volksfest der Welt vergnügt haben – ist ein Wiesnbesuch an sich nicht. Egal, ob es einem gutgeht oder schlecht.

Mit aller Wahrscheinlichkeit hätte der Mann, der wie ein Minarett kerzengerade dastand und dessen Kinn wie ein Kurzsäbel geschwungen war, hinsichtlich der Sinnhaftigkeit des Oktoberfestes lautstark widersprochen. In Vorfreude auf seinen ersten Wiesnbesuch wartete er vor dem Hotel mit Waldblick im oberbayerischen Oberammergau auf das Taxi, das er kurz zuvor über die Rezeption bestellt hatte. Er freute sich über die angenehmen herbstlichen Temperaturen, als er gleich zwei Taxis aus entgegengesetzten Richtungen die Landstraße entlangfahren sah.

Der aus dem Ortskern angebrauste Fahrer erreichte als Erster die Hotelzufahrt. Seine Kollegin im anderen Taxi schien jedoch mit dem Ausgang des Wettrennens nicht einverstanden zu sein. Der Hotelgast, der die lukrative Fahrt zum Oktoberfest avisiert hatte, bemühte sich, Töne und Laute aus den Mündern der Taxifahrer zu verstehen, die offensichtlich im Streit lagen. Dabei kam ihm die Postkarte in den Sinn, die er den Kollegen ins Büro geschickt hatte. Die bonbonfarbene Abbildung zeigte eine Blondine mit Zöpfen und drallen Brüsten im Dirndl und einen Naturburschen mit pausbackigem Gesicht in Lederhosen durch den Haupteingang des Oktoberfestes schreiten. Obwohl die Fahrerin und der Fahrer, die sich mittlerweile gegenseitig an den Kragen packten, eine Art Deutsch sprachen, war er nicht in der Lage, dem Streit zu folgen. Er konnte den bayerischen Dialekt keiner von ihm je gehörten Sprache zuordnen, obwohl er die ganze Welt bereist hatte und einige Sprachen selbst beherrschte. Aus Respekt vor der urwüchsigen Kultur, aus der für ihn die beste Vereinsfußballmannschaft der Welt hervorgegangen war, verbot er sich ein Schmunzeln. Er kontrollierte die Uhrzeit auf seiner luxuriösen Armbanduhr und beschloss, den Streit mit Hilfe einer Münze zu schlichten. Die Warterei wurde ihm zu dumm.

Da tauchte die Dame von der Rezeption auf und marschierte auf die Streithälse zu. Zwei Ohrfeigen knallten durch die Luft. Dann war es kurze Zeit still. Die Hoteldame stöckelte zu ihrem Gast zurück und entschuldigte sich für die Unannehmlichkeit. Im Anschluss griff sie nach seinem Koffer, weil dieser ihn stehen gelassen hatte und zum Taxi gegangen war. Mit einem unhörbaren »Drecksau« quittierte sie die Unhöflichkeit des selbstherrlichen Gastes.

Rund eine Stunde später erreichte das Taxi die bayerische Landeshauptstadt und machte auf Wunsch des Fahrgastes einen Abstecher Richtung Olympiastadion. Der Mann versuchte, aus dem fahrenden Auto ein Foto des Stadions zu schießen, was gründlich misslang und einen Reigen fremdländischer Flüche nach sich zog. Der aufmerksame Fahrer hatte den fehlgeschlagenen Versuch verfolgt. Er stieg in die Bremsen – aus Gastfreundschaft und zur Demonstration von Münchens Ruf als Weltstadt mit Herz, wie er später bei der Polizei aussagen würde. Dass er für die Demonstration die rechte Fahrspur des Mittleren Rings blockierte und dadurch ein Hupkonzert verärgerter Verkehrsteilnehmer auslöste, juckte ihn nicht. Er wandte den Kopf nach hinten.

»Warten Sie! Das haben wir gleich!«, beteuerte er seinem überraschten Passagier und legte den Rückwärtsgang ein, um mit Warnblinkern zurückzusetzen. Dann stieg er aus, winkte einige verärgerte Fahrer mit hochroten Köpfen vorbei und bot seinem Fahrgast an, ein Foto von ihm zu machen.

Ebendiese Aufnahme befand sich neben rund einhundert weiteren auf dem Fotoapparat, den die Polizei später unter eigentümlichen Umständen sicherstellen sollte. Es zeigte den Fahrgast neben dem Ortseingangsschild. Im Hintergrund glänzte das Dach des Olympiastadions im Licht der Vormittagssonne, während der Olympiaturm feierlich in den Münchner Herbsthimmel ragte.

Der Fahrtwind eines vorbeizischenden Autos wirbelte den weißen Seidenkaftan des Mannes leicht auf.

2

Weit weg vom Münchner Olympiaturm beförderte kurz vor Spielende ein Stürmer im Stile eines Beamten, der kurz vor der Pensionierung stand, den Ball über die Torlinie. Wie der Niederländer, der sein allererstes Spiel für Fenerbahçe Istanbul bestritt, den Gesundheitscheck für den Transfer zum Topclub der Türken überstanden haben konnte, waren Zeki Demirbilek und weiteren fünfzigtausend Zuschauern im ausverkauften Şükrü-Saracoğlu-Stadion schleierhaft. Ungeachtet dessen dröhnte der Jubelschrei durch das Heimstadion seines Lieblingsvereines. Die Erleichterung über den Treffer, der eine peinliche Niederlage und damit das Aus gegen einen unbedeutenden Zweitligisten im türkischen Pokalwettbewerb bedeutet hätte, war aus jeder einzelnen jubelnden Kehle herauszuhören.

»Komm«, sagte der Münchner Kommissar zu seiner Freundin, die einen Fenerbahçe-Schal um den Hals trug. »Lass uns verschwinden, hier passiert nichts mehr.«

Derya Tavuk zierte sich und blieb sitzen. »Und die Nachspielzeit? Das sind bestimmt drei bis vier Minuten«, schrie sie gegen die Freudengesänge an.

»*Gel!* Komm!«, insistierte Zeki. »Das Spiel ist vorbei.«

Er folgte mit seiner Freundin anderen Zuschauern die Treppe zum Ausgang nach oben. Er war nicht alleine mit der Einschätzung des Spiels – Hauptsache gewonnen. Von einer Verlängerung oder gar einem Elfmeterschießen ging er bei dem K.-o.-Spiel nicht aus, und weil sie am Tag darauf nach München zurückflogen, wollte er keine Zeit im Istanbuler Verkehrschaos verlieren. Zum Spielende hatte er in eine der Seitenstraßen in der Nähe des Stadions ein Taxi bestellt.

Sobald sie hinten im Taxi Platz genommen hatten, lief das Spiel in voller Lautstärke im Radio weiter. Die Stimme des Kommentators überschlug sich. In der letzten Minute der Nachspielzeit glich der Außenseiter aus. Der Schiedsrichter pfiff ab. Verlängerung. Zeki starrte betroffen durch das Seitenfenster. Das live im Fernsehen übertragene Topspiel sorgte für leergefegte Straßen im asiatischen Stadtteil Kadıköy. Für den Münchner mit Istanbuler Wurzeln war es Wunder und Rätsel zugleich, wie seine Geburtsstadt auf zwei Kontinenten fußen konnte. Als könnte sich die Metropole nicht entscheiden, ob sie europäisch oder lieber doch asiatisch sein wollte. Passend zu dem unsäglichen Fußballspiel kam dem Einundvierzigjährigen die geographische Situation der für ihn schönsten Stadt der Welt wie ein Unentschieden vor.

Seine um einige Jahre jüngere Freundin lächelte besänftigend. Dann zog sie seine Hand in ihren Schoß und drückte sie aufmunternd. »Das macht doch nichts, Zeki. Wir können den Rest des Spieles im Radio hören und haben mehr Zeit zusammen. Hast du eigentlich einen Tisch reserviert?«

Zeki ignorierte die Frage und beugte sich zum Taxifahrer vor. Der für seine Körperfülle zu kurz geratene Mann lachte dreckig über Deryas Worte. Offenbar hatte er das Gespräch auf Deutsch verstanden. Zeki gefiel nicht, wie er sein feistes Gesicht in den Rückspiegel hielt, und forderte ihn auf, das Radio auszuschalten, um nicht mithören zu müssen, wie sein Verein möglicherweise das Spiel doch noch verlor. Als der Fahrer sich weigerte, erinnerte er ihn daran, einen zahlenden Fahrgast zu befördern, dessen Wünsche er zu erfüllen habe. Verärgert machte der Fahrer aufgrund Zekis münchnerischem Einschlag deutlich, wie Scheiße er den FC Bayern fand.

Auch wenn Zeki kein übertrieben glühender Fußballfan war, hing sein Herz nicht nur an Fenerbahçes Schicksal. Sein zweiter Verein, dem er den Sieg gönnte, egal, wie gut oder schlecht er spielte, war der FC Bayern. Weil er zu selten zu deren Heimspielen in die Allianz Arena kam, hatte er sich über Deryas Überraschung gefreut. Hinter seinem Rücken hatte sie sich mit seiner Kollegin Isabel Vierkant abgesprochen. Vierkant hatte den Leiter des Sonderdezernats Migra mit einem Vorwand nach unten geschickt. Mit einem schelmischen Lächeln erwartete ihn Derya vor dem Polizeipräsidium, in der Hand einen Stapel Reservierungsbestätigungen: Kurzurlaub nach Istanbul. Flug, Hotel und Sieg inklusive.

Nach einem Wortgefecht hielt der Fahrer den Wagen am Straßenrand an und stieg wutentbrannt aus. Zeki folgte ihm. Streifenpolizisten wurden auf die handgreifliche Auseinandersetzung aufmerksam und zeigten Fingerspitzengefühl bei ihrem Einsatz. Die Polizisten konnten die Gefühle des Fahrgastes nachvollziehen, da sie selbst von Geburt an Anhänger des Fußballclubs waren. Fenerbahçe hatte mittlerweile nach einem Foulelfmeter, den der niederländische Beamtenstürmer verursacht hatte, ein Tor kassiert und war gegen den Zweitligisten ausgeschieden. Der Taxifahrer verriet sich mit einem rot-gelben Feuerzeug als Galatasaray-Istanbul-Anhänger und hatte damit bei den Ordnungshütern schlechte Karten. Gnädig sahen die Polizisten von einer Festnahme Zekis ab und weigerten sich, die Strafanzeige des Taxifahrers aufzunehmen. Es gab Wichtigeres zu tun. Ein Großeinsatz wegen randalierender Fans wurde über Funk durchgegeben.

Derya hatte sich während des Streites zurückgezogen und wartete in einem Straßencafé auf ihn. Zeki richtete seinen Anzug und wischte sich mit einem seiner drei Stofftaschentücher, die er stets bei sich trug, das Gesicht sauber.

Derya entging nicht, wie aufgeräumt er wirkte. »Hast du dich beruhigt? Ich habe Hunger. Wollen wir jetzt essen gehen?«

»Was hätte ich denn machen sollen? Du hast gehört, was er gesagt hat!«, rechtfertigte er sich für den Streit.

»Habe ich«, erwiderte sie und stand auf. Sie hakte sich bei ihm unter und zog ihn mit sich.

»Und was sagst du dazu?«, wollte er wissen und ließ sich von ihr führen. Der Herbstabend lud mit milden Temperaturen zum Flanieren ein. Das laute Stadtleben, die grellen Lichter und die quasselnden Menschen um sie herum gingen Zeki aber plötzlich gegen den Strich. Er sehnte sich nach der Ruhe, die er an München liebte. Derya dagegen genoss offenbar den Spaziergang, der aufgrund der unzähligen Schlaglöcher einem Spießrutenlauf gleichkam.

Derya blieb stehen und lächelte ihn amüsiert an. »Mein geliebter Kommissar, du hast den Taxifahrer einen minderbemittelten, rot-gelben Vollpfosten geschimpft.«

»Ja, aber nur, weil er mich einen Spießer genannt hat. Einen Münchner Spießer!«, flammte Zekis Wut noch einmal auf.

»Bist du das nicht manchmal?«, entgegnete Derya.

»Wie kommst du darauf?«, beschwerte er sich und zog ein blau-gelbes Stofftaschentuch hervor, mit dem er nach einem Taxi winkte. Mit der Farbkombination in Fenerbahçes Vereinsfarben konnte er wenigstens sicher sein, nicht an den Falschen zu geraten.

3

Auch in der bayerischen Landeshauptstadt zeigte sich der Herbst nach wie vor von seiner milden Seite. Am späten Abend, wenige Stunden vor dem Ende des Oktoberfestes, wankten zwei junge Männer aus einem der heillos überfüllten Bierzelte. Die beiden waren schwer bedient von der lauten Blasmusik und brauchten dringend eine Auszeit vom Bier.

»Schau mal, wer da herumstänkert! Das ist dein Scheich!«, grölte Bude, wie Dirk Schön seit Kindertagen genannt wurde. Ein etwas zu weiter, lässiger Janker und durchlöcherte Jeans waren sein Markenzeichen. Er stieß den Ellbogen in die Seite seines Freundes. Der Deutschtürke namens Tamer Fleischauer wischte sich mit dem T-Shirt die verschwitzte Stirn trocken. Während er eine Zigarettenschachtel aus seiner Hüfttasche hervorzog, blickte er ungläubig zu dem Mann im Seidenkaftan, auf den sein Freund deutete.

»Was macht der denn hier?«, wunderte sich Fleischauer. In seinem Gesicht thronte eine mächtige Nase, flankiert von winzigen Augen. Zornige Abschätzigkeit durchzog die Stimme des Dreißigjährigen. »Wie ist der nach München gekommen?«

»Du hast ihn gestern doch nach Oberammergau gefahren. Warum nicht auch retour? Der zahlt doch so gut«, gab Schön seinem Freund recht.

»Die Drecksau«, ärgerte sich Fleischauer. Als Reiseunternehmer bot er seinen Kunden auch einen Fahrservice an.

»Das gibt's nicht! Schau mal!«, jaulte Schön auf und klopfte sich auf den Oberschenkel.

Fleischauer schüttelte den Kopf und zündete die Zigarette an. Er verdrehte die Augen, als er die Peinlichkeit mit ansehen musste, wie der Mann im Kaftan den Sicherheitsleuten am Eingang Scheine zustecken wollte, um eingelassen zu werden. Als hinter ihm Wiesnbesucher in Lederhosen und Dirndln lautstark schimpften, gab Okcan, Fleischauers Kunde und derzeit einzige Einnahmequelle, den Versuch auf, trotz Überfüllung in das Bierzelt zu gelangen, und verschwand in der Menge.

»Wir schauen, was er treibt«, beschloss Fleischauer spontan. »Ich möchte wissen, wohin er geht.«

»Da steht eine frische Maß im Bierzelt! Und die Cathryn hat mir ihre Adresse vom Hotel gegeben«, erschrak Schön über die Idee seines besten Freundes.

»Egal. Wir schnappen uns den jetzt.«

»Wie schnappen?«

Fleischauer zog nervös an seiner Zigarette. »Bude, was der Kerl mir Scheine in die Hand gedrückt hat, das glaubst du nicht. So viel Trinkgeld kriege ich den Rest meines Lebens nicht mehr zusammen. Der hat mehr. Viel zu viel hat der. Verstehst du?«

Schön witterte eine Gelegenheit, an Geld zu kommen, war aber nicht sicher, wie das vonstattengehen könnte. »Glaubst du echt, da geht was?«

»Natürlich geht da was. Ein bisschen geht immer. Ist doch so. Oder war es je anders?«

»Hast du einen Plan?«, zeigte Schön sich nun interessiert.

»Scheiß auf einen Plan. Mir fällt schon was ein. Komm jetzt«, erwiderte Fleischauer energisch.

Die zwei Freunde waren erfahrene Wiesngänger. Was sie für den Festzeltbesuch brauchten, trug Schön in den Hosentaschen und Fleischauer im Hüftbeutel bei sich. Geld, Schlüssel, Handy, Ausweis und Kondome. Es war nicht notwendig, zum Biertisch zu Cathryn und den fröhlich zechenden Neuseeländern zurückzukehren. Fleischauer warf die Zigarette zu Boden und drückte sie mit seinem Turnschuh aus.

Das leuchtend weiße, über den mit Unrat übersäten Asphalt schwebende Gewand des Mannes im Blick zu behalten fiel nicht schwer. Von weitem beobachteten die beiden, wie der unerfahrene Wiesnbesucher verärgert die Leute anblaffte, die sich offenbar über seine Kleidung lustig machten. Als er das nächste Bierzelt erreichte und die Schlange Wartender entdeckte, drehte er auf dem Absatz um und kehrte in die entgegengesetzte Richtung zurück. Direkt auf Fleischauer und Schön zu. An einem der Stände versorgte er sich mit gebrannten Mandeln und Zuckerwatte. Die Freunde verfolgten, wie er seine Nase in die Mandeltüte steckte. Er roch daran, probierte das Naschzeug und verzog angeekelt das Gesicht. Dann versuchte er, einer Schönheit im Dirndl die volle Tüte zu schenken, doch diese erwiderte offenbar eine unschöne Bemerkung und verschwand in der Menge. Verärgert warf Okcan die Tüte zu dem anderen Müll auf den Boden und probierte die Zuckerwatte erst gar nicht, sondern ließ auch diese fallen. In dem Moment kam Fleischauer die Idee seines Lebens – wie er in dem Augenblick glaubte, als ihn die Erleuchtung ereilte.

»Lauf zu Seraya und bring sie her«, raunte er seinem Freund zu und drückte ihm einen Fünfzigeuroschein in die Hand.

»Was soll ich damit?«, fragte Schön verwirrt.

»Die Kohle gibst du Seraya, sonst kommt sie nicht mit dir mit. Sag ihr, ich habe ein gutes Geschäft für sie«, erklärte Fleischauer ungeduldig. »Wir treffen uns bei deinem Vater am Stand. Schick eine SMS, wenn ihr da seid. Stefan jobbt doch heuer wieder als Security im Bierzelt, oder?«

»Ja, klar. Den Traumjob gibt der doch nicht auf!«

»Passt«, gab sich Fleischauer zufrieden. »Komm ja nicht ohne Seraya wieder!«

4

Die Freundin des Münchner Kommissars war in Anatolien geboren, Istanbul kannte sie hauptsächlich aus den Nachrichten und vom Hörensagen. Zeki Demirbilek war die Stadt nicht fremd, er war dort zur Welt gekommen, doch spürte er mehr, als dass er es wusste, wie das Leben in dem Gewusel aus Abermillionen von Menschen funktionierte. Vor allem hatte er keine Ahnung, wo er ein Restaurant für den letzten Abend eines Romantikwochenendes ausfindig machen sollte. Derya war der Auffassung, es sei Aufgabe des Mannes, einen Tisch zu reservieren.

Zeki war zusammen mit seinen Eltern nach München gekommen, als er zwölf war. Seitdem lebte er in Bayern. Einige Male über das Jahr besuchte er Istanbul, Beruf und Familie in München erlaubten allerdings keine längeren Aufenthalte. Seine Eltern, die vor vielen Jahren aus Deutschland in die Türkei zurückgekehrt waren, gaben jeden Lira, Dollar und Euro ihrer Rente für Reisen aus und waren nicht da, um sie zu fragen. Selma, seine Ex-Frau, um eine Empfehlung zu bitten, wäre eine Möglichkeit gewesen, die er aber nicht in Betracht zog. Je stärker sich Zeki von der Mutter seiner Zwillingskinder zu distanzieren versuchte, desto mehr sehnte er sich nach ihr. Wie ein Drogenabhängiger, der auf Entzug war, beschwor er sich, durchzuhalten. Ruf sie nicht an! Schreib ihr nicht! Und komm nicht auf die Idee, sie zu besuchen! Er war tatsächlich versucht gewesen, ihr seine Aufwartung zu machen, einen Vorwand wegen der anstehenden

Hochzeit ihres Sohnes zu erfinden, um an ihrer Tür zu klingeln. Selma hatte es geschafft, in die alte Heimat zurückzukehren; er kämpfte Tag um Tag in München mit der Vorstellung, es ihr gleichzutun.

Am Ende seiner Bemühungen, ein Restaurant zu finden, hatte er seinen geschätzten Amtskollegen Selim Kaymaz um Rat gefragt. Die beiden Kommissare verband eine über den Beruf hinausgehende Freundschaft. Wie es Gepflogenheit war, lud Kaymaz seinen Münchner Freund zu sich nach Hause ein. Doch Zeki erklärte ihm die Umstände des romantischen Wochenendes. Daraufhin erhielt er den nicht allzu geheimen Geheimtipp eines Dachrestaurants in Beyoğlu. Darauf stehen alle Frauen, egal, aus welchem Winkel der Welt sie kommen, meinte er von Mann zu Mann. Schon wieder Dach, wunderte sich Zeki. Istanbul schien hauptsächlich aus Dächern zu bestehen. Derya hatte ein Hotel mit Dachterrasse gebucht.

Zeki folgte dem Rat seines Freundes und versuchte, einen Tisch zu reservieren. Die Restaurantleiterin, die ihn in drei Sprachen begrüßte, vertröstete ihn auf einen Dienstag übernächster Woche. Nach einem erneuten Anruf bei Kaymaz regelte sein Istanbuler Freund die Reservierung für ihn. Wie er das angestellt hatte, wollte Zeki nicht wissen.

Ohne die genauen Anweisungen hätte er nach dem Spaziergang durch das nächtliche Istanbul das Restaurant, das sich im selben Haus wie das Goethe-Institut befand, niemals gefunden. Das unscheinbare, zerbrochene Klingelschild war der einzige Hinweis auf den Geheimtipp. Der enge, mit Graffiti übersäte Fahrstuhl ließ nichts Gutes ahnen. Derya blieb ruhig, weil Zeki ununterbrochen Kaymaz' exquisiten Geschmack hervorhob. Und er sollte recht behalten.

Tatsächlich war die Atmosphäre hoch über Istanbul verboten schön. Viel mussten die Betreiber dem bezaubernden Ambiente nicht nachhelfen, angesichts des Blicks über die Haliç, das Goldene Horn. Als würde Istanbul für eine Kitschpostkarte Modell stehen, präsentierte sich die Stadt in einem magischen Meeresglitzern. Die monumentale Anlage des Topkapı- Palastes, die beleuchtete Blaue Moschee und die Hagia Sophia waren in der untergehenden Sonne zu sehen. Dazu dezentes Kerzenlicht, die angenehm ruhige Musik und das Essen, das international ausgerichtet war und hervorragend schmeckte. Zeki nahm Deryas Hand, als nach dem Hauptgang ein wenig Zeit war. Die Kerze musste er zur Seite schieben.

»So hast du es dir doch vorgestellt?«, fragte er.

»Genau so und nicht anders«, bestätigte sie mit einem einnehmenden Lächeln. »Du etwa nicht?«

»Doch, doch«, erwiderte er schnell. »Ich finde es nur schade, dass wir morgen wieder zurückfliegen.«

»Ja, schade«, seufzte sie und ließ ihren Blick über das Meer gleiten. »Und hier bist du geboren?«, fragte sie, ohne ihn anzusehen. Mit Istanbul bei Nacht konnte selbst ein Zeki Demirbilek, der als attraktiver Mann galt, nicht mithalten.

»Das bin ich«, bestätigte er. »Diese Stadt ist wie eine Mutter. Sie bleibt dir und gibt dich nicht frei, wenn du in ihr geboren bist. Du kannst wegziehen und dich woanders heimisch fühlen. Istanbul holt dich zurück – und wenn es nur in Gedanken ist.«

Derya nippte an ihrem Wein. »Willst du nicht Selma besuchen, wenn du schon hier bist?«

Wein war Zekis Sache nicht. Er verschüttete sein Glas Bier. Die Frage kam unvermittelt wie ein Pfeil aus dem Hinterhalt. Er blickte Derya in die Augen. »Das kann ich nicht machen, wenn ich mit dir hier bin.«

»Warum nicht? Du warst mit Selma verheiratet, und ihr habt gemeinsame Kinder«, meinte Derya. »Das hört mit der Scheidung nicht auf.«

Er schüttelte den Kopf. Eine solch pragmatische Einschätzung der Lage konnte wohl nur eine Frau machen. »Du bist schon etwas Besonderes, Derya.«

»Gut, dass du das merkst, Zeki«, sagte sie süffisant und hob den Arm, um nach der Rechnung zu verlangen.

»Was ist?«, fragte er erstaunt. »Wir bekommen Dessert. Irgendwas Italienisches, Tiramisu glaube ich.«

»In unserem Hotel gibt es *baklava*. Wir essen auf der Dachterrasse und trinken *çay*. Einverstanden?«

Schon knurrte sein Magen in Vorfreude auf die kulinarische Aussicht, die er, als wäre es nicht anders denkbar, auf einer Dachterrasse einnehmen sollte. »Einverstanden. Natürlich.«

»Danach schlafen wir miteinander. Irgendwelche Einwände?«

Er hatte keine Einwände. Er schob Deryas Arm nach unten und pfiff, wie er es von seinem Vater gelernt hatte, zwischen den Zähnen. Natürlich rief er als Mann nach dem Kellner und beglich die Rechnung. Mit den bösen Blicken der anderen Paare, sie sich durch sein Benehmen gestört fühlten, hatte er gerechnet. Allerdings waren sie ihm herzlich egal.

5

Tamer Fleischauer quetschte sich auf dem Oktoberfest durch die Menschentrauben zu dem Mann im Kaftan durch und gab glaubhaft vor, sich über die Begegnung zu freuen. Okcan war augenscheinlich froh über das bekannte Gesicht in der Menge und ließ fallen, ein paar Stunden Zeit zu haben, bevor er zum Flughafen musste. Natürlich würde Fleischauer die Fahrt übernehmen, schob er gleich nach. Der Deutschtürke bedankte sich und bestand darauf, seinen Kunden auf ein Bier im Weißbierkarussell einzuladen.

Gleich nach der ersten Halben Weißbier war Okcan vom Wiesnvirus befallen. Aufgestachelt von den hübschen Bedienungen fragte er, ob nicht die Möglichkeit bestünde, in eines der Bierzelte zu kommen. Fleischauer, der sich mit dem Trinken zurückhielt, gab zu verstehen, immer reinzukommen, egal, wie voll ein Bierzelt war.

Drei Weißbiere später bummelte Fleischauer mit seinem Kunden zur Bierstraße. Am Seiteneingang eines Festzeltes schob er seinem Kumpel Stefan von der Security unauffällig einen Zwanziger in die Hand und schaffte es mit viel Mühe, im überfüllten Bierzelt einen Stehplatz zu organisieren. Einen Sitzplatz zu bekommen, war unmöglich. Ohne Sitzplatz kein Bier – das war zwar die offizielle Regelung, doch Fleischauer fand auch dafür eine Lösung. Immerhin war sein Kunde in der Lage, stehend mit einer Maß Bier in der Hand die weltberühmte Bierzeltstimmung zu erleben. Fleischauer sorgte zudem für Nachschub an Marillenbrand, dem Wiesnschnapserl, der es in sich hatte. Nach der zweiten Maß Festbier, drei halben Weißbieren und dem dritten Schnaps fielen Okcans Hemmungen. Er sang und tanzte auf dem winzigen freien Flecken Boden, ganzheitlich beseelt vom Zauber der Wiesn.

Zurück auf dem Festplatz hakte sich Fleischauer bei seinem angeschlagenen Gast unter und führte ihn zum Fahrgeschäft Rotor. Okcan staunte wie ein Kleinkind, als er Zeuge wurde, wie Dirndlträgerinnen auf dem Weg in den Vergnügungstempel entsetzt aufschrien. Der Grund waren die im Boden eingelassenen Luftkanonen, die ihre Röcke hochfliegen ließen, bevor deren Trägerinnen sie mit einem Aufschrei wieder nach unten rissen. Fleischauer munterte Okcan auf, Erinnerungsfotos zu machen. Er sei ja schließlich Tourist. Während dieser klammheimlich seinen Fotoapparat auslöste, schickte Fleischauer seinem Freund eine SMS, damit Seraya nicht vergaß, ein Dirndl anzuziehen.

Im Anschluss führte Fleischauer seinen Gast zu einer weiteren Attraktion. Der in breitem Bayerisch fabulierende Ansager kündigte im Zelt des Teufelsrads eine Damenrunde an. Fasziniert schoss Okcan Fotos von rund drei Dutzend kreischenden Frauen, die auf einer sich immer schneller drehenden Scheibe versuchten, nicht abzurutschen und gleichzeitig ihre wehenden Dirndlröcke festzuhalten. Die Fliehkraft gewann am Ende immer, wusste Fleischauer. Bis es so weit war, wirbelten unter Applaus und Zurufen der Zuschauer die Röcke der Frauen hoch. Ein Spektakel für Jung und Alt. Die Einblicke regten Okcans Männerphantasie derart an, dass er Fleischauer vor Glück umarmte. Fein, Herr Scheich, dachte Fleischauer. Dann wird dir der Rest meines Planes erst recht gefallen. Was war auch ein Wiesnbesuch ohne After-Wiesn?

Endlich traf Schöns Nachricht auf seinem Handy ein. Er war mit Seraya beim Stand seines Vaters angekommen. Schöns Spitzname »Bude« rührte daher, dass seine Familie seit Generationen eine Schießbude auf dem Oktoberfest betrieb. Als Kind durfte er einmal pro Wiesnzeit Freunde zum Freischießen mitnehmen. Ein Kapital, das Bude nutzte, um Freundschaften zu pflegen.

Am Schießstand erwies sich Okcan als hervorragender Schütze, trotz der Biere und Schnäpse, die er intus hatte. Ganz beiläufig stellte Fleischauer ihm seinen Freund und einem Paukenschlag gleich die bildhübsche, schwarzhaarige Seraya vor. Beim Anblick des knappen Dirndls und der gepolsterten Brüste nahm Okcans Interesse am Zielschießen abrupt ab. Ein Blick in ihre dunklen Augen schien ihm zu genügen, um zu wissen, dass Seraya Türkin war, wenigstens die Tochter türkischer Eltern. Eine echte Türkin, verrieten seine lüsternen, vom Bier gezeichneten Augen, würde nicht mit einem Rock herumlaufen, der nur knapp den Hintern bedeckte. Fleischauers Türkischkenntnisse waren nicht gut genug, um das Gespräch der beiden in Gänze zu verstehen. Dazu redeten Okcan und Seraya zu schnell, hinzu kam der kaum zu ertragende Lärm, der die letzte Stunde des Oktoberfestes einläutete. Zufrieden verfolgte Fleischauer, wie Seraya dem Mann im Kaftan schamlos die Vorzüge ihres zweiundzwanzigjährigen Körpers präsentierte. Okcan zupfte an der Minischürze des Dirndls – in etwa auf Höhe ihres Geschlechtes – und kreischte belustigt auf.

Kurz darauf löste sich Seraya von ihm und stellte sich zu Fleischauer, der neben dem Schießstand eine Zigarette rauchte. Die Menschenmassen zogen an ihnen vorbei. Schön half inzwischen seinem Vater wegen des Andranges nach der Schließung der Bierzelte. Die Angetrunkenen sorgten für die umsatzreichste Stunde des Tages. Auch Okcan wollte weiterschießen. Er legte einen Zwanziger auf den Tresen und zielte auf Plastikrosen.

Seraya musterte Fleischauer, der seinen Gast nicht aus den Augen ließ. »Tamer, was wird das? Im Laufhaus ist die Hölle los.

Ich habe Vorbestellungen. Allerspätestens um Mitternacht muss ich zurück sein. Also? Was willst du, und was zahlst du?«, fragte sie genervt.

Fleischauer nickte zu Okcan. »Wir nehmen ihn aus. Ganz einfach. Du lässt ihn drüber, ich mache Fotos …«

»Verstehe«, unterbrach Seraya ihn und musterte das Opfer, das seine Treffer mit einem torjubelartigen Schrei feierte. »Aber nicht im Puff. Zu viel los heute im Laufhaus. Bei dir zu Hause?«

»Von mir aus.«

»Wie viel springt für mich raus?«

»Genug.«

»Tamer, ich bin Geschäftsfrau. Klare Abmachungen, sonst such dir eine andere.«

Fleischauer blickte wieder zu Okcan und rechnete. »Fünfhundert, wenn alles klappt.«

»Er hat einen hungrigen Schwanz, aus dem kriegst du locker mehr raus. Hast du den Ehering gesehen, den er nicht trägt? Ich will einen Riesen, wenn's nicht klappt die Hälfte. Dafür bekommst du von mir eine schnelle und saubere Arbeit.«

Fleischauer verschluckte sich am Rauch seiner Zigarette und hustete über Serayas kaltschnäuzige Geschäftstüchtigkeit. Er kam nicht mehr dazu, ihr zu antworten, da Okcan mit einer Handvoll Rosen und einem Wiesnherz auf sie zutorkelte.

Seraya setzte ein professionelles Dankeslächeln auf und knickste brav wie ein Schulmädchen. Dann legte sie sich das Lebkuchenherz mit dem Sinnspruch »Tussi on Tour« um den Hals und hakte sich bei ihm unter. Es war nach halb elf Uhr. In zwei Bierzelten auf dem Festplatz war der Ausschank noch geöffnet.

Sie schlug mit ihrem kaftantragenden Begleiter die Richtung zum Käferzelt ein. Dort eine Maß Bier, sagte sie sich, ein paar gefällige Streicheleinheiten unter dem Biertisch, bis sie ihm ins Ohr flüstern würde, mit ihm allein sein zu wollen.

6

Zeki, ich bin es. Mach auf!«, tönte es von draußen.

Der Kommissar riss die Augen auf. Das Schlafzimmer des Istanbuler Hotelzimmers baute sich im Badezimmerspiegel vor ihm auf. In der Spiegelung sah er den Zweierdiwan, an dessen Kopfende Derya ihn im Schneidersitz erwartet hatte. Er erblickte das Sitzkissen, das er ihr unter den Rücken geschoben hatte, den niedrigen Salontisch, auf dem sie beide gelegen hatten. Nackt und ineinander verschlungen. Und er betrachtete mit trüben Augen das Ölgemälde im wuchtigen Holzrahmen über dem Doppelbett. Ein schicker Sultan, umringt von Herren mit Frack und Zylinder, offenbar Architekten aus dem Westen, die auf einen halb fertigen Prachtbau blickten. Im Hintergrund eine verschleierte Schönheit mit unbedecktem Bauchnabel und unverhüllten Augen.

»Zeki! Was ist? Mach auf!« Derya klopfte heftiger an die Zimmertür.

Fast lautlos hämmerte Zekis Hinterkopf gegen den Rand des Bidets. Er sank zu Boden und starrte auf den Schmierstreifen längs an der Unterseite des Bidets, auf dem Derya in ein Magazin vertieft gesessen hatte. Es gelang ihm, den Kopf zu bewegen. Was ist mit dir?, fragte er sich. Steh auf. Mach ihr die Tür auf. Doch das glühende Weiß der Deckenleuchte zog ihn in den Bann. Ein von einer feinen Staubschicht hervorgerufener Grauton durchzog das Strahlen. Seine Augenlider erschlafften. In seiner Gehirnwelt generierte Bilderfetzen formten sich zum Stimmengewirr, das von der Straße drang. Zwischen fremdländischen Stimmen der Touristen hörte er musikalische Absonderlichkeiten undefinierbaren Ursprungs. Verwässerte Popmelodien im Streit mit nervigem Sazgefiedel. Im Hintergrund meinte er den Muezzin der Blauen Moschee zu hören. Du bist in einem Hotel mit Dachterrasse in Sultanahmet, fiel ihm ohne sonderliche Begeisterung ein.

Die Tür zum Badezimmer quietschte, als sie aufgestoßen wurde. Bevor die Unterkante des Türblatts in sein Geschlecht fuhr, war ihm, als hörte er nackte Fußsohlen auf dem gekachelten Boden. Zum Schmerz im Unterleib bemerkte er den Nagellack an Deryas Zehen und Fingernägeln. Im selben Rot wie die Flagge des Landes, das Istanbul an der brüchigsten Stelle wie ein Scharnier zusammenhielt. Da war kein Unentschieden, wie er gemeint hatte.

»Zeki! Tut mir leid«, schrie Derya erschrocken auf und beugte sich zu ihm. »Warum liegst du da? Was ist mit dir? Ich habe meinen Zimmerschlüssel nicht gleich gefunden.«

Langsam öffnete er die Augen. Sie trug das Kleid, das sie gemeinsam auf dem Basar gekauft hatten, nachdem sie drei Stunden lang durch die Hagia Sophie gelaufen waren. Er erinnerte sich, dass sie es vorhin übergezogen hatte, um an der Rezeption für ihn eine Kopfschmerztablette zu holen. Er war ins Badezimmer getorkelt, um auf die Toilette zu gehen, und war ausgerutscht.

Sein Blick wechselte von ihren unbedeckten Knien zu ihren Brüsten, die er im Ausschnitt des Kleides beäugte. Er lächelte sie an. Sie lächelte zurück und half ihm auf die Beine.

Später lag er im Doppelbett und spürte, wie der Kater dank der Schmerztablette allmählich nachließ. Es war noch nicht einmal Mitternacht, stellte er mit einem Blick auf die Wanduhr fest. Er hatte den Sultan und die verschleierte Frau vor Augen, ohne dass er das Ölgemälde sehen konnte, das über seinem Kopf hing.

»Weißt du, wo du bist?«, fragte Derya, die auf der Bettkante saß.

Er schüttelte den Kopf. »Warum fragst du?«, antwortete er in die Stille.

»Wir haben *baklava* gegessen und getrunken«, erwiderte sie. »Oben auf der Dachterrasse. Erinnerst du dich?«

Demirbilek überlegte, bis ihm wieder alles einfiel. Die kleine Flasche Rakı hatte er fast alleine ausgetrunken.

»Du hast nichts vom Rakı angerührt!«

»Nein, aber Bier habe ich getrunken.«

»Ich auch?«

»Du auch. Sehr viel Bier«. Sie lächelte erneut. »Fenerbahçe hat verloren.«

Zeki fiel auf, wie das Grün in Deryas Augen mit dem Rot ihrer Lippen verschmolz. Er beugte sich vor. Sie ahnte, was er wollte, und lupfte ihr Kleid über die Oberschenkel, damit er ihren Bauchnabel küssen konnte. Sie schloss die Augen und genoss die Liebkosung auf ihrer Haut, seine Zunge, die sich entlang der Umrandungen ihres Nabels bewegte, seine Hand, die sich behutsam unter ihren Slip schob.

7

Das Oktoberfest war zu Ende gegangen, Seraya aber noch nicht an ihrem Arbeitsplatz im Laufhaus zurück. Statt wie geplant in Fleischauers Wohnung die kompromittierenden Fotos zu machen, landete sie mit ihrem Auftraggeber in einem dunklen Hinterhof. Von dort führte sie Okcan durch das Gebäude in die Lounge, wie er es nannte, um da weiterzufeiern. Der kalte, widerliche Zigarettenrauch störte die Sportlerin, die einige Jahre semiprofessionell Kickboxen betrieben hatte. Bedient von Fleischauers Geschäftsidee, die nicht nach Plan lief, schickte sie ihn weg, um die vereinbarte Gage zu besorgen.

Wie sollte sie Okcan ins Bett kriegen? Hier in dem Raum gab es nicht mal eines. Außerdem würde er mit Sicherheit auf der Stelle einschlafen, sagte sie sich und lächelte urplötzlich. Soll er doch pennen. Ich ziehe mich aus und setze mich auf ihn. Völlig egal, ob er im Koma liegt, besoffen schläft oder tot ist. Tamer macht die Aufnahmen. Job erledigt. Tausend Euro auf die Hand.

»Keine Fotos!«, rief Seraya, als sie beinahe zu spät bemerkte, was Okcan in der Hand hielt.

Halb kniend, halb in der Hocke versuchte Okcan, das Objekt seiner Begierde in den Sucher seines Fotoapparates zu bekommen. Er stürzte, aufgeschreckt von Serayas Schrei, und riss die Shisha-Pfeife neben sich mit. Seraya fing das Gefäß rechtzeitig ab. Vorsichtig nahm sie Okcan den Fotoapparat ab und legte ihn auf die Theke. Er lächelte dabei sanft wie ein Lamm, das nichts von seinem bevorstehenden Opferfest ahnte. Seraya bugsierte den Betrunkenen zu den Bodenkissen, die an einer Wand aufgereiht waren. Dann begann sie, ihm den Kaftan auszuziehen und unauffällig die Taschen seiner Stoffhose darunter zu kontrollieren. Verblüfft zählte sie rund achthundert Euro in bar und steckte das Geld zurück. Freier bestahl sie nicht und würde damit bei aller Verlockung nicht anfangen. Okcan genoss ihre Arbeit mit grunzenden Lauten. Mit professioneller Gelassenheit zerrte sie an der Hose, bis die Unterhose zum Vorschein kam.

Als sie Dirndl und Dirndlbluse ausgezogen hatte, um sofort loslegen zu können, wenn Tamer mit dem Geld zurückkam, klopfte es an der Tür.

»Verdammt, Tamer! Komm rein! Ich muss ins Laufhaus!« Breitbeinig in Unterwäsche stand sie vor Okcan. »Mach schon die Fotos!«

Doch statt Fleischauers Stimme hörte sie einen Unbekannten auf Türkisch grüßen.

»Raus hier!«, gab Seraya zurück. Wahrscheinlich hatte sich ein Gast aus dem Shisha-Café im Erdgeschoss hierherverirrt, sagte sie sich.

»Osman, ist bei dir alles in Ordnung?«, fragte der Unbekannte auf Türkisch weiter.

»Scheiße«, fluchte nun Seraya und beschloss in dem Augenblick, Fleischauers schwachsinnige Geschäftsidee sausenzulassen. Es interessierte sie nicht, wer hinter ihr im Raum stand und das Opferlamm, das keines mehr war, offenbar kannte. Entnervt blickte sie auf die Uhr. Bald Mitternacht. Es war noch Zeit, das Geschäft im Laufhaus war jetzt in vollem Gange.

Sie war halb in ihr Dirndl zurückgeschlüpft, als sie hörte, wie der Fremde die Tür abschloss. Schon spürte sie seine Hand in ihrem Rücken. Der Mann schleuderte sie auf die Kissen am Boden. Sie kam neben Okcan zu liegen, der auflachte wie ein Tanzbär. Seraya wehrte sich, konnte aber nicht verhindern, wie der

Fremde sich an ihrem Schlüpfer zu schaffen machte. Mit dem Ellbogen gelang es ihr, ihm einen Schlag zu versetzen. Der Mann landete auf dem Orientteppich. Als sie sich umdrehte, war er schon wieder aufgestanden. Der Schlüssel der Lounge-Tür lag neben ihm.

»Warte!«, lallte Okcan plötzlich. »Ich mache Fotos.«

Seraya hatte endgültig genug, sie beugte sich zu ihrem Dirndl und dem Wiesnherz, das Okcan ihr geschenkt hatte.

Der Fremde vor ihr atmete schwer, bevor er sich erneut auf sie stürzte und ihren Oberarm packte. Blitzschnell senkte Seraya den Kopf und drohte, ihn zu beißen. Der Mann zog augenblicklich die Hand weg.

»Wenn du mich ficken willst, fragst du und zahlst mich vorher, du Arschloch.«

Seraya stieß den Fremden zur Seite, griff zu dem Schlüssel und sperrte auf, um mit ihren Sachen unter dem Arm die Lounge zu verlassen. Der Blick des Mannes hing an ihrem Hinterteil, das konnte sie körperlich spüren.

Im Treppenhaus zog sie sich fertig an und gelangte in den Hinterhof. In der Dunkelheit war niemand zu sehen. Durch ein gekipptes Fenster hörte sie Geräusche und Gesprächsfetzen aus dem Shisha-Café. Sie stellte sich an das Fenster und rief Fleischauer an. Typisch Vollidiot, schrie sie in sich hinein, als sie seine Stimme auf Band hörte. Sie hinterließ ihm die Nachricht, auf der Ausfallsentschädigung zu bestehen.

Im Anschluss durchquerte sie den Hof und bog in die Landwehrstraße ein. Noch immer strömten Wiesnbesucher nach Hause oder auf Veranstaltungen, die mit Nachglühen und Nachsaufen warben. Bei den After-Wiesn-Partys war jetzt die Hölle los. Sie kam nicht weit, da schepperte das Handy in ihrem Täschchen.

»Wo bist du?«, schrie sie Fleischauer an.

»Was soll das mit der Aufwandsentschädigung?«

»Ausfall! Du Idiot! Ich will die Hälfte. Heute noch!«

»Du warst nicht da. Ich konnte keine Fotos machen.«

»Da war ein anderer Kerl, von zweien war nicht die Rede.«

»Zwei? Wieso zwei?«

Seraya hatte keine Lust auf Erklärungen. »Vergiss es.«

»Hätten wir gleich zwei ausnehmen können. Zwei Männer wäre sicher nicht das erste Mal für dich gewesen.«

»Hey, du Arschloch. Bist du mein Zuhälter, oder was?«

»Schon gut«, lenkte Fleischauer ein. »Du bekommst dein Geld. Komm zurück in die Lounge.«

»Ganz bestimmt nicht. Sind die Kerle noch da?«

»Nein, es war niemand da, als ich gekommen bin.«

»Ich laufe gerade zur Arbeit. Wegen dir habe ich heute praktisch nichts verdient. Am letzten Wiesntag! Das gab es noch nie!«

»Ist ja gut, wir treffen uns bei Bude. Er ist noch auf der Wiesn. Warte dort. Ich bringe das Geld vorbei.«

Das Schießgeschäft lag mehr oder weniger auf dem Weg über die Theresienwiese, überlegte Seraya. »Beeil dich!«

ERSTER TAG NACH DER WIESN

8

Kalt und grau zeigte sich der frühe Morgen des folgenden Tages, den viele Münchner wehmütig als Trauertag empfanden, weil das Oktoberfest für dieses Jahr seine Pforten geschlossen hatte. Else und Albert scherten sich in ihren dicken Jacken nicht um die Temperaturen. Gemächlich radelten sie auf dem Fahrradweg neben dem Mittleren Ring, der noch nicht vom Berufsverkehr überfüllt war. Den Drang zur Eile verspürte weder er, der vorne auf dem Tandem die Pedale bediente, noch sie, die auf dem hinteren Sitz von einer Laugenbreze abbiss. Der frühe Vogel fängt den Wurm – das war das Motto, mit dem das Rentnerpaar seit einigen Jahren ein für seine Verhältnisse gutes Geschäft machte.

Von Sendling kommend fuhren sie die abschüssige Lindwurmstraße hinunter. Albert vergewisserte sich mit einem Blick über die Schulter, ob es seinem Muttchen gutging, übersah dabei einen Sattelschlepper, konnte aber im letzten Moment ausweichen. Else zog ein Gesicht, das wohl bedeuten sollte, keine Lust zu haben, das Zeitliche zu segnen. Albert blies seine Backen auf, wie ein Trompeter, der zum letzten Ton ansetzte.

Dann konzentrierte er sich wieder auf den Verkehr und folgte dem Sattelschlepper, der denselben Weg hatte wie er und sein Muttchen.

Die zusammengekehrten Haufen mit Unrat und Überresten des letzten Festtages, die überall auf dem Gelände der Theresienwiese zu finden waren, zeugten von dem gelungenen Abschluss des diesjährigen Oktoberfestes. Ausgestattet mit Stirnlampen durchwühlte das Rentnerpaar im Morgengrauen einen Bruchteil der Hinterlassenschaften der etwa sechs Millionen Wiesnbesucher aus der ganzen Welt. Die städtische Straßenreinigung hatte ein Heer Arbeiter im Einsatz. Mit Wasserspritzen und Kehrbesen verrichteten die Trupps in Orange ihre Arbeit. Betrunkene, die nicht genug zu haben schienen oder den Heimweg nicht fanden, interessierten Else und Albert nicht. Beider Köpfe waren auf den Boden gerichtet. Schatzsucher mit geübtem Blick für Blinkendes und Strahlendes, aber auch Unscheinbares, das verheißungsvoll zwischen Abfall und Essensresten hervorlugte, zog ihre Aufmerksamkeit auf sich.

Else bückte sich vor einer der verstummten Geisterbahnen, um eine glitzernde Folie zwischen Zuckerwatteresten unter die Lupe zu nehmen. Verwundert über den Fund, der sich als originalverpackter halterloser Strapsstrumpf entpuppte, blieb sie stehen. Sie studierte die Angaben auf der Verpackung, ob ihr die Größe passen und sie ihrem Ehemann eine Freude damit machen könnte. Verstohlen steckte sie den Straps weg und folgte Albert, der in die Feststraße mit den Bierzelten eingebogen war und von dort in eine der Seitengassen.

Aus Erfahrung wusste das Rentnerpaar, dass in den eher abseits gelegenen Arealen Ungeahntes zu bergen war. Albert bückte sich gerade, als sein Muttchen zu ihm aufschloss. Er winkte und kehrte ihr den Rücken zu. Nach einer kurzen Begutachtung setzte Freude über das Fundstück ein. Mit einem Tuch wischte er Schmutz vom Gehäuse ab und ließ den Fotoapparat in seiner Tasche verschwinden. Nicht zum ersten Mal hätte seine Frau darauf bestanden, wohlverdiente Beute im Fundbüro abzugeben. Den handlichen Apparat aber wollte er behalten. Auch gemeinsam alt gewordene Ehepaare durften Geheimnisse voreinander haben, sagte er sich. Bestens gelaunt nahm er den angehäuften Berg Müll ins Visier, der in der Morgendämmerung lockte. Etwa drei auf vier Meter groß. Augenscheinlich hatten Abbauarbeiter Abfall vom nebenstehenden Bierzelt gesammelt. Obenauf lagen zertrümmerte Bretter und zerfetzte Veranstaltungsplakate der Unterhaltungsbands, die für Stimmung bei den Gästen gesorgt hatten. Albert ließ einen Magneten an einer Schnur in den Haufen baumeln. Mit der Methode, die seinen Rücken schonte, hatte er einmal einen Ehering aufgestöbert, dessen überglücklicher Besitzer sich mit dem Finderlohn äußerst großzügig gezeigt hatte.

Else war inzwischen zu ihm gekommen und zog sich Latexhandschuhe über, bevor sie begann, die andere Seite des Müllberges zu durchwühlen. Sie entdeckte gerade eine in diesem Teil der Welt wertlose Pfandflasche aus Kanada, als sie ein tiefes Grunzen durch den frühmorgendlichen Arbeitslärm hörte.

Sie fuhr herum und eilte mit vor Angst geweiteten Augen ihrem Mann zu Hilfe, der gerade von einer frei herumlaufenden Sau attackiert wurde. Albert fiel mit dem Bauch voran auf den Haufen mit Plastikkränzen und weiß-blauen Girlanden. Else gelang es, die Sau mit fauchenden Schreien zu verscheuchen und sich über ihren Mann zu beugen. Im Schein der Stirnlampe blickte sie in sein lebloses Gesicht. Starr vor Entsetzen versuchte sie, ihn mit einer Herzmassage wiederzubeleben. Mitten in ihren Bemühungen aber verspürte sie einen Stoß im Rücken. Die verscheuchte Sau war mit Verstärkung zurückgekehrt. Zu einem Schrei des Entsetzens kam Else nicht mehr. Sie spürte einen

Stich im Brustkorb. In Höhe des Herzens. Unerklärlicherweise kam ihr der Straps in den Sinn. In ihrer Jugend, als sie ihren späteren Ehemann kennenlernte, trug niemand derart Schlüpfriges unter einem Dirndl, war ihr letzter Gedanke. Dann landete Else neben ihrem Albert auf dem Müllhaufen. Sie griff nach seiner Hand und verstarb neben ihrem geliebten Ehemann.

9

Der Ruf des Muezzins zum Frühgebet wehte über die Istanbuler Altstadt. Doch Zeki ließ sich nicht von der blechernen Stimme aus dem Schlaf reißen. Erst später schrak er vom erbarmungslosen Läuten seines Handys auf. Hatte er tatsächlich vergessen, es auszuschalten? Mit verstörtem Blick auf das Display dachte er nicht daran, den Anruf seiner Chefin Sonja Feldmeier anzunehmen. Schließlich war es gerade mal sechs Uhr – eine Stunde später als in München –, und außerdem hatte er Urlaub. Er wartete ab, bis das Läuten verstummte, dann schaltete er das Telefon aus.

»*Günaydın,* Zeki«, wünschte keine halbe Stunde später Derya einen guten Morgen. Der Kommissar quälte seine Augen auf und sah zu seiner Freundin, die mit fröhlichem Lächeln und einem Frühstückstablett am Bett stand. Sie schlüpfte aus dem Kleid und kuschelte sich in Unterwäsche zu ihm unter die Decke. Sein Kater verflog nun endgültig nach dem frisch gepressten Granatapfelsaft und dem starken *çay,* den er mit einem ganzen Zuckerwürfel süßte, statt wie sonst mit einem halben. Mit einem Schmunzeln beobachtete er, wie Derya mit unstillbarem Appetit das Frühstück für zwei allein verschlang. Er selbst brachte keinen Bissen hinunter, war in Gedanken bei dem frühmorgendlichen Anruf, der ihn beschäftigte.

»Bestellst du ein Taxi?«, fragte Derya, als sie das letzte Stück der scharfen Peperoni aufgeknabbert hatte. »Ich würde gerne bald fahren. Um neun Uhr beginnt die Führung.«

»Stimmt, ja«, erinnerte er sich an die ausstehende Station des touristischen Programms, die Derya am Herzen lag – der Besuch des Dolmabahçe-Palastes.

Nachdem er mit dem höchstens Vierzehnjährigen an der Hotelrezeption Fenerbahçes Niederlage vom Vortag analysiert hatte, nahm er von ihm eine Telefonnachricht entgegen. Er überlegte, von wem seine Chefin wusste, in welchem der von Hotels übersäten Stadt er abgestiegen war. Vermutlich von Isabel Vierkant, der er Bescheid gegeben hatte. Zu seiner Überraschung überkam ihn ein Gefühl der Bestätigung und Freude über die Notiz. Seine Chefin rief ihn zurück zur Arbeit, er solle umgehend nach der Rückkehr bei ihr im Präsidium vorstellig werden, ein Dienstwagen stünde am Münchner Flughafen bereit.

Zeki handelte einen Pauschalpreis mit dem Cousin des Junghoteliers aus, der mit seinem Taxi erschien. Die Tortur in dem alten Murat 131, einem Fiat-Lizenzmodell türkischer Produktion, bis zum Dolmabahçe-Palast hätte sich Zeki lieber erspart, auch wenn der Oldtimer Erinnerungen an seinen verstorbenen Onkel auslöste, der dasselbe Modell gefahren hatte. In den Morgenstunden zog sich die Fahrt in die Länge, obwohl der Fahrer verwegene Abkürzungen durch Istanbuls Gassen kannte. In der Nähe der ehemaligen Residenz der Sultane wartete der Mann im Wagen mit dem Gepäck, während sich Zeki übermüdet, Derya dagegen voller Elan der Führung anschloss.

Zu Zekis Glück war es nicht erlaubt, alle über dreihundert Räume und Säle voller goldenem Prunk und barockem Schwulst zu begehen, der vor dem Beginn des Niedergangs des Osmanischen Reiches errichtet wurde. Der Rundgang in Gesellschaft mit Touristen aus aller Welt führte durch die privaten Räume und den Haremstrakt. Zeki war erst zweimal als Besucher in dem pompösen Palast gewesen. Einmal als Kind, zusammen mit der ganzen Familie, zur Erbauung des türkischen Selbstwertgefühls, wie sein *dede* vor dem Betreten verlautbart hatte. Das zweite Mal war er mit Selma hier gewesen, die mit einer Sondergenehmigung historische Dokumente studierte. Er hatte sie begleitet und Zeitung gelesen, während Selma in die Schriften abtauchte, um ein Seminar für die Istanbuler Universität vorzubereiten.

Nun war er ein drittes Mal hier und ließ sich von Deryas kindlichem Enthusiasmus anstecken, obwohl er gedanklich längst in München war. Er reckte den Kopf im großen Festsaal nach oben zur Kuppeldecke. Allerdings erfasste ihn keine Ehrfurcht angesichts des architektonischen Meisterwerkes. Vielmehr musste er beim Anblick des riesigen Lüsters an einen umgedrehten Weihnachtsbaum denken. Nach Auskunft der Führerin war der mächtige Leuchtkörper mit siebenhundertfünfzig Kerzen bestückt. Osmanischer Größenwahn, der immer noch Geld einbrachte, wie bayerischer Größenwahn in Neuschwanstein, dachte er, als er Deryas Hand in seiner spürte. Ergriffen war sie vor Atatürks Sterbebett stehen geblieben und senkte den Kopf, wie die meisten der einheimischen Touristen es im Gedenken an den Gründer der türkischen Republik taten. Die rote Nationalflagge mit Halbmond und Stern lag wie eine Tagesdecke über das Bett gespannt. Das zum Todeszeitpunkt des Staatsmannes gestoppte Uhrwerk tickte nicht. Der Kommissar musste bei der Uhrzeit an den Termin bei seiner Chefin denken und daran, dass er auf keinen Fall den Flug nach München verpassen durfte.

10

Pius Leipold wartete im Münchner Polizeipräsidium vor dem Büro der Kommissariatsleiterin. Der Zweiundvierzigjährige in verwaschener Jeans und schäbiger Lederjacke tippte den Zeigefinger auf das Display eines Smartphones.

Abgehetzt nahm Demirbilek, direkt vom Flughafen kommend, neben ihm Platz und musterte seinen Kollegen, der die reguläre Mordkommission leitete. Eine schwierige Männerfreundschaft verband die beiden, die das berufliche Schicksal zusammengeführt hatte. Würde er Leipold fragen, würde er ihn vermutlich *seinen* Türken nennen, der ihm wie ein aufgeblasener Paschapfau ständig in die Quere stolzierte. Demirbilek konterte gedanklich und verglich Leipold mit einem überfressenen Rauhaardackel, als sein Gegenüber entnervt von dem Gerät aufblickte und sich an den Ring im rechten Ohr griff.

»Ich bin zuerst dran. Ich warte seit über zehn Minuten«, posaunte er und widmete sich wieder seinem Gerät. »Da brauchst du ja einen Doktortitel, um das zu kapieren!«

»Zeig mal.« Demirbilek hielt seine geöffnete Hand hin. Sein Desinteresse an Handys und sonstigem elektronischem Schnickschnack warf er aus Gefälligkeit über Bord.

Leipold überlegte erst gar nicht, das Angebot anzunehmen. »Lieber nicht«, meinte er und steckte das Smartphone in die Tasche. »Herkamer soll sich das ansehen. Das Internet bei seinem soll angeblich funktionieren. Hast du kein neues Diensttelefon?«

»Verloren«, entgegnete Demirbilek ohne Anflug von Ironie. Dass die im kürzlichen Wahlkampf versprochenen neuen Smartphones nichts taugten und in absehbarer Zeit ausgetauscht werden sollten, hatte sich herumgesprochen.

Leipolds stämmiger Körper, einschließlich seines Bierbauches, verarbeitete in zuckenden Bewegungen die Lachattacke, die ihn unvermittelt packte. »Verloren?«, prustete er abschätzig. »Das glaubt dir kein Mensch! Weiß doch jeder, dass du Handys hasst.«

Demirbilek stierte seinen lachenden Kollegen an. Um sich zu beruhigen, murmelte er: *»Bismillahirrahmanirrahim.«* Dann säuberte er sich mit den Händen symbolisch das Gesicht. Inmitten des Lachkrampfes versuchte Leipold, die Worte zu wiederholen, und imitierte, mehr aus Übermut heraus, seinen türkischstämmigen Kollegen, von dem er wusste, dass er einigermaßen gläubig, aber nicht übermäßig religiös war.

Argwöhnisch verfolgte Demirbilek die lautmalerischen Bemühungen, bis er seine aufsteigende Wut nicht mehr im Zaum halten konnte. »Hör zu lachen auf.«

»Was bedeutet denn das, dieses *bismillahi* …«

»Hör auf, sonst fängst du eine.«

Leipold lachte weiter. Fallanalysen waren nie seine Stärke gewesen. Die Ernsthaftigkeit der Situation schien ihm nicht bewusst zu sein. »Ich? Eine fangen?«

»Genau du. Oder siehst du hier sonst jemanden, der so dreckig lacht?«

Erst jetzt erkannte Leipold im Gesicht seines Kollegen, wie ernst er die Drohung meinte, und hustete eine Weile, bis er wieder sprechen konnte. »Erklär mir halt, was das bedeutet. Was ist jetzt daran schlimm?«

Demirbilek schwieg eine Zeitlang eisern, dann sprang er ohne Vorwarnung auf. Leipold zuckte zusammen, im Glauben, sein Kollege, der für sein Temperament berüchtigt war, würde sich auf ihn stürzen. Doch Demirbilek war aufgesprungen, um in Feldmeiers Dienstzimmer zu stürmen. Leipold hielt ihn an seinem Anzug fest.

»Kannst du nicht machen, spinnst du! Die Chefin wird zu tun haben«, schimpfte er mit hochrotem Kopf.

»Finger weg!«

»Schon gut.«

Die beiden Kommissare setzten sich wieder und gafften auf die verschlossene Tür.

»Ist ja wie beim Zahnarzt! Bin doch kein Patient, kriege ja noch Zahnweh beim Warten«, grummelte Leipold etwas später in das Schweigen.

Demirbilek zuckte mit den Schultern und spürte sein altbewährtes Handy in der Hosentasche vibrieren. Nach einem Blick auf das Display stand er auf und drehte sich von Leipold weg.

»Effendim«, sprach er in das Gerät, hörte eine Weile zu und entgegnete mit sanfter Stimme: *»Biraz sonra. Söz! Peki, Derya. Tamam. Iyi günler.«*

Demirbilek steckte das Handy zurück und setzte sich wieder. Die vor Erstaunen gerunzelte Stirn seines Kollegen ignorierte er.

»Mensch, Zeki, du hast ja eine saumäßig nette Telefonstimme. War das Derya, die hübsche Kellnerin?«, fragte Leipold neugierig.

Demirbilek schätzte ihn auf eine schier geheimnisvolle Weise, wollte aber die Intimität zu ihm nicht übertreiben. Aus dem Grund sagte er nichts von Derya und dem Wochenende in Istanbul.

»Geht mich ja nichts an, hast recht«, zog Leipold seine Frage zurück. Gleichzeitig hüpfte er dienstbeflissen auf, weil sich die Tür vor ihnen einen Spalt weit öffnete. Demirbilek dagegen blieb sitzen, hob nur den Kopf ein wenig. Rotlackierte Fingernägel blitzten am Türgriff auf, dann schloss sich die Tür wieder. Enttäuscht ließ Leipold sich auf den Stuhl zurückfallen, als Demirbilek aufsprang, zwei Schritte zur Tür ging und zu schreien begann.

»Ich habe Urlaub bis morgen früh, Frau Feldmeier!«

Leipold schüttelte den Kopf über diesen Wutausbruch. »Komm, setzt dich wieder. Hilft ja nichts. Wird ein Notfall sein. Wollte dich eh was fragen.«

Demirbilek nahm erneut Platz. »Was?«

»Hast du dich beruhigt?«

»Was wolltest du mich fragen?«

»Nicht wichtig, aber weil wir gerade gemütlich zusammensitzen. Habe da was läuten gehört. Du nicht?«

Bevor der Sonderdezernatsleiter etwas erwidern konnte, klingelte Leipolds neues Smartphone. Er erschrak über den Klingelton, der ihm noch nicht vertraut war. »Scheißdreck!«

Er stand auf und drehte sich weg, wie Demirbilek vorher. »Servus, Schatz. Na? Was gibt's?«, säuselte er freundlich in den Apparat und hörte zu, bis er meinte: »Ja, ja, passt schon. Ich mache das, ich hole die Zwergerl ab, logisch, kein Problem, Schatzerl.« Und weitere Sekunden später: »Leberkäs mit Spiegelei geht immer. Ich fahr beim Metzger vorbei. Gut, Servus. Bis heute Abend. Bussi!«

Leipold setzte sich und schnaufte laut durch.

»Ist was passiert? Was mit Elisabeth?«, fragte Demirbilek nach.

»Nein, nein«, erwiderte Leipold mit besorgter Stimme. »Meine Frau muss länger arbeiten, sagt sie. Aber seit wann hat eine Sparkasse länger offen?«

»Ärger?«

»Ach woher«, log Leipold plump wie ein überführter Verdächtiger.

Dennoch wechselte Demirbilek das Thema. Mit Ehestreitigkeiten wollte er nichts zu tun haben »Wie alt sind denn deine Kinder?«

»Wird das ein Verhör?«

»Dann lass es.«

Demirbilek lehnte sich zurück und blickte auf die Uhr, als er Leipolds Stimme hörte, der es sich wohl anders überlegt hatte.

»Der Max fünf. Sophie drei«

»Maşhallah«, gratulierte Demirbilek. Als Reaktion auf das Gesicht seines bayerischen Kollegen ergänzte er: »Sagt man bei uns als Glückwunsch. Standardmäßig. Bist aber spät Papa geworden.«

»Na und?«, wies Leipold die Kritik zurück. »Und du wirst Opa. Mit einundvierzig. Ist das besser?«

»Weiß nicht, mein Enkel lässt auf sich warten«, fertigte Demirbilek die Frage ab. »Jetzt erzähl mal, was du läuten gehört hast.«

»Eh ein Schmarrn«, entgegnete Leipold ausweichend.

Demirbilek schüttelte lächelnd den Kopf. Er hatte keine Lust, nachzuhaken. Früher oder später erreichten ihn die Gerüchte sowieso. Egal, ob sie wahr oder falsch waren. Er sah erneut auf die Uhr, neigte den Kopf zum Gruß und machte sich davon.

»Haben sie dir ins Hirn geschissen, Zeki? Wir sind einbestellt!«, rief ihm Leipold nach.

Demirbilek drehte sich um. »Sag der Chefin schöne Grüße, sie soll anrufen, wenn sie was will.«

Leipold folgte ihm. »Echt jetzt?«

Demirbilek deutete mit dem Kopf zur Tür. »Warst du auf der Polizeischule, oder hast du deinen Dienstausweis im Lotto gewonnen?«

Leipold musste grinsen, obwohl er ernst zu bleiben versuchte. »Was willst du damit andeuten?«

»Ist uns nicht eingetrichtert worden, Zeitkontingente sinnvoll zu nutzen?«

»Aber hallo! Natürlich«, gab Leipold seinem Kollegen recht. »Ich hatte noch kein Mittagessen.«

Demirbileks Gedanken schweiften zu den Köstlichkeiten ab, auf die er vor ein paar Stunden beim Frühstück mit Derya verzichtet hatte. »Wenn du erzählst, was du gehört hast, lade ich dich auf eine Leberkässemmel ein.«

»Vorn am Viktualienmarkt?«

»Wo sonst?«

Beide konnten ein Lächeln nicht unterdrücken. Die zwei Kriminalbeamten machten sich auf den Weg, hatten das Ende des Ganges jedoch noch nicht erreicht, als sie von der Stimme ihrer Chefin gestoppt wurden.

»Wohin die Herren so ungeduldig?«, rief Sonja Feldmeier.

11

Demirbilek war nach der hitzigen Besprechung bei der Chefin ohne Pius Leipold aufgebrochen, der vollkommen außer sich in sein Dienstzimmer verschwunden war. Er erreichte mit der U-Bahn die Theresienwiese, wo das weltberühmte Volksfest mit dem Anstich durch Münchens Oberbürgermeister vor siebzehn Tagen begonnen hatte. Wohin auch Demirbileks Blick fiel, waren Arbeiter damit beschäftigt, Buden, Fahrgeschäfte und Bierzelte abzubauen. Ein Bauzaun umringte das gesamte Areal, um die Arbeiten so störungsfrei wie möglich durchzuführen. Dennoch war das Betreten des Geländes nicht verboten. Durchgangswege für Fahrradfahrer und Fußgänger waren frei gehalten, auf breiten Straßen ratterten Lastwagen, Transporter und Spezialsattelzüge mit tonnenschweren Stahlkonstruktionen der skelettierten Vergnügungsattraktionen. Allenthalben waren Kräne und Gabelstapler im Einsatz. Der Abbau lief auf Hochtouren, Zeitdruck stand den Arbeitern ins Gesicht geschrieben. Unmittelbar nach dem ultimativen Zapfenstreich – kaum war die letzte Maß getrunken und der letzte Steckerlfisch gegessen – hielt das logistische Großprojekt rund eintausend Beschäftigte aus aller Herren Länder auf Trab. Unter den wachsamen Augen der Bavaria wurde die Theresienwiese freigeräumt, um Platz für die nächste Veranstaltung zu machen.

Zeki Demirbilek war das erste Mal mit dreizehn Jahren auf die Wiesn gegangen. Lärm und Andrang waren nicht zu vergleichen mit dem Massenauflauf heutzutage. Auch das seit etlichen Jahren in Mode gekommene Tragen von Dirndln in jeder nur erdenklichen Preisklasse und modisch fragwürdigen Ausrichtungen war zu der Zeit nicht verbreitet gewesen. Auch gab es keine Männer in quietschbunten Lederhosen zu bestaunen, die über die Festwiese flanierten. Mit Schulfreunden, die ihn als Neu-Münchner unter ihre Fittiche nahmen, hatte er gelernt, wie leicht es war, sich in Bierzelte zu schleichen und Noargerl – Bierreste herumstehender Maßkrüge – zu leeren. Mit angetrunkenem Übermut klapperte die Bande Jungs meist ohne einen Pfennig in der Tasche ein Fahrgeschäft nach dem anderen ab. Die Versuche, Mädchen aufzureißen, waren mehr oder minder vergebens, wenn auch nicht mit Frust verbunden, denn der Reiz als pubertierende Jünglinge lag darin, in der Vorstellungskraft einen Stich zu landen. Kam es wider Erwarten zum Kontakt mit dem anderen Geschlecht, herrschte in der Regel Sprachlosigkeit, die sich in Form dummer bis sexistischer Sprüche äußerte. Die im Rückblick peinlichen Situationen aus dem Kopf zu scheuchen fiel Demirbilek schwer, da er gerade bei den schweißgebadeten Arbeitern vorbeikam, die die Holzbretter des ältesten Vergnügungstheaters auf dem Oktoberfest abmontierten. Schon damals sorgte der Schichtl für unvergessene Momente bei nüchternen wie betrunkenen Gästen jedweden Alters. Das Mädchen, das Demirbilek in den Sinn kam, jagte mit einem gestohlenen Maßkrug hinter ihm her, weil er ihr Dirndl angehoben und ihren Allerwertesten mit dem Arsch eines Brauereipferdes verglichen hatte. Sie um Verzeihung zu bitten war wohl etwas zu spät, beschwichtigte er sich, als der Tatort in sein Blickfeld rückte.

Einsatzfahrzeuge parkten um den abgesicherten Fundort, der sich in einer der Seitengassen der Bierstraße mit den Festzelten befand. Demirbilek bemerkte beim Vorbeigehen die vielen ausländischen Handwerker, die auf Knien Bodenbretter der gespenstisch leeren Bierzelte abmontierten.

Isabel Vierkant winkte hinter dem Absperrband mit ihrem Notizblock in der Hand. Etwas hektisch, wie Demirbilek empfand.

»Wo bleiben Sie denn? Wir warten auf Sie, Herr Demirbilek! Hier drüben!«, schrie seine Mitarbeiterin, als sei ihr Chef blind und müsse nach Gehör den Weg zu ihr finden.

»Waren wir nicht per du?«, plärrte Demirbilek zurück.

Vierkant wehrte sich hartnäckig, ihren Vorgesetzten mit dem Vornamen anzusprechen. Selbst als er ihr erklärte, dass es türkische Gepflogenheit sei, nicht den Nachnamen, sondern aus Respekt und Hochachtung den Vornamen zu verwenden, war sie nicht umzustimmen gewesen.

»Ich mag das nicht, das wissen Sie doch«, rief sie zurück, ohne sich von der Stelle zu rühren.

Demirbileks Verwunderung nahm zu, als er näher kam und den Grund entdeckte, weshalb sich Vierkant nicht rührte.

»Was hast du da?«, fragte er stirnrunzelnd, gleichzeitig beschleunigte er seinen Schritt, weil er nicht glauben konnte, was er zu Gesicht bekam. Vierkant hielt ein Seil in der Hand. Daran hing eine Sau. Eine große mit dunkelgrauen Flecken auf der sonst pinkfarbenen Haut. Das Tier grunzte aufgeregt.

»Da sind noch mehr!«, rief die Oberkommissarin und deutete auf einen Viehtransporter, auf dem ein Dutzend Säue derselben Rasse auf die Abfahrt wartete. Mehrere Bauern versorgten die Tiere. »Ich wollte Ihnen eine der Säue zeigen, damit Sie mir glauben.«

Demirbilek war bei seiner Kollegin angelangt und blickte zu dem weißen Arbeitszelt. Ein Beamter erstellte die Videodokumentation, der Tatortfotograf schoss systematisch Bilder.

»Ich will nicht glauben, Isabel, ich will wissen!«

»Tut mir leid, ich dachte …«

»Denk nicht, berichte.«

»Wollen wir nicht auf Pius warten? Er hat gerade angerufen, er ist stinksauer. Wissen Sie, warum?«

Vierkant, immer sehr auf Harmonie bedacht, wollte gerade für ihren bayerischen Kollegen ein gutes Wort einlegen, als sich die Sau losriss und auf Demirbilek zurannte. Mit einem Reflex, der Schlimmeres verhinderte, hob der Migra-Chef den Fuß. In der Aufregung reagierte das Tier zu langsam und prallte mit dem Schädel gegen seine Schuhsohle. Demirbilek legte immer schon viel Wert auf solides Schuhwerk. Die Sau grunzte mehrmals und schüttelte den Kopf, als die Bauern zur Rettung herbeieilten.

Sobald sich das Tier von dem Schock erholt hatte, strich Demirbilek über dessen Kopf und wandte sich an seine Kollegin.

»Los, Isabel. Die Chefin hat dem Fall höchste Priorität beigemessen.«

»Ich weiß, ich habe Ihnen auf Band gesprochen und vorab über alles berichtet! Ich kann Ihnen ganz genau sagen, wann«, erwiderte sie beleidigt und suchte in ihrer riesigen Umhängetasche nach dem Diensttelefon.

»Ich hatte Streit mit Leipold«, erklärte der Kommissar. »Und beim Streiten telefoniere ich nicht!«

Vierkant verzichtete darauf, ihrem Vorgesetzten aufzuzeigen, wie einfallsreich er sein konnte, um nicht ans Handy gehen zu müssen. »Es sind gleich drei Leichen, Chef.«

»Die Chefin hat von *einer* Leiche gesprochen. «

»Sind aber zwei mehr. Ist mit Pius alles in Ordnung?«

»Nichts ist in Ordnung mit Pius. Den hat es kalt erwischt, genau wie mich.«

»Warum denn?«

»Erst hat die Chefin ihm Honig ums Maul geschmiert, dass sie die besten Ermittler für den Fall bündeln will, und ihm dann unter die Nase gerieben, dass er für unbefristete Zeit zu uns in die Migra abkommandiert ist.«

»Der arme Pius. Das wird ihm nicht gefallen haben.«

»Nein, gar nicht. Und erst recht nicht, dass sein bester Spezi Herkamer die Fälle seiner Abteilung übernimmt.«

»O mein Gott!«, entfuhr es Vierkant. »Gleich so schlimm.«

»Ein Drama. Ein zutiefst ungerechtes, aus Pius' Sicht zumindest.«

12

Macht mal eine Pause«, wies Demirbilek die Kollegen von der Spurensicherung an. Er wollte endlich zum Einsatzort. Weit kam er jedoch nicht. Leipold marschierte auf den abgesperrten Bereich zu. Von Gang und Haltung her war abzusehen, dass er nach wie vor schlechte Laune hatte. Nicht zum ersten Mal zog Feldmeier den Migra-Chef dem Leiter der Mordkommission vor.

Ringsum richteten sich die Kollegen auf ein Spektakel ein. Die Hassfreundschaft zwischen den Kommissaren hatte sich mit der Gründung des Sonderdezernats Migra herumgesprochen. Die Kollegen tuschelten, tranken Kaffee und bissen von Butterbrezen ab, in Erwartung einer zünftigen Keilerei zwischen dem bayerisch-türkischen Platzhirsch und in dem Sinne doppelt bayerischen Herausforderer Leipold.

»Zeki! Du bist so eine …«, plärrte Leipold von weitem und übertönte mit dem Geschrei das Motorengeräusch eines abfahrenden Lasters.

»Pius! Pass auf, was du sagst!«, schnitt Demirbilek ihm nicht weniger wütend das Wort ab. »Keine Bemerkungen über Türken im Dienst, die du bereuen könntest! Am Stammtisch kannst du erzählen, was du willst!«

Der Kommissar vergrub seine Hände in den Hosentaschen seines Anzugs, um nicht Gefahr zu laufen, handgreiflich zu werden. Dabei beobachtete er, wie sich sein Kollege unter das rot-weiße Absperrband duckte und dabei verhedderte. Leipold kämpfte eine Weile, bis er sich aus dem Plastikstreifen befreit hatte und auf Demirbilek zumarschierte, als würde er einem seiner Kinder die Leviten lesen wollen.

»Wieso hast du nicht auf mich gewartet?«, knurrte Leipold.

»Weil ich hierher wollte! Deshalb!«, knurrte Demirbilek zurück und wandte sich wieder dem Zelt zu.

»Du machst jetzt keine Tatortbegehung ohne mich!«, spie Leipold ihm nach. »Wir sollen zusammenarbeiten, hat die Chefin gesagt.«

»Aber vielleicht eine Fundortbegehung!«, raunte Demirbilek.

Auf seinen Lippen brannten weitere Erwiderungen, die er aus purem Selbstschutz für sich behielt. Klein beizugeben, das war dennoch nicht seine Art. Er krächzte Flüche in sich hinein, die er als Kind auf Istanbuls Straßen gelernt hatte. Soweit er sehen konnte, hatte keiner der anwesenden Kollegen einen türkischen Hintergrund. Bei der Fülle an unanständigen Verwünschungen, die er Leipold an den Kopf warf, war das auch besser so. Besänftigt durch das Abfeuern des verbalen Maschinengewehrfeuers konterte er gelassen: »Komm mit! Sieh's dir mit an. Wird schon nicht schlimm sein.«

Demirbileks Einladung blieb nicht ohne Wirkung. Leipold erstarrte mit einem Mal. Der Griff an den goldenen Ring im rechten Ohr war ein untrügliches Zeichen für seine schlagartig einsetzende Nervosität. Verunsichert blickte er zu den pausierenden Spurensicherern. Im Kollegenkreis wusste man um die Schwierigkeiten des Münchner Ermittlers, Tatorte zu untersuchen. Doch lag das nicht am Anblick der Opfer – Fotos und Videos von Leichen konnte Leipold stundenlang studieren. Er hatte sich sogar einen Satz Lupen angeschafft, um kein Detail zu übersehen. Es war der mit dem Ableben aufkommende Verwesungsgeruch, der ihm körperlich und psychisch zusetzte.

Bereits in der Polizeiausbildung hatte sich das abgezeichnet, und schon damals wollte Leipold auf seinen eigentlichen Traumberuf umsatteln. Sein Vater erlaubte ihm allerdings nicht, Braumeister zu werden, obwohl er auf eigene Faust einen Ausbildungsplatz ergattert hatte. Kein leichtes Unterfangen in Bayern, wo der Beruf als ideale Verbindung von Tradition und Moderne von vielen Jugendlichen angestrebt wurde. Etliche Jahre später, kurz vor dem Tod seines Vaters, hatte Leipold ihn darauf angesprochen. Vater Leipold erklärte ihm seine Beweggründe damit, dass es nicht richtig gewesen wäre, sein Hobby zum Beruf zu machen. Mit dreizehn Jahren hatte sich Leipold seinen ersten Bierrausch auf der Wiesn abgeholt. Hätte ihn nicht ein Freund gerettet, wäre er sternhagelvoll im Auer Mühlbach ersoffen.

Leipold wartete auf eine Reaktion seiner Kollegen, die sich gegenseitig mit abwägenden Blicken musterten, schließlich alle gemeinsam und ohne Häme den Kopf schüttelten – lieber nicht die Leichen ansehen. Als einer von ihnen den Fotoapparat hob und anbot, ihm die Aufnahmen zu zeigen, begab sich Leipold ohne weiteren Kommentar zu dem Streifenwagen. Eine Butterbreze war noch zu haben, wie er von weitem sah.

13

Demirbilek verhalf sich mit einem gemurmelten *»Bismillahirrahmanirrahim«* zu der nötigen Konzentration. Er trat unter das Zeltdach und besah die drei Leichname. Zwei Alte, ein Mann und eine Frau. Beide mit geweiteten Augen. Beide mit leiser Unzufriedenheit um die Lippen. Verschüttet im Müllhaufen lag ein zweiter Mann. Um die fünfzig Jahre vielleicht. Oberköper und Kopf waren von Unrat und Plakaten verdeckt. Er trug einen verdreckten, ehemals weißen Kaftan, der vollkommen zerfetzt war. Der Reißverschluss der Stoffhose, die er darunter trug, war aufgerissen. Durch die Öffnung konnte Demirbilek zwischen dem Blut sein Geschlecht erkennen. Weiter kam der Kommissar mit seinen Beobachtungen nicht.

»Immer fleißig, unser Zeki!«, hörte er hinter sich.

Ohne den ironischen Ton zu kommentieren, betrachtete Demirbilek das Opfer genauer. »Ihm ist nicht der Penis abgeschnitten worden, oder doch?«, fragte er in seinen Rücken.

Dr. Sybille Ferner, die blondhaarige Gerichtsmedizinerin, die seit Jahren mit Demirbilek zusammenarbeitete, trat neben ihn. Das Oberteil ihres Overalls hatte sie ausgezogen und mit den Ärmeln über die Hüften geknotet. Irritierenderweise trug sie einen weißen Rollkragenpullover darunter. »Viel schlimmer! Wenn das überhaupt geht. Das waren die Säue.«

Demirbilek nickte. Mehr an Reaktion zeigte er nicht, obgleich ihn bei der Vorstellung Ekel ergriff, wie die Tiere an Kleidung und Körper nagten. Deshalb die Bissspuren überall. Er hoffte, dass das Opfer tot gewesen war, bevor die Säue sich an ihm gütlich taten.

»Könnte Araber sein, vom Kaftan her, meine ich. Oder?«, fragte Ferner unvermittelt.

»Wahrscheinlich, was sonst?«, gab Demirbilek verärgert zurück. »Hat er keine Papiere bei sich?«

»Oh, sind wir schlecht gelaunt, Herr Kommissar? Nein, keine Papiere, keine Wertsachen, auch kein Handy«, meinte Ferner schmunzelnd. Dann lüpfte sie einen riesigen grauen Schlapphut vom Kopf des Toten, der sein Gesicht verdeckte. Demirbilek erschrak wegen des künstlich wirkenden Eindrucks. Ihm schien, als würde der Mann eine Halloween-Maske tragen, bei dem Filmblut verwendet worden war. Er war versucht, ihm die Maskerade vom Gesicht zu nehmen und ihm auf die Beine zu helfen. Doch der in der Augenhöhle verdrehte rechte Augapfel war tatsächlich nicht dort, wo er zu sein hatte. Angetrocknetes Blut, verklebt mit Essensresten, quoll aus der Wunde.

»Und? Ist er Araber, was meinst du?«, wiederholte Ferner.

»Vom Aussehen her schon, logisch, deshalb hat die Chefin ja mich geschickt«, erwiderte er gereizt. »Was hast du denn da?«

Demirbilek riss seiner Kollegin den Beweismittelbeutel aus der Hand. Darin lagen zwei unscheinbare Kügelchen.

Ferner verzog irritiert das Gesicht über Demirbileks Reaktion. »Das sind Bleikugeln. Die eine steckte in der Wange. Die andere im rechten Auge«, erklärte sie. »Vielleicht finden wir weitere Geschosse, wenn wir den Müllhaufen durchsuchen.«

Demirbilek hatte sich antrainiert, seine Gefühle beim Anblick von Opfern nicht preiszugeben. Ausdrücke des Bedauerns oder der Anteilnahme, die nichts als Floskeln sein konnten, vermied er in der Regel. Stattdessen murmelte er eine stille Koransure, fuhr sich über das Gesicht und setzte seine Arbeit fort.

Der Täter hatte mit einem Luftdruckgewehr oder einer Luftdruckpistole auf das Opfer geschossen. Man schießt nicht mit Luftdruck, um zu töten. »Wie weit war der Schütze entfernt?«

»Nicht recht weit, zwei, drei Meter höchstens. Die Durchschlagskraft des Projektils hätte sonst nicht ausgereicht, um Wange und Auge auf die Weise zu verletzen. Es ist nicht viel Blut geflossen, bei dem Projektil kein Wunder. Ist ja zum Zerschießen von Plastikhülsen und Zielscheiben gedacht.«

Demirbilek sah sich um. Wenn der Schütze vor dem Müllhaufen gefeuert hätte, wäre er wie auf einem Präsentierteller von allen Seiten zu sehen gewesen. »Der Fundort ist wahrscheinlich nicht mit dem Tatort identisch.«

»Kann ich mir auch nicht vorstellen.«

»Hast du schon was zum Todeszeitpunkt?«

»Ich gehe mal davon aus, dass er sich noch auf der Wiesn vergnügt hat, bevor es mit ihm zu Ende ging. Sprich, irgendwann in der vergangenen Nacht. Straßenreiniger haben den Fund um sechs Uhr früh gemeldet. Wir warten seit Stunden auf dich, Herr Chefermittler.«

Also im Laufe der Nacht des letzten Wiesntages, stellte Demirbilek für sich fest. Auf die Idee, Ferners Kritik zu kommentieren, kam er überhaupt nicht.

»Recht laut sind Luftdruckgewehre nicht, oder? Die Schüsse könnten überall abgegeben worden sein. Bei dem Lärm auf der Wiesn?«

Er blickte in alle Richtungen. Um das Absperrband waren die Abbauarbeiten auf seine Anweisung hin zum Stillstand gekommen. Die Befragungen in den Schaugeschäften im näheren Umkreis und im angrenzenden Bierzelt waren im Gange. Warum das Opfer mitten auf der Wiesn entsorgen, warum kein weniger auffälliger Platz? Hatte der Täter gehofft, die Leiche würde unentdeckt in einem Abfallcontainer landen? Als seine Spekulationen immer wilder wurden, gebot er sich Einhalt. Erst ein paar Fakten sammeln.

»Was ist mit der Todesursache, Sybille? Der Schuss ins Auge kann es ja nicht gewesen sein, wenn die Kugel nicht bis ins Hirn vorgedrungen ist«, stellte er fest.

»Wird sich zeigen. Tödlich war der Schuss sicher nicht. Lass mir etwas Zeit.«

Demirbilek kannte Ferner auch anders, weniger ruhig, wenn er vor der Obduktion nach Fakten fragte.

»Irgendwelche verwertbaren Spuren?«

»Sehe ich aus wie eine Spekulationsmaschine, Zeki? Ich bin Wissenschaftlerin. Ich brauche etwas Zeit, wie gesagt.«

Der Kommissar kniete nieder, um die Gesichter des älteren Paares genauer anzusehen. »Die beiden Herrschaften haben es auch mit den Säuen zu tun bekommen.«

»Ja, sieht ganz danach aus. Sie hatten ihre Personalausweise bei sich. Ehepaar Else und Albert Niederhammer. Kinderlos. Den Symptomen nach sind beide an einem Schwächeanfall verstorben. Die Aufregung war wohl zu viel.«

»Haben sie im Müll gewühlt?«

»Wahrscheinlich. Ich schätze, die zwei haben sich tatsächlich zu Tode erschreckt, entweder wegen der Säue oder wegen der Leiche«, bestätigte Ferner mit gesenkter Stimme. Else und Albert hatten sich im Todeskampf die Hände gereicht. Durch die Todesstarre blieben sie verschränkt, als würden sie bis in alle Ewigkeit nicht voneinander lassen. »Wenigstens ist keiner ohne den anderen gegangen.«

Demirbilek durchzuckte ein sonderbarer Gedanke. Bei dem Anblick der verschränkten Finger dachte er an die Tierparkbrücke. Dort am Geländer hingen Abertausende Liebesschlösser. Wenn er stirbt, wessen Hand würde er in seiner spüren wollen? Deryas Hand, die er in den letzten Wochen oft in seiner gefühlt hatte, oder Selmas, deren weiche Hände ihm trotz der langjährigen Trennung vertrauter waren? Die Lampenstative bewegten sich im stärker werdenden Wind. Demirbilek löste seinen Blick von den ineinanderliegenden Händen der alten Menschen. Im grellen Arbeitslicht bemerkte er, dass sich seine attraktive Kollegin das blonde Haar nachgefärbt hatte.

»Was ist?«, stutzte Ferner.

»Du bist heute besonders blond. Wegen dem Licht wahrscheinlich.«

Sie lächelte versonnen, fast beschämt, wohl aus Rührung und Anteilnahme an dem Schicksal des Rentnerpaars. »Ach, Zeki, schön, dass du das sagst. Du bist der Einzige, dem aufgefallen ist, dass ich mir die Haare nachgetönt habe. Bist und bleibst ein Charmeur«, seufzte sie laut. »Jetzt aber los. Du gehst jetzt, damit wir weitermachen können. Im Obduktionsbericht steht alles, was du wissen musst.«

»Weshalb die Säue, Sybille?«, wollte Demirbilek noch erfahren.

Die Gerichtsmedizinerin schlüpfte mit den Armen in den Overall. »Komische Geschichte. Steht wahrscheinlich morgen groß in der Zeitung.« Sie zog den Reißverschluss bis hoch unter das Kinn. »Die Tiere sind Teil einer Show bei der Oiden Wiesn, weißt schon, die Nostalgie-Wiesn mit den historischen Fahrgeschäften und Buden. In der Nacht sind die Viecher aus dem Gehege ausgebrochen und haben sich durchgefressen, liegt ja genug Zeug am Boden herum, und im Müllhaufen waren eine ganze Menge Essensreste. Wahrscheinlich haben die Säue im Dunkeln nicht gesehen, woran sie knabbern. Sind ja Allesfresser, war ihnen bestimmt auch vollkommen egal.« Sie räusperte sich verlegen. »Jemand hat eimerweise Bratwürste und andere Leckereien auf die Müllhalde gekippt.«

Demirbilek schüttelte den Kopf. »Wer die Essensreste entsorgt hat, wissen wir nicht?«

Ferner schüttelte den Kopf. »Isabel macht mit den anderen ja gerade die Runde«, erwiderte sie knapp und fragte dann: »Übernimmst du den Fall eigentlich?«

»Natürlich, wer sonst?«, antwortete Demirbilek verdutzt. »Wenn er kein Araber ist, wird er irgendwas anderes sein, was nicht Deutsch ist.«

»Hast du überhaupt Zeit dafür? Habe da was von Pius läuten gehört«, schmunzelte Ferner und zwinkerte ihm verschwörerisch zu. »Schnapp dir den Schweinehund, bevor du die Karriereleiter hochsteigst.«

»Ach, Sybille! Seit wann gibst du was auf Gerüchte wie unser Pius? Scan lieber die Fingerabdrücke und sag Isabel Bescheid. Ich möchte wissen, wer der arme Kerl ist.«

14

Nicht mit mir!«

Jale Cengiz verdrehte die Augen. Dann strich sie sich unter der Wärmflasche über ihren eiförmig gewölbten Bauch. Seit einigen Tagen war mit ihr nicht zu spaßen, hatte Aydin, der Vater des Kindes, festgestellt. Demirbileks Sohn lächelte verständnisvoll und wollte den nächsten Entwurf für die Hochzeitseinladung auf den Küchentisch legen, als er einen Stoß in den Rippen spürte.

»Du nimmst mich nicht ernst!«, giftete ihn seine Freundin an.

»Wovon sprichst du, *canım?*«, fragte er in einer verzweifelt liebevollen Weise. Aydin war es als Musiker gewohnt, mit zartbesaiteten Künstlerseelen umzugehen, wie es sie unter Berufsmusikern zuhauf gab. Gib ihr recht, sagte er sich, wenn das Kind da ist, wird alles wieder gut.

»Du grinst nicht nur wie ein Kamel, du …« Jale überlegte, was sie Passendes sagen könnte, als Aydin ihr auf die Sprünge half.

»Du bist auch gelassen und geduldig wie ein Kamel. Das meinst du doch, stimmt's?«

»Siehst du! Genau davon rede ich! Du nimmst mich nicht ernst! Du zeigst mir Einladungsentwürfe, die meiner achtzigjährigen *anneanne* in Istanbul gefallen würden. Ich bin aber keine Oma, ich bin fünfundzwanzig und werde viel zu früh Mutter!«

Aydin versuchte, seine Erwiderung besonnen und vorsichtig zu formulieren. »Ich bin froh, dass du dir über die Situation im Klaren bist. Du wirst Mutter, ich werde Vater, und wir feiern aus

Respekt vor deinen Eltern auf traditionell türkische Weise, wie du mir in einer Mail mitgeteilt hast. Erinnerst du dich? Oder soll ich dir dein Tablet holen?«

»Heißt aber nicht, dass wir hundertachtzig Leuten eine total beschissene Einladung schicken müssen.« Sie nahm den Entwurf wieder in die Hand. »Schnörkeliger geht's ja wohl nicht. Und die Goldschrift dazu und der Silberrand um den Pappkarton. Das Schlimmste ist ja wohl das Motiv! So kitschig türkisch, dass es weh tut! War das deine Idee?«

Aydin schwieg und lächelte sein Kamellächeln.

Jale wartete seine Antwort nicht ab. »Klar, von wem sonst? Passt zu dir! Die Hand des Mannes presst sich auf die Hand der Frau! Wenn das kein klarer Hinweis ist, wie es in unserer Ehe zugehen wird! Und da sind Goldringe an den Fingern!«

»Das ist kein Tatortfoto, Jale«, sagte Aydin beschwichtigend. Jale verkraftete die Auszeit vom Migra-Team nur schwer und vermochte Arbeit von Alltag kaum zu trennen.

»Ich will andere Einladungskarten und wehe, du kommst mir noch mal mit Goldringen. Ich will Platin!«

»Natürlich«, lenkte Aydin ein. In seiner Stimme schwang nur ein Hauch von Ungeduld mit. »Wir sollten das aber jetzt entscheiden, mein Liebes. Die Zeit drängt.«

Er holte aus einem Kuvert eine Klappkarte, außen waren ihre Vornamen gestanzt, auf der Innenseite der Einladungstext mit Verzierungen abgedruckt. »Sieh dir das an. Eine Freundin hat es entworfen.«

»Welche Freundin?«, wollte Jale wie aus der Pistole geschossen wissen. Sie stand unter Stöhnen auf, um sich ein Glas Wasser zu holen.

Aydin sprang auf und war ihr behilflich. »Eine Freundin aus Beyoğlu, du kennst sie nicht«, erklärte er beiläufig und drehte den Wasserhahn auf.

Mit einem Mal erstarrte Jales Gesicht. »Aus Beyoğlu? Eine von diesen Freundinnen aus deiner alten WG?«

»Nein, sie studiert Design. Ich habe sie auf dem letzten Konzert in Istanbul kennengelernt und gebeten, sich was zu überlegen. Was Modernes, aber irgendwie auch was mit einem Touch Traditionellem. Eben etwas, was dir gefallen könnte.«

»Du hast mit einer wildfremden Frau über mich gesprochen. Eine, die du auf einem Konzert kennengelernt hast?«, zischte sie entsetzt und nahm Aydin das gefüllte Glas ab. Ein Schluck und das Wasser war weg.

Aydin wollte sich am liebsten die Haare raufen. Wenn Jale Eifersuchtsattacken plagten, war alles zu spät. »Nein, nein, ich habe nur ganz allgemein von der anstehenden Hochzeitsfeier erzählt. Wirklich, nur ganz allgemein.«

»Ganz allgemein?« Jales Stimme überschlug sich fast. »Du hast dem dahergelaufenen Groupie nichts von mir erzählt? Von der Frau, die von dir schwanger ist? Und dich heiraten wird!«

Aydin atmete durch und besann sich auf die Worte seines Vaters, nichts persönlich zu nehmen, wenn – hormonell bedingt – Hochschwangere unberechenbar wurden. Seine Mutter Selma hatte wohl mit ihm und seiner Zwillingsschwester Özlem im Bauch ähnliche Anwandlungen gehabt. Das war zwar zwanzig Jahre her, aber sein Vater hatte ihm noch immer mit Schrecken in der Stimme aus der Zeit der Schwangerschaft erzählt.

Jale stemmte eine Hand in die Seite und tippelte durch die geräumige Wohnküche. Das Sofa, das einladend unter dem Doppelfenster lockte, hatte sie auf dem großen Flohmarkt auf der Theresienwiese erstanden. Es bedurfte ein paar schmeichelnder Worte bei dem angehenden Großvater, bis er sich einverstanden erklärte, es in der Küche aufzustellen. Auch wenn Zeki behauptete, die Wohnung gehöre ihnen gemeinsam, also auch seinem Sohn und seiner baldigen Schwiegertochter, bestand er darauf, die Miete allein zu zahlen. Aydin wusste genau, warum. Sein Selbstwertgefühl als Familienoberhaupt wäre sonst in Mitleidenschaft gezogen worden. Alltag und Zusammenleben wurden von dem Umstand bestimmt, dass er allein das Sagen haben wollte. Seit Jale in Mutterschutz gehen und der Arbeit im Migra-Team fernbleiben musste, versorgte sie auf Zekis Anregung hin den Haushalt. Sehr zum Leidwesen der jungen Frau, die auf ihre Eigenständigkeit pochte, doch zur Freude ihres Vorgesetzten, der zu Hause das Chef-Sein zwar ablegte, aber kein anderer Mensch war, nur weil er über die Türschwelle schritt.

»Ich kann mir keine Einladungskarten mehr ansehen«, seufzte Jale müde. Dann neigte sie den Kopf und sprach zu ihrem Baby. »Machen wir zwei Hübschen ein Nachmittagsschläfchen, meine Kleine?«

Aydin dachte bei ihren Worten an die Ultraschallbilder. Ob ihr Nachwuchs ein Junge oder Mädchen war, stand keinesfalls klar fest. Unbeirrt davon, war Jale seit der ersten Schwangerschaftswoche der Überzeugung, ein Mädchen zur Welt zu bringen. Er sah seiner Freundin zu, wie sie sich zudeckte und erschöpft die Augen schloss, ohne ihn weiter zu beachten.

Für die ganze kleine Familie war auf dem Sofa kein Platz, stellte er fest und packte die Entwürfe für die Hochzeitsfeier zurück in seinen Rucksack. Sein Vater hatte es lieber, wenn der Küchentisch aufgeräumt war.

15

Umsichtigkeit war eine ebenso wichtige Tugend wie Ehrlichkeit und Gottesfürchtigkeit, hatte Isabel Vierkant von ihren niederbayerischen Eltern gelernt. Die gläubige Katholikin war nicht von ungefähr Polizeibeamtin geworden. Sie war tief überzeugt, mit ihrer Arbeit die Welt ein Stück besser und erträglicher zu machen. Ausnahmslos waren für sie alle Menschen Gottes Kinder. Wenn sie sich eines Verbrechens schuldig machten, waren sie eben vom rechten Pfad abgekommen und hatten eines der zehn Gebote gebrochen. Im Sonderdezernat war sie mit den schwersten Verbrechen konfrontiert, Verbrechen an Leib und – aus ihrer Sicht – auch an der Seele. Täter konnten sich ihrer Aufmerksamkeit gewiss sein. Ohne Wenn und Aber setzte sie ihre gesamte Persönlichkeit mit erlernten und durch Erfahrung gewachsenen Fähigkeiten ein, damit die Schuldigen gefasst und der gerechten Strafe zugeführt wurden. Waren Menschenkinder Opfer, wie der Mann von der Müllhalde, der zugedeckt auf dem Obduktionstisch der Gerichtsmedizin lag, konzentrierte sie sich erst recht auf ihre Aufgabe im Leben. Der Wille, den Namen zu erfahren, um die Hinterbliebenen zu benachrichtigen und eine gesicherte Basis für die anstehenden Ermittlungen zu schaffen, trieb sie zur Eile an.

Umsichtig hatte sie sich mit Gerichtsmedizinerin Sybille Ferner verabredet, um Erkenntnisse aus erster Hand zu erfahren. Die Suche nach der Identität des Mannes mit Hilfe der Fingerabdrücke in den Datenbanken der Bundespolizei und des Landeskriminalamtes hatte nichts ergeben. Rückmeldungen der europaweiten Suchanfrage zogen sich erfahrungsgemäß hin. Die datentechnische Vernetzung war längst nicht ausgereift genug. Warten gehörte zum Polizeiberuf, das wusste sie, sei es auf richterliche Beschlüsse oder auf Kolleginnen, die alleinerziehend waren.

Endlich trabte Sybille Ferner in den Obduktionssaal. An der Hand hielt sie ihre zwei Kinder und sah zu den beiden Jungen hinunter. »Lasst schön brav die Augen zu!«

Dann wandte sie sich an ihre Kollegin. »Fußballtraining! Der Depp von Trainer hat wieder mal überzogen. Muss das sein in dem Alter? Zweimal die Woche!«

Natürlich muss das sein, sind doch Buben, dachte Vierkant, behielt aber die Gedanken für sich. »Lass dir Zeit.«

Die Mutter ging in die Knie und packte einen Sohn nach dem anderen an der Schulter und drehte ihn um, weg von den drei Leichen, die aufgebahrt auf den Seziertischen lagen. Die Jungs standen vor einem Regalbrett mit jugendfreien Dingen. Aktenordner und Plastikbehälter waren bis unter die Decke aufgereiht. Danach holte sie zwei Kissen aus ihrer Handtasche und legte diese auf den gekachelten Boden. Die Kinder waren mit der Prozedur vertraut. Sie warteten auf ein Zeichen ihrer Mutter und setzten sich nacheinander hin. Was für brave Buben, staunte Vierkant, die selbst keine Kinder hatte und aus dem Grund mit ihrem Ehemann Peter im Zwist lag. Die Gerichtsmedizinerin griff abermals in ihre Handtasche und holte zwei Tablets hervor, die sie den Jungs in die Hand drückte.

»Das ist nicht meins!«, schrie der Jüngere. Mit geschlossenen Augen stieß er den Ellbogen in die Seite seines Bruders, um die Geräte auszutauschen.

»Jetzt spielt eine Runde«, sagte Ferner und atmete erleichtert auf. Ohne zu antworten, öffneten die beiden die Augen, senkten die Köpfe und begannen zu spielen. Piepsende Töne hallten durch den Saal.

»Macht den Sound aus, Kinder!«, befahl Ferner mit mahnender Stimme. Die Soundcollage brach in sich zusammen.

»Sorry, Isabel«, entschuldigte sie sich noch einmal und zog sich in Windeseile um.

Vierkant war zwar beeindruckt, wie sie ihre Kinder im Griff hatte, aber nicht sicher, ob sie das gut fand.

»Bevor du denkst, die Alte hat einen Schuss, wie kann sie ihre prachtvollen Jungs nur abrichten wie Hunde: Alleine geht es nicht anders bei meinem Job. Krieg du Kinder und arbeite weiter bei der Polizei, dann wirst du verstehen, was ich meine«, erklärte sie unaufgefordert auf Vierkants verwunderten Blick hin.

»Warum setzt du die zwei nicht an den Tisch? Die armen Buben hocken auf dem kalten Boden«, merkte Vierkant skeptisch an und deutete zu den Arbeitstischen.

Die Mutter strich den Kittel glatt. »Dann müsste ich vorher aufräumen. Ist zeitmäßig nicht drin«, erwiderte sie und ging zum Seziertisch. »Jetzt komm, lass uns anfangen. In zwei Stunden muss das Abendessen auf dem Tisch stehen.«

Die Gerichtsmedizinerin wartete, bis die Ermittlerin zu ihr gekommen war. Mit einem Ruck entfernte sie das Tuch, das die Leiche bedeckte. »Der gute Mann ist beschnitten …«

»Geht's nicht leiser?«

»Beim Spielen hören und sehen die Jungs nichts anderes«, meinte die Mutter knapp und fuhr in derselben Lautstärke fort. »Also, er ist beschnitten. Die Säue waren so nett, genug vom Schniedel übrig zu lassen. Physiognomie und Hautbeschaffenheit lassen, wie du sehen kannst, auf eine ausländische Herkunft schließen. Mir ist es ja völlig egal, wer ihn kriegt. Sieht aber aus, als wäre der Fall beim Zeki in der Migra richtig.«

»In Ordnung. Und weiter?«

»Zur Todesursache: Schlaganfall, verursacht durch den Teig eines Wiesnherzes, der die Luftröhre blockierte. Er hatte panische Angst vor dem Ersticken. Die Angst war berechtigt. Der aufgeweichte Lebkuchenteig steckte wie ein Pfropfen in der Röhre. Er wäre erstickt, wenn der Herzstillstand nicht schneller gewesen wäre.«

»Auch in Ordnung. Irgendwas, was uns hilft, die Identität des Mannes festzustellen?«

»Na ja. Er hat Sport getrieben, er war fit. Nach den Werten des Alkoholgehaltes im Blut hatte er an seinem Todestag ordentlich getrunken. Ein paar Bier und Schnäpse allemal. Der Mageninhalt ist auch nicht sehr interessant. Ein Brathendl, vermute ich mal.«

»Alles klar«, quittierte Vierkant. Dann deutete sie auf das Gesicht, das gewaschen worden war und seine monströse Wirkung verloren hatte. »Was ist mit den Verletzungen?«

»Das Beste zum Schluss«, witzelte Ferner. »Die zwei Bleikugeln haben wir ja geklärt, tödlich waren sie nicht. Mehr, als dass der Schütze aus kurzer, nicht kürzester Entfernung abgedrückt hat, kann ich dazu nicht sagen. Weitere Einschläge auf Kleidung oder Körper haben wir nicht gefunden. Zum Gesicht: Er wurde mehrfach geschlagen.« Sie hievte den Körper ein Stück zur Seite. »Hier an der Seite ist ein Hämatom. Tritte mit dem Fuß. Wir haben Abriebspuren auf der Stirn gefunden. Werden gerade im Labor untersucht. Mit DNA-Material sieht es gut aus.«

»Mit dem nackten Fuß?«

»Brav, Isabel. Gut mitgedacht. Zeki wäre stolz auf dich. Mehrere heftige Tritte mit dem blanken Fuß, ja.«

»Mann oder Frau?«

»Kann ich noch nicht sagen …«

Plötzlich erschraken die Beamtinnen, die in vollkommener Konzentration über den Leichnam gebeugt waren. Ein Blitz zuckte durch den Saal. Die beiden drehten sich gleichzeitig um.

»Was machst du da?«, schrie Ferner ihren Jüngsten an. Ihr Sohn hielt einen digitalen Fotoapparat in der Hand. Der Ältere setzte unbeeindruckt vom Aufschrei das Spiel auf dem Tablet fort.

Es blitzte weitere Male im Saal. Der Junge drückte mehrfach auf den Auslöser, während Ferner zu ihm sprang und ihm das Gerät aus der Hand riss. »Jakob, hör auf! Wo hast du das her?«

Der Junge deutete auf den Plastikbehälter im Regal direkt vor dem Platz, wo ihn seine Mutter hingesetzt hatte. Dann rutschte er auf dem glatten Boden mit den Turnschuhen zurück zu seinem Kissen und schaltete sein Tablet wieder ein.

»Scheiße«, fluchte Ferner. »Das sind die Sachen, die wir bei dem alten Mann im Müllhaufen gefunden haben. Wir müssen die Fotos löschen.« Nervös begann sie, mit den Einweghandschuhen an dem Gerät zu hantieren.

»Warte, Sybille«, beruhigte Vierkant sie. »Ich mache das.«

Nachdem die Beamtin Handschuhe übergezogen hatte, betätigte sie die Knöpfe des Fotoapparates. Auf dem Display erschienen zunächst die Aufnahmen des Jungen. Sie waren kristallklar wegen des mit Kunstlicht ausgeleuchteten Saales. Vierkant musste grinsen und zeigte Ferner das Foto, auf dem sie auf ihren Sohn losging.

»Lösch es, bitte«, bat Ferner verzweifelt. »Es liegt zwar kein Fremdverschulden bei den Alten vor, aber trotzdem.«

»Gleich«, murmelte Vierkant und blickte gebannt auf die Aufnahmen, die vorher gemacht worden waren. Im Schnelldurchgang holte sie nacheinander die Fotos auf das Display.

»Was ist?«, wollte Ferner wissen.

Mit dem Apparat in der Hand ging Vierkant zum Seziertisch zurück und hielt das Display einer unscharfen Großaufnahme neben das Gesicht des Opfers.

»Das ist doch derselbe Mann!«, erschrak Vierkant. »Sieh doch mal, Sybille! Der trägt auch einen Kaftan.«

Ferner vergewisserte sich. »Nein, Isabel, das kann nicht sein. Soweit wir bis jetzt wissen, hatte der hier keine Verbindung zu dem Rentnerpaar.«

Die Gerichtsmedizinerin verdeckte mit dem Zeigefinger das rechte Auge des Mannes auf dem Display, um das Foto mit dem realen Mann vor sich besser vergleichen zu können. »Obwohl, vielleicht ja doch. Jedenfalls ist da schon eine Ähnlichkeit, oder?«

Vierkant steckte den Apparat weg. »Ich sehe mir das auf dem Computer genauer an.«

16

Nach der kriminaltechnischen Untersuchung des Fotoapparates nahm sich Isabel Vierkant des Beweisstückes an. Wie sich herausstellte, wurde das handliche Gerät am letzten Wiesntag rege gebraucht, allerdings war keine einzige Aufnahme des Rentnerpaares darauf zu finden. Über die Umstände, wie der alte Mann an das Gerät gekommen war, konnte Vierkant nur spekulieren. Aller Wahrscheinlichkeit nach hatte er den Apparat beim Durchwühlen des Müllhaufens gefunden und eingesteckt.

Vierkant konzentrierte sich auf das Monitorbild und verglich die Tatortfotos mit den Fotos auf dem Apparat, bis sie den Schluss zog, dass es sich um denselben Mann handelte. Neben dem Kleidungsstück, dem weißen Kaftan, waren die Gesichtszüge verblüffend ähnlich. Sie versuchte vergeblich, die einhundertzwölf Fotos so aufzubereiten, dass sich gemäß der digital hinterlegten Aufnahmezeit für jede neue Stunde eine neue Reihe ergab. Unglücklich über das Ergebnis auf dem Monitor rief sie ihren Ehemann Peter an, der aber gerade bei einem Kunden beschäftigt war. Als freier Programmierer hätte er weiterhelfen können. Nach langem Überlegen nahm sie den Hörer wieder zur Hand und rief bei Jale an. Bei Problemen wie diesen wusste ihre schwangere Kollegin immer gut Bescheid.

Jale war mehr als erfreut, dass ihre Ermittlerqualitäten vermisst wurden. Nach einem Plausch über die Schwangerschaft ließ Vierkant den Cursor der Maus über den Monitor wandern und folgte den Instruktionen ihrer Kollegin am Telefon. Mittendrin machte sich Aydin aus dem Hintergrund bemerkbar, um seine Freundin an den Vorsorgetermin bei der Frauenärztin zu erinnern. Den auflodernden Streit konnte Vierkant nicht bis zu Ende mithören. Aydin nahm, den Geräuschen nach zu urteilen, Jale das Handy weg und schaltete es aus.

Mit einem schlechten Gewissen blickte Vierkant eine Zeitlang geistesabwesend auf das Monitorbild, in Gedanken bei dem Streit der beiden. Schließlich beschloss sie, Computer Computer sein zu lassen. Musste eben der Drucker herhalten.

Aufgrund der hinterlegten Aufnahmezeit und des ungefähren Aufnahmeortes auf den digitalen Fotos stellte die Rekonstruktion kein Problem dar. Sie pinnte die auf Fotopapier ausgedruckten Aufnahmen in Reihen pro Stunde an die Protokollwand und bekam damit einen visuellen Überblick über dic festgehaltenen Ereignisse. Daneben hing sie eine fotokopierte Straßenkarte, auf die sie die Nummern der Fotos einzeichnete, um den Weg nachzuvollziehen. Als sie damit fertig war, hielt sie schriftlich fest, was das vermeintliche Opfer am letzten Tag des Oktoberfestes gemacht hatte.

Die erste frühmorgendliche Aufnahme stammte aus Oberammergau. Sie war am Morgen um acht nach neun aufgenommen worden und zeigte ein Doppelbett eines luxuriösen Hotelzimmers. Darauf lag eine aufblasbare Sexpuppe. Von acht Uhr zwölf stammte ein weiteres Foto mit der Sexpuppe. Der Fotograf hatte sich und die Puppe über einen Spiegel aufgenommen. Das Gesicht des Mannes, der einen weißen Kaftan trug, war vom Fotoblitz überstrahlt. Er lümmelte auf dem Bett herum, der rechte Arm war um die Puppe gelegt, die mit dem zu einem O geformten Mund lustvoll zu lächeln schien. Merkwürdig fand Vierkant die Körperformen des Sexspielzeuges. Übergroße Brüste, dicke Oberschenkel und breite Hüften. Keine Modelmaße, wie sie erwartet hätte. Wollten Männer, wenn sie sich schon eine Frau zur sexuellen Befriedigung kauften, nicht einen Traumkörper ihr Eigen nennen? Sie strich sich durch die schokoladenbraunen Haare und sah sich die letzte, verschwommene Aufnahme an. Mit etwas gutem Willen erkannte sie ein zu einem knappen Dirndlrock gehörendes Gesäß. Nach Beinen und aufblitzendem Slip zu urteilen, handelte es sich um eine junge Frau um die zwanzig.

Zufrieden mit ihrem Protokoll, das am Ende drei Seiten umfasste, speicherte sie das Dokument und wollte es per Mail an ihren Vorgesetzten schicken. Das tat sie auch, nicht ohne vorher jedoch einen Ausdruck auf Papier zu machen. Demirbilek las Mails trotz dienstlicher Aufforderung unregelmäßig bis gar nicht. Sie wollte auf Nummer sicher gehen und legte den Bericht auf seinen Schreibtisch, als sie an der Protokollwand vorbeikam. Eindrucksvolle Arbeit, lobte sie sich etwas verstohlen und machte mit dem neuen Diensthandy Aufnahmen von der Wand. Danach rief sie Demirbilek an, um ihn über das Hotel in Oberammergau zu informieren, und verließ schließlich das Büro. Sie wollte Jale einen Überraschungsbesuch abstatten, um sich für den Streit mit Aydin, den sie ausgelöst hatte, mit einem Strauß Blumen zu entschuldigen.

Auf dem Gang, sie suchte gerade in ihrer Umhängetasche nach dem Autoschlüssel, stieß sie mit ihrer obersten Chefin Sonja Feldmeier zusammen.

Vor ein paar Monaten, als die Einundfünfzigjährige zur Kommissariatsleiterin befördert wurde, hatte Demirbilek die gebürtige Augsburgerin in ihrem Beisein ganz sachlich mit einer Babygiraffe verglichen. Der lange Oberkörper und die stelzenartigen Beine waren wohl der Grund für den Vergleich gewesen, mit dem Demirbilek den Unmut der karrierebewussten Powerfrau hervorrief. Dass der Migra-Chef mit seiner Vorgesetzten auf Kriegsfuß stand, war allseits bekannt. Vierkant glaubte jedoch den Gerüchten nicht, wonach Demirbilek ein Problem hatte, eine

Frau als Chefin zu akzeptieren. Obgleich sie seine hie und da auflodernden Machoallüren, die er mit osmanischem Selbstbewusstsein rechtfertigte, schon am eigenen Leibe erlebt hatte.

Feldmeier bückte sich, um Vierkant beim Auflesen der Dinge zu helfen, die aus der Tasche gefallen waren. Mit dem von Vierkant verfassten Protokoll und einem Einwegrasierer in der Hand streckte sie sich wieder in die Höhe.

Vierkant kniete noch auf dem Boden und blickte zu ihr hoch. Das fragende Gesicht der Chefin gefiel ihr gar nicht. Hastig erklärte sie: »Den Rasierer habe ich für Hauptkommissar Demirbilek dabei. Wenn er mal länger arbeitet, rasiert er sich ab und zu im Büro, ich meine natürlich auf der Toilette. Sie verstehen schon. Das hilft beim Denken, sagt er.«

Abwesend fragte Feldmeier: »Sagt er das, der Herr Demirbilek?«

Vierkant packte den Rest in die Tasche und stand auf. »Ja, sagt er. Und es stimmt auch.«

»Jeder nach seiner Fasson, hat schon der alte Fritz gemeint«, ließ Feldmeier eine Floskel fallen und überflog das Papier. Gereizt wandte sie sich wieder an Vierkant. »Was sollen die Spekulationen über den Toten im Müllhaufen und das Bierzelt? Haben Sie das verfasst?«

»Ja«, bestätigte die Beamtin und merkte, dass es ihrer Chefin nicht um den Rasierer ging. Sie nahm ihn von ihr entgegen. »Wieso? Stimmt was nicht?«

»Wieso behaupten Sie, der tote Araber könnte eine Verbindung zum Festwirt haben?«

»Ich behaupte das nicht, ich stelle Arbeitshypothesen auf.«

Feldmeier verzog das Gesicht. »Wo sind die Fotos, die Sie hier kommentieren?«

»Im Büro.«

»Hat jemand die Aufnahmen zu Gesicht bekommen?«

»Nur das eine mit der Sexpuppe im Hotelzimmer. Warum?«

»Später«, vertröstete sie die Chefin, »ich möchte die Fotos jetzt sehen.«

Schon setzte sie sich in Bewegung. Vierkant beeilte sich, ihr zu folgen, als sich Feldmeier umdrehte und fragte: »Wo ist Demirbilek eigentlich?«

»Unterwegs nach Oberammergau, ich habe ihn wegen des Hotels angerufen.«

»Nach Oberammergau? Das liegt nicht in unserem Zuständigkeitsgebiet.«

»Glauben Sie im Ernst, unseren Demirbilek interessiert das, wenn eine Spur dorthin führt?«

17

Neben Demirbilek saß Leipold am Lenkrad des zivilen Dienstwagens, ein dunkelblauer BMW, und blickte griesgrämig drein, als hätte ihm der Wirt den Einlass in sein Stammlokal verwehrt. Demirbilek telefonierte auf Türkisch mit übergeschlagenen Beinen. Natürlich hätte er genauso gut mit seiner Mutter, die aus Istanbul anrief, deutsch sprechen können. Doch wollte er nicht, dass Leipold etwas von Aydins schleppenden Hochzeitsvorbereitungen mitbekam. Mit zwei Sprachen vertraut zu sein hatte Vorteile. Insbesondere, wenn man wie Demirbilek in der Lage war, Denken und Fühlen auf beide Sprachen abzustimmen.

Geduldig hörte er seiner über siebzigjährigen *anne* zu, die sich über ziemlich alles beschwerte, was mit der Organisation der Trauung und Hochzeitsfeier ihres Enkelsohnes zu tun hatte. Demirbilek schielte in den Redepausen, die sich aufgrund der ausführlichen mütterlichen Bemerkungen in die Länge zogen, zu Leipold hinüber. Sein Kollege stierte mit glasigen Augen auf die Blechlawine des Staus auf der A 95 vor ihnen. Zwischen den Lippen klemmte ein Zigarillo. Das auf Feuer wartende Rauchwerk schob er von Zeit zu Zeit ein Stück in den Mund und schleckte daran.

»Zünd das Ding an, mich stört es nicht«, wandte sich Demirbilek an seinen Kollegen, der ihm einen Vogel zeigte – in einem bayerischen Dienstwagen herrscht striktes Rauchverbot, interpretierte der Kommissar die Geste.

Er widmete sich wieder seiner Mutter, gab ihr als gut erzogener türkischer Sohn in allen Punkten recht, auch wenn er Grund hatte, anderer Meinung zu sein. Nach dem viel zu langen Gespräch atmete er laut durch. Sein Blick wanderte zum Kofferraum des Wagens vor ihnen.

Emotionen gegenüber Autobahnen zu hegen war eindeutig Ausdruck des deutschen Teils seiner Seele. Er mochte die A 95 nicht, die ständig den Dienst an dem Autofahrer verweigerte und somit ihren Sinn und Zweck nicht erfüllte, nämlich dafür Sorge zu tragen, dass man mit dem Auto die Berge erreichte. Leipold hatte sich über Funk erkundigt. Ein Lkw mit gebrochener Achse war Grund für die Totalsperrung.

Demirbilek beschloss, genug Zeit vergeudet zu haben. Er nahm das Blaulicht und befestigte es auf dem Dach. Die fest installierte Sirene im Motorenraum kreischte los, bevor er sich an Leipold wandte. »Jetzt gib Gas«, brummte er. »Wir haben Ermittlungen durchzuführen.«

»Wir!«, äffte Leipold ihn nach und startete den Motor.

»Was hast du denn schon wieder, Pius?«, schrie Demirbilek gegen die Sirene an. »Das war nicht meine Idee, dass du in meine Abteilung kommst.«

»Ich habe es satt, von dir ausgebootet zu werden. So satt, dass ich ab jetzt Dienst nach Vorschrift mache.«

»Du? Dienst nach Vorschrift?«

»Ganz genau. Um Punkt acht sitze ich mit einer Halben und meiner Frau auf dem Sofa und schaue Tagesschau! Keine Überstunden mehr.«

Demirbilek erschrak innerlich. Er spürte, dass es Leipold ernst meinte. »Hör zu …«

Demirbilek glaubte einen vor Aufregung wiehernden Esel zu hören, als sich Leipolds Stimme überschlug. »Wenn es etwas Dienstliches ist, höre ich zu. Sonst nicht!«

»Dann leg den ersten Gang ein und fahr endlich!«

Die anderen Autofahrer gafften auf den laut tönenden Dienstwagen, der sich mit laufendem Motor nicht von der Stelle rührte. Schließlich setzte Leipold den BMW in Bewegung und lenkte ihn auf dem Sicherheitsstreifen an der kilometerlangen Schlange vorbei.

Nachdem sie die Unfallstelle passiert hatten, gab Leipold Gas. Das letzte Stück bis zum Ende der Autobahn war leer, was bei Demirbilek das furchtbare Gefühl auslöste, mit Leipold alleine auf der Welt zu sein. Schließlich bog sein Kollege auf die Landstraße nach Oberammergau. Demirbilek merkte, dass ein klärendes Gespräch notwendig war, und befahl ihm, den Wagen anzuhalten. Leipold fuhr bis zu einer Flurstraße. Dort parkte er und stellte umgehend den Motor ab.

»Wir rauchen jetzt eine! Das ist eine dienstliche Anweisung«, erklärte Demirbilek und stieg aus.

Leipold wartete geschlagene zwanzig Sekunden, bis er sich mit eiserner Miene aus dem Wagen schälte. Verblüfft beobachtete er, wie Demirbilek ein Zigarettenetui aus dem Sakko holte.

»Was hast du da?«, staunte Leipold. »Du rauchst doch gar nicht.«

»Natürlich nicht«, meinte Demirbilek und öffnete das Etui trotzdem, in dem eine einzelne Filterzigarette lag. »Eine am Tag. Normalerweise am Abend, wenn es ruhig ist. Eine …«

»… ist keine«, vervollständigte Leipold den Satz und zündete seinen Zigarillo an.

»Gibst du mir Feuer, oder muss ich dich dazu auch dienstlich zwingen?«, regte sich Demirbilek auf.

Leipold blieb ernst und hielt ihm das Einwegfeuerzeug hin.

Beide rauchten und ließen ihre Blicke über die Landschaft wandern. Kein Wunder, dass Touristen aus aller Welt nach Bayern zum Urlaub einfielen. Offenbar war der Stau noch nicht aufgelöst. Auf der sonst stark befahrenen Landstraße war es still. Kirchenglocken waren zu hören. Aus dem Wald vernahmen sie die Laute eines Spechtes, der mit unbändiger Ausdauer gegen einen Baumstamm klopfte.

Irgendwann brach Demirbilek das Schweigen und ließ die halb gerauchte Zigarette auf den Boden fallen.

»Du und ich sind bayerische Polizeibeamte. Wir sind weisungsgebunden.«

»Seit wann interessierst du dich für Weisungen?«, erwiderte Leipold trocken.

Demirbilek lächelte. »Magst ja recht haben, aber diese Weisung muss ich ernst nehmen. Feldmeier hat sich bei der Besprechung heute klar ausgedrückt. Ich leite die Ermittlungen …«

»Und ich? Was mach ich? Ich bin jetzt wieder dein Hiwi!«

»Nein, du verstärkst die Migra, weil du einer der besten Ermittler bist und der Fall ganz oben steht. Politisch und überhaupt wegen der Stadt. Tote Wiesnbesucher geht gar nicht!«

Leipold prustete vor Vergnügen. »Seit wann betest du der Feldmeier alles nach? Spar dir deine Teambildungsmaßnahme, Zeki. Sie hat mich abgeschossen, um dein Dezernat mit einem zweiten Hauptkommissar aufzuwerten. Das finde ich so was von Scheiße!«

Demirbilek versuchte, besonnen zu bleiben. »Ach was, sie macht das, weil wir zwei ein gutes Team sind. Hat sie doch selbst gesagt.«

»Echt? Kann ich mich nicht erinnern.«

»Weil du gebockt und nicht richtig zugehört hast.«

Leipold schien sich etwas beruhigt zu haben. Demirbilek fuhr mit der sanften Strategie weiter. »Was du übrigens der Ferner gesteckt hast, ist völlig aus der Luft gegriffen. Ich will den Posten der Feldmeier nicht. Du kennst mich jetzt lange genug.«

Leipolds Gefühl der Degradierung flammte sofort wieder auf. »Ach komm, als ich dir von dem Gerücht erzählt habe, hast du nicht mit einer einzigen Wimper gezuckt. Dabei hast du einen Arsch voll davon, aber wirklich!«

Leipold verstand es, Beleidigungen in Geschenkpapier zu verpacken. Demirbilek war stolz auf seine buschigen Augenbrauen, die perfekt mit der Länge seiner Wimpern harmonierten. »Wenn ich auf jedes Gerücht etwas geben würde, käme ich nicht mehr zum Arbeiten.«

Leipold machte eine abfällige Geste und paffte den Rauch zwischen den zusammengepressten Lippen aus. »Dass die Feldmeier nach Berlin geht, ist so sicher wie das Amen in der Kirche. Wenn die nicht ins Innenministerium passt, wer dann?«

Demirbilek versuchte es nochmals. »Da gebe ich dir recht, logisch. Die Feldmeier geht nach Berlin. Aber das heißt nicht, dass ich ihren Posten übernehme.«

Leipold sog am Zigarillo und antwortete mit Sarkasmus in der Stimme: »Eigentlich wäre das gar nicht schlecht. Wenn du Karriere zum Sesselpupser machst, wäre ich dich los.«

»Ach so«, gab sich Demirbilek verständnisvoll. »Du hast Angst, dass wir dann nicht mehr zusammenarbeiten?«

Leipold lächelte schief. »Eingebildet warst du schon immer, ist ja nichts Neues, Herr Pascha.«

»Spuck's aus, hast du ein Problem damit, dass ich Türke bin, oder was ist?«

»Du bist genauso wenig Türke wie ich Deutscher.«

Demirbilek war überrascht. »Was sind wir dann?«

»Was wohl? Münchner! Fahren wir jetzt, Chef? Oder was ist?«, beendete Leipold den Schlagabtausch.

Nach einer schweigsamen Fahrt über die Landstraße parkte Leipold auf der gegenüberliegenden Straßenseite der Touristeninformation in Oberammergau.

Sobald der Wagen stand, ergriff Demirbilek das Wort. »Du wartest hier.«

Der Sonderdezernatsleiter marschierte in die Touristeninformationsstelle. Nach einigen Minuten kehrte er zurück und setzte sich wieder auf den Beifahrersitz. Leipold telefonierte an den Wagen gelehnt.

Demirbilek gab ihm ein paar Sekunden Zeit, bevor er harsch wurde. »Los, jetzt, Pius!«

Er wartete, bis sich sein Kollege an das Lenkrad gesetzt hatte.

»Wohin?«, fragte Leipold.

Wortlos reichte ihm Demirbilek einen Zettel mit einer Adresse. »In das Hotel hier.«

»Kenne ich«, knurrte Leipold.

»Kennst du?«

»Meine Schwiegereltern sind von hier«, erklärte er und fuhr los.

Nach wenigen Minuten erreichten sie ein ehemaliges Bauernhaus, das außerhalb des Ortes lag. Das Giebeldach, die rot leuchtenden Geranien auf den Balkonen und die elektrische Schiebetür am Eingang waren Hinweise genug, dass es sich um das gesuchte Hotel handelte. Hinter dem umgewandelten Gebäude, dort wo einst Kühe oder Schafe geweidet haben durften, befanden sich zwei Neubauten. Aus der Wellnessoase dampften Rauchschwaden aus den Kaminen in den oberbayerischen Herbsthimmel. Durch die Glasfront des zweiten Anbaus waren Hotelgäste zu sehen, die an Laufbändern und Kraftstationen schwitzten.

»Ohne Fitnesscenter bist du als Hotelier am Arsch. Der Schwiegervater hat behauptet, dass das ein Schwarzbau ist«, merkte Leipold noch an, während er aus dem Wagen stieg.

18

Der oberbayerische Schick, kreiert aus Kränzen, Zinntellern und Geweihen an den Wänden, passte nicht zu der modernen Kunst im Foyer. Beim schwindelerregenden Anblick der abstrakten Skulpturen aus Holz und Plastik konnte Demirbilek sich nicht zurückhalten. Er fingerte an den in sich verkeilten Plastikwürsten herum, die um eine zwei Meter hohe Holzfigur geschwungen waren, bis Leipold ihm die Hand wegzog.

Aus dem Flur eilte eine Person in körperbetontem Kostüm auf die Kommissare zu. Die Dame sprach in das Mikrophon ihres Headsets. Sie hatte dunkle, bis zum Kinn reichende Haare, ein gewelltes Brillengestell ruhte auf der Nase, das breite Lächeln wirkte antrainiert. Die Augen richtete sie zunächst auf Leipold, nickte kurz und höflich. Dann, die Erfahrung mit Menschen zahlte sich augenscheinlich aus, schenkte sie dem Herrn im Anzug ein größeres Nicken, bevor sie sich hinter der Theke an ihrem Arbeitsplatz einfand und das Telefonat beendete. Demirbilek grüßte. Leipold schwieg.

»Grüß Gott, die Herren, herzlich willkommen. Wie kann ich Ihnen behilflich sein?«, fragte sie die beiden Männer, meinte aber Demirbilek, dem sie ihre ganze Aufmerksamkeit schenkte. Ein stattlicher Mann im besten Alter mit gewinnendem Lächeln. Gepflegte Erscheinung. Ein Bild von einem Kerl, schien sie zu denken.

Angesichts dieser Bevorzugung befürchtete Demirbilek eine abfällige Bemerkung seines Kollegen. Leipold konnte durchaus geltungsbedürftig sein, wie er bei dem Streit vorher herausgehört hatte. Respekt einem bayerischen Kripobeamten gegenüber, erst recht von einer Schnepfe von Empfangstussi, wie er sie wohl genannt hätte, verlangte er allemal.

Doch Leipold ließ nur ein Tatortfoto auf die Theke flattern. »Kennen Sie den Mann?«

Die Dame betrachtete das Bild eingehend, ohne sich vor dem Blut und dem verletzten Auge zu ekeln. »Ja, der ist Gott sei Dank gestern abgereist. Ich hab ihm den sauschweren Koffer ins Taxi gewuchtet.«

Leipold legte sein Smartphone neben den Abzug. Vierkant hatte ihm die Mail an Demirbilek in Kopie geschickt. Die Aufnahme von dem sichergestellten Fotoapparat zeigte eine etwas grieselige Vergrößerung eines Mannes im Kaftan.

»Und den hier? Kennen Sie den auch?«

»Ist doch derselbe«, erwiderte sie nach einem kurzen Blick.

»Und in welchem Zimmer ist die Sauerei gemacht worden? Und sagen Sie bloß nicht, Sie haben keine Ahnung!«, forderte er grantig.

Die Dame räusperte sich und blickte auf das Display, um in aller Ruhe die Aufnahme mit der Sexpuppe zu begutachten. »Herbert von der Touristeninfo hat Sie angekündigt. Die Dienstausweise brauchen Sie nicht zu bemühen. Insbesondere dem Herrn in Lederjacke mit dem spröden Charme eines Großstadtsheriffs sehe ich die peinerfüllten Dienstjahre auch ohne Ausweis an.« Sie wandte sich lächelnd an Demirbilek. »Aber dass Sie ein Kriminaler sind, hätte ich nicht für möglich gehalten.«

Sie drehte das Handy um und schob es Leipold zurück. »Das Foto ist aus Zimmer 202. Zweiter Stock. Ich gebe Ihnen den Schlüssel. Sehen Sie sich um. Der Service hat allerdings schon sauber gemacht. Ich habe dem Mädchen gesagt, sie soll besonders gründlich sein.«

»Warum das?«, schnaubte Leipold die wenigen Silben hervor.

»Ich nenne ja Gäste nicht gerne so, glauben Sie mir. Aber der war wirklich eine Drecksau.«

»Die Drecksau ist tot«, stellte Leipold fest.

»Gott, oder wer auch immer sich zuständig fühlt, möge seiner schwarzen Seele gnädig sein.«

Demirbilek hörte weiter interessiert zu. Leipold Einhalt zu gebieten, wenn er auf Krawall gebürstet war, hatte aus leidiger Erfahrung wenig Sinn. Ihn störte, dass es keinen Namen für das Opfer gab.

»Sind wir denn nicht überrascht, dass er tot ist?«, fragte Leipold ungebremst und steckte sein Smartphone ein.

»Warum sollten wir? Der Mann war mir als Gast wichtig, rein beruflich. Als Mensch aber – verzeihen Sie den Ausdruck, meine Herren – geht er mir am Arsch vorbei, egal, ob lebendig oder tot. Er hat seine Rechnung bezahlt. Inklusive der entstandenen Schäden und Extras. Wie die Sexpuppe auf dem Foto.«

»Ach so, für die Sauerei sind Sie zuständig?«

»Wünsche unserer Gäste zu erfüllen, wenn sie sich im legalen Rahmen bewegen, gehört zu unserem Service.«

»Ganz diskret natürlich?«

»Selbstverständlich. Der Gast hat die zwei Nächte im Voraus bezahlt. Natürlich haben wir ihm die Puppe besorgt. Andere Länder, andere Sitten, ist es nicht so?«

Demirbilek grinste über die beleidigende Anspielung, die die Dame allen Ernstes von sich gab. Dann schielte er auf das Namensschild, das sicher nicht ohne Bedacht auf Höhe der linken Brust mit einer Sicherheitsnadel befestigt war. »Frau Weinhuber, wir fangen jetzt noch mal von vorne an. Einverstanden?«

»Wenn es schnell geht. Ich habe viel zu tun«, erwiderte sie süßlich.

»Wenn Sie meinen, ausnahmsweise schnell. Meinen Kollegen Pius Leipold, seines Zeichens Kommissar …«

»Kriminalhauptkommissar!«, berichtigte Leipold ihn vehement.

Demirbilek war tatsächlich Leipolds Beförderung nicht allzu präsent wie auch seine eigene. Dienstgrade interessierten ihn nicht sonderlich, abgesehen von den höheren Bezügen, die er als angehender Großvater gut gebrauchen konnte. »Genau, so viel Zeit wollen wir uns schon nehmen, oder Frau Weinhuber? Kriminalhauptkommissar Pius Leipold. Meine Wenigkeit, wenn ich mich vorstellen darf: Zeki Demirbilek …«

»Zeki? Einer unserer Putzkräfte heißt auch Zeki. Der ist Türke und hat sich mit der Drecksau unterhalten. Sind Sie etwa Türke?«

Demirbilek musterte Leipold, bevor er antwortete. »Da bin ich mir manchmal nicht sicher, Frau Weinhuber. Das tut aber jetzt wenig zur Sache. Können wir den Mann, den Sie als Drecksau bezeichnen, nicht mit seinem richtigen Namen ansprechen?«

»Aber ja, verzeihen Sie Herr Kommissar. Osman *Bey* wollte er genannt werden. Das ist doch der Nachname, oder?«

»Osman ist der Vorname. *Bey* eine höfliche Anrede.«

»Höfliche Anrede? Hätte ich das gewusst!«, ärgerte sich die Rezeptionistin.

19

Derya war sich nicht sicher, ob sie ihrem *Komiser Bey* in dem Kleid gefallen würde. Wahrscheinlich musste der Saum des schwarz-roten Abendkleides angepasst werden. Die Ärmellänge war ebenfalls nicht perfekt. Ob Zeki Rüschen mochte, wusste sie nicht. Sie dachte an seinen Tick mit den Stofftaschentüchern. Wie sie bei ihrem gemeinsamen Wochenende in Istanbul festgestellt hatte, besaß er selbst eines in den Farben seines Lieblingsvereins. Wenn er Taschentücher mochte, konnte er nichts gegen Rüschen am Ärmel haben, oder? Und wenn doch?

Als Zeki sie vor ein paar Tagen in seinem Schlafzimmer dabei ertappte, wie sie seine stattliche Sammlung neu sortierte, die er für ihren Geschmack etwas zu unordentlich in einem Schrank mit drei Schubladen aufbewahrte, reagierte er übermäßig gereizt. Er beruhigte sich erst, als er zu ausgewählten Prachtstücken Erklärungen abgeben konnte. Woher das Tuch stammte, warum er gerade das Stück gekauft oder wer es ihm geschenkt hatte. Während er nach Anlass und Datum in seiner Erinnerung kramte, bekam sie viel Neues aus seinem Leben präsentiert. Sie ermunterte ihn, weiterzuerzählen, und hakte interessiert nach. Schon waren die Wogen seinerseits geglättet, sie aber realisierte, wie sehr er ins Schwärmen geriet, wenn seine Ex-Frau in den Erzählungen eine Rolle spielte. Zu jedem seiner geliebten Tücher fiel ihm etwas Besonderes mit ihr ein. Sei es im Zusammenhang mit einem Fall, an dem er gearbeitet hatte, oder eine Begebenheit mit Robert Haueis, seinem alten Freund, der Selma gut kannte und beruflich Zugriff auf außergewöhnliche Ausführungen hatte. Beim Zuhören, was ihr anfangs wie eine Strafmaßnahme vorkam, kochte sie in der Küche *çay*. Aydin und Jale waren heimgekommen und fanden den gedeckten Tisch vor, obwohl die angehende Schwiegertochter für das Abendessen zuständig gewesen war. Derya schluckte ihre Eifersucht auf die Mutter von Zekis Kindern hinunter und kochte auf die Schnelle in zwei Pfannen *menemen*. Zu der Eierspeise mit Zwiebeln, Tomaten und Paprika gab es getoastetes Brot vom Vortag und was der Kühlschrank sonst noch hergab. Oliven, Peperoni und Schafskäse waren meistens vorrätig.

Derya erinnerte sich gerne an den schönen Abend; sie hatte nicht viele wie diesen mit Zeki verbracht, seit sie vor ein paar Wochen zusammengekommen waren. Wobei sie – wie bei dem Abendkleid – auch da nicht sicher war. Konnte das Schicksal es wirklich derart gut mit ihr meinen? Waren sie und der Kommissar wirklich ein Paar?, fragte sie sich. Sie erschrak über das verkrampfte Lächeln im Garderobenspiegel. Die langen schwarzen Haare, auf die ihr Vater so stolz war, schimmerten matt und ungepflegt. Du musst schön bleiben für den Kommissar, schimpfte sie mit sich. Dann seufzte sie tief und zwinkerte sich Mut zu, bevor sie einige Schritte ging und merkte, dass die Knie am Stoff anstießen.

Derya blickte zu der jungen Verkäuferin, der sie sich in dem Kaufhaus in der Innenstadt anvertraut hatte, weil deren türkisch klingender Name an ihr altes Zuhause erinnerte. Auf Deryas Frage, wie sie das Kleid fand, steckte die Angestellte das Handy verstohlen weg. »Normalerweise achten türkische Kundinnen auf den Preis. Nicht so sehr, ob ihnen das Kleid steht. Irgendwie gefällt es mir an Ihnen, glaube ich. Aber bei dem reduzierten Stück können Sie ja nichts falsch machen. Ziehen Sie es zu dem Hochzeitsfest an, danach weg damit. Was überlegen Sie noch? Billiger geht es nicht.«

Derya schüttelte den Kopf über die anmaßenden Worte, die nichts mit dem Heimatgefühl zu tun hatten, den der blumige Name bei ihr hervorgerufen hatte. Sie wollte gerade zu einer Schimpftirade ausholen, als sie Jale entdeckte, die zur Verabredung verspätet auftauchte.

»*Burdayım!* Hier drüben, Jale!«, rief sie der Hochschwangeren zu und jagte die Verkäuferin mit gängigen türkischen Verwünschungen zum Teufel, die sie vermutlich gar nicht verstand.

Derya beobachtete, wie Jale, als wäre sie auf der Flucht, nach links und rechts blickte, dann hinter einem Garderobenständer mit Unterwäsche in Deckung ging.

»Was ist denn?«, fragte sie, als sie sich ihr näherte.

»Aydin nervt. Er wollte unbedingt mitkommen, weil er Schiss hat, ich würde ohne ihn das Baby zur Welt bringen. Aber das hier ist Frauensache. Männer haben beim Klamottenkauf nichts verloren, finde ich.«

»Finde ich auch«, bestätigte Derya, nahm Jale bei der Hand und grinste. »*Gel,* wir verstecken uns in der Umkleidekabine.«

Jale kicherte albern. »Du bist mir eine! Derya *abla!*«

Nun verspürte Derya doch ein Gefühl von Heimat, weil Jale sie mit ältere Schwester ansprach.

Stumm und regungslos verharrten die zwei Freundinnen in der Umkleidekabine, als würde ein Serienmörder im Kaufhaus nach ihnen Ausschau halten. Derya bemerkte erst nach einer Weile, dass sie die ganze Zeit über auf Jales Bauch starrte.

»Mach ruhig«, ermunterte Jale sie. »Die Kleine liebt es, massiert zu werden.«

Vorsichtig strich Derya über den gewölbten Bauch und schloss die Augen. Der Wunsch, selbst ein Kind zu bekommen, war für sie das Natürlichste der Welt. Sie lächelte glücklich, als sie Bewegungen zu spüren glaubte. »Ist sie wach?«

»Aber hallo und wie! Meinst du, meine Kleine möchte den Klamottenkauf mit Mama verpassen!«

Die beiden lachten, bis Derya auf das Kleid zeigte, das sie immer noch trug. »Wie findest du das?«

Jale warf einen prüfenden Blick auf das Preisschild und ließ den Stoff durch die Finger gleiten. »Deine Figur kommt gut rüber. Sieht aber billig aus! Zu meiner Hochzeit ziehst du was Anständiges an.«

»Das Kleid für die Hochzeitsfeier habe ich schon längst. Ich bin sicher, es wird dir gefallen. Ich suche etwas Schlichtes für deine *kına gecesi.* Ich weiß gar nicht, wie das auf Deutsch heißt. Hennanacht? Jedenfalls darf das Kleid für dein Fest mit deinen Freundinnen nicht ganz so viel kosten.«

Plötzlich begann die Schwangere zu hyperventilieren. Sie setzte sich auf das Bänkchen in der Umkleide.

Derya starrte sie besorgt an. »Was ist? Kommt das Baby?«

»Nein, nein. Keine Sorge, ist alles in Ordnung. Sind ja noch ein paar Tage.«

»Jale, *kızım,* sprich! Was ist los?«

»Keine Ahnung, was *kına gecesi* auf Deutsch heißt. Hennanacht klingt komisch, so was wie Brautverabschiedung vielleicht. Scheiße, Derya *abla.* Ich habe vergessen, den Saal zu bestätigen.«

»Das ist wirklich Scheiße!«, lachte Derya erleichtert auf. »Lass uns Tee trinken gehen und besprechen, was wir tun können.«

20

Sie ist Tänzerin, vielleicht Tango, nein eher Salsa, schoss es Demirbilek durch den Kopf. Beschwingt tippelte die Rezcptionschefin vor ihncn her. Der robuste Teppich auf dem Flur im zweiten Stock schluckte das Klacken der Stöckelschuhe. Demirbilek und Leipold folgten ihr mit etwas Abstand. Beide Augenpaare fixierten die Netzstrumpfhose an ihrem rechten stämmigen Bein. Eine Laufmasche, die sich bei jedem Schritt weiter öffnete, zog die Hauptkommissare magisch an.

»Was wollen Sie denn da sehen?«, fluchte die Dame. »Das Zimmer ist nach dem Reinigen keinen Deut anders als jedes andere. Mein Gott!«

Sie wartete, bis die Beamten zu ihr aufgeschlossen hatten. Dann gab sie der Tür einen Stoß. Das massive Türblatt mit Holzschnitzereien öffnete sich bis zum Anschlag. Demirbilek blickte hinein, betrat den Raum aber nicht.

Auch Leipold sah in die Suite. Über dem Doppelbett war eine Tagesdecke ausgebreitet. Gummibärchentüten lagen auf den voluminösen Kissen. In der Raummitte befand sich ein Tisch, darauf eine Schale mit frischem Obst und einer Flasche Wasser exquisiten Ursprungs als Willkommensgruß für den nächsten Gast.

»Hast du die Plastikdinger dabei?«, fragte Leipold und schob sich an Demirbilek vorbei in das Zimmer.

»Ich ziehe die Dinger nicht an«, antwortete Demirbilek überrascht.

»Mehr als zehn Minuten kann ich Ihnen nicht geben, der nächste Gast wartet im Foyer«, erklärte die Dame und widmete sich sogleich ihrem Smartphone, das mit einem Ton den Eingang einer Mail signalisierte. Umso erschrockener reagierte sie, in ihrem Blickfeld die behaarte Hand des türkischen Kommissars zu sehen. Unverfroren nahm er ihr das Gerät weg und zog die Mundwinkel zu einem unangenehmen Lächeln hoch. »Seien Sie so freundlich und organisieren Einweghandschuhe. Farbe ist egal. Ein Paar für Hauptkommissar Leipold reicht vollkommen aus. Am liebsten jetzt sofort. Ja?«

Die Dame schmunzelte eingeschüchtert.

»Ich sage herzlichen Dank«, machte Demirbilek weiter und drückte ihr das Smartphone zurück in die Hand. »Lassen Sie mich vorsichtshalber etwas klarstellen, gute Frau Weinhuber. Wenn Sie mir allen Ernstes vorschreiben wollen, wie lange ich für eine polizeiliche Ermittlung Zeit eingeräumt bekomme, überlege ich mir gute Gründe, von den Kollegen, die gleich eintreffen werden, nicht nur das Zimmer hier, sondern jeden Winkel Ihres adretten Hotels kriminaltechnisch untersuchen zu lassen. Dazu müsste ich das Hotel schließen, das ist Ihnen sicher bewusst. Haben Sie eine Vorstellung, wie lange sich unsere Forensiker bei Ihnen vergnügen könnten?«

Die Dame verneinte mit einem kaum bemerkbaren Kopfschütteln.

»Das kann dauern, stimmt's, Pius?«, rief er Leipold zu.

»Meistens so lange, bis sie fertig sind«, antwortete sein Kollege mit sonorer Stimme.

»Und wann die Spurensicherer mit der Arbeit fertig sind, bestimme ich, Frau Weinhuber.«

Die Dame benötigte einen Moment, um ihre Strategie zu ändern. »Schon gut. Jetzt beruhigen Sie sich wieder«, lächelte sie übertrieben breit. »Ich mag Männer mit Temperament, muss ich

Ihnen jetzt mal sagen. Bleiben Sie, so lange Sie wollen. Also, bis Sie fertig sind, meine ich natürlich. Haben Sie Durst? Wir haben alles da, was das Herz begehrt.«

Aus dem Zimmer tönte Leipolds Stimme: »Ich nehme ein Alkoholfreies!«

»Für mich nichts, danke, sehr freundlich«, erwiderte Demirbilek zufrieden. »Jetzt schicken Sie die Reinigungskraft zu uns, die hier sauber gemacht hat. Sie kann die Handschuhe gleich mitbringen.«

Mit zurückgewonnener Leichtigkeit lächelte die Dame, notierte etwas auf einen Block und händigte den abgerissenen Zettel aus. »Ich würde das Zimmermädchen gerne für Sie holen, Herr Kommissar. Es ist nur so, Natascha ist schon weg. Auf dem Zettel stehen Name und Adresse.« Sie schwang ihren Kopf Richtung Tür und setzte hinzu: »Bleifreies und Handschuhe für den fleißigen Herrn Hauptkommissar kommt sofort.«

Die Dame machte auf dem Absatz kehrt, nahm einen Anruf über das Headset an und beförderte ihren tänzelnden Körper, als wäre nichts geschehen, den Flur zurück.

Demirbilek verfolgte eine Weile die Laufmasche, deren Anblick für ihn mehr mit Kunst zu tun hatte als die Skulpturen im Foyer, während er am Telefon Vierkant beauftragte, das Zimmermädchen zu befragen. Anschließend betrat auch er die Suite. Sein Kollege kniete am Boden und streckte den Kopf unter das Bettgestell.

»Ich brauche Licht«, stöhnte Leipold.

»Nimm dein Superhandy, das leuchtet doch«, empfahl Demirbilek und kniete sich zu ihm. Auf den ersten Blick erkannte er nur eine Schicht Staub auf dem Teppichboden. »Was hast du gefunden?«

Leipold leuchtete mit dem Displaylicht. Etwas Weißes blitzte auf. »Kein Ahnung. Einen Zettel vielleicht.« Unter großer Anstrengung erhob er sich wieder. »Wann kommt die denn mit den Handschuhen?«

Demirbilek blickte sich um. »Vielleicht findest du im Einbauschrank etwas zum Herausfischen.«

»Leck mich! Schau selbst nach«, fluchte Leipold, »bin nicht dein Laufbursche!«

Demirbilek ließ ihm die Genugtuung, sich verbal zu erleichtern. Er ging selbst zu dem Schrank, wo er einen hoteleigenen Schuhlöffel fand. Damit legte er sich flach auf den Boden und beförderte den Zettel, ohne ihn anzufassen, unter dem Bett hervor. Ohne das Beweisstück zu berühren, drehte er das verstaubte weiße Stück Papier um. Leipold kniete sich zu ihm.

»Eine Rechnung«, stellte Leipold fest. »Das Datum würde passen. Zwei Tage alt.«

»Ich kenne das Café«, bemerkte Demirbilek.

»Ach ja?«

»Ein ganz passables Shisha-Café am Hauptbahnhof. Ich frage mich nur, wie er an einem Abend rund fünfhundert Euro dort ausgegeben haben kann.«

»Wie wohl? Mit essen und trinken. Literweise Schampus. Koks, heiße Feger. Ratzfatz kommt das zusammen.«

»Schampus gibt es in dem Café nicht.«

»Den Rest aber schon?«, wunderte sich Leipold und sah auf die Uhr, die auf dem Schreibtisch stand. »Komm, fahren wir gleich hin und fragen nach, sonst schaffen wir das vor Dienstschluss nicht mehr.«

»Schon vergessen, wer die Ermittlung leitet, Kollege Hauptkommissar? Du wartest auf die Kriminaltechniker und weist sie ein.«

Während Leipold vor sich hin fluchend auf dem Zimmer durch die Fernsehkanäle zappte, traf Demirbilek an der Rezeption erneut auf Frau Weinhuber. Die Dame wurde nicht müde, dem

Kommissar die dunklen Seiten des Hotelgastes nahezubringen. Ohne delikate Details auszulassen, erzählte sie, wie Osman *Bey* mehrfach in den neu angelegten Feng-Shui-Garten uriniert hatte, weil ihm der Weg zu den Toiletten zu weit gewesen war. Sie schilderte, wie er Hotelgäste auf Fremdländisch beschimpfte und sie mit einem Steakmesser bedrohte, weil sie angeblich abschätzig lange auf seinen Seidenkaftan geblickt hatten. Und wie der Gast, so hatte Zimmermädchen Natascha unter Tränen gebeichtet, ihr für einen Extradienst die versprochene Summe verweigert hatte.

»Etwas genauer müssen Sie schon werden«, hakte Demirbilek nach.

»Das junge Ding studiert, ich kann es ihr nicht übelnehmen. Er hat ihr irres Geld geboten.«

»Wofür, Frau Weinhuber?«

»Nennen Sie mich ruhig Corinna, Herr Kommissar«, erwiderte sie und beugte sich über die Theke zu ihm. Demirbilek zwang sich, nicht in ihren Ausschnitt zu gaffen. Bevor die Zeugin weiterredete, hielt sie nach unerwünschten Zuhörern Ausschau. »Die Drecksau hat Natascha für sich strippen lassen, wollte aber mehr, als vereinbart war. Als sich das arme Ding geweigert hat, hat er sie aus dem Zimmer geworfen, ohne ihr das versprochene Geld zu geben. Sie ist nackt durch das Hotel gelaufen.«

»Nackt?«

»Splitterfasernackt. Und das ohne Kohle!«

Demirbilek nickte verständnisvoll. »So einer war das.«

»Habe ich doch gesagt, eine Drecksau war das.«

»Noch etwas, was Ihnen aufgefallen ist?«

Corinna Weinhuber dachte kurz nach. »Nein, außer dass er wirklich großzügig war mit dem Trinkgeld. Muss man ehrlicherweise sagen. Das hat sonst zu der Drecksau gar nicht gepasst. Der Scheich war selbstherrlich wie die Brasilianer vor dem Sieben-zu-Eins gegen uns bei der Fußball-WM. Ein Sexverrückter war das, hat sich was auf sein Geld eingebildet, und ein fauler Hund war er obendrein. Der Kellner hat ihm den Longdrink vom Restaurant ins Fumoir nachgetragen, weil er sich selbst zu schade dafür war. Luftlinie höchstens zehn Meter.«

»Fumoir?«, fragte Demirbilek nach.

»Die Raucherlounge. Wird gerne von unseren Gästen in Anspruch genommen. Ist ganz kuschelig dort, mit Kamin und hübschen Sofas. Da ist gerade niemand. Soll ich es Ihnen zeigen, Herr Kommissar?«

Demirbilek war froh, über das Angebot nicht nachdenken zu müssen, denn in diesem Moment trafen die Einsatzfahrzeuge der Spurensicherung ein.

21

Aydin war es leid, Jale hinterherzulaufen. Er hatte beobachtet, wie sie sich in dem Kaufhaus hinter dem Garderobenständer versteckte und mit Derya in die Umkleidekabine verschwand. Als würde sie mit ihm Räuber und Gendarm spielen.

Er stand vor dem Haupteingang des Kaufhauses und wusste nichts mit sich anzufangen. Ein Straßenmusiker in der Fußgängerzone unterhielt vor dem Münchner Rathaus mit herzergreifenden Balladen die Passanten. Am liebsten hätte er auf seinem Saxophon mitgespielt. Wie so oft in letzter Zeit war seine angehende Ehefrau anscheinend lieber mit der Freundin seines Vaters zusammen als mit ihm.

Seit ein paar Wochen nahm die Aushilfskellnerin eine gewichtige Rolle im Leben der Demirbileks ein. Bevor sie sich seinen Vater angelte, war sie die Witwe eines ermordeten Deutschen gewesen, der sie geheiratet und aus Anatolien nach München gebracht hatte. Was fand sein Vater nur an ihr? Sie war im Vergleich zu seiner Mutter einfach gestrickt. Immer wenn sie als Gast bei ihnen war, nervte sie mit ihrer selbstverständlichen Art, sich um den Haushalt zu kümmern. Sie zauberte köstliche türkische Gerichte, versorgte die Schmutzwäsche, ohne darum gebeten zu werden, oder machte sich mit Freude über den Abwasch her. Es zeugte vom rückschrittlichen Rollenbild, das in der Welt, aus der sie stammte, gang und gäbe war. Was mochte sein Vater nur an der anatolischen Bauerntochter, die überdies zehn Jahre jünger war als er?

Mit schlechtem Gewissen über seine ungerechten Gedanken summte er den Text des Liedes mit, das immer mehr Passanten in den Bann zog. Eine Traube bildete sich um den langhaarigen Mann auf dem Klappschemel. Der Gitarrist spielte und sang aus vollem Herzen den Pink-Floyd-Klassiker *Wish you were here.* Den Song hatte Jale seiner Rufnummer als Klingelton auf ihrem Handy zugeordnet. Es war ein gutes Gefühl gewesen, zu wissen, dass sie die Melodie hörte, wenn er sie anrief. Mit dem neuen Diensthandy war jedoch damit Schluss.

Er lächelte zu dem traurigen Lied, dessen Gitarrenakkorde das Treiben auf dem Marienplatz auszublenden schien. Mit der Schwangerschaft und seit sie Derya wie eine große Schwester ins Vertrauen zog, hatte sich vieles verändert. Mit dem Ende des Liedes holte er sich in Erinnerung, dass alles sich zum Schlechten entwickelt hatte, als Jale nach einem heftigen Streit zu Derya gezogen war. Er selbst war nach Istanbul zu einem Konzert verreist. Sein Vater ließ nicht locker, bis Jale schließlich heimkehrte und er sich mit ihr versöhnte – wegen des Babys, so argumentierte das Familienoberhaupt, seien sie dazu verpflichtet, es wenigstens zu probieren. Wer weiß, fragte sich Aydin, wer weiß, ob Jale noch mit ihm zusammen wäre, hätte sein Vater nicht ungefragt in ihre Beziehung eingegriffen?

Aus der Menschentraube erhob sich tosender Applaus. Mit vielen anderen warf Aydin Münzen in den offenen Gitarrenkasten und machte sich auf den Weg, um die Einkäufe zu erledigen, die Jale in Auftrag gegeben hatte. Wie es ihre Art war, hatte sie ihm die Einkaufsliste per Mail geschickt.

Auf Höhe des Jagd- und Fischereimuseums stieß er mit einem Passanten zusammen, so dass die Einladungsentwürfe aus seinem Rucksack zu Boden segelten. Eigentlich hatte er vorgehabt, zusammen mit Jale einzukaufen und bei einer Tasse *salep* eine Entscheidung wegen der Einladungskarte zu treffen. In einem der türkischen Schnellimbisse verstand man es, das türkische Milchgetränk aus Orchideenwurzeln aufs Köstlichste zuzubereiten. Mit Pistazien und Zimt war es ein bewährtes Mittel, sich von innen heraus zu wärmen. Genau das Richtige bei den kühlen Herbsttemperaturen.

Während er die Entwürfe zurückstopfte, tauchte zwischen seinen Fingern das Kuvert der Designerin aus Istanbul auf, das er Jale gezeigt hatte. Sofort sah er ihre grünen Augen und blonden Haare vor sich. Das Konzert war gut besucht gewesen. Einige Whisky Sours und mehrere Efes-Biere kamen zusammen, bis sie sich gegenseitig ihre Lebensgeschichten erzählt hatten. Die Designerin studierte in Istanbul. Allerdings fand sie den Moloch furchtbar. München, wo sie geboren worden war und lebte, war im Vergleich überschaubarer und behaglicher, wie sie mit Heimweh in der Stimme erzählte. Das treibende Istanbuler Lebensgefühl, das wie ein nicht funktionierendes Perpetuum mobile ständig versuchte, den Stillstand zu vermeiden, widersprach ihrer eigenen Lebensauffassung. Deshalb hatte sie beschlossen, nach München zurückzukehren.

Als er alle Entwürfe aufgesammelt hatte, beschloss er, dass die Einkäufe warten konnten. Ihm war danach, über die Ludwigstraße zur Kunstakademie zu gehen. Wenn seine Zufallsbekanntschaft in der Cafeteria sein sollte, wo sie oft ihre Pausen verbrachte, wollte er ihren Entwurf besprechen. Statt bei einer Tasse *salep* bei einem Becher Milchkaffee. Ein oder zwei kleine Änderungen wollte er vornehmen lassen, dann würde er seine zukünftige Ehefrau vor vollendete Tatsachen stellen.

22

Wer stört?«, rief Demirbilek verärgert und schickte einen bösen Blick zu Vierkant, als hätte sie zu wissen, wer unangemeldet an die Tür des Migra-Büros klopfte. Das Team, das vor seinem Schreibtisch zusammengekommen war, verlor augenblicklich die Konzentration. Er hasste es, bei Fallbesprechungen gestört zu werden.

Der junge Mann, der an Sonja Feldmeiers Seite das Büro betrat, trug einen Schnurrbart. Der fiel physiognomisch derart belustigend ins Gewicht, dass Leipold wie ein Dackel aufjaulte. In Kombination mit der Nietenlederjacke und der in die Schnürstiefel gestopften Jeans machte der unrasierte Mann den Eindruck, als wäre er vom Filmset eines Hollywood-Actionreißers desertiert.

»Was gibt es da zu jaulen, Hauptkommissar Leipold?«, unterband Feldmeier sein Lachen, der sich umgehend entschuldigte.

»Wir sind mitten in einer Besprechung, was gibt es?«, stand Demirbilek seinem Kollegen bei.

»Ich stelle Ihnen den neuen Mitarbeiter vor. Er kommt direkt von einem Einsatz als V-Mann …«

»Was tun Sie?«, unterbrach Demirbilek sie entrüstet.

Die dicke Luft, die plötzlich herrschte, entging Vierkant und Leipold nicht. Mit Argusaugen verfolgten sie, wie sich ein Duell zwischen Chefin und Untergegebenen anbahnte. Dagegen spiegelte sich in den Gesichtern der Zusatzbeamten, die der Sonderdezernatsleiter bewilligt bekommen hatte, Unwohlsein über die angespannte Situation wider. Die Uniformierten hatten von dem türkischstämmigen Dezernatsleiter einiges gehört, ihn bis jetzt aber noch nie hautnah miterlebt.

Feldmeier schien sich derweilen gefasst zu haben. »Reißen Sie sich zusammen, Hauptkommissar Demirbilek …«

Wieder unterbrach Demirbilek seine Chefin und richtete das Wort an den Unbekannten. Als Erwiderung auf seine Fragen in türkischer Sprache erhielt er vom Schnurrbartträger knappe Antworten.

»Sprechen Sie gefälligst Deutsch, damit wir Sie verstehen können«, fuhr sie ihn an. »Dank Ihnen habe ich genug Scherereien mit Beschwerden wegen der unterbrochenen Abbauarbeiten auf der Theresienwiese. Kommen Sie mir ja nicht despektierlich, und das noch auf Türkisch!«

»Gerne auch auf Deutsch!«, entschlüpfte es Demirbilek genauso erbost. Er erhob sich von seinem Stuhl. Warum nicht jetzt gleich Sachverhalte klären? »Ich möchte wissen, warum Sie tatrelevante Fotos unter Verschluss genommen haben?«

»Ich habe meine Gründe! Und Sie mäßigen sich jetzt auf der Stelle.«

»Und wenn wir schon dabei sind: Haben Sie das Gerücht in die Welt gesetzt, dass ich auf Ihren Posten scharf bin?«

»Was erlauben Sie sich …«

»Ich erlaube mir, meine Arbeit zu machen, wenn Sie mich lassen«, schrie er scharf und handelte sich ungläubige Blicke der Kollegen ein. »Wie kommen Sie dazu, ohne Rücksprache mit mir Beweismittel aus meinen Diensträumen zu schaffen?«

Demirbilek machte eine Pause. Als von Feldmeier keine Antwort mehr zu erwarten war, richtete er erneut auf Türkisch das Wort an den Mann in Nietenlederjacke. Zischende Umlaute wechselten mit dunklen Vokalen. Der Mann nickte zum Einverständnis mehrmals, woraufhin Demirbilek in Wildwestmanier vor den Schreibtisch trat, als wäre er tatsächlich in einem Duell, das er mit einem abschließenden Satz furios zu beenden gedachte.

»Morgen früh Punkt acht stellt sich Herr Kutlar bei mir vor. Dabei wird sich zeigen, ob er meinen Anforderungen genügt, Kriminalhauptmeisterin Jale Cengiz während ihres Mutterschutzes zu vertreten.«

»Was wenn nicht?«, zischte Feldmeier.

»Dann nicht.«

Zeigte Feldmeier bei Demirbileks Manövern zunächst ein süffisantes Lächeln, um zu überspielen, dass ihre Autorität auf das schändlichste untergraben wurde, griff sie jetzt auf eine Maßnahme zurück, die sie als Kind erfolgreich anzuwenden gelernt hatte. Mit voller Wucht stapfte sie den rechten Fuß auf den Boden und stieß gleichzeitig einen Schrei der Entrüstung aus.

Alle Anwesenden erschraken angesichts des durchdringenden Stimmorgans ihrer Chefin. Für weitere Irritation sorgte Feldmeiers Gesicht. Die blassrosa geschminkten Lippen und das Makeup, durch das ein orangefarbener Ton schimmerte, erinnerten die Umstehenden an eine Clownmaske, die erst verschwand, als ein hysterisches Husten dem Schrei folgte.

Nach der wieder eingekehrten Ruhe bedachte Feldmeier alle außer Demirbilek mit einem entschuldigenden Lächeln, dann schob sie den jungen Mann, den sie mitgebracht hatte, aus der offen gebliebenen Tür hinaus. Alle glaubten, dass auch sie gehen würde. Doch Feldmeier drehte sich um. Die Feindseligkeit in ihrem Blick war nur für eine Person bestimmt. Bedrückende Stille erfasste den Raum. Demirbilek war froh, dass niemand seine Gänsehaut bemerken konnte. Das gewonnen geglaubte Duell schien er zu verlieren, würde er jetzt nicht etwas tun oder sagen.

»Bedeutet das, ich kann endlich mit der Besprechung weitermachen?«, fragte er in die Grabesstille hinein.

23

In der Lagebesprechung kam Feldmeiers Ausbruch auf Demirbileks ausdrücklichen Wunsch nicht zur Sprache. Natürlich rechnete er mit disziplinarischen Konsequenzen, die ihm jedoch keine Sorgen bereiteten. Mitten in der Arbeit an einem Fall verlor ohnehin alles andere an Bedeutung, außer es hing – anders als früher – mit seiner Familie zusammen.

Vierkant nahm den Faden wieder auf und wiederholte, dass Gerichtsmedizinerin Ferner die Todesursache des Rentnerpaares bestätigt hatte. Herzversagen nach Schwächeanfall in beiden Fällen. Ziemlich sicher wegen des Schocks, als sie im Morgengrauen beim Durchwühlen des Mülls von den Säuen aufgeschreckt wurden. Der eigentliche Fall, den die Soko Migra zu bearbeiten habe, sei das Tötungsdelikt zum Nachteil von Osman Okcan, fünfundvierzig Jahre alt. Türkischer Staatsbürger mit arabischen Eltern. Ein Migrant aus Sicht des türkischen Staates. Beruf Dolmetscher für Arabisch, Spanisch und Englisch.

»Hatte er einen Perso bei sich?«, fragte Leipold nach.

»Nein, keine Dokumente, kein Handy, kein Bargeld. Die Taschen waren leer. Der Taxifahrer, der ihn zur Wiesn gefahren hat, hat ihn als Fahrgast identifiziert, den er in Oberammergau abgeholt hat. Die Bestätigung von Frau Weinhuber aus dem Hotel liegt ja auch vor.«

Demirbilek zog skeptisch die Nase kraus. »Dennoch keine hundertprozentige Identifizierung.«

»Nicht hundert, aber aufgerundete neunundneunzig«, meinte Leipold mit einem Augenzwinkern zu Vierkant. »Habt ihr die Familie verständigt?«

»Nein. Wir haben noch niemanden in Istanbul erreicht.«

»Okcan war Dolmetscher, aber nicht für Deutsch? War er als Tourist bei uns?«, wollte einer der Zusatzbeamten wissen.

»Nein, er hat nur kein Dolmetscherdiplom für Deutsch, spricht es aber wohl ganz gut. Okcan hat für einen arabischen Geschäftsmann gearbeitet – übrigens ist das Opfer kein Scheich, falls jemand diesen Schluss ziehen sollte. Nicht jeder, der einen Kaftan trägt, ist ein Scheich. Haben das alle verstanden?«, erklärte Vierkant, die bei ihren Recherchen auf sonderbare Kommentare gestoßen war und mit ihrem Hinweis ähnlich abschätzige Bemerkungen innerhalb des Teams vermeiden wollte. Als sie das sagte, blickte sie Leipold an.

»Schau mich nicht so giftig an. Ich habe gar nichts gesagt!«, verteidigte sich Leipold. »Wir sind Weltstadt mit Herz. Wir nehmen jeden, wie er ist, der zu uns kommt, egal, welche Sprache er spricht oder was für ein Gewand er trägt. Zur Wiesnzeit zumindest.«

Demirbilek mischte sich ein, um Leipolds pseudophilosophische Ausführungen zu unterbinden. »Hast du das Zimmermädchen befragt, Isabel?«

»Habe ich, ja, am Telefon. Es war wohl genau, wie Frau Weinhuber gesagt hat. Allerdings mit dem Geld hat sie ihm unrecht getan. Das Zimmermädchen hat die vereinbarte Summe nach dem Vorfall bei ihrer Kleidung gefunden.«

Demirbilek und Leipold quittierten die Informationen mit Kopfschütteln.

»Gut. Wann vernehmen wir den Geschäftsmann, für den er gedolmetscht hat?«, fragte Demirbilek weiter.

Vierkant konsultierte ihre Notizen. »Er ist vor zwei Tagen ungeplanterweise abgereist. Vielleicht heute noch, spätestens morgen erhalten wir eine eidesstattliche Erklärung aus Kairo. Ich habe mit ihm telefoniert, er war hörbar ergriffen vom Tod seines Mitarbeiters.«

»Das heißt, Okcan hatte die letzten zwei Tage nicht viel zu arbeiten, weil sein Chef früher abgereist ist?«, resümierte Demirbilek.

»Ja, er hat alle Termine abgesagt. Wohl ein Notfall in der Familie.«

»Und vorher? Welche Termine hatten die beiden?«

»In den ersten Tagen war Okcan mit dem Geschäftsmann in einem Hotel in München untergebracht. In der Lobby und bei Firmen in der Stadt fanden Besprechungen statt«, berichtete Vierkant. »Die letzten zwei Nächte hat Okcan in dem Hotel in Oberammergau verbracht.«

»Was wollte er denn in Oberammergau? Warum von München, wenn Wiesnzeit ist, in ein oberbayerisches Hotel?«, wollte Demirbilek wissen.

Leipold übernahm die Antwort. »Da weiß ich Bescheid! Der Scheich hat sich einen Herzspezialisten in Oberammergau gekauft. Zwei Tage lang hat der Kardiologieguru seine Praxis geschlossen, damit er den geldigen Patienten nach allen Regeln der Medizinkunst untersuchen kann. Stand in der Zeitung, hat mein Schwiegerpapa erzählt. Der Scheich muss Geld haben wie unsereiner Sorgen.«

Vierkant warf Leipold einen bösen Blick zu. »Ich habe Sabinchen von den Fahndern mit dem Taxler zum Ostbahnhof geschickt. Dort hat Okcan sein Gepäck aufbewahrt.«

»Sabinchen?«, raunte Leipold. »Wer ist Sabinchen?«

»Meine Freundin vom …«, wollte Vierkant erklären, als sie jäh unterbrochen wurde.

»Isabel! Bleib bei der Sache!«, ging Demirbilek dazwischen.

»Verzeihung, natürlich.«

»Ostbahnhof? Nicht Hauptbahnhof? Der ist doch viel näher an der Theresienwiese«, fuhr Demirbilek fort.

»Habe ich auch nachgefragt. Auf dem Weg zur Wiesn haben sie beim Hofbräuhaus gehalten. Okcan wollte wohl aus touristischer Neugier Fotos machen. Gegenüber im FC-Bayern-Fanshop hat er eingekauft, es gab aber nicht genügend Schals und Trikots. Deshalb hat ihn der Fahrer zum Trainingsgelände in die Säbener Straße gefahren, wo er weitere Schals und Trikots erstanden hat. Von dort war es verkehrsmäßig einfacher, ein Schließfach am Ostbahnhof zu nehmen. Einkaufstüten und Koffer werden wir ja vielleicht zu Gesicht bekommen.«

»Also Ostbahnhof, meinetwegen. Weiter«, forderte Demirbilek.

»Wie gesagt, der Geschäftsmann, also der Chef des Opfers, ist früher als geplant abgereist. Auch Okcan hat seinen Rückflug einen Tag vorverlegt. Er war für gestern auf den letzten Flug nach Istanbul gebucht, er hat online eingecheckt.« Sie hielt kurz inne und vergewisserte sich in ihrem Notizbuch. »Sitzplatz 6A, wenn es jemanden interessiert. Er wollte demnach nach dem Wiesnbesuch zum Flughafen. Ansonsten wird das Opfer als freundlich und großzügig beschrieben, und er sprach gutes Deutsch, hat der Taxler zu Protokoll gegeben.«

»Ein Münchner Taxifahrer bezeichnet einen Fahrgast als freundlich und großzügig. Findet ihr das nicht merkwürdig?«, fragte Demirbilek in die Runde.

»Pauschal dreihundert, rund zweimal so viel, als die Fahrt gekostet hätte«, erwiderte Vierkant. »Da erinnert man sich an das Großzügige und bildet sich vielleicht die Freundlichkeit ein. Soll ich dezidiert nachfragen?«

»Mach das, und zwar deshalb, weil laut bestätigten Aussagen sich das Opfer im Hotel wie ein wild gewordener Sultan benommen haben muss …«

»Wie eine Drecksau wollte Zeki sagen, hat jedenfalls die Empfangstussi ausgesagt. Warum so ungenau, Zeki?«

»Stimmt, wie eine Drecksau«, bestätigte Demirbilek und behielt es für sich, den Ausdruck bewusst nicht verwendet zu haben. »Also, Isabel, frag nach. Dann habe ich eine Frage an euch.« Die wohlgesetzte Pause brachte ihm die Aufmerksamkeit seines Teams zurück. »Wie kommt ein Türke dazu, einen Kaftan zu tragen, wenn er nicht gerade auf Pilgerreise nach Mekka ist? Hat jemand eine Erklärung?«

Es folgten eine Reihe phantasievoller Spekulationen, von Trickbetrüger bis zu Superstar, der inkognito auf der Wiesn die Sau rauslassen wollte. Der Ermittlungsleiter stellte irgendwann die Frage hintan. »Wahrscheinlich hat es nichts zu bedeuten. Er hat arabische Eltern, und der Seidenkaftan ist in der Geschäftswelt im Prinzip nichts anderes als bei uns der Businessanzug. Ich falle wohl schon selbst auf Vorurteile herein. Noch mal zu den Fotos. Wir wissen nicht, ob Okcan, wenn es sein Apparat war, alle Fotos selbst gemacht hat. Oder wie seht ihr das?«, fragte er abermals in die Runde.

Leipold räusperte sich. »Nein, natürlich nicht. Aber tendenziell schon. Scheiße, dass die Chefin die Fotos einkassiert hat. Kostet unnötig Zeit und doppelt so viele Nerven.«

Vierkant räusperte sich ungewollt. Vor den Augen aller atmete sie tief ein und noch tiefer aus. Sie wiederholte die Entspannungsübung weitere Male. Demirbilek ahnte, dass seine gläubige Kollegin in einem Gewissenskonflikt steckte und mit sich und einer moralisch bedenklichen Entscheidung rang.

»Wenn ich es mir recht überlege, kann der liebe Gott nichts dagegen haben«, machte sie sich selbst Mut, als hätte sie mit ihm höchstpersönlich darüber debattiert. Gegen was er nichts haben konnte, verstand niemand der Anwesenden. Vierkant reichte ihr Diensthandy aus der Umhängetasche an Leipold weiter und bat ihn, sich die letzten Fotos anzusehen. Leipold drückte die richtigen Knöpfe und lächelte. »Unsere Isa ist ja ausgebuffter, als man denken könnte!«

»Ich musste der Chefin zugestehen, Ihnen die Aufnahmen nicht zu zeigen«, wandte sie sich an Demirbilek, »aber von Pius hat sie nichts gesagt.«

»Warum das?«, entrüstete sich Leipold. »Meint sie, unser Türke sieht was, was ich nicht sehe, oder was?«

Beleidigt übergab er den Apparat an einen der uniformierten Kollegen, der das Gerät an den Beamer anschloss und die Fotos, die Vierkant von der Protokolltafel gemacht hatte, an die Wand projizierte. Die Auflösung der Handykamera war erstaunlich gut. Der Beamte vergrößerte der Reihe nach Ausschnitte. Augenscheinlich hatte der türkische Dolmetscher ein Faible für nackte Haut, die in der Öffentlichkeit zur Schau gestellt wurde.

»Das ist ja wirklich eine Drecksau!«, kommentierte der Beamte das Foto einer Frau vor einem Fahrgeschäft, deren Dirndlrock in luftiger Höhe wirbelte. Sie trug keine Unterwäsche, wie alle sehen konnten.

»Das ist beim Eingang vom Rotor!«, freute sich Leipold. »Die hat er sauber erwischt!«

Irritiert über die Aufnahme, stellte Vierkant eine Frage an die Runde. »Wie kann jemand, der als freundlich und großzügig bezeichnet wird, solche widerlichen Fotos machen?«

»Warum nicht? Unter Vergewaltigern findet sich auch der nette Nachbar von nebenan«, meinte Leipold trocken, während der Beamte einen anderen Bildausschnitt zurechtzoomte.

Das Foto war von den Treppenstufen zur Bavaria-Statue aufgenommen worden. Der Müllhaufen war zu erkennen, in dem das Opfer gefunden wurde.

»Gehört der Müllhaufen nicht zum Festzelt?«, fragte Leipold.

Vierkant antwortete: »Dachte ich auch zuerst. Ist aber nicht so. Der Müllhaufen ist bei den Aufräumarbeiten wild entstanden, er sollte im Laufe des Tages entsorgt werden. Zu den sichergestellten Geschossen habe ich ebenfalls Informationen. Die

Schießgeschäfte verwenden im Prinzip alle dieselben Modelle. Besitzer und Betreiber haben wir befragt, niemand wusste etwas von einer Schießerei, gestohlen wurde auch nichts, also kein Luftdruckgewehr. Nur einen Betreiber habe ich nicht erreicht. Er ist in Untergiesing am Hans-Mielich-Platz gemeldet. Nicht weit weg von Ihnen, Chef.«

»Dann statten Pius und ich ihm einen Besuch ab«, beschloss Demirbilek.

»Nichts da«, erwiderte Leipold. »Nimm Isa mit. Ich mache jetzt Feierabend. Überstunden abbauen. Servus miteinander, bis morgen früh!«

Die gaffenden Kollegen ließen Leipold kalt. Ohne auf einen Kommentar des Ermittlungsleiters zu warten, verließ er das Büro. Demirbilek überlegte, ob er wie seine Chefin einen Schrei der Entrüstung von sich geben sollte, entschied sich aber dagegen.

24

Irritiert blieb der Migra-Chef vor dem Dienstwagen stehen. Vierkant wartete im Wagen auf ihn, die Umhängetasche auf dem Schoß, beide Hände darin vergraben. Die Spitzen ihrer Haare hingen in die Öffnung hinein, als würden sie eine Einheit bilden, wie ein Cyborg, bestehend aus Mensch und Ledertasche, ging ihm mit Befremden durch den Kopf.

Sein Handy läutete. Der Beamte meldete sich zurück, den er in das Shisha-Café geschickt hatte, um die Rechnung aus dem Hotelzimmer zu überprüfen. Der Kellner, der Osman Okcan bedient hatte, war verreist und wurde erst morgen zurückerwartet. Auch wenn das Rauchen einer Wasserpfeife nichts Ungewöhnliches war, interessierte ihn, wie er auf eine derart hohe Zeche gekommen war und wie sich dort das Opfer verhalten hatte – auch wie eine Drecksau? Hatte er sich damit Feinde gemacht?

»Sehen Sie mal!«, rief Vierkant plötzlich und hielt das Handy aus der offenen Wagentür.

Demirbilek überflog die Adressaten der Mail. »Die Chefin hat an alle vom Migra-Team geschrieben. Hätte genauso gut noch mal höchstpersönlich stören können.«

»Ganz schön clever, die wird es weit bringen, sage ich Ihnen.«

»Soll sie! Also, was steht drin?«

Vierkant zwinkerte mit einem Mal, um ihn darauf aufmerksam zu machen, dass jemand hinter ihn getreten war. Demirbilek drehte sich um.

»Auf ein Wort, Hauptkommissar«, sagte Feldmeier und entfernte sich zum Gebäude zurück. Das dünne Jäckchen als modisches Aushängeschild half nicht gegen die kühle Herbstluft. Ein leichter Wind blies. Die Chefin verschränkte die Arme. Die zum Jäckchen passende Schlaghose mit Bundfalte musste eine Maßanfertigung sein, vermutete Demirbilek, obwohl er keine Ahnung von Damenkonfektionsgrößen hatte. Er folgte ihr nach einem Moment des Innehaltens.

»Das war nicht in Ordnung von Ihnen«, begann sie ruhig, als er sich zu ihr gesellt hatte. Sie nahm ihn ins Visier wie vorhin im Migra-Büro. Es sind die Augen, die dir Angst machen, erkannte Demirbilek. Die Pupillen bewegten sich unmerklich. Die kalte Abendsonne spiegelte sich in der tiefschwarzen Farbe wider. Sie strahlten Gefahr aus. Sein Herz begann zu rasen, bildete er sich ein. Er versuchte, mit aller Macht die Fassung zu wahren, nicht in Panik wegzulaufen, wie ihm sein Instinkt oder Selbsterhaltungstrieb nahelegte. Leicht schwummrig vor Augen raffte er sich zu einer Antwort auf.

»Was wollen Sie?«, erwiderte er mit müder Stimme, gleichzeitig murmelte er im tiefsten Inneren die Worte einer Koransure. Er brauchte dringend Unterstützung.

»Wie wäre es mit einer Entschuldigung? Dafür, dass Sie mich vor dem Team bloßgestellt haben?«

»Kommen Sie zur Sache. Disziplinarische Maßnahmen akzeptiere ich. Nicht aber, dass Sie, ohne mich zu fragen, Personal für mein Dezernat aussuchen.«

»Aus dem Grund sind Sie aufmüpfig geworden?«, lachte sie.

»Aus welchem Grund sonst?«

»Möglicherweise, weil Sie Anweisungen von einer Frau erhalten?«

»Für mich sind Sie keine Frau.«

»Wie bitte?«

»Sie sind meine Vorgesetzte.«

Demirbilek registrierte nach der Feststellung erst jetzt ihre schicken Pumps. Sie fror an den Füßen, ihm war nicht kalt. Ein Vorteil.

»Was starren Sie auf mein Füße?«

»Nichts weiter«, verschwieg er seine Gedanken.

»Wie hat mein Vorgänger seine Entscheidungen kommuniziert?«, fuhr Feldmeier fort.

»Franz Weniger hat Personalfragen mit mir besprochen und die Entscheidung mir überlassen.«

»Ach ja? Nur, ich bin nicht mein Vorgänger. Wenn ich Anordnungen treffe, sind diese gründlich durchdacht. Ich kann nicht bei jedem Pups nachfragen, ob das für Sie in Ordnung ist, Demirbilek. Lernen Sie, mit mir zu leben!«

Der Kommissar blieb einige Sekunden lang stumm, um seinem rasenden Herzen Einhalt zu gebieten. Alles ist gut, bleib ruhig. »Warum haben Sie die Fotos beschlagnahmt?«

Feldmeier hüstelte und zog das Jäckchen enger an den Körper. »Lesen Sie Mails, zeitnah am besten. Ich habe einen größeren Einsatzraum für das erweiterte Team organisiert, um zu zeigen, welche Bedeutung ich der Aufklärung des Falles beimesse. Die Protokollwand mit den Aufnahmen steht jetzt dort. Ein Toter auf der Wiesn ist eine Katastrophe für die Stadt. Meinen Sie, ich habe Ihnen ohne Bedacht Hauptkommissar Leipold zugeteilt und weitere Beamte bewilligt? Sie sind ja wohl lange genug bei uns, Sie wissen, wie sensibel die Politik bei unseren heiligen Kühen reagiert! Das Oktoberfest ist neben dem FC Bayern unser populärstes Aushängeschild. Tote auf dem weltberühmten Volksfest kann sich unsere Stadt nicht leisten, zumal wir jetzt die Olympiade nicht bekommen. Wir sind verpflichtet, Münchens guten Ruf zu wahren.«

Demirbilek zollte im Stillen Feldmeier Respekt für den Schachzug, der sie vor etwaigen unerwünschten Fragen absicherte. Er klopfte mit der Faust auf sein Herz, nur leicht, damit es das Tempo einen Gang herunterschaltete. »Ich bin keiner Ihrer Speichellecker, den Sie anlügen können, wie es Ihnen passt. Entweder Sie sagen mir den wahren Grund, weshalb Sie die Fotos eingezogen haben, oder ich suche nach den Leichen in Ihrem Keller, bis ich sie gefunden habe.«

Feldmeier lächelte düster, verzichtete diesmal aber auf einen Schrei. »Mein Vorgänger hat Sie als ein auf Erden wandelnder Ermittlungsengel gelobt. Was für ein Schwachsinn! Sie drohen mir, Sie verdammter Mistkerl!«, fauchte sie ihm entgegen und schien drauf und dran zu sein, erneut die Fassung zu verlieren.

Demirbilek merkte, wie sich sein Herz beruhigte. Er witterte die Chance, das Verhältnis zu seiner Chefin endgültig zu klären. Der kindische Schrei im Büro war Teil des Vorspiels gewesen, das mit ihrer Berufung zur Kommissariatsleiterin begonnen hatte. Seit dem ersten Tag, so schien ihm, war er ihr ein Dorn im Auge, trotz seiner himmlischen Aufklärungsquoten. Sie pflegte einen Führungsstil, der darauf abzielte, sich mit jeder Entscheidung, jeder Maßnahme und jedem Gespräch ein Stückchen die Karriereleiter hochzubewegen. Demirbilek konterte in Gedanken mit dem pädagogischen Grundprinzip seines Vaters: »Nichts durchgehen lassen.«

Er sammelte sich und entschied, seine Chefin zu erziehen, damit er wieder in Ruhe seiner Arbeit nachgehen konnte. »Sagen Sie mir lieber die Wahrheit. Ich gebe Ihnen genau die Zeit, die ich brauche, um zum Dienstwagen zu gehen, Polizeioberkommissarin Vierkant eine Anweisung zu geben und zurückzukehren.«

In seinem Rücken spürte er ihren zornigen Blick, als er sich von ihr entfernte. Wenn sie könnte, würde sie das Weite suchen oder dir mit den Pumps in den Rücken springen und dir die Wirbelsäule entzweitreten.

Zehn Schritte weiter war er bei Vierkant und forderte unauffällig ihr Diensthandy. Als er sich umdrehte, sprang ihm Feldmeiers Erleichterung entgegen. Sie will beichten, registrierte Demirbilek und schob das Handy unbemerkt in die Sakkotasche.

Als er wieder vor ihr stand, lächelte Feldmeier unaufrichtig wie eine Viper. Demirbilek überlegte, ob der Vergleich denn stimmte, als sie ihn wie einen alten Freund an ihre Seite bat. »Ach, Demirbilek, ich merke mit Bedauern, mit Ihnen ist nicht zu spaßen und Freunde werden wir sicher auch nicht werden. Hätte ich Ihr Vertrauen, hätte ich Sie längst eingeweiht.«

»Ihre Bedenkzeit ist um«, erklärte er, ohne auf ihre Äußerung einzugehen.

»Also gut.« Sie blickte sich um, vergewisserte sich, ob Vierkant weit genug weg war, um nichts hören zu können. »Das Bierzelt neben dem Müllhaufen gehört einem Freund unserer Familie. Den Rest können Sie sich wohl denken.«

»Kann ich nicht. Erklären Sie es mir.«

Sie seufzte. »Aus familiärer Verbundenheit zu dem Wiesnwirt habe ich mir Zeit gelassen, die Fotos zu studieren und ihn zu fragen, ob er eine Verbindung zum Toten hat. Ich wollte sichergehen, dass er gewappnet ist, falls sich die Presse auf ihn stürzt. Aber er kennt das Opfer nicht.«

»Ein guter Freund also.«

»Ein guter Freund meines Vaters«, berichtigte sie. »Das verstehen Sie doch?«

»Ob ich verstehe, dass Sie widerrechtlich ermittlungsrelevante Informationen an Außenstehende weitergegeben haben?«

Feldmeier lächelte. »Ich habe Sie unter vier Augen ins Vertrauen gezogen. Könnte das nicht der Anfang einer beruflichen Freundschaft sein? Denken Sie darüber nach. Mehr gibt es zu der Sache nicht zu sagen. Die Protokollwand steht im Besprechungsraum. Machen Sie mit Ihrer Arbeit jetzt weiter. Und informieren Sie mich, wie das Bewerbungsgespräch mit Herrn …«, sie strengte sich an, kam aber nicht auf den Namen des Schnurrbartträgers. »Ist ja auch egal.«

Dann drehte sie sich um und blickte in den Himmel. Die Abendröte reflektierte sich auf dem Gebäude gegenüber, der Wind wurde stärker, ein Herbststurm schien sich zusammenzubrauen. »Saukalt ist es heute!«

Demirbilek sah ihr hinterher, wie sie im Gebäude verschwand, und kehrte zu Vierkant zurück.

»Alles in Ordnung?«, fragte Vierkant interessiert. »Sie grinsen wie ein Lausbub.«

»Ja, alles bestens«, erklärte er unaufgeregt und gab ihr das Handy zurück. Er kramte einen Zehneuroschein aus dem Geldbeutel und gab ihn ihr. »Reicht das für einen USB-Stick? Dein Mann soll mir die Audiodatei von deinem Handy darauf speichern und danach die Aufnahme löschen, damit es nicht wieder … Wie heißt das?«

»Recovert wird?«

»Genau, damit es nicht wiederhergestellt werden kann. Dein Peter kann das doch?«

»Kann er«, erwiderte Vierkant verwirrt.

»Nicht du, sondern Peter soll das machen. In Ordnung?«

»Ja, natürlich«, haspelte Vierkant und verstand in dem Moment. »Sie haben das Gespräch mit der Chefin aufgezeichnet? Mit meinem Diensthandy?«

»Meines habe ich verloren. Warum glaubt mir das niemand?«

Demirbilek sorgte sich nicht, ob seine Mitarbeiterin das Gespräch abhörte. Wenn doch, hätte sie seine Anweisung nicht beachtet. Aber das war nicht typisch für Isabel. Sie war eine ehrliche, grundsolide Frau und Beamtin. Er mochte sie sehr und vertraute ihr, wie auch ihrem Ehemann. Nicht das erste Mal bat er Peter bei nicht ganz legalen Maßnahmen um Hilfe.

25

Der kopfsteingepflasterte Hans-Mielich-Platz war vor einigen Monaten feierlich der Öffentlichkeit übergeben worden. Unter dem Lichtschein der Laternen blitzte der Platz sauber und ordentlich wie am Tag der Einweihung. Demirbilek war mit Jale unter den Zuschauern gewesen, weil sein Sohn Aydin beim Eröffnungsfest in der Band gespielt hatte. Der Markt dort bestand aus wohlsortierten Ständen und Verkaufswagen. Türkische Basare, an die Demirbilek denken musste, sahen weniger aufgeräumt aus. Chaos und Lärm waren in Untergiesing Fehlanzeige.

Die Beamten blickten sich suchend nach der Adresse des Schießbudenbesitzers um, dessen Befragung anstand. Vierkant hatte die Karten-App ihres Telefons aktiviert und versuchte, sich zurechtzufinden, bis Demirbilek die Geduld verlor und einen Passanten nach der Hausnummer fragte. Allerdings war Sebastian Schön nicht zu Hause. Ein Nachbar schickte die Ermittler weiter in die nahe gelegene Teutoburger Straße mit dem Hinweis, nach einem Ami-Angeber-Pick-up Ausschau zu halten.

An den Bahngleisen – wegen der mit Kritzeleien vollgeschmierten Schallschutzmauer nicht einzusehen – reihten sich Schreberhäuschen mit Gärten aneinander. Schon von weitem entdeckten sie einen Mann, der gerade Holzkisten von der Ladefläche eines Pick-ups amerikanischer Herkunft ablud. Ein Monstrum von Wagen. Wer braucht so eine Dreckschleuder in der Stadt?, wunderte sich Demirbilek.

Anders als befürchtet fiel das Gespräch mit dem älteren Herrn in Lodenjacke und Gamshut freundlich aus. Sebastian Schön quasselte neben der Arbeit munter drauflos. Er hatte von dem Leichenfund gelesen und lächelte über die Rolle des Luftdruckgewehrs. Die Kollegen, die bereits vernommen worden waren, hatten ihm davon erzählt. Er merkte an, nicht dämlich zu sein. Wenn er jemanden erschießen würde, dann sicherlich mit einer anderen Waffe. Viel mehr war aus dem Mann nicht herauszubekommen, der es eilig hatte, vor dem Abflug in den wohlverdienten Urlaub seine Sachen zu erledigen.

Auf dem Rückweg zum Wagen erblickte Demirbilek eine Joggerin, deren unbeholfener Laufstil ihm bekannt vorkam. Derya in knallbuntem Jogging-Outfit spurtete aus dem angrenzenden Park.

»Ist das nicht Ihre Freundin?«, fragte Vierkant, die Derya flüchtig kannte.

Demirbilek nickte und pfiff zwischen den Zähnen hinter ihr her. Doch Derya bog um die Ecke und verschwand in einem Hauseingang.

»Was macht sie da? Im Dunkeln laufen?«, nahm Vierkant Demirbileks Frage vorweg. Auch er wunderte sich, was Derya in dem Haus zu suchen hatte, kam aber nicht weit mit seiner Verwunderung, denn Schöns Pick-up tuckerte laut wie ein Lastwagen an ihnen vorbei.

Aus dem Augenwinkel bemerkte er den Schießbudenbesitzer auf dem Beifahrersitz, ein jüngerer Mann lenkte das Steuer. Die Münder der beiden Männer waren aufgerissen, sie schrien sich mit hochroten Köpfen an. Demirbilek konnte nichts hören, obwohl der Wagen im Schritttempo an ihnen vorbeifuhr. Doch etwas anderes zog seine Aufmerksamkeit an. Für den Hauch eines Momentes bemerkte er den Lauf eines Gewehres durch die Fensterscheibe. Offenbar bedrohte Schön den Fahrer.

Die Beamten nahmen die Verfolgung des Pick-ups auf. Der Verkehr über die Pilgersheimer Straße Richtung Candidplatz zur Auffahrt auf den Mittleren Ring war im Abendverkehr sehr dicht. Vierkant stoppte an der Kreuzung zwei Autos hinter Schöns amerikanischem Wagen. Demirbilek stieg aus und ging bis zur Kreuzung vor. Gerade als er die Beifahrertür aufreißen wollte, um nachzusehen, ob Schön wirklich ein Gewehr auf dem Schoß hatte, startete der Pick-up durch. Demirbilek rannte zurück zu Vierkant und sprang in den Dienstwagen.

»Was war das denn, Chef?«

»Eine dumme Idee. Fahr zu, Isabel!«

Die Verfolgungsfahrt führte sie zum Ostbahnhof und von dort auf die A 94 Richtung Riem. Bei der Ausfahrt Feldkirchen-West verließ der Wagen die Autobahn. Demirbilek verständigte die Zentrale über die ungeplante Beschattung, als sie das Gelände des Umschlagterminals für Zugcontainer erreichten. Der Arm des Fahrers tauchte aus dem Fenster des Pick-ups auf, um die Ausweiskarte gegen den Scanner zu halten. Die Schranke öffnete sich, und der Wagen passierte.

»Warte hier«, befahl Demirbilek und stieg aus.

Demirbilek schreckte den Wärter in dem Aluhäuschen mit einem Klopfen an das Fenster auf. Der uniformierte Angestellte war in ein Spiel auf seinem Handy vertieft. Wortreich entschuldigte er sich und versuchte, dem Kommissar zu helfen. Demirbilek erfuhr, dass es sich bei dem Fahrer um Sebastian Schöns Sohn Dirk handelte und die beiden einen Container auf dem Gelände gelagert hatten. Auf dem Überwachungsmonitor beobachtete der Kommissar, wie sich der Pick-up zwischen den Gleisen und Reihen von Containern durchschlängelte. Bevor er zu Vierkant zurückkehrte, nahm er dem Wärter das Versprechen ab, nichts von der Beschattung zu verraten.

»Was tun wir?«, fragte Vierkant, als ihr Chef wieder neben ihr Platz genommen hatte.

»Warten. Natürlich.«

»Haben Sie wirklich ein Gewehr gesehen?«

»Wir warten«, entschied Demirbilek.

Er war sich einfach nicht sicher. Manchmal musste er sich auf seinen Instinkt verlassen oder naheliegende Zusammenhänge akzeptieren, so zufällig sie auch waren. Auf das Mordopfer wurde mit einer Luftdruckpistole oder einem -gewehr geschossen. Vater und Sohn Schön hatten Zugriff auf diese Sorte Waffen.

»Wie weit ist denn Schöns Schießgeschäft von der Müllhalde entfernt. Ungefähr?«

Vierkant blätterte in ihren Notizen. Zu lange für Demirbileks Empfinden.

»Ungefähr, Vierkant!«, wiederholte er ungeduldig.

»Ich würde sagen, na ja, etwa fünfhundert Meter. Sie meinen, das Schießgeschäft könnte der Tatort sein?«

»Ich spekuliere, meinen tu ich nichts.«

Mehr hatte Demirbilek nicht zu sagen. Vierkant reagierte auf sein Schweigen, indem sie das Radio einschaltete. Ein Lokalsender brachte Werbung. Demirbilek gebot dem schreienden Sprecher Einhalt und drehte das Radio wieder aus.

Mit Blick auf die Schranke ergriff Vierkant das Wort. »Der Taxifahrer hat seine Aussage bestätigt, er ist überzeugt, das Opfer ist sein Fahrgast gewesen. Ich habe ihn angerufen, als Sie mit der Chefin geredet haben. Und er bleibt dabei, dass er freundlich und großzügig war.«

»Sie kommen zurück«, vermeldete Demirbilek.

Der Pick-up näherte sich in Schrittgeschwindigkeit, die Schranke öffnete sich. Schöns Sohn aber war jetzt allein im Wagen. Wo war der Schießbudenbesitzer abgeblieben?

Demirbilek riss die Tür auf. »Fahr dem Pick-up hinterher. Ich suche den Alten.«

»Doch nicht alleine?«

»Verlier den Pick-up nicht! Los jetzt.«

Kaum war Vierkant abgefahren, tauchte Vater Schön zu Fuß auf. Beim Verlassen des Geländes klopfte er dem Wärter freundschaftlich auf die Schulter. Demirbilek folgte ihm auf der anderen Straßenseite und bestellte einen zivilen Dienstwagen. Nach ein paar Minuten hielt der Kollege, und Demirbilek stieg ein, gerade rechtzeitig, um Schön, der in einen städtischen Linienbus stieg, nicht aus den Augen zu verlieren.

Der Kommissar lag mit seiner Vermutung richtig, dass der Verfolgte in die U-Bahn umsteigen würde. Er verabschiedete sich von dem Kollegen und betrat die Station Messestadt Ost. Von dort aus fuhr der Mann bis zum Hauptbahnhof und durchquerte das renovierte, in hellem Licht glänzende Sperrengeschoss, kaufte in einem der Läden ein Stück Pizza, aß sie im Gehen und verließ über den Ausgang Schillerstraße den Bahnhof. Demirbilek war äußerst überrascht, als Schön an dem Shisha-Café vorbeispazierte, das in den Ermittlungen nun ein zweites Mal auftauchte. Er blieb an der Straßenecke stehen und beobachtete, wie Schön auf der gegenüberliegenden Straßenseite in einer Tabledance-Bar verschwand. Er entschied sich, den Mann in Ruhe zu lassen, und betrat stattdessen das Café.

Im Vorraum an der Kassentheke verrichtete ein arabisch aussehender Mann seinen Dienst. In den Regalen befanden sich kunstvolle und einfache Shisha-Ausführungen sowie eine unübersichtliche Anzahl von Wasserpfeifentabaken in allen Geschmacksrichtungen. Von fruchtig bis herb, Banane bis Kaffee. Die Wahl des Tabaks war eine Wissenschaft für sich, wie Demirbilek aus eigener Erfahrung wusste.

Respektvoll gab der Araber Auskunft auf Demirbileks Fragen, denn er genoss einen ausgesprochen guten Ruf im Milieu. Er behandelte alle Menschen aus den unterschiedlichsten Kulturen gleich und einigermaßen anständig, wenn sie sich nichts zuschulden haben kommen lassen.

Demirbilek glaubte dem Angestellten, dem in der Tagschicht niemand aufgefallen war, der auf Osman Okcans Personenbeschreibung gepasst hätte. Männer im Kaftan waren hier keine Besonderheit. Als die offizielle Befragung abgehakt war, erkundigte sich Demirbilek nach den Tabaken. Die Empfehlung Al Waha, Geschmacksrichtung Wassermelone, klang verlockend.

Der Kommissar war knapp davor, sich eine Pause zu gönnen, verabschiedete sich jedoch. Im Kopf weigerte er sich, die Wasserpfeife Shisha zu nennen, er bevorzugte den Ausdruck *nargile,* wie sie im Türkischen bezeichnet wurde.

26

Mitten während der Tagesschau drehte sich Elisabeth Leipold zu ihrem Mann um, der ihr mit einer Flasche Bier in der Hand von seinem Freund Sepp Grüße bestellte. Eine Unachtsamkeit, wie sich herausstellen sollte. Denn seine Frau wusste nichts von seinem ausgedehnten Wiesnbesuch, zumindest hatte Leipold behauptet, nur mittags mit den Kollegen Herkamer und Stern ein Hendl essen gegangen zu sein. Nach der intensiven Befragung seiner Frau, musste er sich notgedrungen erklären.

»Du warst drei Tage lang auf der Wiesn und lügst mir ins Gesicht! Mir reicht's, Pius! Geh mir aus den Augen!«, fluchte Elisabeth Leipold und schleuderte die Wohnzimmertür hinter sich zu.

Bei dem Knall zuckte Leipold zusammen, rieb sich erst die Augen, dann den Ring im rechten Ohr. Seine Nervosität war begründet, auch wenn er seine Ehefrau nicht das erste Mal in Rage erlebte. Er musste nur an den letzten Pfingsturlaub in Südtirol denken. Bei dem Pauschalangebot, das er für die Familie gebucht hatte, war ihm ein unverzeihlicher Fehler unterlaufen. Er hatte bei der Online-Anmeldung vergessen, ihre zwei Kinder anzugeben. Natürlich behauptete er, das Häkchen auf dem Formular gesetzt zu haben. Elisabeth aber sah ihm nur in die Augen und wusste, dass er log wie gedruckt. Der Urlaub verlief alles in allem nicht harmonisch.

Jetzt hatte ihn seine Ehefrau abermals bei einer Notlüge ertappt. Er nahm einen Schluck von seinem Bier und schaltete den

Fernseher aus. Die Sporttasche, die sie ihm gepackt in das Wohnzimmer schleuderte, war ein Relikt aus Jugendtagen mit verblasstem Emblem seines Fußballvereins TSV Turnerbund. In seiner mehrjährigen Fußballerlaufbahn hatte sich Leipold den Ruf eines erbarmungslosen Verteidigers erarbeitet. Nach Karriereende blickte er auf zweiundvierzig gelbe, siebzehn gelb-rote und sechs rote Karten zurück.

Der Münchner war sich sicher, dass seine Frau alles, was er brauchen würde, in die Sporttasche gesteckt hatte. Er liebte seine Elisabeth und die Kinder, aber eben auch die Wiesn. Eine zähe Mordermittlung auf der Galopprennbahn hatte all seine Kräfte geraubt, so dass er in der zweiten Oktoberfestwoche einen Kurzurlaub einreichte. Er vergaß jedoch, diesen seiner Frau gegenüber zu erwähnen, die mit den Kindern nach Oberammergau zu ihren Eltern gefahren war. Das machte sie oft, und der Umstand, allein in der Wohnung zu sein, war nichts Ungewöhnliches.

Das Dasein als Strohwitwer in Kombination mit den Verlockungen der Wiesn entpuppte sich als hundsgemein. Leipold blühte wie ein wilder Hopfendolden auf, fühlte sich mit einem Mal wieder jung, spürte in sich die Gefühle eines freien Mannes, der in den Tag hineinleben konnte, als wäre er wie durch ein Wunder wieder Junggeselle, ungebunden, ohne die Fesseln der Arbeit und die Verpflichtungen eines Familienvaters.

Der Einstieg in den dreitätigen Wiesnrausch nahm seinen Anfang bei dem Besuch des einmal im Jahr stattfindenden Stammtisches mit Polizeikollegen aus Rosenheim. Die Verbundenheit mit den Beamten war innig, hatte er doch in jungen Jahren im oberbayerischen Alpenvorland seine Polizeilaufbahn angefangen. Die Stimmung im Bierzelt, wo die Stammtischrunde einen hervorragenden Platz bei der Kapelle hatte, war ausgelassen wie jedes Jahr. Das lag nicht am Bier allein, auch an der zwanzigköpfigen Band, die Volksmusik und Chart-Hits auf unterhaltsamste

Weise vereinte. Der Gesang von fünftausend bierseligen Menschen aus der ganzen Welt ließ niemanden kalt.

Nach drei Maß war Leipold gerührt von der Herzlichkeit seiner Kollegen, die sich freundlich nach seinem Befinden erkundigten, wissen wollten, wie es ihm mit seinem Türken erging, und nach der Familie fragten. Leipold schunkelte neben Sepp, seinem alten Weggefährten aus Rosenheim, der bei einem Einsatz das rechte Auge verloren hatte und mit der Augenklappe verwegen wie ein Pirat aussah. Sepp stellte ihm im Laufe des Abends Barbara vor. Die brünette Polizeimeisterin pflegte ein hinreißendes Bayerisch. Grazil und taktgenau hüpfte sie auf der Bierbank, als wäre sie auf dem Tanzboden einer Kirchweih. Das Wiesnbier, so schien es dem Hauptkommissar, hatten die Braumeister in diesem Jahr besonders schmackhaft und besonders süffig hinbekommen. Als er Barbara gegenüber nach einer der rituellen »Oans-Zwoa-Gsuffa«-Einlagen seine diesbezüglichen Gedanken etwas unzusammenhängend formulierte, stieß er auf eine Schwester im Geiste. Barbaras Wissen über Stammwürze und Hopfenanbaugebiete lösten bei dem überzeugten Biertrinker eine Faszination aus, die darauf hinauslief, dass er nach jeder ausgetrunkenen Maß ohne Zeitverlust eine weitere Maß bestellte.

Wie viele es am Ende waren, wusste wahrscheinlich nicht einmal die Bedienung, die sich der Stammtischrunde vor der ersten Bestellung persönlich vorgestellt hatte. Barzahlung nach jeder Maß war ein Muss, ebenso das Aufrunden des stattlichen Bierpreises. Sonst gab es zu bösen Blicken einen gepfefferten Fluch hinterher. Leipold selbst hatte nach fünf Maß Wiesnbier die anstrengende Rechnerei aufgegeben. Nach Beendigung des Bierausschankes um halb elf Uhr musste Leipold zur Toilette, und das dringend. Auf nahezu wundersame Weise hatte er vom Vormittag bis zum Schluss durchgehalten, ohne eine einzige Minute in dem Festzelt zu versäumen.

An das, was zwischen Verlassen der Theresienwiese und dem Kaffee frühmorgens in der Schmalznudel am Viktualienmarkt passiert war, konnte er sich nicht erinnern. Ihm war es auch einerlei. Schließlich war Wiesnzeit, und er war nicht gezwungen, sich seiner Ehefrau zu erklären. Sicherheitshalber erkundigte er sich bei Sepp, ob was zwischen ihm und der feschen Barbara gewesen war. Als der Freund verneinte, weil Barbara den letzten Zug nach Rosenheim genommen hatte, empfand Leipold eine gewisse Enttäuschung.

Mit der Sporttasche in der Hand stand er nun vor dem Wohnhaus in Sendling. Obwohl er mit seiner Familie seit vielen Jahren in der Erdgeschosswohnung lebte, wäre er als Münchner, der in Untergiesing aufgewachsen war, niemals aus freien Stücken nach Sendling gezogen. Elisabeth aber fand nach zwei Jahren Arbeitslosigkeit eine Anstellung in einer Sendlinger Sparkasse. Der Umzug stellte die Ehe auf eine harte Probe. Aus seinem Viertel wegzuziehen – das war für Leipold Hochverrat an den Nachbarn, die er seit über fünfunddreißig Jahren kannte. Er schulterte die Tasche und überlegte, wie lange Elisabeths Groll anhalten würde.

Das letzte Mal, als er dem Wiesnbier zugesprochen hatte, dauerte es zwei Tage, bis er zu Hause wieder willkommen war. Diesmal musste eine Nacht genügen, beschloss er und rief seinen Freund und Kollegen Herkamer an, um sich bei ihm einzuquartieren.

27

Demirbilek traf am Abend zu Hause ein und war mit einem Schlag stinksauer. Warum lagen seine Hausschlappen nicht bei dem Schuhschrank an der Garderobe? Im Flur häuften sich leere Flaschen und Altpapier. Die Küche war ein Saustall. Das Badezimmer war ein Schlachtfeld, den Boden bedeckten Handtücher und schmutzige Kleidungsstücke. Wasserspritzer verteilten sich an Wänden und Spiegel. Wo waren die beiden? Wo seine schwangere Kollegin, die im Bett liegen und ruhen sollte? Wo sein Sohn, der Jale hegen und pflegen, ihr Gutes tun, jeden Wunsch von den Lippen ablesen sollte? Er setzte sich an den Küchentisch und entdeckte unter dem Sofa seine Pantoffeln. Immerhin, beruhigte er sich und kam nach reiflicher Überlegung zu dem Schluss, dass er keine Lust hatte, aufzuräumen.

Als er später an seinem *çay* schlürfte und merkte, wie sehr er das Alleinsein mit der *Hürriyet* und der *Süddeutschen* vor sich genoss, überlegte er sich, ob er vor der Verabredung mit Derya duschen oder sogar ein Bad nehmen sollte. Genau in diesem Moment hörte er den Schlüssel an der Tür. Aydin kam nach Hause. Doch er war nicht allein. Er unterhielt sich mit jemandem, den Demirbilek kannte.

»Immer herein, Pius! *Hoş geldin*«, hieß er ihn durch die offen stehende Küchentür willkommen und legte die Zeitung weg.

Aydin und Leipold traten in die Wohnküche.

»Servus, Zeki, ich war in der Nähe. Dein Telefon ist ausgeschaltet«, rechtfertigte der bayerische Ermittler seinen unangemeldeten Besuch. Er war zum ersten Mal bei seinem Kollegen daheim. Neugierig sah er sich um. Demirbilek saß an einem Holztisch, die Einrichtung war zusammengesucht, Herd und Kühlschrank von verschiedenen Herstellern. Keine rustikale Einbauküche wie bei ihm.

Aydin sammelte derweilen herumliegende Pantoffeln ein, die für Gäste gedacht waren, und reichte Leipold ein Paar.

»Danke, brauche ich nicht, ich gehe gleich wieder«, lehnte Leipold ab. Er hatte sich auf Aydins Bitte hin widerwillig die Schuhe ausgezogen und stand mit Strümpfen auf dem Parkett.

Demirbilek fiel die Sporttasche auf, die sein Kollege in der Hand hielt, und blickte ein zweites Mal auf das Logo des Sportvereins, dann lachte er in sich hinein.

Aydin sah verwundert zu Leipold, der mit den Schultern zuckte.

»Ich habe beim SC München gespielt, zwei Jahre lang als Jugendlicher«, erklärte Demirbilek und nahm einen Schluck *çay*.

Leipold stimmte beherzt in das Lachen mit ein und setzte sich zu ihm an den Tisch. »Du warst beim SC? Da schau her!« Er wandte sich Aydin zu. »Mein TSV Turnerbund und sein SC teilen sich die Fußballanlage bei der Agilolfinger Schule in Untergiesing.«

»Zwei Vereine, eine Anlage?«, wiederholte Aydin fragend.

»Wie bei den Bayern und den Sechzigern. Zwei Vereine, ein Stadion. Kann ja nicht gutgehen«, bestätigte Leipold und nickte Demirbilek zu. »Die Derbys waren immer das Beste, stimmt's?«

»Ich kann mich nicht erinnern, je gegen euch vom Turnerbund verloren zu haben«, meinte der türkische Kommissar süffisant.

Leipold schüttelte sich vor Lachen, wohl aus freudiger Erinnerung an die Fußballspiele in der Jugendzeit. »Gegeneinander haben wir aber nie gespielt, oder doch?«

»Weiß nicht«, sagte Demirbilek und versuchte sich vorzustellen, wie Leipold als Jungendlicher ohne Bierbauch ausgesehen haben könnte. »Nicht, dass ich wüsste.«

»War eine schöne Zeit, muss ich sagen. Vor allem die Weihnachtsfeiern«, grinste Leipold.

»Bist du privat oder beruflich hier?«, wechselte Demirbilek das Thema. »Oder auf dem Weg zum Training?«

»Um Gottes willen, Fußball ist lange nicht mehr. Bei der Bierwampe habe ich nicht mal bei den alten Herren eine Chance«, grinste er. »Nein, der Kollege hat mich angerufen. Der Kellner aus dem Shisha-Café ist früher von seiner Reise zur Arbeit erschienen. Dachte, wir zwei fahren hin.«

Demirbilek brauchte einen Moment. »Wieso ruft der Kollege dich an? Nicht mich?«, sprach er leicht ungehalten mit Blick auf die Wanduhr. »Was verpasse ich gerade? Du wolltest Tagesschau mit deiner Frau sehen.«

Leipold äugte auf das Teeglas, statt auf die Frage einzugehen. »Gibt es noch einen …«

»Auch Bier, wenn du willst.«

»Du hast Bier da?«

Demirbilek gab Aydin ein Zeichen, ihn mit seinem Kollegen allein zu lassen. Als sein Sohn aus der Küche war, schob er lautstark hinterher, dass er das Badezimmer aufräumen solle. Dann stand er auf und holte aus dem Kühlschrank eine Flasche Bier.

»Glas brauche ich keines«, sagte Leipold dankbar.

»Was ist passiert?«, fragte Demirbilek und goss am Herd *çay* nach. Interessiert sah Leipold zu, wie er in das Gläschen ein Drittel Tee goss und es aus dem größeren Kessel mit heißem Wasser auffüllte.

»Elisabeth ist sauer. Renkt sich aber wieder ein. Wäre nicht das erste Mal«, erklärte Leipold und öffnete mit dem Feuerzeug die Flasche. Es ploppte. Laut und satt.

»Eine Frau!«, tadelte ihn Demirbilek, ohne zu wissen, ob seine Vermutung stimmte.

»Ach was«, wiegelte Leipold ab. »Wer will mit mir schon ins Bett? Nicht einmal mit der eigenen Frau schaffe ich das!«

Danach erzählte er mit steigender Begeisterung von seinem dreitägigen Wiesnexzess, von der völkerverbindenden Stimmung im Bierzelt, den hübschen, für ihn unnahbaren Schönheiten in Dirndln, dozierte über das Wiesnbier, das besser mundete als göttliches Manna. Demirbilek hörte zu und unterließ das Nachfragen, trotz seiner Neugierde, das eine oder andere Detail zu erfahren. Am Ende von Leipolds Bericht stand er auf und holte für sich eine Flasche Bier. Wie sein Kollege ließ er mit dem Einwegfeuerzeug den Kronkorken ploppen.

»Kommst du nächstes Jahr mit zum Wiesnstammtisch?«, fragte Leipold mit strahlendem Gesicht und erhob seine Flasche, aus der er bislang nicht getrunken hatte.

Demirbilek blickte in seine erwartungsvollen Augen. Offenkundig bereute er keine Sekunde der drei Tage Freiheit. »Glaube nicht, aber wer weiß schon, was in einem Jahr beim nächsten Anstich ist«, meinte er und prostete seinem Kollegen zu.

Im Anschluss berichtete Demirbilek von Schöns Verfolgung und fasste die ergebnislose Befragung im Shisha-Café zusammen.

»Also lassen wir das? Oder was will mir mein Chef sagen?«, hakte Leipold nach.

»Nein, wir bleiben dran. Du befragst den Kellner aus der Nachtschicht. Das schaffst du alleine in dem Café«, instruierte Demirbilek. »Geht ja nur darum, herauszubekommen, ob der Dolmetscher dort auch als …«

»Drecksau sein Unwesen getrieben hat«, vervollständigte Leipold den Satz.

»Genau. Wenn du fertig bist, rufst du mich an. Wo schläfst du überhaupt heute Nacht?«

»Ich wollte bei Herkamer übernachten, der hat aber Besuch. Ich glaube Spanier, die ein paar Tage Sightseeing an die Wiesn dranhängen«, erwiderte Leipold. »Ich warte auf einen Rückruf von einem anderen Freund.«

Demirbilek überlegte kurz. Dann besann er sich auf seine anerzogene Gastfreundschaft. »Du kommst nach der Befragung wieder. Kannst heute Nacht hier schlafen.« Er deutete mit dem Kopf zum Küchensofa mit Jales Decke darauf.

»Macht dir das nichts aus?«, entgegnete Leipold überrascht.

»Solange du nicht zu mir ins Bett kriechst und schnarchst«, lächelte Demirbilek.

»Woher willst du wissen, ob ich schnarche!«, protestierte Leipold.

»Wir zwei hatten einen gemeinsamen Rakıabend«, erinnerte Demirbilek an das Gelage, das für den Münchner Trinkexperten auf einer Bank im Nebenraum eines türkischen Restaurants endete.

»Ach stimmt! Mein Gott war das ein schöner Abend! Wir haben getanzt, weißt du noch?«, erinnerte sich Leipold und trank mit dem zweiten Schluck den Rest der Flasche aus.

»Du hast nicht getanzt, Pius. Du wolltest, hast es versucht, das ja. Aber der Rakı war stärker.«

Leipold zuckte mit den Achseln. Im Zusammenhang mit Alkohol empfand er nichts, was ansatzweise an Reue erinnerte.

»Abgemacht?«, vergewisserte sich Demirbilek. »Schläfst du heute Nacht hier?«

»Alles klar, Chef«, bestätigte Leipold nicht ohne übliche Ironie in der Stimme. »Warum kommst du nicht mit? Bist du verabredet?«

Demirbilek kontrollierte entsetzt die Uhrzeit und stürmte ohne ein weiteres Wort aus der Küche.

28

Die Kellnerin musste seinem Türken einiges bedeuten, wenn er einen Kinobesuch mit ihr einem dienstlichen Restaurantbesuch mit ihm vorzog, stellte Pius Leipold fest. Zum Teil hatte er Zekis leidvollen Kampf um seine Ex-Frau Selma miterlebt und bemühte sich, ihm seine Entscheidung nachzusehen. Dabei schossen ihm seine eigenen Eheprobleme in den Kopf. Wieder Mist gebaut, zog er in aller Strenge mit sich ins Gericht. Wie machst du das nur wieder gut? Elisabeth anzurufen und sich zu entschuldigen war sinnlos. Das wusste er von früheren Rausschmissen.

Nach einem späten Abendessen mit Kassler und Sauerkraut und zwei Halben in der Schrannenhalle erreichte er in der Landwehrstraße das Shisha-Café. Eigentlich war das Viertel um den Hauptbahnhof nicht sein bevorzugtes Terrain. Lieber ermittelte er in Schwabing oder auf der anderen Seite der Isar in Harlaching oder Grünwald. Dort lebten zwar keine charakterlich andersartigen Kapitalverbrecher, aber es ging in der Regel schicker und gepflegter zu als zwischen den Animierschuppen und Computerkrimskramsläden. Rund um den Hauptbahnhof waren in den letzten Jahren zu den türkischen Geschäftsleuten arabische hinzugekommen. Unübersichtlich viele Friseurläden und Internet- und Telefonshops. Juwelierläden, Schnellrestaurants und Hotelabsteigen reihten sich aneinander. Horchte er in sich hinein, stellte er fest, sich in dieser Gegend nicht heimisch zu fühlen. Das war nicht sein München. Sein München fußte auf traditionelleren Vierteln – ihm fiel das charmante Lehel ein, Haidhausen mit den Herbergshäuschen, das hübsche Gern und der Nymphenburger Park mit dem prächtigen Schloss, die ehrwürdige Altstadt mit den denkmalgeschützten Gebäuden, das pittoreske Angerviertel, der Alte Peter, die Residenz mit dem Hofgarten. Er schwärmte weiter von seiner Geburtsstadt, bis er etwas Merkwürdiges zu spüren begann. Horchte er tiefer in sich hinein, musste er sich eingestehen, Zeki zu vermissen. Wäre sein türkischer Grantler bei ihm, würde er sich wohler fühlen. War das nicht seine Klientel hier um den Hauptbahnhof? Der Teil von Münchens Bevölkerung, der für ihn und sein zugegebenermaßen kleines Migra-Team vorbehalten war? Dass er selbst zu diesem Team zählte, schob er weit von sich. Abteilungsübergreifende Kooperation fand er auf die Schnelle als Begründung, warum er mit der Migra zusammenarbeitete. In Gedanken gab er seiner Chefin recht. Der Todesfall auf der Wiesn bedurfte einer schnellen Aufklärung. Das ging am sichersten mit den besten Ermittlern vonstatten, wozu er sich selbst zählte.

Was sein muss, muss sein, motivierte sich Leipold und betrat das Café. Im Vorraum mit den Regalen voller Tabakwaren und Shisha-Pfeifen befand sich niemand. Er stapfte durch die schmale Zwischentür in den Hauptraum und befand sich jäh im Orient. Arabisch aussehende Männer fläzten halb sitzend, halb liegend auf Sofakombinationen und Liegekissen. Mundstücke an den Schläuchen der Wasserpfeifen hingen zwischen Lippen oder abgelegt auf Oberschenkeln. Die verschiedenen Gruppen unterhielten sich in fremden Sprachen. Die Lautstärke passte sich der Musik aus den an der Wand befestigten Fernsehdisplays an. Leipold verfolgte eine geraume Zeit den arabischen Musiksender, der auf allen Geräten lief. Er war verblüfft über die exotische Ausstrahlung der Sängerin, die sich in einem Negligé auf einem Himmelbett rekelte, offenbar aus Sehnsucht nach ihrem Liebhaber oder Ehemann. Den Refrain des arabischen Allerweltspopsongs sang die aufreizende Frau auf Englisch, wie er kopfschüttelnd feststellte. Aber anscheinend war er der Einzige, der sich darüber wunderte.

Direkt an der breiten Fensterfront zur Straße erblickte er ein Paar bei einer Partie Schach. Dem Aussehen nach waren es deutsche Gäste. Die blondhaarige Frau paffte wie eine Dampflok an einer Shisha, der Mann dachte angestrengt über den nächsten Zug nach. Im hinteren Bereich erstrahlte grelles Neonlicht einen Arbeitsraum, der ihn an asiatische Garküchen erinnerte. Es dampfte und rauchte aus Kohleöfen. In Einzelteile zerlegte Shisha-Pfeifen standen auf dem gekachelten Boden, einige waren in Bretterverschlägen deponiert. Die auf Stangen liegenden, stoffbezogenen Schläuche hätten genauso gut tote Schlangen sein können, die auf ihre Zubereitung warteten. Ein junger Mann mit Baseballkappe und Kopfhörern säuberte die gläsernen Behälter unter laufendem Wasser. Ein älterer Herr mit kariertem Hemd bereitete Tabak vor und zerkleinerte glühende Holzkohle – Nachschub für rauchende Gäste. Leipold entdeckte auch eine Runde Jugendlicher an einem niedrigen Tisch. Unregelmäßig zog und pustete die gemischte Gruppe den Rauch in die Luft. Sie hoben bedächtig ihre Köpfe, um den Mann in schäbiger Lederjacke zu mustern, als uninteressant zu klassifizieren und sich wieder in ihre Handys zu vertiefen. Auf ein Gespräch untereinander waren sie offenbar nicht erpicht.

Leipold stellte sich mit dem Dienstausweis dem älteren Mann in der Küche vor. Wortlos deutete dieser zu dem musikhörenden Jungspund namens Issam. Leipold tippte Issam auf die Schulter und winkte ihn hinaus. Der junge Mann geleitete den Kommissar zu einem Tisch mit einem Messingtablett darauf, wo er seine Kappe ablegte und sich kräftige Züge von einer Shisha gönnte. Die Kohlebrocken auf dem Keramikkopf lebten bei jedem seiner

Züge auf und glühten wie bei einem ordentlichen Holzgrill. Bei Leipold lief das Wasser im Mund zusammen. Er dachte an das letzte Nackensteak, das er an der Isar gewendet hatte. Fasziniert beobachtete er, wie das von Rauch getrübte Wasser in dem vasenähnlichen Gefäß munter blubberte.

Er holte einen Zigarillo aus seiner Lederjacke, wurde aber von dem Jungspund höflich auf das Rauchverbot hingewiesen. Leipold ließ sich mit Verwünschungen über die Absurdität des Gesetzes Zeit, das Shisha erlaubte, aber Zigarillos nicht. Dann nahm er die Einladung an, bei der Shisha mitzurauchen. Der ältere Kellner brachte auf Issams Zeichen einen frischen Schlauch und befestigte ihn am zweiten Anschluss der Wasserpfeife. Der bayerische Kommissar entfernte die Plastikfolie über dem Einwegeinsatz des Mundstücks und sog mit aller Kraft daran. Wie gewohnt ließ Leipold den Rauch in seine Lungen gleiten und merkte sofort, einen Fehler gemacht zu haben. Er keuchte und hustete, sprang auf und verzog sich zu den Toiletten, um seinen Mund auszuspülen – den schokoladigen Rauchgeschmack vertrug er nicht.

Zurück im Hauptraum bestellte er ein Bier bei dem Kellner, der ihn freundlich damit schockierte, nur guten Tee und Softdrinks aller Art anbieten zu können. Wieder schüttelte Leipold den Kopf. Wie war geselliges Beisammensein ohne Alkohol überhaupt denkbar? Rauchverbot, schön und gut. Aber kein Bier? Das zu verstehen, gelang ihm nicht. Er konzentrierte sich nur schwer auf das Gespräch mit dem Zeugen, der auf die Fragen, was den Charakter des Toten vom Oktoberfest betraf, klare Antworten gab. Zwar nannte der Befragte den Dolmetscher Okcan nicht Drecksau wie die Empfangsdame aus dem Hotel, aber seine Wortwahl ging in eine ähnliche Richtung. Er bezeichnete ihn als arabischen Zuchthengst, der auf Akkordarbeit abgerichtet war.

Danach verdeutlichte Issam, wie Okcans hohe Rechnung, die ihm der Kommissar vorgelegt hatte, zustande gekommen war. Leipold folgte ihm zum Schaufenster. Dort deutete der junge Kellner zur Tabledance-Bar auf der gegenüberliegenden Straßenseite. Ohne einen weiteren Kommentar drehte er sich wieder um. Leipold trabte quer durch den Raum hinterher, vorbei an der Shisha-Küche. Der arabische Musiksender zeigte Werbung für samtweiche Monatsbinden.

Als sie am Ende der Trennwand angelangt waren, blieb Leipold erstaunt stehen. Der abgeschottete Bereich war ihm entgangen. Zweiernischen mit Sitzkissen und gedämpften Tischlampen aus buntem Mosaikglas befanden sich in dem Nebenraum. Zwei blutjunge arabische Pärchen saßen in den äußersten Ecken zusammen und tuschelten, ungestört und ungesehen von den Gästen im Hauptraum. Issam hielt sich nicht lange auf und führte den Kommissar einen Gang entlang, um ihn durch eine Verbindungstür zum Treppenhaus in den zweiten Stock zu lotsen. Zu seiner Verwunderung war die Tür abgeschlossen. Mit lauter Stimme rief er den älteren Kellner zu sich.

Die Angestellten tauschten sich in arabischer Sprache aus. Der Ermittler verstand nichts von der hektisch geführten Unterhaltung. Als sich seine Geduld dem Ende neigte, hörte er, wie jemand seinen Namen rief.

29

Abgehetzt und weit nach Beginn der Vorstellung lief Zeki die Rolltreppen des Mathäser Kinos hinauf, wo sich im ersten Stock die Zuschauersäle befanden. Das beim Hauptbahnhof gelegene Multiplex zeigte regelmäßig türkische Filme in Originalsprache. *Ayla* hieß das Liebesdrama, das Derya ausgesucht hatte. Es galt als sehenswert, wurde aber von Kritikern wegen der melodramatischen Handlung als übertrieben emotional beschrieben, hatte Zeki in der Zeitung gelesen. Er war froh, den Streifen eines Münchner Regisseurs zu verpassen, und zugleich erleichtert, Derya in eine Zeitschrift vertieft vor dem Kinosaal zu sehen. Sie trug einen leichten Mantel, das offene Haar fiel ihr zauberhaft vor das geschminkte Gesicht.

Er hatte sie wegen der abzusehenden Verspätung angerufen. Jale war nach Hause gekommen, als er gerade losgehen wollte. Ein Streit entbrannte wieder einmal zwischen ihr und Aydin. Ein Wort ergab das andere, bis die beiden sich heulend in den Armen lagen. Er selbst verkroch sich in das Badezimmer und sammelte sich, bevor er aufbrechen konnte.

»Schön, dass du für die zwei mitgeweint hast«, beschämte sie ihn mit dem Kommentar und einem anerkennenden Lächeln.

»Woher weißt du das?«, hauchte Zeki verblüfft. Er hatte tatsächlich aus Sorge um die Zukunft der beiden die Tränen nicht unterdrücken können. Er fragte sich mittlerweile ernsthaft, ob die zwei überhaupt für eine gemeinsame Zukunft bereit waren.

Auf der Rolltreppe nach unten hakte sich Derya bei ihm unter. Er genoss ihre Nähe und Berührung, während sie beim abendlichen Spaziergang die Bayerstraße entlang von Jales Missgeschick erzählte. Der Saal für die Hennanacht war anderweitig vergeben worden. Jale und sie hatten beschlossen, den Kreis der eingeladenen Frauen zu verkleinern und das Fest am Vorabend der Hochzeitsfeier in ihre Wohnung zu verlegen. Obwohl der angehende Großvater nicht gefragt wurde, gab er ihr zu verstehen, gegen die Verlegung keine Einwände zu haben. War ja Frauensache, sagte er sich wohl wissend, gegen Entscheidungen zweier starker Frauen chancenlos zu sein.

Zeki wechselte das Thema und erwähnte, dass er sie in Untergiesing beim Joggen gesehen hatte. Seine Neugier, zu erfahren, was sie dort zu suchen hatte, war ihm wohl anzusehen.

»Keine Sorge, Zeki, außer dir gibt es keinen anderen Mann. Meine Schneiderin wohnt dort, ich war wegen des Kleids für die Hochzeit bei ihr.«

Zufrieden überraschte er sie mit der Idee, ein Shisha-Café zu besuchen. Derya reagierte nicht begeistert, wie er erwartet hatte. Sie war irritiert. Aus Anatolien war sie es gewohnt, dass ausschließlich Männer derartige Lokalitäten aufsuchten. Zeki zerstreute ihre Bedenken, behielt jedoch für sich, dass er Privates mit Beruflichem zu kombinieren verstand.

Als er kurz darauf in dem einladenden Raum mit dem orientalischen Flair nach Leipold rief und Derya stehen ließ, um nach seinem Kollegen zu suchen, dämmerte ihr der Grund für den Besuch. Dennoch nahm sie auf einem der Sofagarnituren Platz und übte sich in Geduld.

Mit Erleichterung schien Pius Leipold Demirbileks unangemeldetes Erscheinen zu akzeptieren. Ohne Umschweife informierte er ihn über den Ermittlungsstand und stellte ihm den jungen Kellner Issam vor. Leipold wollte mit der Befragung fortfahren, als Demirbilek das Wort übernahm.

»Verstehe ich das richtig, Issam? Osman Okcan hat zwei Tänzerinnen von der Bar gegenüber kommen lassen und ist mit ihnen in das … wohin?«, fragte er den Kellner.

»Wir nennen es Lounge. Oben im zweiten Stock. Steht auf unserer Website. Kann jeder anmieten für Besprechungen oder Partys. Je nachdem. Ist nicht illegal. Shisha-Flatrate. Es gibt eine Klingel, um den Kellner zu rufen. Sonst bleibt man ungestört.«

»Ist ja wie bei einer Kegelbahn im Wirtshaus«, meinte Leipold belustigt. »Dann los, sehen wir uns die Lounge an.«

»Das wird schwierig. Ich habe gerade mit meinem Kollegen darüber gesprochen.« Nach einer Pause fügte er mit einem Achselzucken hinzu: »Er hat dem Zuchthengst den Schlüssel gegeben. Ich wusste nichts davon. Ich war ja weg.«

Auf Demirbileks fragendes Gesicht hin erklärte Leipold: »Zuchthengst ist die Drecksau.«

»Verstehe«, bestätigte Demirbilek und setzte ein nichtssagendes Lächeln auf. »Issam, du hast meinen Kollegen ohne Not zu der Lounge geführt. *Arkadaş,* mein Freund, ich frage mich, warum du den Weg, den du eingeschlagen hast, nicht zu Ende gehst. Was verschweigst du?«

Issam räusperte sich und schob nervös seine Kappe auf dem Kopf hin und her. Bevor er ausholen konnte, um sein Anliegen vorzutragen, kam Demirbilek ihm zuvor.

»Spar dir die Mühe, einen Handel mit mir zu machen. Wie lange, Pius?«

»In höchstens fünf Minuten. Die Polizeidienststelle am Hauptbahnhof hat immer ein paar Männer vom Einsatzkommando am Start. Mach die Tür auf, mein Junge. Der Türke ist kurz davor, zu explodieren.«

»Schon gut. Mein Kollege …«, stammelte Issam eingeschüchtert.

»Warte«, unterbrach Demirbilek ihn und wandte sich an Leipold. »Hol den Kellner, er soll für sich selbst sprechen.« Leipold nickte und ging sofort los.

»Was hat dein Kollege?«, nahm Demirbilek das Gespräch wieder auf.

»Er hat vergessen, vom Gast den Schlüssel zurückzufordern. Er sucht gerade den Zweitschlüssel.«

Issams Gesicht verzog sich im selben Moment zu einem Erstaunen. Sein Blick war auf jemanden in Demirbileks Rücken gerichtet. Der junge Kellner schmunzelte. »Hier kommt er ja gerade!«

»Wie bitte?«, stutzte Demirbilek. Wie kann Osman Okcan hier auftauchen, wenn er in der Pathologie liegt?

Demirbilek drehte sich um. Neben Leipold stand nicht der Kellner. Beim Anblick des Mannes im Seidenkaftan dachte der Kommissar an seine Zwillinge. Hatte das Mordopfer womöglich einen Zwillingsbruder? Demirbilek lag mit seiner Vermutung nicht richtig, falsch aber war sie auch nicht.

30

Jetzt hören Sie sofort auf damit! Ich bin nicht tot!«, wiederholte der Befragte gegenüber Hauptkommissar Leipold, der unentwegt den Kopf schüttelte. Demirbilek studierte auf der Eckkombination den türkischen Reisepass des Mannes. Er war kein Spezialist, aber soweit er das beurteilen konnte, schien der amtliche Ausweis in Ordnung zu sein. Demirbilek sog an der Shisha mit Wassermelonengeschmack. Ein einzelner, tiefer Zug. Er öffnete den Mund, um den Rauch zu entlassen. Trübe Dampfschwaden stiegen zur Decke. Demirbilek blickte ihnen nach und folgte einer spontanen Eingebung.

»Könnte der Tote von der Theresienwiese Ihr Auftraggeber sein? Der arabische Geschäftsmann?«

»Das weiß ich nicht, dazu müssten Sie ihn mir zeigen. Ich hoffe nicht«, erwiderte Okcan nun ruhiger. »Mein Chef ist in Kairo, soviel ich weiß.«

»Warum sind Sie nicht mit ihm nach Kairo geflogen?«, fragte Demirbilek sachlich.

»Er ist wegen irgendetwas Privatem früher abgereist. Ich weiß es nicht. Familie wahrscheinlich.«

Einen familiären Notfall hatte Vierkant auch als Grund erwähnt, deshalb beließ Demirbilek es dabei. »In welcher Branche ist Ihr Chef eigentlich tätig?«

»Großdruckereien. Türkei, Naher Osten.«

»Weshalb sind Sie nach München gekommen?«

»Termine mit Herstellern.«

»Mit wem und wo?«

»Das sind Geschäftsgeheimnisse. Darüber möchte ich nicht sprechen.«

Leipold mischte sich ungefragt in das Verhör ein. »Reden Sie, sonst zeigen wir Ihnen, wie schnell bei uns Schnellverfahren sind und Sie in Untersuchungshaft landen. Falls Sie es nicht gemerkt haben, Sie sind für uns tatverdächtig.«

»Gut gebrüllt, Löwe«, blieb Okcan ruhig. »Ich mag klare Ansagen, Herr Kommissar.«

»Hauptkommissar«, berichtigte Leipold ihn. »Also, was für Termine? Beantworten Sie die Frage meines Kollegen.«

»Vorgesetzten«, berichtigte nun Demirbilek, der ganz und gar nicht mit Leipolds Verhörmethode einverstanden war.

Leipold ignorierte Demirbileks Kommentar und machte schroff weiter. »Also, welche Termine?«

Mit gezücktem Stift notierte er die Angaben mit Ort und Zeit.

»Sie wollten eigentlich gestern in die Türkei fliegen«, fuhr Leipold fort, weil er gedanklich schneller war als Demirbilek, dessen Aufmerksamkeit woanders lag.

Derya war im Café geblieben, obwohl er sie gebeten hatte, bei ihm zu Hause auf ihn zu warten. Er beobachtete, wie sie sich gerade mit beiden Händen durch die Haare fuhr. Sie war umringt von zwei arabischen Männern und kicherte wie ein unartiges Mädchen.

»Nach dem Wiesnbesuch gestern konnte ich nirgendwohin fliegen. Ich habe meinen Flug verpasst, weil ich sternhagelvoll war«, erklärte Okcan und nahm einen kräftigen Zug von der Wasserpfeife. »Ich habe im Hotelzimmer bei meinem Bruder übernachtet.«

Leipold notierte den Namen des Luxushotels direkt am Hauptbahnhof, während Demirbilek wieder übernahm, obwohl er die Irritation über Deryas Lachen nicht verdammen konnte.

»Sie sprechen gut deutsch«, machte er mit einer allgemeinen Frage weiter, um für sich den Gesprächsfaden wieder aufzunehmen.

»Das stimmt, mein Deutsch ist hervorragend, aber ich war zu faul für die Prüfungen. Diplomiert bin ich in Arabisch in mehreren Dialekten, Englisch und Spanisch«, erwiderte der Mann im Kaftan nicht ohne Eitelkeit. Nebenbei winkte er den älteren Kellner zu sich und bestellte in generalstabsmäßigem Tonfall bei ihm etwas auf Arabisch. Mit einer respektvollen Verbeugung machte sich der Kellner davon. Da aber sprang Leipold auf und hielt ihn unsanft zurück.

»Stopp, hiergeblieben«, befahl er und fixierte Okcan. »Was haben Sie dem Mann gesagt?«

Demirbilek beruhigte seinen Kollegen und erlaubte dem Kellner, zu gehen. Er hatte das Wort *simit* herausgehört, mit Sesam belegtes, rundes Hefegebäck, das gerne zwischendurch gegessen wurde. »Der alte Mann holt türkische Brezen von nebenan, Pius. Setz dich wieder.« Er wartete, bis Leipold neben ihm Platz genommen hatte. »Was ist jetzt mit dem Foto vom Opfer auf deinem Handy?«

»Scheiß Smartphone. Ich bin auf einen falschen Knopf gekommen und habe es gelöscht, ich Depp. Ich rufe Isa noch mal an, wo sie bleibt«, erwiderte Leipold und verließ das Café, um auf der Straße zu telefonieren.

Demirbilek beabsichtigte die Befragung fortzuführen, zugleich drehte er sich weg. Derya stolzierte an ihm vorbei und schenkte ihm ein flüchtiges Lächeln, bevor sie die Toilette aufsuchte.

Okcan beobachtete die Situation. »Gehört die wunderschöne Frau zu Ihnen? An Ihrer Stelle würde ich besser auf sie aufpassen, *Komiser Bey*«, ließ er sich zu einer Bemerkung verleiten, die Demirbilek nicht gefiel. Als kurz darauf einer der Araber, mit denen Derya zusammensaß, mit einem lüsternen Grinsen vorbeihuschte, sprang Demirbilek auf und folgte ihm. Natürlich hatte der Dolmetscher recht. Eine Frau im Männercafé allein zu lassen war fahrlässig.

Der Araber wartete in der Nähe der Toilette, offenbar um Derya beim Herauskommen abzufangen. Demirbilek zeigte ihm seinen Dienstausweis und flüsterte ihm ins Ohr, dass er auf der Stelle mit seinem Freund das Café verlassen sollte, weil er sonst bei der in fünf Minuten stattfindenden Razzia mit auf die Wache genommen werden würde. Der Araber grinste verlegen. Etwas zu erwidern, wagte er nicht angesichts des aufgebrachten Polizisten.

Demirbilek setzte sich wieder auf seinen Platz und beobachtete, wie der eingeschüchterte Mann mit seinem Freund fluchtartig das Café verließ.

Als Derya zu ihrem Platz zurückkehrte und die Männer weg waren, drehte sie sich verblüfft zu Demirbilek um und schüttelte lächelnd den Kopf, wohl geschmeichelt darüber, dass ihr eifersüchtiger Freund für das Verschwinden der Araber gesorgt hatte. Sie nickte zum Abschied und verließ ebenfalls das Café.

»Respekt, *Komiser Bey*. Manch einer unserer Landsleute hätte dem Mann für sein schmutziges Lächeln ein Messer in den Bauch gejagt.«

Für eine Erwiderung hatte Demirbilek keine Zeit mehr. Leipold kehrte zusammen mit Isabel Vierkant zurück.

»Ging nicht schneller, tut mir leid«, entschuldigte sie sich und ließ sich neben Demirbilek auf die Eckkombination fallen.

»Sind Sie der Tote?«, fragte sie sodann den Mann im Kaftan und reichte ihm die Hand.

»Rauchen Tote Shisha?«, gab dieser verärgert zurück. »Ich bin nicht tot!«

»Natürlich, Verzeihung«, entschuldigte sie sich ein weiteres Mal.

»Hör auf, dich ständig zu entschuldigen, Isabel«, ging Demirbilek dazwischen. »Hast du die Fotos dabei?«

Vierkant holte aus ihrer Umhängetasche eine Aktenmappe. Sie blätterte die Tatortfotos durch, bis sie eine Porträtaufnahme des Opfers gefunden hatte. Sie zögerte, weil bei der Aufnahme die Wunde an der Wange und das zerfetzte rechte Auge deutlich zu sehen waren. Demirbilek verlor die Geduld, riss ihr das Foto aus der Hand und legte es für Osman Okcan auf den Tisch.

Okcan zog den Stoff seines Kaftans zurecht und setzte sich aufrecht, um das Foto im Lichtschein der Lampe besser sehen zu können. Das Gesicht des Dolmetschers wurde mit einem Mal kreidebleich. Er stammelte erst einige Wörter, dann schrie er wie von Sinnen auf. Als ihm die Luft auszugehen drohte, übergab er sich über den Tisch bis hinüber zur Sitzkombination auf der anderen Seite.

31

In den frühen Morgenstunden der letzten Wiesnnacht hatte Tamer Fleischauer Hals über Kopf die Flucht ergriffen. Der leidenschaftliche Autofahrer und Kasinogänger war durch ganz Bayern gekurvt. Die Besuche der Spielbanken in Bad Füssing und Lindau endeten am Roulettetisch in Bad Wiessee, wo er seit Jahren Stammgast war. Das Glück war ihm bei Black Jack und American Roulette nicht hold gewesen. Hätte auch anders laufen können, gab er sich seinem Schicksal gegenüber gnädig, das ihn in derselben Nacht mit dem Beutezeug seines Lebens überrascht hatte.

Es war nach neun Uhr abends, als er den alten BMW auf dem breiten Bürgersteig abstellte. Die Suche nach Parkplätzen bei der Kneipe mit Wettbüro und angeschlossener Pizzeria hatte er sich abgewöhnt. In seinem zweiten Wohnzimmer verfolgte er Fußballspiele und besaß als einziger Stammgast einen Glaskrug und festen Platz am Fenster, wo er gerade der Trambahn nachblickte, die den Nockherberg hochschnaufte. Selbst wäre er nie auf die Idee gekommen, mit den Öffentlichen zu fahren. Er bevorzugte sein geliebtes Auto, dem er bei einer Taufzeremonie zusammen mit seinem Freund den Namen Flitzerl gegeben hatte.

Obwohl er die Nacht durchgemacht und hundemüde war, beschloss er nach dem Pils Bude zu treffen, um sich mit ihm zu versöhnen und den Streit aus der Welt zu schaffen. Er schrieb ihm eine SMS, in der er sich entschuldigte, ohne ihn abgehauen zu sein. Postwendend antwortete Bude mit dem Spruch, der sie seit jeher verband: »Frauen kommen und gehen. Freunde bleiben ewig.«

Fleischauer bretterte in seinem Flitzerl den Nockherberg hinunter und fand für seinen Zweitürer einen lauschigen Parkplatz in der Agilolfingerstraße direkt bei der Sportgaststätte. Die wenigen Meter zum Schreberhäuschen der Schöns bewältigte er zu Fuß. Gedämpftes Licht schien aus den zwei verdreckten Fenstern zur Teutoburger Straße hinaus.

»Bude! Bist du da?«

Fleischauer trat durch die Holztür des Bretterzaunes und drückte den Türgriff nieder, den Budes Vater aus dem Lauf eines Luftdruckgewehrs gebaut hatte.

Der Schlag mit dem Gewehrkolben – unmittelbar darauf – streckte ihn nieder.

Es war stockdunkel, als Fleischauer eine unbestimmte Zeit später zu Bewusstsein kam. Seine Hände waren mit Plastikbändern auf dem Rücken gefesselt. Auf Höhe der Knöchel waren die Füße festgezurrt. Über Mund und Augen klebte Tapeband. Mit hastigem Atmen presste er Luft durch die Nasenlöcher in seine Lunge. Der widerwärtige Geruch des Klebstoffs, der aus dem Band drang, verstärkte mit jedem Atemzug den Drang, sich zu übergeben.

Er rappelte sich auf die Füße. Durch das schmierige Band, das seine Lippen zu zersetzen schien, schrie er aus purer Hilflosigkeit nach der Polizei. Dann Budes Namen, obwohl er nicht wusste, ob sein Freund da war. Er fischte im Rücken mit den gefesselten Händen nach etwas, was er berühren oder greifen konnte. Er wollte etwas zu fassen bekommen, was ihm Orientierung verschaffte. Dann fände er auch die Tür nach draußen, war er sich sicher. Er kannte den Raum, der dreißig Quadratmeter maß. Seit er denken konnte, hatte er Zeit mit Bude in dem Häuschen verbracht. Er erinnerte sich an die verbotenen Schießübungen mit den Luftdruckgewehren, an die Mädchen, mit denen sie hier geknutscht hatten.

In seiner Verzweiflung begann er, auf beiden Füßen zu hopsen. In die Richtung, wo er die Tür vermutete.

»Halben Schritt links«, tönte es.

Fleischauer erschrak fürchterlich, riss den Kopf nach hinten und fiel dabei auf die Knie.

Seraya blickte in aller Ruhe zu Schön, der mit zusammengekniffenen Augen neben ihr auf dem Sofa hockte, um seinen Freund nicht leiden sehen zu müssen. Die türkische Prostituierte stand auf und versetzte dem Gefesselten die Faust in die Nieren. Sie war zufrieden mit der Plazierung des Hiebes, geschult in jahrelangem Training beim Kickboxen. Fleischauer krümmte sich vor Schmerzen, während sie ihn vor sich her auf das Sofa zu Schön bugsierte.

Mit einem Ruck löste Seraya das von Tränen getränkte Band um den Mund des Gefangenen.

»Wasser«, flehte Fleischauer mit kraftloser Stimme.

»Klappe.«

Fleischauer, der nichts sehen konnte, erschrak, als jemand neben ihm aufsprang. »Bude? Bist du das?«

»Wo ist das Geld?«, hörte er Serayas Stimme.

»Ich muss was trinken«, keuchte er. Und fügte auf Türkisch eine Bitte hinzu. *»Lütfen.«* Er japste und röchelte nach Luft. »Bude, bist du da? Hilf mir …«

»Klappe, Tamer. Wo ist das Geld aus dem Hotel?«, unterbrach Seraya ihn.

Fleischauer japste weiterhin nach Luft, ohne zu sehen, wie Seraya seinen Freund davon abhielt, ihm zu trinken zu geben.

»Hast du nicht genug? Sag, wo das Geld ist«, fragte Seraya mit scharfer Stimme.

»Ich … ich habe es verspielt«, stotterte Fleischauer.

»Du hast die Dreißigtausend nicht verzockt. Du lügst«, erwiderte Seraya locker. »Ist es bei dir zu Hause? Hast du es dort versteckt?«

»Das reicht jetzt«, meldete sich Bude plötzlich zu Wort.

»Sei still, mein Junge«, wandte sich Seraya an ihn. »Du wusstest, dass Tamer mit dem Geld abhaut. Seid ihr zwei schwul, oder woher kommt das?«

»Bude, bitte, mach die Fesseln los«, schrie Fleischauer dazwischen.

»Wir sind nicht schwul«, erklärte Bude.

Er ging zum Küchenschrank und holte aus der Schublade ein Küchenmesser mit weiß-blauem Griff. Damit schnitt er, beobachtet von Seraya, Fleischauers Plastikband entzwei. Er legte das Messer auf den alten Fernseher seines Vaters und begann, an Fleischauers Augenbinde zu nesteln.

Seraya sah eine Weile zu, stieß dann Bude zur Seite und riss die Binde mit einem Ruck weg.

Fleischauer jaulte auf und brauchte eine Weile, bis sich seine Augen an das Licht gewöhnt hatten.

Seraya wartete ab, bis er die Situation erfasst hatte. Als er sie fixierte, warf sie ihm seine geleerte Hüfttasche ins Gesicht.

»Also, wo ist das Geld?«

Fleischauer schwieg und äugte misstrauisch zu seinem Freund, während Seraya weiterredete.

»Glaubt ihr, ich habe den Wichser aus Spaß fertiggemacht? Er wollte mir weh tun, wollte mich ficken, ohne zu zahlen. Genau wie ihr zwei Clowns.« Sie machte eine Pause. »Tamer, ich will meinen Anteil. Zehntausend. Das Drittel, das mir zusteht. Danach seid ihr mich los. In Ordnung?«

Der Deutschtürke wischte sich mit dem Unterarm über das Gesicht und nahm die Wasserflasche von Bude entgegen und trank.

»Gehörst du jetzt zu der Schlampe?«, fragte er Bude zutiefst enttäuscht, nachdem er seinen Durst gelöscht hatte.

Angesichts der aus der Luft gegriffenen Frage zuckte Bude zusammen. »Sie ist mir nach Hause gefolgt, als du abgehauen bist, und hat mich keine Sekunde allein gelassen. Wo warst du eigentlich? Was hätte ich machen sollen? Sie hat mich überrumpelt.«

»Hat sie dich drübergelassen, oder was hast du sonst bekommen, um mich zu verraten?«

Fassungslos starrte Bude seinen besten Freund an, bevor er ihm eine Ohrfeige versetzte. Seraya staunte zwar, griff jedoch nicht ein.

»Ich bin kein Verräter«, stellte Bude klar.

»In Ordnung. Entschuldige«, gab sich Fleischauer mit der Bestrafung einverstanden und gewann offenbar seine Fassung wieder. Er reichte seinem Freund die Hand, der erleichtert war und nicht zögerte, sie zu drücken.

»Seid ihr Schwuchteln jetzt fertig?«, unterbrach Seraya die beiden. Die Freundschaft, die selbst Verrat überstand, bereitete ihr Sorgen. Sie musste höllisch aufpassen, das war ihr klar.

Fleischauer wischte noch mal über sein Gesicht. Er lächelte und stieß seinem Freund in die Seite. »Sauber, Bude. Hast ja unserer Freundin deinen Jogginganzug gegeben. Steht dir gut, Seraya.«

Er grinste und wollte aufstehen.

Serayas Fußtritt in den Magen hinderte ihn daran.

32

Um den Krankenwagen vor dem Shisha-Café hatte sich eine illustre Runde an Schaulustigen zusammengefunden. Leicht bekleidete Frauen aus der Tabledance-Bar standen neben bärtigen Männern aus der islamischen Gemeinde um die Ecke. Man kannte sich und tauschte Spekulationen über die Ursache des nächtlichen Einsatzes aus.

Im Inneren des Cafés wehrte sich Okcan mit Händen und Füßen gegen den Notarzt, der ihm eine Beruhigungsspritze geben wollte. Lautstark verfluchte der Dolmetscher den gewissenhaften Mediziner in mehreren Sprachen. Demirbilek ging dazwischen und beruhigte den Arzt, der seinerseits anfing, den Patienten zu beschimpfen. Okcan legte sich auf das Sofa und klemmte den Kaftan in den Schritt.

Demirbilek und Leipold verabschiedeten den Notarzt und versprachen, ihm Bescheid zu geben, sollte sich der Zustand des Mannes verschlechtern. Ob der Patient vernehmungsfähig war, wollte der Mediziner nicht mit Gewissheit sagen. Während der Kellner mit einem Gast das Sofateil, das vom Erbrochenen besudelt war, wegtrug, setzte sich Vierkant an Okcans Seite. Behutsam faltete sie ein in lauwarmes Wasser getränktes Tuch und bot es dem Mann an. Das schlechte Gewissen, ihn mit dem Tatortfoto in diese Verfassung gebracht zu haben, nagte an ihr. Schluchzend nahm Okcan das Tuch entgegen und legte es über Gesicht und Mund. Die Ermittler wussten nach wie vor nicht, wen der Dolmetscher auf dem Foto erkannt hatte.

In der Zwischenzeit hatte Leipold eine Porträtaufnahme des Geschäftsmannes im Internet aufgetrieben und zweifelsfrei festgestellt, dass es sich bei der Leiche nicht um ihn handelte.

Demirbilek stand bei Issam in der Küche und fragte mit gesenkter Stimme, ob er Rakı im Café habe, für Gäste, die Schnaps Tee vorzogen. Issam reagierte betreten auf die Frage. Trotzdem steckte der Kommissar ihm einen Schein zu, damit er eine kleine Flasche besorgte.

Kurz vor der Tür kehrte der Kellner um. Demirbilek erfuhr, dass in der Lounge kein Alkohol ausgeschenkt werden durfte, weil das Café keine Lizenz dafür besaß. Weitere Ausführungen verbot ihm der Kommissar, um zu verhindern, sich selbst zu belasten.

Den Rest konnte er sich zusammenreimen. Demirbilek wusste, dass im Bahnhofsviertel in den von Muslimen betriebenen Läden und Cafés freiwillig darauf verzichtet wurde, Alkohol anzubieten. Obwohl Demirbilek sich als Gläubigen empfand, brachte er für die von Imamen geforderte Bannmeile für Alkohol kein Verständnis auf.

Er schickte den Kellner los und kehrte zu Okcan zurück, der sich in der Zwischenzeit aufgesetzt hatte. Vierkant zog aus ihrer Umhängetasche frische Taschentücher hervor. Dankbar wischte sich der Dolmetscher das Gesicht trocken und schneuzte sich. Erwartungsvoll bauten sich die Ermittler vor ihm auf. Seine Lippen bewegten sich nun endlich, doch bevor er sprechen konnte, fing er wieder unkontrolliert zu jammern an. Sein stämmiger Körper schüttelte sich unter dem Schluchzen.

»Der treibt mich in den Wahnsinn! Der beruhigt sich nicht, wir hätten den Arzt nicht wegschicken dürfen, Zeki«, knurrte Leipold mitleidslos und steckte einen Zigarillo in den Mund. »Mach doch was!«, schob er zwischen den zusammengepressten Lippen nach. »Wir haben nicht die ganze Nacht Zeit!«

»Reiß dich zusammen, Pius. Der spielt uns nichts vor!«, maßregelte Demirbilek seinen Kollegen und wandte sich Issam zu, der mit einer Plastiktüte in das Café zurückkehrte.

Der Kommissar füllte eigenhändig ein Teeglas mit Rakı und reichte es dem Patienten. Der vom Weinen gezeichnete Dolmetscher ließ den Blick durch den Raum wandern, der sich inzwischen so gut wie geleert hatte. Dann kippte er mit zitternden Fingern den Anisschnaps in einem Zug herunter. Schlagartig hatte er sich unter Kontrolle.

»Der Mann auf dem Foto ist mein Bruder Hassan«, sagte er auf Türkisch. »Ich möchte in mein Hotel. Ich muss unsere Eltern verständigen.«

Der Dolmetscher versuchte, auf die Beine zu kommen, brach mittendrin ab und setzte sich wieder, um regungslos vor sich hin zu starren.

Mit betroffener Miene wandte sich Demirbilek an seine Kollegen und übersetzte. Vierkant schluckte und bekreuzigte sich, bevor sie ihr Beileid aussprach und den Namen in ihr Notizheft vermerkte. Leipold murmelte etwas, was Demirbilek nicht verstand und auch nicht interessierte.

Er führte seine Kollegen ein paar Schritte zur Seite, um den Mann in seiner Trauer nicht zu stören.

»Isabel, du bleibst bei Okcan und telefonierst wegen seinem Bruder. Pius, wir zwei sehen uns die Lounge an. Zehn Minuten.«

Vierkant räusperte sich, um etwas zu sagen. Demirbilek ahnte, was ihr auf dem Herzen lag.

»Wehe, du entschuldigst dich, Isabel! Wir sind alle von der falschen Person ausgegangen.«

33

Kurze Zeit später folgten die zwei Ermittler Issam über den Hinterhof. Er führte sie durch das Treppenhaus in das zweite Stockwerk zu der Lounge. Ein schwerer, süßlicher Duft empfing sie, als sie den Raum betraten.

»Das kommt von keiner Shisha«, erklärte der Kellner. »Die Frauen von gegenüber benutzen heftige Parfüms.«

Demirbilek nickte und sah sich in dem mit roten Lampen ausgeleuchteten, geräumigen Zimmer um. Im selben Stil wie im Hauptraum des Cafés war es mit Sofagarnituren und orientalischen Sitzkissen ausgestattet. Musikanlage und TV-Display befanden sich auf einer Seite, auf der anderen eine Theke. In einem Kühlschrank lagerten Softdrinks. Vor dem Fenster hing ein Vorhang. Demirbilek zog ihn weg und sah vom zweiten Stock in den Hinterhof hinunter.

»Man kommt also auch hierher, ohne durch das Café zu gehen.«

Issam nickte. »Ja. Manche Gäste wollen lieber ungesehen in die Lounge.«

Leipold warf einen interessierten Blick zu Demirbilek, bevor er sich an den Kellner wandte. »Okcan war also mit den Stripperinnen von gegenüber hier. Wann war das, und warum hat er den Schlüssel behalten?«

»Vor zwei Tagen, glaube ich. Er war mit seinem Chef da, um einen Geschäftsabschluss zu feiern. Warum er den Schlüssel behalten hat, weiß ich nicht. Wahrscheinlich hat er einfach vergessen, ihn abzugeben«, meinte Issam.

Demirbilek sah sich nochmals um und beendete die Besichtigung für sich. »Pius, mach du hier weiter. Ich werde jetzt Okcan vernehmen.«

Einige Minuten später spazierte der Kommissar an den bunt leuchtenden Schaufenstern im Bahnhofsviertel entlang. Der Dolmetscher neben ihm war nicht in der Verfassung, Rede und Antwort zu stehen. Als sie in der Schillerstraße einen türkischen Imbiss passierten, bot der Kommissar an, einen *çay* zu trinken. Er hoffte, das Gespräch dort führen zu können. Okcan ging auf das Angebot ein und setzte sich an einen freien Tisch, während der Kommissar an der Selbstbedienungstheke Tee bestellte.

Als er sich mit den dampfenden Gläsern in der Hand umdrehte, saß Okcan nicht mehr auf dem Stuhl. Demirbilek setzte sich trotzdem, nahm einen Schluck Tee und wog ab, was er tun sollte, schließlich war Okcan kein Tatverdächtiger, auch wenn das nichts zu bedeuten hatte. Gerade, als er bei den Toiletten nachsehen wollte, entdeckte er ihn auf der Straße.

Okcan telefonierte auf dem Bürgersteig. Passanten und Verkehr um sich ignorierte er, sein angespanntes Gesicht verriet mehr als Trauer und Bestürzung über den Tod seines Bruders. Wut und Sorge zeichneten sich ab. Den Kaftan hatte der Dolmetscher ausgezogen, er lag wie ein Sakko über der Schulter. Stoffhose und eng anliegender Pullover machten aus ihm eine vollkommen andere Persönlichkeit.

Als Demirbilek mit dem Glas Tee zu ihm auf die Straße trat, konnte er wegen des Verkehrslärms nicht verstehen, was Okcan in das Handy sprach. Mit einem kurzen Nicken nahm der Bruder des Ermordeten von Demirbilek das Glas entgegen, klemmte das Telefon unter das Kinn und warf zwei Zuckerwürfel in den Tee. Allmählich verlor Demirbilek die Geduld. Kurz bevor er dem Treiben ein Ende bereiten wollte, hielt ein Taxi direkt neben ihnen. Okcan stellte das Teeglas auf dem Bürgersteig ab und winkte den Kommissar zu dem wartenden Auto.

»Langsam, Herr Okcan. Ich steige nicht in das Taxi. Wo wollen Sie hin?«

»Zum Ostbahnhof. Mein Gepäck holen.«

»Nicht jetzt, nicht bevor Sie mit mir geredet haben und ich die Vernehmung für abgeschlossen erkläre. Können Sie mir folgen, oder soll ich es ins Türkische übersetzen?«

Mit entrüstetem Gesicht beendete der Bruder des Mordopfers das Gespräch. »Meine Sachen …«

»Sind mir im Moment egal«, fiel ihm Demirbilek ins Wort. »Sie erzählen mir jetzt in aller Ruhe, was Sie wissen, um mir zu helfen, die Todesumstände Ihres Bruders aufzuklären.«

Okcan blickte in Demirbileks Gesicht, das keine Widerrede duldete.

Wo nimmt der Mann nur das Geld her?, fragte sich Demirbilek, überrascht darüber, wie der Dolmetscher dem Taxifahrer für die Leerfahrt einen Fünfzigeuroschein in die Hand drückte. Als er sich zum Kommissar wandte, stieß er das Teeglas um, ohne es zu merken.

Okcan wischte sich eine Träne aus dem Augenwinkel. »Können wir das nicht bei einem Bier tun, bitte?«

Auf der Suche nach einer Kneipe telefonierte Demirbilek mit Vierkant, um nachzufragen, ob die kriminaltechnische Untersuchung von Hassan Okcans Hotelzimmer schon organisiert war. Im Anschluss rief er Leipold an, von dem er erfuhr, dass er in der Lounge auf nichts gestoßen war, was auf ein Verbrechen hindeutete. Er war gerade im Begriff, zu ihm nach Hause aufzubrechen. Demirbilek versprach, sich zu beeilen. Dasselbe hatte er Derya auch versprochen. Bei der Vorstellung, wie Pius und Derya ohne ihn in seiner Küche zusammensaßen, musste er lächeln. Dabei bemerkte der Kommissar nicht, wie der Zeuge, der die ganze Zeit neben ihm hergegangen war, den Schritt verlangsamt hatte. Als sich Demirbilek ihm zuwandte, war Okcan erneut verschwunden. Wegen seiner Unkonzentriertheit und Dummheit verwünschte er sich mit einer Handvoll Flüchen auf Türkisch. Dann steuerte er einen Animierschuppen in Sichtweite an. Zwei Männer, die vor dem Eingang rauchten, hatten niemanden eintreten sehen. Sein Blick fiel auf das Sport-Café Schiller. Auch dort suchte er vergebens nach ihm. Gerade als er die Einsatzzentrale verständigen wollte, bemerkte er eine Person auf dem Bürgersteig, die sich an eine Hauswand lehnte. Okcan hatte seinen Kaftan auf den Boden gelegt. Er hockte darauf und schluchzte hemmungslos. Auch ohne ärztliche Ausbildung beschloss der Kommissar, dass der Zeuge nicht vernehmungsfähig war.

Der Kommissar begleitete den Mann bis zum Eingang seines Hotels. Dort gab er ihm seine Telefonnummer und verabredete sich für den nächsten Morgen mit ihm.

Demirbilek machte ein paar Schritte, bis er sicher war, dass Okcan das Hotel betreten hatte, und kehrte zurück. Der Kommissar beobachtete, wie der Dolmetscher an der Rezeption ein Gespräch mit dem Hotelmitarbeiter führte. Der blickte erst in den Computer, zuckte mit den Achseln und nahm einen Schein entgegen, woraufhin Okcan zum Aufzug ging und verschwand. Demirbilek beeilte sich, nun ebenfalls zur Empfangstheke zu kommen, und zeigte dem jungen Rezeptionisten seinen Ausweis.

»In ein paar Minuten kommen Kollegen der Spurensicherung. Wir ermitteln in einem Tötungsdelikt.«

»Wow!«

»Was wollte der Gast, der eben bei Ihnen war?«

»Aber der ist nicht tot!«

»Es geht um einen anderen Hotelgast, nicht um ihn. Also, was wollte er?«

»Ach so.« Der Rezeptionist überlegte kurz. »Der Whisky in der Minibar schmeckt ihm nicht.« Er zeigte ihm den Schein, den er weggesteckt hatte. Hundert Euro. »In zehn Minuten hat er seine Lieblingsmarke auf dem Zimmer.«

»Nichts weiter? Sie werden in diesem Augenblick offiziell vernommen, also schön bei der Wahrheit bleiben.«

Verunsichert blickte sich der Mann um. »Wir sind angehalten, Diskretion zu wahren. Der Gast hat nichts Illegales gewollt. Was hat er denn mit dem Fall zu tun? Ist einer unserer Gäste getötet worden?«

»Hör zu«, wechselte Demirbilek die Anrede. »Pass auf, mein Lieber. Ich sage dir das in aller Deutlichkeit. Erstens, ich bin viel zu müde für Spielchen mit dir, zweitens warten zu Hause Leute auf mich, und drittens, wenn ich nicht gleich hier weg bin, muss ich bei der Durchsuchung des Hotelzimmers dabei sein. Darauf habe ich aber heute keine Lust mehr. Glaub mir, du willst von mir kein zweites Mal vernommen werden, wenn gleich Polizeibeamte mit Alukoffern durch den Eingang marschieren!«

Der Rezeptionist lächelte wie ein Schüler der Hotelfachschule im ersten Ausbildungsjahr. »Der Gast hat nicht nur nach dem Whisky gefragt.« Er zeigte ihm einen zweiten Schein, ebenfalls ein Hunderter. »Der Herr wollte wissen, ob ich ihm eine Zugangskarte zu dem Zimmer seines Bruders geben könnte.«

»Du hast ihm die Karte natürlich nicht gegeben?«

»Natürlich nicht. Ich habe ihm gesagt, dass ich dazu das Einverständnis seines Bruders brauche. Herr Okcan hat wohl letzte Nacht unerlaubterweise im Zimmer bei ihm geschlafen und wollte sich dort hinlegen.«

»Und für die Auskunft hat er dir einen Hunderter gegeben?«, wunderte sich Demirbilek.

»Nicht ganz. Von dem Geld besorge ich ihm noch Unterwäsche.«

»Er hat doch gerade den Aufzug genommen. Wo geht er denn jetzt hin?«

»Herr Okcan hat gerade ein neues Zimmer gebucht. Senior Suite.«

34

Die Freunde schliefen im Nebenzimmer auf einem Doppelbett mit Satinlaken. Die Kissen steckten in weinroten Bezügen. Mehr hatte Seraya nicht sehen müssen, um zu verstehen, wie der Möchtegernganove Fleischauer tickte. Einer, der sich als hart gab, aber weich liegen mochte. Sie hatte Erfahrung mit Männern. Aber die zwei Clowns, für die sie einen einfachen Job hätte erledigen sollen, waren die Höhe.

Fleischauer hatte sich nicht in der Verfassung gefühlt, das gestohlene Geld zu holen, nachdem sie ihm im Schreberhäuschen mit dem Schlag in den Magen zu hart zugesetzt hatte. Aus Angst vor inneren Verletzungen wollte er sich sogar im Krankenhaus untersuchen lassen. Schön, wieder ganz sein bester Freund, pflichtete ihm bei, bis sie genug hatte und beschloss, die Nacht mit den beiden zu verbringen. Ohne Rücksicht auf die IKEA-Einrichtung hatte sie Fleischauers Wohnung auf den Kopf gestellt, obwohl er auf Deutsch und Türkisch ständig beteuert hatte, das Geld woanders versteckt zu haben.

Seraya legte die Decke auf das Ecksofa, das vor einem mindestens sechzig Zoll großen Fernseher stand. Sie hasste es, in fremden Wohnungen zu übernachten. Dazu der Gestank der muffelnden Wolldecke. In dem gesamten Apartment hing der Geruch von Bier und Pisse in der Luft. Wer weiß, wann Tamer das letzte Mal seine Unterhosen gewaschen hat, dachte sie voller Ekel, während ein Schnarchkonzert aus dem Schlafzimmer zu ihr drang.

Für die Nacht behielt sie Schöns dunkelblauen Jogginganzug an. In einer Plastiktüte befanden sich ihr Dirndl und die restlichen Sachen, die sie mit zur Wiesn gebracht hatte. Mit den Händen unter dem Kopf dachte sie an das Geld, das sie am morgigen Tag bekommen würde. Sollte sie wirklich in die Türkei auswandern? Das Leben in Deutschland hinter sich zu lassen hatte in letzter Zeit einen gewissen Reiz bekommen. Von Freiern und Bekannten hörte sie viel Gutes, die sich in der alten Heimat eine neue Existenz aufbauten. Für sie aber war München Heimat. Die Stadt, in der sie geboren und aufgewachsen war, die Schule besucht hatte, nach der Ausbildung zur Friseurin irgendwann als Prostituierte zu arbeiten begann, als das Geld hinten und vorne nicht reichte.

Ein Stück Heimat gab es jedoch in der Türkei, in Gaziantep, wo ihre Eltern und Verwandten lebten. Wie ihre Lieblingscousine, die sie mit Mails und Nachrichten drängte, nach Anatolien zurückzukommen. Im Glauben, sie arbeite als Friseurin in einem hippen Laden in München, mailte und postete die Cousine Fotos leerstehender Läden, die für ein eigenes Geschäft in Frage kamen. Die Cousine war Kosmetikerin und träumte davon, mit ihrer Verwandten aus Deutschland ein eigenes Geschäft aufzumachen. Erst letzte Woche hatte sie wieder Fotos geschickt. Ein großer, heller Raum, in dem ein verstorbener *kuaför* jahrzehntelang Männern die Haare kurz geschoren hatte, war in zentraler Lage frei geworden. Mit dem Geld, das ihr zustand, konnte sie den Laden sogar kaufen, statt ihn nur zu mieten.

Das Leben als türkische Prostituierte wurde immer schwieriger, sinnierte sie. Wenn sie einen türkisch oder arabisch aussehenden Freier durch den Sehschlitz ihres Zimmers im Laufhaus ausmachte, der älter als fünfzig Jahre schien, schickte sie ihn weg. Die meisten der älteren und in letzter Zeit auch jüngere Türken sülzten ihr nach dem Ficken die Ohren damit voll, dass sie ein sündiges Leben führe und den Weg zu Allah zurückfinden müsse. Einige kamen nur deshalb, um sie zu missionieren, vorher aber verlangten sie das, wofür sie bezahlten.

Es hatte sich herumgesprochen, dass türkische Huren im Laufhaus ihre Dienste anboten. Das Geschäft mit den Türken, die sich als Deutsche verstanden, ging besonders gut. Die jüngeren Männer waren neugierig zu erfahren, wie es war, mit einer Türkin im Bett zu sein, ohne sie gleich heiraten zu müssen. Durch die knapp dreiwöchige Stoßzeit während des Oktoberfestes war das Einkommen einigermaßen gesichert. Über das Jahr gerechnet war es aber nicht genug.

Als die Geschäftsfrau, als die sich verstand, suchte sie nach Möglichkeiten, den Umsatz zu steigern. Gegen Vorlage eines amtlichen Schreibens gewährte sie unter der Hand Asylbewerbern Rabatt, mit Nacktfotos als Kickboxerin lockte sie Freier mit Hang zu sportivem Sex. Am besten lief es mit Hotelbesuchen bei türkischen Geschäftsleuten. Handeln und Ficken in der Muttersprache faszinierte die Männer in der Fremde allem Anschein nach.

Trotzdem lief nicht alles rund. Die ausländische Konkurrenz aus dem Osten verdarb das Geschäft. Die finanziellen Abmachungen scherten einige der Osthuren einen Dreck. Mehrfach war ihr die Hand ausgerutscht, als sie hörte, zu welchen Dumpingpreisen Kolleginnen arbeiteten, die sie alle aus Prinzip Olga nannte, egal, aus welchem beschissenen Teil Osteuropas sie stammten. Angst vor den im Hintergrund agierenden Zuhältern hatte sie nicht. Mit der Geschichte über ihren erzbrutalen anatolischen Bruder hatte sie gegen Anfeindungen vorgesorgt. *Aslan* – Löwe – hatte sie den fiktiven Beschützer getauft, der mit dem Messer schneller war als sie mit der bloßen Hand oder ihren Füßen. Wenn es hart auf hart kam, drohte sie den Olga-Zuhältern, ihrem Bruder Bescheid zu geben. Was Aslan in den vertrackten, viel zu komplizierten Ostsprachen bedeutete und wie man es bedrohlich aussprach, hatte sie gelernt. Das half meistens – und wenn es nicht half, schlug sie zu. Nicht bei den Zuhältern, aber bei den Frauen. Mit ihren langen, spitzen, künstlichen Fingernägeln hatte sie immer eine Waffe zur Hand.

Seraya wollte endlich schlafen und drehte sich auf die Seite. Ein wohliges Gefühl ergriff sie, als sie sich mit ihrer Cousine im frisch renovierten Laden in Gaziantep arbeiten sah. Mit einem langgezogenen Seufzen beschloss sie, ihre Cousine zu beauftragen, den Kaufpreis für den Laden auszuhandeln.

Da hörte sie Schritte. Instinktiv streckte sie die Fingernägel wie Krallen aus. Wer war das? Tamer oder Bude? Sie kannte den Deutschtürken ein wenig, das andere Weichei hatte sie am Abend im Laufhaus kennengelernt, als er sie vollkommen unerwartet abholen kam, um sie auf der Wiesn Osman Okcan vorzustellen. Tamer hatte sie vor einem Jahr in der Hansastraße das erste Mal besucht. Seitdem ließ er sich in unregelmäßigen Abständen blicken. Meist musste sie sich seine Geschäftsvisionen als Reiseveranstalter über sich ergehen lassen, bevor er anfing, sich auszuziehen. Beim Höhepunkt keuchte er und ergoss das aus Türkpornos gelernte Vokabular über sie. Hie und da drohte aus ihrem vorgespielten Stöhnen ein Lachen zu werden, wenn sein bayerischer Akzent zu stark herauszuhören war. Ein Möchtegerntürke, der im Stehen pisst, wie sie gerade an den Geräuschen aus dem Badezimmer hören konnte. Kein Wunder, wenn es in seiner Wohnung unerträglich stank wie in einer Klappe.

»Setz dich hin zum Pissen, das ist ja ekelhaft«, rief sie ihm zu, während sich ein argwöhnisches Gefühl in ihr breitmachte. Was, wenn die zwei Clowns sie in der Nacht überwältigten und ohne sie das Geld holten, jetzt, da sie sich wieder liebhatten. Pennten ja in einem Bett zusammen, die Schwuchteln, die sie betrogen haben. Nach der Entsorgung der Leiche hatte Tamer sie überredet, nicht mit in das Hotel zu kommen, weil sie in ihrem aufreizenden Dirndl in der Lobby aufgefallen wäre. Sie kannte das Hotel von Buchungen arabischer Freier und musste ihm notgedrungen recht geben. Sehr spät war sie doch noch ins Laufhaus gegangen, um zu arbeiten. Doch Tamer hatte sich nicht gemeldet, wie versprochen, und reagierte auch nicht auf ihre Anrufe. Nach der Schicht war sie auf direktem Weg zu Bude nach Hause gefahren und hatte ihn in die Mangel genommen, bis er gestand, dass sein bester Freund im Hotelsafe fündig geworden war.

Seraya beschloss, Vorsichtsmaßnahmen für die Nacht zu treffen. Als Tamer sich wieder hingelegt hatte, stand sie auf und sperrte ihn und Bude im Schlafzimmer ein.

35

Gleichzeitiges Lachen von vier Menschen erwartete Zeki, als er spät nachts endlich nach Hause kam. Er schlüpfte aus seinen Schuhen und bemerkte mit Freude, dass seine Hausschlappen an Ort und Stelle standen. Auf einem Istanbuler Basar hatte er ein halbes Dutzend desselben Modells gekauft. Länger als ein Jahr hielt das kunstlederne Schuhwerk der tagtäglichen Beanspruchung nicht stand. Auch wenn in seiner Wohnung nicht auf dem Boden gebetet wurde, hielt er sich an seine Erziehung, nicht mit Straßenschuhen über die Türschwelle zu treten. Er hatte das Gebot gelockert, nachdem von Nachbarn Beschwerden über das angeblich unansehnliche Schuhchaos in der Haustreppe aufgekommen waren. Die Hausordnung hatten sie auf ihrer Seite wie auch den Hausmeister, der mit feuerpolizeilichen Vorschriften argumentierte, wonach die Schuhpaare im Notfall ein erhöhtes Risiko darstellten. Zeki stritt ohne große Lust mit dem Mann darüber, wie bei einem Einsatz Feuerwehrleute über seine zwei Paar Schuhe stolpern könnten. Nach dem Streit strich er in Gedanken die Flasche Williamsbirne zu Weihnachten und besorgte bei seinem Freund Robert ein Schuhregal für den Flur. Die Gewohnheit, sich die Schuhe auszuziehen, brachte zwar keine saubere Wohnung mit sich, hatte aber den Vorteil, in bequemen Schlappen zu laufen, ohne als spießig zu gelten.

Zeki öffnete die Badetür. Auch dort war alles auf Hochglanz poliert und aufgeräumt. Nach Aydin sah die Arbeit nicht aus. Um ihn zum Putzen zu bringen, gehörte mehr als die lautstarke Anweisung vom Abend. Ihm fiel ein, dass Derya auf ihn wartete. Er musste ihr unbedingt klarmachen, sich nicht für die Hausarbeit zuständig fühlen zu müssen.

In der Wohnküche erwartete ihn eine munter plaudernde Runde. Ein türkischer Popsender lief leise. Derya und Leipold saßen am Tisch nebeneinander. Er mit einer Flasche Bier vor sich, sie mit einem Glas Wasser. Aydin holte gerade Nachschub für Leipold aus dem Kühlschrank. Jale fläzte auf dem Sofa unter einer Daunendecke, mehrere Kissen stapelten sich unter den Beinen.

»Merhaba dede!«, grüßte Jale ihren angehenden Schwiegervater, der mit einem Kopfschütteln die Begrüßung erwiderte.

»*Dede* klingt lustig. Was heißt das?«, fragte prompt Leipold und bekam von Derya die Übersetzung geliefert.

»Servus, Opa! Ganz schön spät geworden! Komm setz dich und erzähl, was mit dem Dolmetscher ist.«

Müde nahm Zeki gegenüber Derya Platz und nickte ihr mit einem Lächeln zu. Beide hatten sich den Verlauf des gemeinsamen Abends anders vorgestellt. Derya schien sich dennoch wohl zu fühlen. Sie deutete mit dem Kopf auf Leipolds Bierflasche und stand, ohne eine Antwort abzuwarten, auf.

Jale richtete das Kissen unter den Kniekehlen. »Kollege Pius«, mahnte sie streng. »Bei uns zu Hause wird nicht über die Arbeit gesprochen. Eine Demirbileksche Regel. Im Sommer saß ich mitten in der Nacht mit Zeki draußen auf der Parkbank, weil er …«

»Schon gut, Jale«, unterbrach Zeki sie leicht ungehalten. Er wandte sich an Leipold. »Ich spreche Okcan morgen früh. Er war nicht vernehmungsfähig. Ganz kurz, hat sich Isabel wegen der Personalien des Opfers gemeldet? Bei mir hat sie nicht angerufen.«

Leipold deutete auf sein Smartphone. »Du glaubst einfach nicht daran, dass Mails ermittlungsrelevante Informationen beinhalten können.«

»Dann lies vor oder erzähl es mir.« Zeki dankte Derya, die die geöffnete Bierflasche vor ihn hinstellte und sich wieder setzte.

»Da hat es einen Akademiker erwischt. Das Opfer heißt Hassan Süleyman Okcan, war Professor für Internationale Wirtschaftsbeziehungen. Zweiundfünfzig Jahre alt, der ältere Bruder des Dolmetschers, verheiratet, zwei Kinder, gemeldet in deiner schönen Geburtsstadt, Zeki.«

Jale hatte aufmerksam zugehört und zog unter der Bettdecke ihr Tablet hervor.

»Wo kommt das her? Ich habe es doch im Badezimmer versteckt!«, regte sich Aydin auf. Er mochte nicht, wenn seine angehende Frau, hochschwanger wie sie war, hinter seinem Rücken arbeitete. Mit einem Seufzer registrierte er Jales aufgeregten Gesichtsausdruck. Die Möglichkeit, sich in die Ermittlungen einzubringen, zauberte alle Müdigkeit weg. Dass sie vorher einen verschwörerischen Blick mit Derya austauschte, entging Aydin nicht. Natürlich, Derya musste das Tablet beim Putzen gefunden haben.

»Ist ja spannend«, murmelte Jale vor sich hin. »Wusstet ihr von der türkischen Privatuni in München?«

»Wie? Privatuni?«, stutzte Leipold. »Davon hat Isabel nichts geschrieben. Das Mordopfer ist Dozent in Istanbul.«

»Stimmt schon. Aber auf einer türkischen Website steht etwas über ihn. Es ist wohl nicht offiziell. Professor Okcan wird aber als aussichtsreichster Kandidat erwähnt. Könnte sein, dass er zu einem Vorstellungsgespräch in München war.«

»Kandidat wofür, Jale? Lies zu Ende und sag es uns. Du bist ja schlimmer als ich«, mischte sich Zeki neugierig ein. Auch er hatte die Angewohnheit, Leerstellen in laut formulierten Gedankengängen zu hinterlassen. Die Demirbilleksche Regel interessierte ihn gerade nicht.

»Warte!«, entgegnete Jale verblüfft, las ein wenig weiter und kicherte plötzlich wie ein aufgeschrecktes Huhn. Um sich zu beruhigen, ließ sie eine Hand unter die Decke verschwinden und massierte ihren Bauch.

»Was liest du da überhaupt?«, fragte Aydin entnervt nach.

»Ein Online-Kulturmagazin«, kicherte Jale weiter. »Wartet, ich habe es gleich.«

Derya versuchte, die Wogen zu glätten: »Lasst Jale einen Augenblick Zeit. Will jemand was essen?«

»Ein kleines Hüngerchen hätte ich schon«, erwiderte Leipold und trank von der frischen Flasche Bier.

»Oliven, Schafskäse und ein bisschen Brot?«, fragte Derya.

»Wurst gibt's keine?«, erschrak Leipold.

»Ich sehe mal nach«, machte ihm Derya Hoffnung und wandte sich an Zeki, der nach wie vor auf Jale konzentriert war. »Ist das in Ordnung?«

»Aber ja, natürlich«, erwiderte Zeki. »Es sind *sosis* im Kühlschrank. Türkische Wiener, genau das, was Pius jetzt braucht.« Er stand auf und ging zu Jale. »Was ist jetzt?«

Die Augen seiner Kollegin blieben fest auf das Tablet gerichtet. »Ich glaube das nicht!«, schrie sie nun begeistert und schaltete das Gerät aus. Die schwangere Polizeibeamtin räusperte sich. »Wenn das stimmt, was da steht, wird Professorin Selma Demirbilek Gastdozentin an der türkischen Privatuni in München. Jedenfalls für ein Semester.«

Zeki musste schlucken. Sein Blick wanderte zu Derya, die mit dem Zusammensuchen des Essens innehielt. Er tat sich schwer, ihrem betroffenen Gesichtsausdruck standzuhalten, und visierte seinen Sohn an.

»Davon wusste ich nichts!«, wies Aydin die sich androhende Kritik zurück. »Wahrscheinlich weiß Özlem Bescheid.«

Zeki dachte an seine Tochter, die gerade mit Freunden am Gardasee zu einem Wanderurlaub war. Wenn jemand etwas wusste, dann sie, da hatte ihr Zwillingsbruder recht. Özlem und ihre Mutter hatten ein enges Verhältnis. Der Kommissar wollte nicht darüber nachdenken, wie er mit dem längeren Aufenthalt seiner geschiedenen Frau in München umgehen sollte. Er lächelte Derya zu und half ihr beim Herrichten des Essens.

Eine versöhnliche Nachricht seiner Frau erreichte Leipold. Sohn Max habe Fieber und verlange nach dem Papa. Leipold schluckte betroffen, voller Vatergefühle für seinen Max. Dann dankte er, ohne sein Bier auszutrinken, für den abwechslungsreichen Abend und das Angebot, eine Nacht auf dem Sofa zu verbringen. Derya nutzte die Gelegenheit, um mit ihm aufzubrechen. Es war spät geworden. Kurz vor eins. Leipold zog seine Schuhe an und verabschiedete sich von Zeki und Derya an der offenen Tür. Erst da merkte der türkische Kommissar, dass sich Derya beim Schneiden der Tomaten den Finger verletzt hatte. Er sprach sie darauf an.

»Ich bin wegen der Nachricht von deiner Frau etwas erschrocken«, gab sie mit gespielter Beiläufigkeit zu.

»Wegen Selma?«, fragte Zeki mit betroffener Stimme.

»Ein wenig Eifersucht ist angebracht, oder?«, entgegnete sie provokant.

»Aber nein, was denkst du!«, wiegelte Zeki schnell ab. »Das mit Selma ist vorbei. Mach dir keine Sorgen, Derya«, besänftigte er sie.

»Na, dann«, erwiderte sie halbherzig und wollte gehen.

»Warte«, sagte Zeki und hielt sie fest. Er lehnte die Tür an, bevor er sie in seine Arme nahm. »Selma kommt zur Hochzeit und weil sie zur Geburt des Babys hier sein möchte. Außerdem ist sie nicht allein. Sie hat einen Lebensgefährten. Das habe ich dir doch erzählt.«

Er lehnte seinen Kopf an ihre Schulter. Seine Augen blieben weit geöffnet. Als das Licht im Flur ausging, verharrten ihre Körper bewegungslos im Dunkeln. Verzweifelt horchte er in sich hinein, durchwühlte sein Innerstes auf der Suche nach einem Gefühl von Nähe. Als er trotz aller Anstrengung nichts dergleichen entdecken konnte, zwang er sich dazu, etwas zu fühlen, weil er eifersüchtig war auf die tiefe Liebe, die Derya offenbar für ihn verspürte. Sie drückte ihn an sich, als wollte sie ihn nie wieder loslassen.

ZWEITER TAG NACH DER WIESN

36

Was für ein herrlicher Tag, freute sich Zeki am nächsten Morgen. Strahlender Sonnenschein durchflutete die Wohnküche. Begeistert über das Spiel aus Farbe und Licht zog er den Hosenbund seines gestreiften Pyjamas hoch und gähnte die Restmüdigkeit aus dem Körper.

Er war früher aufgestanden als sonst, um eine morgendliche Begegnung mit Aydin und Jale zu vermeiden. Nachdem Derya und Leipold um ein Uhr morgens gegangen waren, war das Hochzeitsthema beim Aufräumen der Küche aufgelodert. Aydin wusste nichts von der Verlegung der Hennanacht. Sein Sohn war absolut dagegen, das Fest in Deryas Wohnung stattfinden zu lassen, und wurde stinksauer, als Jale ihm klarmachte, dass er bei der Feier nichts mitzubestimmen habe. Wie es Tradition war, beabsichtigten die Frauen unter sich zu bleiben, zu essen, zu trinken, traurige Lieder zu singen, zu tanzen, die Braut zu bejubeln, zu beweinen und zu beklatschen. Sich Finger und Handflächen mit Henna zu bestreichen und am Ende, so versicherte Jale, würde sie sich nur deshalb nicht volllaufen lassen, weil sie schwanger war.

Nach dem Wortgefecht, das Zeki mit einem Machtwort beenden musste, verschwand Aydin fluchend aus der Wohnung. Jale verzog sich aufgewühlt, im leisen Zwiegespräch mit dem Baby im Bauch ins Bett. Zeki fand sich mit einem Mal allein in der Küche wieder. Er hatte gute Lust, die Streithälse gefesselt zum Standesamt zu schleppen, damit sie sich das Jawort gaben und Schluss war mit den Streitigkeiten. Ebenso viel Lust hatte er, die Hochzeitsfeier abzusagen, die unentwegt Ärger bereitete.

Das Frühstück ließ er ausfallen und bestieg die Trambahn zum Rosenheimer Platz. Ihm war nicht genau bewusst, weshalb seine Laune an dem Herbstmorgen trotz des Verdrusses über Jale und Aydin zum Besten bestellt war. Wahrscheinlich wegen Selma, die sein Herz trotz aller gegenteiliger Beteuerungen, die er sich einredete, mit eiserner Faust umklammerte. Wegen Derya war ihm nicht derart wohl zumute, ging ihm durch den Kopf. Es war nicht in Ordnung gewesen, sie nach Hause gehen zu lassen. Nicht nach der Nachricht, dass Selma in München arbeiten würde.

Derya hatte bislang nicht bei ihm übernachtet, er dagegen war in den letzten Wochen einige Male bei ihr geblieben. Er war es nicht mehr gewohnt, neben einer Frau aufzuwachen – und neben einer zu schlafen erst recht nicht. Er hatte es sich angewöhnt, in seinem Doppelbett, das aus Selmas Zeiten stammte, den gesamten Platz für sich einzunehmen. Mit spielerischem Ernst hatte sich Derya beschwert, dass er sie nächtens in den Hintern gestoßen, auf den Rücken gehauen und ihren Kopf sogar einmal als Fußball missbraucht hatte. Er versuchte, das schlechte Gewissen zu vertreiben, weil er sie nicht gebeten hatte, über Nacht bei ihm zu bleiben. Es wäre das richtige Zeichen gewesen. Nur, wofür?

Plötzlich kreischten die Bremsen, die Warnglocke der Trambahn schrillte auf. Fahrgäste hielten sich bei dem durchdringenden Geräusch die Ohren zu. Zeki saß im hinteren Teil des Waggons. Er eilte nach vorne, um nachzusehen, was passiert war.

Aus dem Führerfenster hindurch erblickte er den Grund für den Halt. Aydin torkelte singend auf den Trambahngleisen, eine Flasche Whisky wedelte er zum Takt des Liedes durch die Luft. Hupende Autos auf Höhe der Gebsattelstraße und Passanten, die ihm zuriefen, nahm er, so sturzbetrunken er war, nicht wahr. Zeki rüttelte an der Trambahntür, die sich nicht öffnen ließ, bis der Fahrer das Schreien des Fahrgastes satthatte. Als die Tür aufging, sah der besorgte Vater aus dem Augenwinkel, wie sein Sohn ausrutschte und zu Boden fiel. Ein paar Leute eilten zu Hilfe. Er drängte sich dazwischen und beugte sich zu Aydin.

»Was ist passiert?«, fragte er auf Türkisch.

Aydin lallte unzusammenhängende Worte, dann sang er wieder. Seine Stimme klang düster und schwer, passend zu dem todtraurigen Lied, das von einem Mädchen namens Elif erzählte, deren Vater im Gefängnis saß. Zeki gab es auf, seinen Sohn zum Reden zu bringen, und half ihm auf die Beine.

Vater und Sohn saßen einige Zeit später an dem einzigen Tisch in einer der letzten unabhängigen Bäckereien des Stadtviertels. Seit Jahren holte Zeki bei Frau Angerbauer auf dem Weg zur Arbeit Butterbrezen. Aydin hatte sich dagegen gewehrt, nach Hause gebracht zu werden, deshalb saßen sie in der Ecke und tranken Filterkaffee.

Mittlerweile hatte sich Aydin einigermaßen gefangen. Sein Kopf schmerzte wohl furchtbar; nach Gesang war ihm bei dem Kater nicht mehr zumute. Er schlürfte aus dem Kaffeebecher und sah an seinem Vater vorbei durch die Schaufensterscheibe. In ihrem Rücken bediente Frau Angerbauer eine Kundin. Zeki hielt die Hand vor dem Mund und versuchte, aus dem jungen Mann, den er über alles liebte, schlau zu werden.

»Ist dir klar, was das bedeutet, mein Sohn?«, fragte er mit leiser Stimme, obwohl er am liebsten geschrien hätte.

Aydin schwieg. Sein Blick war leer, suchte nach etwas auf der Straße, woran er sich festhalten konnte. Er fand wohl etwas. Seine Pupillen wanderten hin und her. Zeki interessierte sich nicht dafür, was er entdeckt hatte.

»Sag was«, forderte er.

Statt zu antworten, stand Aydin auf, um einen zweiten Becher Kaffee zu holen. Zeki sah ihm hinterher, überlegte dabei, wie er damals, fast im selben Alter, genauso jung wie sein Sohn jetzt, darauf hinfieberte, Vater zu werden. Es war nicht die beste Zeit seiner Ehe mit Selma gewesen, wie er sich erinnerte. Wie Jale weigerte sich Selma, beruflich kürzerzutreten. Er selbst war Berufsanfänger und kämpfte um seinen Platz im Team. Diskussionen um die Aufgaben im Haushalt und Zeit für den Beruf waren an der Tagesordnung gewesen. Aber die Auseinandersetzungen wurden nicht rücksichtslos ausgefochten wie bei Jale und Aydin. Auch wenn sie sich stets nach dem Streit in den Armen lagen, weinten und sich ihrer Liebe zueinander versicherten, mussten Verletzungen zurückbleiben.

Aydin kam mit dem Becher zurück und setzte sich. »Ich habe mir das nicht ausgesucht, *baba*. Ich war nach dem Streit mit Jale plötzlich bei der anderen Frau, ohne mir vorgenommen zu haben, zu ihr zu gehen. Da ist es nun mal passiert.«

»Hör auf zu jammern. Du bist fremdgegangen, nicht sie! Du bringst etwas Grundlegendes durcheinander«, erwiderte er mit scharfer Stimme. »Wenn euer Kind da ist, wird sich alles finden.«

»Auf das Kind freue ich mich, glaub mir.«

»Was macht dir dann Angst?« Zeki spürte ein Zittern in den Fingern, als sei er an der Situation schuld. Er wollte helfen, kannte aber seinen Sohn und wusste, wie er reagierte, wenn er nicht weiterkonnte. Er schlug Türen zu. Am liebsten laut und hinter sich.

Aydin wischte sich Tränen aus den Augen. »*Baba,* ich glaube, ich liebe Jale nicht mehr. Das macht mir Angst.«

Zeki zeigte keine Reaktion auf die Sorgen seines Sohnes. Unweigerlich dachte er an seine eigenen Gefühle zu Derya und seine grotesken Gedankenspiele, Selma für sich zu gewinnen. Was würde er dafür geben, wenn sie jetzt hier bei ihnen sitzen würde. Selma fände eine Lösung. Sie würde nicht zittern wie er jetzt, würde seine Sorgen und die ihres Sohnes mit einem Wimpernschlag, einer Geste oder einem unerwarteten Kommentar davonfegen.

»Deine Liebe wächst wieder«, versuchte er mit Wärme in der Stimme zu sagen. Was aus dem trockenen Mund drang, klang wie ein Befehl. Er fixierte die müden Augen seines Sohnes. »Wenn du daran glaubst.«

Aydin lächelte zweideutig. »Jale ist nicht Mama.«

Zeki fühlte sich ertappt. »Du triffst keine Entscheidung, solange du betrunken bist. Geh nach Hause und schlaf deinen Rausch aus. Und Jale sagst du nichts.«

»Das klingt nach einer dienstlichen Anweisung.«

»Eine, die dir dein Vater gibt, der genauso jung wie du Vater geworden ist. Halt dich an die Anweisung und überstürze die Entscheidung nicht. Ich muss jetzt gehen.«

Er trank den Kaffee aus und umarmte Aydin zum Abschied. Die Umarmung fiel kurz aus. Aydin dankte ihm mit einem Klopfen auf den Rücken.

Beide hatten nicht bemerkt, wie Frau Angerbauer beim Zuhören des intensiven Gespräches ihre Arbeit unterbrochen hatte. Zeki wollte bezahlen, doch die gutmütige ältere Dame mit Schürze winkte ab. Sie schneuzte betroffen die Nase.

»Nicht jetzt, Herr Kommissar. Zahlen Sie beim nächsten Mal.« Sie schneuzte wieder. »Kinder werden nie erwachsen, stimmt's?«

»Müssen sie aber, Frau Angerbauer. Müssen sie«, erwiderte Zeki.

37

Telefonläuten schreckte ihn auf. Benommen fischte Demirbilek das erste Stofftuch des Tages aus der Hosentasche. Osman Okcan war am Telefon. Mit gefasster Stimme informierte der Zeuge den Kommissar darüber, sich zu verspäten. Demirbilek schwieg einen Moment lang, dann holte er aus, um dem eingebildeten, vor Selbstsicherheit triefenden Dolmetscher die Leviten zu lesen. In freundlicher Dreistigkeit bat der Zeuge darum, einem trauernden Bruder den Gang zur Polizei zu ersparen und sich woanders mit ihm zu treffen. Demirbilek überlegte kurz, dann entschied er, sich mit Okcan in einer Stunde in einem Café in den Fünf Höfen zu treffen.

Erleichterung stellte sich ein, als der Fall in seinem Kopf wieder in den Vordergrund drang. Die Informationslage war dürftig. Ein toter Professor, ein sexbesessener Bruder, der mit Geldscheinen um sich warf. Weder Täter, Tathergang noch Motiv waren nachvollziehbar. Als Vierkant zum Dienst erschien, kam Demirbilek das Wort *melek* in den Sinn. Wie ein Engel schien sie ihn andachtsvoll zu mustern. Der Kommissar spürte, wie sich die Möglichkeit einer Wendung bei der Ermittlungsarbeit ankündigte.

»Du bringst gute Nachrichten, Isabel«, jubelte er ohne Rücksicht darauf, sich lächerlich zu machen.

Eben wie ein Engel setzte sich die Oberkommissarin und reichte ihm auf salbungsvolle Art ein Schriftstück.

»Das nennt sich Fax, Chef. Kam in der Zentrale an«, erklärte Vierkant.

Demirbilek warf einen Blick darauf. Über die ersten paar Zeilen kam er nicht hinaus. »Lass mich wissen, was in der zu lang geratenen eidesstattlichen Erklärung wichtig ist.«

»Der letzte Absatz genügt. Das Vorgeplänkel können Sie sich getrost sparen.«

Noch einmal begann der Sonderdezernatsleiter zu lesen. »Das ist doch was.«

»Könnte ein Motiv sein. Fünfzigtausend soll der tote Professor unterschlagen haben«, freute sich Vierkant.

»Was heißt unterschlagen, Isabel?«, stellte Demirbilek richtig. »Hier steht mehr oder weniger, er habe das Geld gestohlen. Ruf in der Privatuni an, ich will einen Verantwortlichen oder den Menschen sprechen, der unterschrieben hat. Warum so viel Bargeld in der Uni war, steht da nicht, oder?«

Vierkant verneinte, als nun auch Leipold zum Dienst antrat. Er hatte eine Aktenmappe unter den Arm geklemmt.

»Servus beisammen!«, grüßte er. »Ich habe da was. Abteilungsübergreifend habe ich den Herkamer gebeten, sich die Fotos anzusehen. Er hat einen alten BMW aufgestöbert. Wobei genau genommen nicht er es war, sondern die sauteure Software, die die Chefin angeschafft hat.«

»Ein alter BMW?«, tat Demirbilek beeindruckt. »Ist ja nicht gerade so, als wäre das bei uns in München etwas Besonderes.«

»Langsam, Zeki. Eins nach dem anderen …«

Vierkant zeigte sich ungewöhnlich gereizt. »Warte mal. Die Fotos habe ich mir alle angesehen. Alle, wirklich alle. Da war kein BMW.«

»Isa, das macht doch nichts. Du bist ja Polizeibeamtin und keine sauteure Software.« Er wandte sich wieder an Demirbilek. »Ich wollte gerade unserem ungeduldigen Pascha erklären, dass Herkamer ein Fuchs sein kann, wenn ihn der Ehrgeiz packt.«

Leipold legte eine Fotografie auf Demirbileks Schreibtisch. Eine verwackelte, offensichtlich unbeabsichtigt ausgelöste Nachtaufnahme. Im unteren Drittel waren in einer Fensterspiegelung verschwommene Umrisse zu erkennen, die selbst mit viel Phantasie nicht einem Auto zuzuordnen waren. Hinzu kamen glänzende rote Farbschlieren im oberen Drittel.

»Und das soll ein BMW sein?«, fragte Vierkant mit bewusst neutral gehaltener Stimme.

»Ganz genau«, bestätigte Leipold. Er legte eine zweite Fotografie auf den Tisch. »Mein Freund Herkamer ist schon ein Fuchs, wie gesagt.«

Auf dem bearbeiteten und vergrößerten Duplikat zeichneten sich kaum merklich Buchstaben und Ziffern in einer Schaufensterspiegelung ab. Konturen eines Autokennzeichens und die Umrisse einer Motorhaube waren per Softwareerkennung nachgezeichnet.

Interessiert nahm Demirbilek das Foto in die Hand und studierte es genauer. »Der Fotograf, wahrscheinlich das Opfer, muss vorne gesessen haben«, konstatierte er und suchte nach einem Stift in der Schublade.

»Sieht so aus. Es gibt mehrere solcher verwackelter Fotos von dem Schaufenster. Laut digitalen Infos sind die Aufnahmen um den Hauptbahnhof herum gemacht worden. Uhrzeit halb zwölf in der Nacht, am letzten Wiesntag«, berichtete Leipold weiter.

»Demzufolge war das Opfer auf der Wiesn, ist danach mit dem alten BMW zum Hauptbahnhof, später zurück auf die Wiesn«, fasste Vierkant zusammen.

»Oder der Apparat hat die Fahrt gemacht, in der Hand von jemand anderem«, ergänzte Demirbilek, ohne aufzusehen. »Den Apparat selbst haben wir ja nicht beim Opfer gefunden.« Er war mit der Fotografie und dem Stift beschäftigt.

Leipold machte weiter. »Der BMW ist als Geschäftswagen auf einen Reiseveranstalter zugelassen. Hat einen saublöden Namen – Tamer Fleischauer.«

»Pius!«, schimpfte Vierkant über seinen herablassenden Ton. »Ist Fleischauer bei uns bekannt?«

Leipold reichte ihr die Aktenmappe. »Keine Vorstrafen, erkennungsdienstlich nicht erfasst. Noch nicht, sag ich mal, bei dem Namen«, gab er ohne eine Spur Ironie von sich und nahm vor dem Schreibtisch des Ermittlungsleiters Platz.

Demirbilek sinnierte darüber, was seinen Kollegen zu derlei unnötigen Bemerkungen antrieb. Im selben Atemzug gab er ihm recht. Vater wahrscheinlich deutsch, Mutter türkisch, die sich mit dem Vornamen durchgesetzt hat. Die Namenskombination war auch für sein Geschmacksempfinden saublöd.

»Hat er einen zweiten Vornamen?«, fragte er und bereute die Frage im selben Moment.

»Ja, Xaver. Xaver Fleischauer. Das passt viel besser!«, begeisterte sich Leipold und holte aus der Jeanshose eine Dose Schnupftabak hervor. In aller Seelenruhe schüttete er eine Prise auf den linken Handrücken und zog den Mentholtabak den Nasenflügel hoch.

Demirbilek und Vierkant ahnten, dass ihr Kollege etwas in der Hinterhand behielt. Wohl ein guter Lauf, der sein ermittelndes Selbstbewusstsein stärkte. Spitzbübisch versorgte er seinen zweiten Nasenflügel mit einem Tabakhäuflein und grinste wie ein Breitmaulfrosch.

»Bin heute früher aufgestanden, weil doch mein Bub Fieber hat, und habe herumtelefoniert, bis ich in Alanya gelandet bin. Bei euch in der Türkei ist es ja eine Stunde später. Alanya kennst du sicher. Türkische Riviera, Rentnerparadies. Haufen Deutsche, noch mehr saufende Engländer und …«

»Kenne ich, ja«, unterbrach Demirbilek ihn kurz angebunden.

»Habe den Fleischauer nicht erreicht und bin bei seinem Vater in dem Rentnerparadies gelandet. Der hat mir gesagt, dass sein Sohn bestimmt bei seinem besten Kumpel ist.«

»Super, Pius!«, entgegnete Demirbilek entnervt. »Was du nicht sagst! Ich komme um vor Spannung.« Leipolds wichtigtuerisches Gehabe ging ihm gegen den Strich.

Leipold ließ sich nicht beirren, beleidigt wandte er sich Vierkant zu. »Ich bin drangeblieben, weil es beim Namen vom Kumpel geklingelt hat, und bin auf der Wiesn gelandet, bildlich meine ich.«

»Und wie heißt der Kumpel?«, fragte Vierkant nach, um Leipold den Gefallen zu tun.

»Dirk Schön heißt er, wird aber von Gott und der Welt Bude genannt. Und wer heißt Schön und hat …«

»Sebastian Schön hat ein Schießgeschäft auf der Wiesn. Wir haben ihn gesprochen und sind ihm und seinem Sohn gefolgt«, fiel Vierkant Leipold ins Wort.

»Isabel hat Dirk Schön beschattet«, ergänzte Demirbilek. »Da war aber nichts Ungewöhnliches. Der Vater wollte in den Urlaub fliegen, hat er uns jedenfalls bei der Vernehmung am Schreberhäuschen gesagt.«

»Das stimmt auch, ich weiß aber mehr.« Leipold steckte den Schnupftabak in die Hosentasche zurück. »Mit den Geschaftlhubern von der Wiesn kommst du nicht so leicht ins Gespräch. Als Ordnungshüter bist du bei denen nicht gut gelitten. Da musst du mehr als zweimal reinkommen, um voll drin zu sein. Wenn du verstehst, was ich damit unter der Hand andeuten will, Zeki. Die Herrschaften halten zusammen. Nur wer drin ist, der hat es geschafft. Nicht nur finanziell. Auch vom Ansehen und überhaupt als Mensch. Egal, ob Bierzeltbaron, Budenkönig oder Boss eines lausigen Fahrgeschäfts. Ist ja wie die Lizenz zum Diredaridrucken so ein Fleckerl mit Stand oder Fahrgeschäft auf der Wiesn. Verstehst du?«, klärte er seinen Kollegen auf.

Demirbilek schwieg. Eine Erwiderung fiel ihm nicht ein.

»Sollen wir dir den Schnupftabak aus der Nase ziehen? Jetzt rede schon, Pius!«, ärgerte sich Vierkant. »Seit wann philosophierst du ohne Bier?«

»Ein wenig Ermittlungserfolg dürft ihr mir ruhig gönnen«, gab sich Leipold einen Moment lang eingeschnappt. »Also gut. Dirk Schön ist der beste Spezi von Tamer Xaver Fleischauer. Die zwei sind zusammen aufgewachsen wie Brüder. Blutsbrüder könnte man sagen.«

»Ist ja wunderbar, dass du das in akribischer Polizeiarbeit herausgefunden hast. Aber was hat das mit unserem Fall zu tun?«, hakte Vierkant nach.

»Bude ist nicht gerade der hellste Kopf, den der liebe Gott erschaffen hat. Vor zwei Jahren ist er beim Autoklauen erwischt worden. Laut Bericht hatte er mit dem gestohlenen Wagen eine Panne und hat den ADAC angerufen.« Leipold lachte herzhaft, bevor er weiterreden konnte. »Aus dem Grund ist das Dummerl eingefahren. Als Ersttäter nicht lange, aber immerhin. Und jetzt kommt's. Der Papa hängt auf Malle seinen Bierbauch in die Sonne und der Bub lässt sich nicht auf der Wiesn blicken.«

»Ja, und?«, maulte Vierkant.

»Hat sich unter den Wiesnleuten herumgesprochen, weil der Sohnemann sich um das Schießgeschäft kümmern müsste. Die Bretterbude muss ja abgebaut und bis zum nächsten Anstich eingelagert werden. Der Bub ist brutal in Zeitverzug und kommt nicht, um Papas Wiesngeschäft abzubauen, das keine fünfhundert Meter vom Fundort der Leiche weg ist. Deshalb. Da ist ein Zusammenhang. Mensch, Isa, Augen auf beim Ermitteln! Irgendwas ist faul.«

»Du glaubst, Schön und Fleischauer stecken unter einer Decke und sind tatverdächtig?«, vergewisserte sich Demirbilek.

»Sowieso«, erwiderte Leipold mit einer Sicherheit, die Demirbilek Respekt einflößte. Wenn Leipold sich über etwas sicher war, dann felsenfest. »Wie Max und Moritz sind die drauf. Old Shatterhand und Winnetou. Kapiert? Die haben den Prof auf dem Gewissen. Erst angeschossen mit einem Luftdruckgewehr, dann totgeprügelt oder andersherum. Was glaubst du, warum sonst das Auto vom Fleischauer auf dem Fotoapparat auftaucht?«

»Verstehe schon, Pius. Sprich mit den beiden.«

»Zum Bude in die Edlinger in der Au habe ich schon eine Streife geschickt, der ist nicht da. Ich fahre jetzt gleich in die Schlierseestraße nach Giesing, um nach dem Fleischauer zu schauen. Der hat dort Büro und Wohnung. Wollte nur kurz Bericht erstatten.«

»Kurz?«, entfuhr es Vierkant.

Demirbilek erlaubte keinen aufkommenden Streit. »Was du noch nicht weißt, das Opfer hat angeblich aus der Privatuni Geld gestohlen.«

»Aus der Uni? Hat er die Portokasse geplündert, oder was?«, fragte Leipold skeptisch.

»Fünfzig Riesen«, informierte Demirbilek ihn.

»Da schau her. Wieso haben die so einen Batzen Cash in der Uni? Studieren die auf gut Türkisch mit Schmiergeldern oder wie?«

Demirbilek gönnte Leipold die Freude über seinen billigen Witz und machte kommentarlos weiter. »Nach getaner Polizeiarbeit werden wir ganz im Ermittlungsstil von Supercop Leipold mehr wissen«, meinte er zuversichtlich. »Also, Pius. Verhör die beiden, wie es zu dem Foto gekommen ist. Gehen wir mal davon aus, dass der Fotoapparat bei der Autofahrt tatsächlich beim Professor war. Ich treffe seinen Bruder, danach fahre ich mit Vierkant zur Privatuni.«

Leipold nickte zufrieden. »Jawohl, Chef. Der Streifenwagen wartet schon unten auf mich. Bin gespannt, wie der mit dem komischen Namen drauf ist.« Er stand auf und wollte gehen.

»Warte, Pius«, hielt Demirbilek ihn zurück. Er verzog das Gesicht, drehte und wendete die Fotografie in der Hand. Dann war er sich sicher.

»Beeil dich lieber«, meinte Demirbilek, ohne gehetzt zu wirken. »Vierkant, du gibst eine Fahndung nach Fleischauer heraus. Wir müssen ihn, so schnell es geht, befragen.«

Leipold riss ihm die Fotografie aus der Hand. »Was ist?«

Zu den von der Software erfassten Umrissen des Kennzeichens hatte Demirbilek um die glänzenden Farbschlieren herum mit einem Stift zwei Buchstaben umrandet. Die Konturen waren Spiegelungen vom gegenüberliegenden Gebäude. Eine Neonreklame.

»Das sind Neonbuchstaben von der Tabledance-Bar gegenüber dem Shisha-Café. Fleischauer beziehungsweise sein Wagen, in dem sich möglicherweise das Opfer befand, könnten in dem Café gewesen sein.«

»In der Lounge, wetten?«

»Die Wette würdest du gewinnen, Pius. Gegen dich verliere ich nicht gerne.«

38

Zeki war rechtzeitig zu dem Termin mit Okcan aufgebrochen, um vor dem Treffen eine andere dringende Angelegenheit erledigen zu können. Er saß zwischen den zwei steinernen Löwen auf den Stufen der Feldherrnhalle am Odeonsplatz. Vor sich die lange Flucht der Ludwigstraße, das Siegestor konnte er noch erkennen. Die morgendliche Betriebsamkeit vor seinen Augen blendete er aus und wählte Selmas Nummer, die nach dem fünften Läuten das Gespräch annahm.

»Du hast mich aus der Dusche gejagt«, schnaufte sie ins Telefon.

Zeki erlaubte sich, Erinnerungen an gemeinsame Stunden im Badezimmer ins Gedächtnis zu rufen. Zusammen in der Badewanne liegend, lauschten sie gerne der ungekürzten Hörfassung von *Tausendundeine Nacht.* Dabei war es ihm nicht leichtgefallen, im warmen Wasser das Aufkeimen der Lust zu unterdrücken und bei den vorgetragenen erotischen Abenteuern Ruhe zu bewahren.

Für Selma bedeuteten Scheherazades Geschichten Arbeit. Bei jedem Versuch, etwas zu sagen oder mit einer zärtlichen Berührung unter Wasser ihre Aufmerksamkeit zu gewinnen, mahnte sie ihn zur Besonnenheit. Als Orientalistin war sie zu vertieft in die exotischen Welten der Scheichs und Haremsdamen, als dass sie seinen Verführungskünsten nachgegeben hätte. Geduld und liebevolle Massagen wurden aber auch oft erhört. Er musste sich zusammennehmen, musste Selmas wohlgeformte Rundungen, ihre etwas zu kleinen Brüste, aus den Gedanken verscheuchen, um sich auf das Gespräch zu konzentrieren.

Es verlief zunächst stockend. Als er nach dem Lehrauftrag an der türkischen Privatuni fragte, schaltete Selma auf stur. Es ginge ihn seit langem nichts an, welche beruflichen Pläne sie verfolge. Außerdem habe sie vorgehabt, auf der Hochzeitsfeier Aydin und Jale – und natürlich auch ihn – mit dieser Neuigkeit zu überraschen. Außerdem könne sie so bei der Geburt ihrer Enkeltochter dabei sein und in den ersten Wochen die frisch vermählten Neueltern unterstützen. Enkelsohn, beharrte Zeki auf seinem Wunschgeschlecht, nachdem Selma mit ihrem aufgebrachten Redeschwall zu Ende war. Für seine Enttäuschung, ihm nichts von ihrem Ruf nach München gesagt zu haben, brachte sie kein Verständnis auf. Sie hielt ihm vor, Realität und Wunschvorstellung durcheinanderzubringen, und erinnerte ihn daran, nicht mit ihr verheiratet zu sein.

»Wo wirst du in München wohnen?«, fragte er nach einem Moment betretenen Schweigens.

»Das findet sich, Zeki. Ich bitte dich nur um eines: Kümmere dich nicht darum! Lass mich nach München kommen, wir feiern Hochzeit. Ich sehe mir die Privatuni an und lerne die Kollegen kennen.«

»Schon gut«, gab er sich geschlagen.

Er war drauf und dran, vom Ableben des Professors zu erzählen, unterließ es jedoch, als er durch den Hörer eine Männerstimme vernahm. Irgendein Kerl mit furchtbarem Dialekt rief Selmas Namen. Zieh dir was an, zeig dich ihm nicht nackt, schrie er ihr stumm entgegen. Ob das derselbe Kerl war, den er beim letzten Istanbul-Besuch bei ihr im Bett erwischt hatte? Einer mit schwarzer Brille. Vielleicht Orientexperte wie sie oder Vieldenker aus einer anderen Fakultät. Literatur, Kunstwissenschaften. Etwas in der Richtung. Geisteswissenschaftler jedenfalls. Er sträubte sich gegen die schmerzende Eifersucht, die weder ihm guttat noch das Zusammensein mit Derya erleichterte.

Nach dem Gespräch hielt er sich die Hände vor das Gesicht. Er unterdrückte das Selbstmitleid, das ihn zu ergreifen drohte und fragte sich sachlich: Warum kannst du nicht Derya lieben? Warum sehnst du dich nach Selma, die nichts von dir wissen will? Die Scheidung lag nun über sechs Jahre zurück. Er untersagte sich, den genauen Tag auszurechnen.

Dann schoss Aydin wieder in seine Überlegungen. Was für ein Irrsinn! Was für eine dumme, unnötige Fügung! Sich in eine andere zu verlieben, kurz vor der Geburt des Kindes, kurz vor der Hochzeit. Mit aufkommender Panik dachte er an seine Eltern. Würde *er* sie verständigen müssen? Wenn es Allah so wollte, würde er das Telefonat kurz und knapp halten: *Anne, baba,* Aydin und Jale lieben sich nicht mehr, die Hochzeit ist abgesagt. Seine Mutter würde mit einem Schreikrampf antworten, sein Vater würde den Apparat übernehmen, würde sein Bedauern über die Entscheidung ausdrücken und sich nach der derzeitigen Spielstärke des FC Bayern erkundigen.

Zeki dachte auch an Jale, die er als Schwiegertochter und Kollegin tief in sein Herz geschlossen hatte. Selbstbewusst, stark, eine kluge, junge Frau, die sich einen Dreck darum scherte, ob sie verheiratet oder unverheiratet ihr Kind zur Welt brachte. Tradition hin oder her. Trauung und türkische Feier wollte sie aus Respekt vor ihren betagten Eltern ausrichten. Seine Kollegin, da war er sich sicher, würde Aydin zum Teufel jagen, wenn er ihr den Seitensprung beichtete. War das vielleicht die Lösung? Jale warf Aydin hinaus, er zeigte Reue. Die Geburt des Kindes würde alles zum Besseren wenden. Die Liebe kehrte zurück, und Aydin bekam eine zweite Chance.

39

»Warum plötzlich so hektisch, Partner?«, wunderte sich Seraya, die sich nach der Nacht in Fleischauers Wohnung müde wie nach einer durchgearbeiteten Schicht fühlte. Schöns zu weiter Jogginganzug erinnerte sie daran, dass gerade nichts in ihrem Leben normal verlief. Sie beäugte Fleischauer, der neben ihr ging. Er blickte auf seine Uhr und beschleunigte unmerklich seinen Schritt.

Auf der vierspurigen Schlierseestraße stauten sich die Autos im üblichen Morgenverkehr. Seraya erspähte einen Streifenwagen auf der anderen Straßenseite. Nichts Ungewöhnliches, wollte sie im ersten Moment glauben. Doch dann beobachtete sie, wie der Mann auf dem Beifahrersitz den uniformierten Fahrer anstupste und zu ihnen deutete. Irgendetwas stimmte nicht.

»Pass auf«, warnte sie Fleischauer und hakte sich bei ihm ein, damit er nicht an seinem parkenden Auto anhielt. »Dreh dich nicht um. Wir können deinen Wagen nicht nehmen.«

»Ohne mein Flitzerl hole ich das Geld nicht«, meckerte er und blieb abrupt stehen. »Was ist denn?«

»Auf der anderen Seite, ein Streifenwagen«, warnte Seraya ihn ruhig und zog ihn weiter mit sich. Fleischauer drehte den Kopf nach hinten.

»Nicht umdrehen, *Aptal!* Idiot!«

Mit sanfter Gewalt zerrte sie ihn bis zu dem überdachten Eingang eines Ärztehauses. Um nicht aufzufallen, gaben sie vor, auf dem Informationsschild nach einem der Mediziner zu suchen.

Aus den Augenwinkeln beobachteten beide, wie der Streifenwagen stadtauswärts davonfuhr.

»Na also«, gab Fleischauer Entwarnung. »Die wollen nicht zu mir. Warum auch?«

»Vielleicht weil wir einen Toten auf der Wiesn entsorgt haben?«, entgegnete Seraya schnippisch. In Gedanken zog sie mit sich selbst ins Gericht. Auf was für einen Deppen hast du dich nur eingelassen, du dummes Weib.

Fleischauer lachte auf. »Bude und ich haben dir geholfen, die Leiche zu entsorgen. Ohne den Pick-up von seinem Alten wärst du aufgeschmissen gewesen.«

Seraya schwieg. Er hatte recht, trotzdem wollte sie vor dem Deppen keine Schwäche zeigen.

»Kommen wir auch ohne Wagen zu dem Geld?«, fragte sie ruhiger.

»Ich schon, weil ich weiß, wo es ist«, lächelte Fleischauer.

»Schon vergessen, wie ich dir gestern eine verpasst habe?«, zischte Seraya. »Wir haben einen Deal, du Arschloch!«

»Ja, stimmt. Der Deal war, dass du in der Shisha-Lounge Okcan vögeln sollst, damit ich Fotos machen kann. Von Umbringen war nicht die Rede«, erwiderte Fleischauer unbeeindruckt.

»Der Kerl hat gelebt, als wir ihn aus dem Wohnmobil getragen haben!«

»Hat er nicht. Ich … ich habe ihm den Puls gemessen, du … du warst doch dabei«, stotterte Fleischauer, weil er nicht glauben konnte, wie eiskalt sie log.

»Wie viele Semester Medizin hast du denn studiert? Wer weiß, was du da gemessen hast! Komm jetzt! Wir nehmen die U-Bahn«, herrschte sie ihn an und schob ihn weiter Richtung Giesinger Bahnhof, der hundert Meter entfernt vor ihnen lag. Als Fleischauer sich endlich in Bewegung setzte, fügte sie mit unterdrückter Wut hinzu: »Wie soll das auch gehen? Mit einem Luftdruckgewehr! Ich habe zweimal abgedrückt. Das sind Kügelchen, minikleine Bleikügelchen, Mann! Ich habe niemanden getötet.«

»Du hast ihm ins Auge geschossen, du Wahnsinnige. Der Plan war, ihn auszunehmen, Girokarte, Kreditkarte, Bargeld, und schauen, ob wir ihn mit Fotos erpressen können. Eine saubere Sache wäre das gewesen. Und du erschießt ihn! Du Geschäftsfrau!«

Fleischauer sprach nicht weiter. Wie Seraya sah er den Streifenwagen von eben auf sie zukommen. Offenbar hatte der Polizist gewendet und parkte direkt vor einer Hofeinfahrt. Zwei Hauseingänge von Fleischauers Wohnung entfernt. Ein Mann mit Bierbauch und Lederjacke stieg aus, blickte sich in Ruhe um und zündete sich einen Zigarillo an.

»Die Bullen wollen doch zu dir«, fauchte Seraya und zog Fleischauer weiter Richtung U-Bahn-Station.

»Ach was. Hier in der Gegend sind ständig Bullen unterwegs.«

Einige Schritte später kam Seraya ein fürchterlicher Gedanke. »Scheiße! Wir haben Bude vergessen. Schau mal!«

»Scheiße«, rief auch Fleischauer aufgeregt, als er bemerkte, wie der Mann in Lederjacke zu seinem Hauseingang schlenderte. Hastig holte er die Nummer seines Freundes aus dem Handyspeicher.

»Geh ran!«

Angstschweiß strömte über seine Stirn. Besorgt blickte er zu Seraya. »Er pennt wahrscheinlich noch. Mach was!«

Hau ab, *kızım,* sagte Seraya zu sich selbst und hörte dabei die flehende Stimme ihres Vaters, der sie stets mein Mädchen nannte. Doch wohin? Es gab nur einen Platz, einen Ort auf der Welt, wo sie sicher war. Und das war bei ihrer Familie in der Türkei. Aber ohne Geld? Das Ersparte reichte nicht mal aus, um sich für ein paar Monate über Wasser zu halten. Außerdem, besann sie sich auf ihre Tugenden als Geschäftsfrau, stand ihr der Anteil der

Beute zu. Wenn sie den Fremden nicht niedergeschlagen hätte, wäre Fleischauer nicht an dessen Zimmerkarte gekommen und nicht an das Geld im Hotelsafe. Wer weiß, überlegte sie, vielleicht log der Stehpisser ja, und es waren mehr als die Dreißigtausend, von denen er Bude und ihr erzählt hatte. Sie musste an ihm dranbleiben und traf eine Entscheidung.

»Leg auf, folg mir!«, befahl sie, ließ den Reißverschluss des Jogginganzugs ein Stück nach unten gleiten und marschierte los.

Was glaubt die, wer ich bin?, ärgerte sich Fleischauer über ihren Befehlston und behielt das Handy am Ohr.

Schließlich folgte er ihr doch, ihre resolute Stimme ließ nichts anderes zu. Beim Anblick ihres knackigen Hinterns, regte sich etwas in seiner Jeans. Jetzt bloß keinen Steifen, du Vollidiot, befahl er sich, konnte aber nicht anders, als an die Besuche bei Seraya im Laufhaus zu denken. Abrupt wurden die lüsternen Gedanken verdrängt, als er beobachtete, wie sie geradewegs auf den Mann mit Lederjacke zuhielt und dabei das Handy ans Ohr legte, ohne eine Nummer gewählt zu haben oder angerufen worden zu sein. Was machte sie da? Was hatte sie vor?

»Geh endlich ran«, flehte Fleischauer ein weiteres Mal in sein Telefon, während einige Meter entfernt Seraya direkt in den Mann hineinlief und sich gestenreich für die Unachtsamkeit entschuldigte.

Jetzt verstand er, was die eiskalte Hure ausgeheckt hatte. Er steckte das Handy in seine Hüfttasche und spazierte an den beiden vorbei. Der Polizist in Lederjacke war zu sehr vom Anblick der Schönen eingenommen und bemerkte nicht, wie er das Gebäude betrat und die Treppen hinaufeilte.

Kaum war er in seiner Wohnung, roch er, warum sein Freund nicht an das Telefon gegangen war. Er saß auf dem Klo. »Bude! Komm sofort raus! Die Bullen stehen vor der Tür.«

40

Der Kommissar unterdrückte seine Überraschung angesichts Okcans Bekleidung, der in Lederhosen und Janker vor einem Pils saß. Dennoch musste er sich eingestehen, dass sie ihm gut stand und er als Gast in dem Café in den Fünf Höfen problemlos als geldiger Oberbayer auf Shoppingtour durchging.

Demirbilek setzte sich und stand gleich wieder auf, um nicht unhöflich zu sein, weil Osman Okcan ihn umarmen und mit Wangenküssen begrüßen wollte. Der Kommissar kondolierte nochmals zum Tod seines Bruders Hassan und legte den beschrifteten Beweisbeutel mit dem Fotoapparat auf den Tisch.

»Wo haben Sie den her?«, fragte Okcan ungläubig. »Das ist meiner. Ich habe ihn überall gesucht. Die Dame an der Rezeption ist nach meinem Aufstand heute Morgen bestimmt froh, wenn ich bald abreise.«

Noch eine Dame an der Rezeption, dachte Demirbilek, sah aber keine Notwendigkeit, ihn zu den Vorkommnissen in Oberammergau zu befragen. »Sie wissen nicht, wo Sie den Apparat verloren haben?«

Okcan lachte. »Ich dachte ja erst im Hotel. Aber das war Blödsinn. Ich weiß es beim besten Willen nicht. Mein Besuch auf der Wiesn war nicht so geplant. Trinken Sie auch ein Pils? Darf ich Sie einladen?«

Demirbilek hatte Lust auf Bier, das ja, entschied sich aber dagegen und bestellte bei der Bedienung Espresso. Lieber hätte er

Tee getrunken, wenn es ihn in Form von *çay* gegeben hätte. »Also, Sie haben keine Ahnung, wo?«

»Nein, Herr Kommissar. Warum ist das wichtig? Die Fotos darauf sind rein privat.«

»Zu den Fotos kommen wir später. Schon schön die Wiesn, oder?«, lenkte Demirbilek auf das Thema zurück.

»Wie man es nimmt. Ich war allein …«

»Allein ist man normalerweise auf der Wiesn nie lange«, fiel Demirbilek ihm kurz ins Wort und hörte dann zu, wie Okcan von der zufälligen Begegnung mit Tamer Fleischauer und seinen Freunden erzählte.

Um nichts durcheinanderzubringen, unterbrach der Kommissar an der Stelle. Dass der Name Fleischauer fiel, wunderte ihn nach dem verschwommenen Foto mit dem Autokennzeichen nicht. Es musste eine Verbindung zu Osman Okcan geben. Und hier war sie.

»Tamer Fleischauer ist Reiseveranstalter. Wie kommt es, dass er Sie gefahren hat?«, fragte Demirbilek weiter.

»Mein Auftraggeber hat die Geschäftsreise hierher über Tamers Büro organisiert. In dem Angebot war auch ein Fahrdienst.«

»Und Chef Fleischauer war selbst der Chauffeur?«

»Unter uns, er hat das Geld gebraucht. Ich habe es in seinen Augen gesehen, als ich ihm Trinkgeld gegeben habe.«

Demirbilek verzog keine Miene, obwohl er an Leipold dachte, der hoffentlich Fleischauer zu Hause angetroffen hatte. Er musste dringend verhört werden. »Der Beamte bei der Identifizierung Ihres Bruders hat Sie das auch gefragt, aber keine Antwort erhalten. Waren Sie denn nicht mit Ihrem Bruder zusammen auf der Wiesn?«

»Ich habe dem Beamten gesagt, dass ich lieber mit Ihnen rede, weil ich ihn kaum verstanden habe. Er hat Bayerisch gesprochen.«

»Dann wissen Sie gar nicht, dass wir Ihren Bruder auf einem Müllhaufen gefunden haben?«, fragte Demirbilek ohne Rücksicht auf die Gefühle des trauernden Mannes.

»Auf einem Müllhaufen?«, plärrte Okcan wie von Sinnen auf und zog damit die Aufmerksamkeit der anderen Gäste auf sich.

»Beruhigen Sie sich, bitte«, bat Demirbilek streng. Er fürchtete einen erneuten Zusammenbruch des Dolmetschers und wollte nicht wieder Zeit verlieren. »Also, warum waren Sie nicht mit Ihrem Bruder zusammen auf dem Oktoberfest?«

Okcan trank den Rest seines Bieres aus und schnappte nach Luft. »Es hat sich ergeben, dass wir zur selben Zeit in München waren. Beruflich haben wir nichts miteinander zu tun. Hassan war mit Kollegen von der Privatuni auf dem Oktoberfest verabredet.« Okcan suchte mit dem geleerten Glas nach der Bedienung.

»Weiter, erzählen Sie«, forderte Demirbilek.

Der Dolmetscher kratzte sich im Nacken und überlegte angestrengt. »Ich hatte vielleicht drei Maß und Schnäpse dazu.«

»Schnäpse? Gar nicht gut. Und drei Maß?«, staunte Demirbilek. »Oktoberfestbier hat doppelt so viel Alkohol wie normales.«

»Das kann ich bestätigten. Ich kann mich kaum erinnern, was passiert ist.«

»Versuchen Sie es«, gab sich Demirbilek aus eigener Erfahrung verständnisvoll. An die erste Nacht in einem Bett mit Derya konnte er sich auch nicht erinnern, weil er zu viel getrunken hatte. »Sie waren auf der Wiesn, haben Fleischauer zufälligerweise getroffen und dann?«

Okcan dachte nach, während die Bedienung sich zu ihm beugte, um das frische Pils auf den Tisch zu stellen. Der kurze Blick in ihren Ausschnitt half seiner Erinnerung offenbar auf die Sprünge. »Ich habe Rosen geschossen und sie Tamers Freundin geschenkt.«

»Wer ist die Frau?«

»Sie nennt sich Seraya. Ob sie wirklich so heißt, bezweifle ich allerdings. Sie war plötzlich da. Zusammen mit dem anderen, Tamers Freund. Ich weiß seinen Namen nicht mehr.«

»Dirk Schön, genannt Bude«, vermutete Demirbilek, da er davon ausging, dass Leipold mit seiner Blutsbrüdertheorie recht hatte.

»Ja, genau, Bude haben sie ihn genannt«, bestätigte Okcan.

»Warum bezweifeln Sie, dass die Freundin wirklich Seraya heißt?«

Der Dolmetscher überlegte nicht lange. »So ein Gefühl. Sie war aufgetakelt wie eine Prostituierte. Türkin übrigens.«

Demirbilek gab ihm Zeichen, sich einen Moment zu gedulden, und führte etwas abseits ein Telefonat mit Vierkant. Er beauftragte sie, nach einer Frau namens Seraya zu recherchieren, die möglicherweise als Prostituierte arbeitete. Dann wandte er sich wieder dem Zeugen zu.

»Mit diesem Bude habe ich nicht viel gesprochen«, besann sich Okcan mit einem Mal. »Er hat seinem Vater beim Schießgeschäft geholfen, weil plötzlich so viel Andrang war.«

Demirbilek bemerkte eine Veränderung in Okcans Gesicht. Ein Zögern. Ein Stirnrunzeln. Etwas schien ihm in den Sinn zu kommen. »Was ist? Erinnern Sie sich an etwas?«, hakte er nach.

Geistesabwesend nippte Okcan am Pils, durchdachte wohl das, was ihm durch den Kopf geschossen war.

»Herr Okcan, was ist Ihnen eingefallen?«, insistierte Demirbilek mit rauher Stimme.

Okcan lächelte trübsinnig. »Ich überlege gerade, wie ich ins Hotel gekommen bin«, erklärte er abwesend. Nach einem weiteren Augenblick wurde seine Stimme fester. »Ich habe mit meinem Bruder telefoniert. Genau!« Er holte sein Handy hervor und kontrollierte die Anrufliste. »Er hat mich um halb elf Uhr herum angerufen. Er glaubte, ich sei in Istanbul, und wollte fragen, ob er mir ein Wiesnherz mitbringen soll. Hassan hatte da schon ordentlich getankt.«

»Zeigen Sie her.« Demirbilek nahm Okcans Handy entgegen. Das Telefon des Opfers war nicht gefunden worden, eine Aufarbeitung der Telefondaten war bislang nicht geschehen. »Ein kurzes Gespräch. Nicht einmal eine Minute.«

»Bei dem Lärm konnten wir uns kaum verstehen. Jetzt weiß ich es wieder, Herr Kommissar! Wir wollten uns treffen. Seine Kollegen von der Uni sind nach Hause gegangen. Hassan *abi* wollte weiterfeiern.«

Der große Bruder war also in Feierlaune gewesen, registrierte Demirbilek. »Sie sind mit Tamer und Seraya ins Shisha-Café gefahren, um Ihren Bruder zu treffen.« Aufgrund des Fotos mit der Spiegelung des Autokennzeichens lag die Feststellung nahe.

»Das kann gut sein. Aber ja, das stimmt! Ich bin mit Tamer und Seraya dorthin. Sie hat nicht lockergelassen und mich schamlos angemacht. Ich kenne das, wenn sich herumspricht, dass ich mit Geld um mich werfe. Genau, wir waren im Shisha-Café. Daran erinnere ich mich jetzt, danach wird es aber dünn.«

»Der Kellner hat nicht ausgesagt, Sie und die anderen gesehen zu haben.«

»Ich hatte für meinen Chef eine kleine Party organisiert in der Lounge. Den Schlüssel hatte ich vergessen abzugeben, deshalb war ich gestern noch mal im Café, wo wir uns begegnet sind.«

»Dann sind Sie wohl über den Hinterhof in die Lounge gegangen.«

»Ja, Tamer wollte das, um kein Aufsehen bei den Gästen im Café zu erregen. Seraya hatte eindeutig zu wenig an. Das knappe Dirndl, das Make-up, wie gesagt, sie war aufgetakelt wie eine Prostituierte. Mir war das übrigens egal. Meinen Ruf, was Frauen betrifft, habe ich weg. Das wusste Tamer aber nicht. Er hat mich ein paarmal chauffiert, er kennt mich ja nicht. Ich glaube aber nicht, dass ich mit ihr Sex hatte.«

»Das geht mich nichts an, Herr Okcan, mit wem Sie Sex hatten.«

»Für Sex habe ich in meinem Leben nie gezahlt.«

»Wie gesagt, das interessiert mich nicht. Mich interessiert, ob Sie Ihren Bruder in der letzten Wiesnnacht, in der er gestorben ist, getroffen haben.«

Okcan zuckte mit den Achseln. Die eine Hand umklammerte das Pils. »Wahrscheinlich. Ich muss ja irgendwie in sein Hotelzimmer gekommen sein, wo ich am Tag danach aufgewacht bin. Aber erinnern kann ich mich nicht.«

Demirbilek deutete auf den Beutel. »Wir gehen aufgrund der Fotos davon aus, dass entweder Sie oder Ihr Bruder den Apparat in der Nähe des Fundortes der Leiche verloren haben.«

»Wie kommen Sie auf mich?«, fragte Okcan entgeistert. »Das kann nicht sein. Sie glauben doch nicht im Ernst, dass ich nach der Lounge noch mal auf das Oktoberfest gegangen bin?«

»Warum nicht?«

»Weil ich zu betrunken war. Was ich weiß, ist, dass ich von Seraya ein Foto gemacht habe, wie sie in Tamers Wagen stieg. Konnte mich nicht zusammenreißen, ich war ja betrunken.«

Demirbilek holte das erwähnte Foto als Abzug aus seiner Innentasche. »Meinen Sie das?«

»Ja, genau. Etwas verwackelt, aber ihr Hintern ist zu erkennen«, sagte er ohne jedes Bewusstsein, Verbotenes getan zu haben.

»Sie fotografieren viel heimlich«, stellte Demirbilek fest.

»Auf dem Computer habe ich eine ganze Sammlung von schmutzigen Fotos aus der ganzen Welt. Die Schnappschüsse sind alle harmlos, können Sie gerne kontrollieren. Die Fotos mache ich für mich privat, und ich fotografiere keine Gesichter. Außerdem stelle ich die Aufnahmen nicht ins Netz. Eine Art schmutziges Hobby. Nichts weiter.«

»Für das ›nichts weiter‹ verhafte ich Sie, wenn ich einen Grund finde. Schämen Sie sich, Sie sind ein erwachsener, wohlhabender Mann. Ein Muslim«, erwiderte Demirbilek ernst.

Okcans Gesicht versteinerte sich. »Herr Kommissar, ich bete fünfmal am Tag …«

Demirbilek blieb beim Thema. »Ich frage Sie noch einmal. Waren Sie mit Ihrem Bruder nach dem Besuch des Shisha-Cafés auf dem Oktoberfest?«

»Ehrlich, ich weiß es nicht. Ich denke, er hat mich in das Hotel gebracht. Ich hatte ja kein Zimmer gebucht, ich wollte zu der Zeit ja schon in Istanbul sein. Mein Gepäck …«

»Haben Sie in einem Schließfach am Ostbahnhof deponiert. Das wissen wir.«

»Stimmt, vor dem Abflug muss ich es noch holen.«

»Können Sie sich erinnern, ob Ihr Bruder noch einmal weggegangen ist?«

»Muss er ja wohl, wenn er auf der Wiesn ermordet wurde.«

»Sehr wahrscheinlich, ja. Aufgrund der Zugangsdaten der Schlüsselkarte wissen wir, dass etwa eine Stunde, nachdem er Sie ins Bett gebracht hat, jemand in das Zimmer Ihres Bruders gekommen ist.«

»Tatsächlich?«

»Haben Sie eine Idee, wer das war? Ihr Bruder, der etwas vergessen hatte? Oder eine fremde Person?«

»Nein, ich habe meinen Rausch ausgeschlafen, ich habe nichts gehört und gesehen. Ich weiß ja nicht mal, wie ich ins Bett gekommen bin«, gab er kleinlaut von sich. Dann veränderte sich sein Gesicht erneut. Aus dem trübsinnigen Mann wurde jemand, der sich einer Erkenntnis bewusst wurde. Ein windschiefes Lächeln überzog Augen und Mund.

»Woran denken Sie?«, fragte Demirbilek.

»Nichts weiter, Herr Kommissar. Tut mir leid, an mehr kann ich mich nicht erinnern.«

41

Sobald Seraya sicher war, Fleischauer die Gelegenheit verschafft zu haben, mit Bude zu fliehen, verabschiedete sie sich mit einem süßem Lächeln von dem Mann in Lederjacke, der nach dem Plausch damit prahlte, im Dienst zu sein. »Wenn du mich mal brauchst, melde dich bei Pius. Ich bin der Einzige im Präsidium mit dem Namen!«, rief er ihr hinterher, wenngleich er ihr viel lieber einen Abschiedskuss gegeben hätte, wie sie aus seinem Gesicht las, das vor Verlangen fieberte.

Seraya stieg mit der Plastiktüte die Treppen zur U-Bahn-Station hinunter. Dort wartete sie ein paar Minuten, dann wählte sie Fleischauers Nummer. Es läutete eine Ewigkeit, bis er ans Telefon ging und sie sofort wegdrückte. Sie versuchte es nochmals, doch sein Handy war jetzt abgeschaltet. Schön dagegen nahm ihren Anruf erst gar nicht an, obwohl sie die eigene Rufnummer unterdrückte. Seraya war im Besitz von zwei mobilen Telefonen. Ein geschäftliches für die Werbeanzeigen ihrer Dienstleistungen, die sie in türkischen Magazinen schaltete, und ein privates, das so gut wie nie klingelte. Wieder wartete sie ein paar Minuten und wiederholte die Anrufe mit dem Geschäftlichen, ohne die Nummer zu unterdrücken. Beide Male schalteten sich die Mailboxen an.

Verstehe, sagte sie sich und schmunzelte hilflos über die Dreistigkeit der beiden. Umgeben von schmutzigen Kacheln der Geschosswände, Weganzeigern und Orientierungsplänen gestand sie sich ein, die zwei Clowns unterschätzt zu haben. Sie verarschen dich, sie wollen dich beim Aufteilen der Beute außen vor lassen.

Die Wut in ihr verwandelte sich in dieselbe Sorte Schmerz, die sie spürte, wenn ein Freier in sie eindrang. In Gedanken taufte sie die zwei Clowns in zwei böse Clowns um. Zwei böse Clowns ficken dich, ohne zu zahlen, und du selbst hast ihnen die Gelegenheit dazu gegeben. Du wirst das nicht zulassen, *kızım*. Töte die beiden, wenn es sein muss.

Sie musste etwas unternehmen und beschloss, erst einmal nach Hause zu fahren. Sie sehnte sich danach, zu duschen und sich umzuziehen. Sie wollte Kaffee trinken und dabei in Ruhe einen Plan ersinnen. Wer weiß, vielleicht holst du dir Hilfe, fragst eine der Olgas aus dem Laufhaus nach ihrem Beschützer und lässt ihn auf die bösen Clowns los, um an deine Zehntausend zu kommen? In Gedanken wog sie die Idee ab, als sie die U-Bahn Richtung Innenstadt einfahren hörte.

Wie ein Versprechen, das alles gut werden würde, tauchten Fleischauer und Schön auf der anderen Bahnsteigseite auf, um ebenfalls die U-Bahn zu erwischen. Seraya murmelte ihrem Schicksal Dankesworte zu, während sie in den letzten Waggon sprang, darauf bedacht, von den beiden Betrügern nicht entdeckt zu werden, die in den ersten Waggon einstiegen.

An den folgenden Stationen wechselte sie die Abteile, näherte sich dadurch den beiden und stieg mit ihnen am Hauptbahnhof aus. Mit einem Mal, als die zwei die Rolltreppen nach oben zu den Gleisen hinauffuhren, wurde ihr bewusst, wo Fleischauer das Geld deponiert hatte. Zusehends wütender beobachtete sie, wie Fleischauer aus einem Schließfach am Hauptbahnhof etwas holte und in seine klobige Hüfttasche steckte. Das Geld musste er nach dem Diebstahl im Hotel, das in der Nähe war, direkt dort versteckt haben, reimte sie sich zusammen.

Die bösen Clowns marschierten zurück zur U-Bahn. Unentschlossen, ob sie sie ansprechen sollte oder nicht, ging sie ihnen nach und fuhr mit ihnen bis zum Partnachplatz nach Sendling.

Schön trabte im Janker wie ein Hündchen neben Fleischauer, der ununterbrochen auf ihn einredete. Gerne hätte sie verstanden, mit was er seinem Freund auf die Nerven ging. Kurz darauf stockte ihr Atem. Sie traute ihren Augen nicht, als sie mit ansehen musste, wie Fleischauer ohne Zögern eine Sparkassenfiliale betrat. Schön setzte, ohne langsamer zu werden, den Weg fort.

Was treiben die Idioten da?, erschrak Seraya. Fleischauer trägt nicht allen Ernstes das geklaute Geld auf die Bank? Tu was, *kızım*. Sie zog den Reißverschluss des Jogginganzugs nach oben und eilte ihm in die Sparkasse nach.

Der Lärm der Straße verebbte, geschäftige Stille erwartete sie in der Filiale. Drei von fünf Schaltern waren geöffnet. Adrett gekleidete Jungbanker bedienten Kunden. Fleischauer stand mit den Ellbogen auf der Bedienungstheke gelehnt am Schalter, im Gespräch mit einer Angestellten. Seraya ging an den Kunden in der Wartezone vorbei und stellte sich neben das Schwein.

»Tamer, warum hast du nicht auf mich gewartet?«, fragte sie freundlich und hakte sich bei ihm unter. Die Bankangestellte grüßte sie mit einem Nicken.

Fleischauer reagierte gelassener auf ihren Auftritt, als sie angenommen hatte. Ohne sich etwas anmerken zu lassen, beschmatzte er sie mit Wangenküssen. »Es dauert nicht lange, Liebling. Warte draußen, ich bin gleich bei dir.«

»Hast du Geheimnisse vor mir, mein Lieber?«, heuchelte sie und kniff ihm wie einen Schuljungen in die Wange.

Fleischauer lächelte und schüttelte belustigt den Kopf, als die Angestellte sich zu Wort meldete. »Herr Fleischauer, wollen Sie die Barsumme nun einzahlen oder nicht?«

Seraya behielt die Nerven angesichts der Frage und rührte sich nicht von der Stelle. Sie beobachtete, wie ihr betrügerischer Partner mit aufgesetztem Lächeln nachdachte, was er tun sollte.

Um ihm die Entscheidung abzunehmen, schob Seraya die Hand unter sein T-Shirt und bohrte ihre spitzen Fingernägel wie Messerspitzen in seinen Rücken. Fleischauer verzog für einen Moment sein Gesicht.

»Lass uns draußen reden, ja?«, sagte Seraya und löste ihren Griff.

»Gleich«, vertröstete Fleischauer sie und holte unter Serayas ungläubigen Blicken aus der Hüfttasche ein Bündel Scheine, die er der Bankangestellten direkt in die Hand drückte.

Umgehend begann die Angestellte, die Hunderterscheine zu zählen. Als sie bei dreitausend Euro angelangt war und den Empfang quittiert hatte, nahm Fleischauer Serayas Hand und verließ mit ihr die Sparkasse.

Auf dem belebten Platz herrschte morgendliche Umtriebigkeit, die Seraya unwirklich vorkam. Sie riss ihre Hand aus Fleischauers. Er blieb ruhig und lächelte.

»Glaubst du im Ernst, ich lasse mich von dir ficken!«, spie sie zwischen den Zähnen hervor.

»Wenn ich zahle wohl schon, oder?«, reagierte Fleischauer hämisch. »Du bekommst dein Geld, beruhig dich.«

Mit der Antwort hatte sie nicht gerechnet. Fleischauer griff wieder nach ihrer Hand, Seraya zog sie weg.

»Ich verstehe schon, dass du sauer bist. Du hast ja recht. Ich wollte dich und Bude über den Tisch ziehen. Mit Bude habe ich alles geklärt …«

»Erzähl keinen Mist. Ich will keine Entschuldigung. Wann bekomme ich meinen Anteil?«

Seraya schnappte urplötzlich nach der Hüfttasche und riss den Reißverschluss auf. Doch das restliche Geld war nicht darin.

»Ich laufe doch nicht mit so viel Kohle herum«, blieb Fleischauer stoisch ruhig und holte sich seine Tasche zurück. »Ich musste unbedingt die Rate für meinen Kredit einzahlen. Bude hat den

Rest. Ich treffe ihn jetzt, gleich da vorne in einem Café. Lass uns gehen, du bekommst deinen Anteil.«

Fleischauer fischte aus der offen gebliebenen Hüfttasche eine Zigarette heraus und zündete sie an. Obwohl sich Seraya klar war, ihm nicht trauen zu können, folgte sie Fleischauer, der bereits losgegangen war.

Umgeben von tosendem Straßenverkehr und über den Platz flanierender Passanten fing er vor ihren Augen an, eine Nachricht in sein Handy zu tippen.

»Was machst du da?«, fragte sie, als sie zu ihm aufgeschlossen hatte.

»Bude schreiben, dass wir kommen. Alles wird gut.«

Die beiläufige Art, wie er die Worte formulierte, ließ Seraya stutzig werden. Der will dich wieder verarschen, *kızım.* Sie riss ihm das Handy aus der Hand und las die Nachricht. »Schlampe ist da! Lass Motor laufen.«

Die Sekunden, die sie zum Lesen benötigte, genügten dem Deutschtürken, um sich einen Vorsprung zu verschaffen. Schön, der vor dem Pick-up seines Vaters wartete, sah seinen Freund auf sich zurennen und reagierte sofort, indem er die Beifahrertür öffnete und auf die Fahrerseite krabbelte.

Seraya war gut in Form, und sie war schnell, verhedderte sich aber mit der Plastiktüte in der Hand, und zu allem Überfluss rutschte Schöns zu weite Jogginghose beim Laufen nach unten. Sie kam zu spät, um Fleischauer davon abzuhalten, in den Pick-up zu springen. Schön drückte das Gaspedal durch und fädelte in den Verkehr stadtauswärts ein.

Nach Luft japsend blieb die türkische Prostituierte zurück. Sie stemmte die Hände in die Seiten und fluchte wild, ohne zu merken, dass Passanten sie begafften.

Die Jogginghose war verrutscht und gab den Blick auf ihren tätowierten Hintern frei.

42

»Nehmen Platz, bitte.«

Die Frau mit dem zweifelhaften Deutsch verdarb sich das Aussehen mit dem eng geschnittenen Kostüm, urteilte Demirbilek, während sie ihn höflich mit dunklen Augen anlächelte.

Sie war zu jung und nicht hübsch genug für die Arbeit als Sekretärin, befand er, nachdem er sich darüber ernsthafte Gedanken gemacht hatte. Er war überzeugt, das junge Ding wäre besser in einer Metzgerei oder einem Schuhfachgeschäft aufgehoben.

Dabei fiel ihm nach einer Kette von Assoziationen ein, dass Jale in ihrem Zustand keine Hausarbeit mehr machen sollte. Aydin, der hoffentlich gerade seinen Rausch ausschlief und nach dem Aufwachen den Unsinn mit der verlorenen Liebe zu Jale vergessen haben würde, war mit ziemlicher Wahrscheinlichkeit heute Abend nicht in der Lage, zu waschen.

Innerlich wappnete er sich für die leidvolle Haushaltsarbeit, als die Sekretärin ihn fragte, ob er Kaffee oder Tee wolle. Nachdem er sich in einer türkischen Privatuni befand, versuchte er sein Glück und bestellte *çay*.

»Ich bringen Sie Tee gleich«, lächelte sie herzergreifend.

An der Grammatik war sicher einer der schlechten Deutschkurse in der Türkei schuld, zudem war sie nicht lange in München, verriet ihre Aussprache. Demirbilek tat das, was Türken taten, wenn sie sich das erste Mal begegneten. Er fragte nach *memleket*. Der Gegend, wo man geboren oder aufgewachsen war.

Die Sekretärin erzählte mit wehmütiger Stimme auf Türkisch von ihrem Geburtsort am Vansee. Auch sie zog mit ihrer Familie als Kind in den Moloch Istanbul. Keine ungewöhnliche Lebensgeschichte. Jeder Türke stand auf irgendeine Weise mit Istanbul in Verbindung. Die Schule besuchte sie in einem der Randbezirke in Silivri und machte dort eine Ausbildung zur Bürokraft. Ein beliebter Beruf, neben Schneiderin, den Eltern aus traditionellen Familien ihren Töchtern aufzwangen.

Nach dem Plausch ließ sie den Kommissar auf der Sitzecke zurück, um *çay* zu holen. Demirbilek blieb mit dem jungen Atatürk allein, dessen Porträt nicht übermäßig groß, aber durch die stechenden Augen äußerst präsent über ihn wachte.

Zusammen mit der Sekretärin durchschritt kurz darauf der Direktor der Privatuni das Vorzimmer. Mit einer Geste, die aus Demirbileks Sicht zeigen sollte, wer hier das Sagen hat, forderte er den Kommissar auf, ihm in sein Büro zu folgen. Seine Sekretärin stellte das Tablett auf den Besprechungstisch und bot dem Gast, der nachgekommen war, erneut Platz an. Dann ließ sie die Männer allein.

Ein alt und weise gewordener Atatürk gab sich in größerer Dimension die Ehre. Demirbilek vertiefte sich in die Augen des Vaters aller Türken, bis er der ausgestreckten Hand des Direktors gewahr wurde. Mit ernster Miene schüttelte er seinen Gast wach.

Genauso förmlich wie der Händedruck war sein korrekt sitzender Anzug mit passender Krawatte zum hellblauen Hemd. Ende fünfzig, schätzte Demirbilek den Mann mit grauen Haaren, dunkelgrünen Augen und einer schmalen Nase, auf denen sich Härchen tummelten. Der Kommissar fragte sich, weshalb er den gepflegten Herrn so genau musterte. Trog der Schein? Was steckte hinter der Fassade des scheinbar über allen Verdacht erhabenen, distinguierten Direktors? Warum forderte sein Bauchgefühl, achtsam zu sein?

Der Kommissar nahm gegenüber dem Direktor auf dem Designerstuhl Platz. Der Hausherr der neu gegründeten Privatuni mit etwas über hundert Studenten pflegte in Duktus und Betonung ein klassisches Türkisch, das Demirbilek an Selma erinnerte. Auch seine Ex-Frau drückte sich gewählt und gerne akademisch kompliziert aus, allerdings nicht ganz so gestelzt wie Doktor Eyüp Zeytin.

Demirbilek gestand sich ein, seinem Redefluss schwer folgen zu können, als der Direktor nach der Begrüßung die Entstehung seiner Universität umriss. Sie war ein Ableger einer renommierten Privatlehranstalt aus Ankara. Neben der neuesten Einrichtung in München gab es weitere in Kairo, London, New York und – wer hätte das gedacht, scherzte Demirbilek für sich – in Abu Dhabi.

Er warf Vierkant einen bösen Blick zu, die endlich, begleitet von der Sekretärin, zu ihnen stieß. Seine umsichtige Kollegin hatte sich von einem Studenten durch das Gebäude führen lassen. Demirbilek interessierte der moderne Bau in Unterföhring nicht. Er hatte die Hochglanzfotos der funktionalen Seminarräume mit interaktiven Whiteboards und in Tischen eingelassenen Tablets mit Superhighspeed-Datendurchsatz auf der Website überflogen. Ihm reichte das aus, um sich selbst zu bestätigen, Gegner von elitärem Gehabe und Protzerei zu sein.

Mit Vierkants Erscheinen wechselte Demirbilek ins Deutsche, damit seine Kollegin das Gespräch verfolgen und Notizen machen konnte.

Der Direktor blieb ernst, als er sagte: »Englisch wäre mir lieber, *Komiser Bey*.«

Gut, dass Kollege Leipold nicht bei dem Verhör dabei ist, dachte Demirbilek. Der würde dem Herrn Direktor geradewegs mit einer Beleidigung über den Mund fahren. Er selbst blieb einigermaßen ruhig.

»Wir reden Deutsch, Eyüp *effendi*«, bemühte er sich mit der respektvollen Anrede, seine Aversion gegen den Mann zu verschleiern.

»Wissen Sie, Unterrichtssprache bei uns ist Englisch«, erklärte der Direktor in gebrochenem Deutsch, mit schlechterer Aussprache als seine Sekretärin. »Goethes Sprache ist in der Welt rückgängig.«

»Nicht in München. Wenn hier etwas rückgängig ist, dann der bayerische Dialekt, weil München von Menschen überschwemmt wird, die lieber wie Goethe und Schiller reden als wie ein Münchner«, erwiderte Demirbilek in Leipolds Sinne. Das affektierte Gehabe des Mannes, der nervös seine Krawatte richtete, schürte das Feuer in allen Wutsynapsen seines Gehirnes. »Ich verstehe das nicht. Warum sprechen die Studenten nicht Deutsch, wenn sie in Deutschland studieren?«

»Das tun Sie, Herr Kommissar«, quälte der Direktor ein Lächeln hervor. »Aber nicht im Unterricht. Wir pflegen in Vorlesungen und Seminaren eine Mischung aus Türkisch und Englisch. Je nach Dozenten. Sie wissen ja, wir bieten derzeit nur drei Studienfächer an.«

»Tatsächlich? Mehr nicht?«

Demirbileks unverblümte Ironie brachte Vierkant auf den Plan. »Bankwesen, Wirtschaftsinformatik und Internationale Beziehungen«, zählte sie auf.

Die Beamtin ahnte, wie Demirbileks Lust auf Streit bedrohlich stärker wurde. Um zu signalisieren, noch etwas sagen zu wollen, räusperte sie sich. Wenn sie ihm bei Verhören assistierte, war es taktisch klüger, nicht ungefragt den Mund aufzureißen.

Prompt drehte sich Demirbilek zu ihr. »Was noch, Vierkant?«

»Ich wollte den Herrn Direktor gerne fragen, aus welchen Ländern die Studierenden …«

»Das kannst du alles im Internet nachlesen, Isabel. Die meisten aus der Türkei, aber im Prinzip kommen die Studenten aus der ganzen Welt. Solange sie Grundkenntnisse in Türkisch nachweisen und die Studiengebühren zahlen«, unterbrach er sie und wandte sich wieder an Zeytin. »In Ihrer übrigens viel zu langen Erklärung steht nicht, warum Sie Fünfzigtausend Euro in Ihrem Direktorenzimmer aufbewahrt haben.«

»Weil wegen der Übergabefeier keine Zeit war, das Geld sofort zur Bank zu bringen. Deshalb habe ich ja einen Studenten als Wache abkommandiert. Das Geld war genau achtunddreißig Minuten in meinem Zimmer«, rechtfertigte er sich auf Türkisch. »Natürlich wollte ich nach der Feier die Spende zur Bank bringen.«

Demirbilek übersetzte für Vierkant, ermahnte den Direktor, bei der Sprachwahl aufzupassen, und machte weiter.

»Achtunddreißig Minuten also. Dann wissen Sie ja, wann der Dieb zugeschlagen hat.«

»Natürlich. Es gibt die Aussage des Studenten. Es tut ihm unheimlich leid, das Geld unbeaufsichtigt gelassen zu haben.«

Der Direktor stand auf und ging zur Tür. Demirbilek schlürfte erkalteten *çay*. Von seinem Platz aus konnte er sehen, dass der Schließzylinder fehlte.

»Verstehe schon, setzen Sie sich wieder«, sagte Demirbilek und stellte das leere Glas auf das Tablett. »Türkische Schlüsselfirma?«

»Ja, sie sind im Verzug«, bestätigte Direktor Zeytin. »Wie Sie sehen, war es mir nicht möglich, die Tür abzuschließen.«

»Weiter?«

Der Direktor schritt zu seinem Schreibtisch und griff zu einem vorgefertigten Papier, um es Demirbilek zu reichen, der es an Vierkant weitergab, ohne es anzusehen.

»Das ist die Aussage des Studenten«, erklärte der Direktor.

»In welcher Sprache?«

»Vom Türkischen notariell ins Deutsche übersetzt.«

»In Ordnung. Was steht drin?«

Zeytin setzte sich umständlich und trank von seinem *kahve*. Demirbilek wunderte sich nicht über die Nervosität des Mannes. Der Leiter der Privatuniversität hatte mit einem türkischen Kommissar gerechnet, der seiner Person und Funktion gegenüber Respekt entgegenbrachte. Respekt hatte Demirbilek aber vor nichts und niemandem, außer vor seinen Eltern, wenn er als ihr Sohn mit ihnen zu tun hatte.

»Der Student sollte in meinem Büro sitzen und Wache halten, ist aber gegen meine Anweisung hinaus, um sein Handy zu holen. Auf dem Weg zurück hat er Professor Okcan auf dem Gang gesehen«, fasste der Direktor zusammen.

»Komische Geschichte, Herr Zeytin«, zischte Demirbilek. Er ahnte, dass etwas nicht stimmte. »Sind Sie sicher, dass nicht der Student das Geld gestohlen hat?«

»Sein Vater ist Multimillionär. Er hat es nicht nötig, zu stehlen, glauben Sie mir.«

»Schön für ihn. Diebstahl fällt zwar nicht in mein Ressort, trotzdem werde ich der Sache auf den Grund gehen. Möglicherweise hängt der Diebstahl mit dem Mord an Professor Okcan zusammen«, konterte Demirbilek. »Weshalb geben Sie auf eine polizeiliche Anfrage hin eine Erklärung ab und erstatten keine Anzeige? Angst vor schlechter Presse, ja?«

Direktor Zeytin nickte.

»Verstehe. In der Erklärung schreiben Sie, dass das Geld von einem türkischen Geschäftsmann stammt, der die Technik für einen zweiten Informatiksaal sponsert.«

»Wir stocken die Studentenzahl auf. Der Sponsor ist ein sehr großzügiger Unternehmer, der in die türkische Jugend investiert, die in einigen Jahren Führungspositionen in internationalen Unternehmen bekleiden wird.«

»Beschränken Sie sich auf die Beantwortung meiner Fragen, Herr Direktor. Warum kein Scheck? Warum musste es Bargeld sein?«

Der Direktor lächelte verschmitzt. »Dasselbe habe ich auch gefragt, als wir den Termin für die Übergabe vereinbart haben. Er ist ein Geschäftsmann alten Schlages und wollte den Studenten klarmachen …«

»Kommen Sie auf den Punkt«, unterbrach Demirbilek ihn.

Zeytin räusperte sich und vollendete den Satz trotzdem. »Worum es in der Wirtschaft geht. Nämlich um echtes Geld, das man anfassen kann, auch wenn es virtuell gehandelt wird.«

»Kluger Mann. Außerdem, wer rechnet damit, dass in einer hübschen, neuen Privatuni Diebe herumschleichen«, meinte Demirbilek. »Was sagt denn der Geschäftsmann zu dem Diebstahl?«

»Er ist über den bedauerlichen Vorfall noch nicht informiert.«

»Wissen Sie vielleicht, wo das Geld ist?«

»Was wollen Sie mit der unverschämten Frage andeuten?«, erwiderte der Direktor aufbrausend.

»Nichts. Vergessen Sie die Frage.« Demirbilek wandte sich an Vierkant. »Sprich du mal mit dem Studenten.«

»Er steht zur Verfügung. Ich habe ihn herbestellt«, sagte der Direktor und stand auf.

»Setzen Sie sich. Das macht mich nervös, wenn Sie ständig aufstehen.«

Gehorsam setzte sich Zeytin wieder.

»Warum nennen Sie den Namen des Geschäftsmannes nicht in der Erklärung?«, fragte Demirbilek weiter.

»Ihm ist es lieber, im Hintergrund zu bleiben. Er scheut öffentliche Auftritte und musste wegen dringender Geschäfte früher abreisen. Einer seiner Mitarbeiter hat für ihn die Übergabe vorgenommen. Im kleinen Kreis übrigens, ohne Presse.«

Perplex blickte der Kommissar zu Vierkant, die ihm seine Überraschung ansah, aber mit dem Kopf wackelte, weil sie nicht wusste, welcher Gedankenblitz ihn ereilte.

»Der großzügige Sponsor«, teilte der Kommissar seine Gedanken mit, »ist nicht aus der Druckereibranche, oder doch?«

Direktor Zeytin erstarrte. »Woher wissen Sie das?«

Vierkant pfiff durch die Zähne. Leise, aber hörbar. Demirbilek gönnte es ihr, auszusprechen, welche Schlussfolgerung auf der Hand lag. »Und der Mitarbeiter des Sponsors ist nicht der Bruder des ermordeten Professors, oder doch?«

Direktor Zeytin sprang auf.

»Setzen Sie sich! Wir sind nicht fertig!«, befahl Demirbilek, der seine Zurückhaltung endgültig aufgab. »Sie spielen Privatpolizei, indem Sie mir vorgefertigte Aussagen zustecken, lieber Herr Direktor. Das gefällt mir nicht! Auch ohne Anzeige ist die Aufklärung des Diebstahls Teil meiner Ermittlungen. Haben Sie das verstanden?« Er wartete keine Antwort ab. »In der Erklärung bezichtigen Sie den Professor, das Geld gestohlen zu haben. Wie können Sie sich da sicher sein?«

»Der Student hat ihn doch im Gang gesehen, der Professor trug seinen Kaftan«, erwiderte Zeytin.

»Tatsächlich? Sein Bruder trägt auch Kaftan. Die beiden sehen sich sehr ähnlich«, stellte Demirbilek fest.

Der Direktor schwieg.

»So, jetzt sagen Sie Ihrer Sekretärin, dass der *çay* gut war, und lassen den Studenten holen. Da er wohl kein Deutsch spricht, führe ich die Vernehmung.«

43

Demirbilek verbannte den Direktor dazu, in seinem Dienstzimmer zu warten, und traf den Zeugen im Gang, wo er seine zu Protokoll gegebene Beobachtung gemacht haben wollte. Die Unsicherheit in den Augen des Informatikstudenten aus Mersin interpretierte er kurzerhand als Schuldeingeständnis. Vor der ersten Frage drohte er, den steinreichen Vater zu informieren, dass der Sohn Polizeiermittlungen behinderte. Unumwunden gestand der Student, mit dem Handy beschäftigt gewesen zu sein, er habe nicht das Gesicht, lediglich den Rücken des Professors im Kaftan gesehen. Demirbilek entließ den jungen Mann aus dem kürzesten Verhör, bei dem ihm Vierkant je assistiert hatte, mit der ernst gemeinten Mahnung, in den Seminaren das Handy ausgeschaltet zu lassen.

Beim Verlassen der Privatuni hingen die Ermittler an ihren Telefonen. Vierkant versuchte, den Dolmetscher zu erreichen, um ihn zu einem weiteren Verhör einzubestellen. Demirbilek trabte hinter seiner Kollegin her und ließ sich von Leipold auf den neuesten Stand bringen.

Tamer Fleischauer und Dirk Schön waren nicht auffindbar, erfuhr der Einsatzleiter. Die kriminaltechnische Untersuchung der Lounge hatte Leipolds Vermutung, dass es sich um den Tatort handle, nicht bestätigt. Leipold hatte auf der Maßnahme bestanden, trotz Demirbileks Einwänden, der davon ausging, dass Professor Okcan auf dem Oktoberfest getötet worden war. Die Befragungen der möglichen Zeugen, vor allem der Arbeiter in der näheren Umgebung des Fundortes, waren mittlerweile abgeschlossen. Feldmeier war ungehalten über das Ergebnis, musste sie doch für nichts und wieder nichts teure Dolmetscher bezahlen, die in vierzehn verschiedenen Sprachen ins Deutsche übersetzten, dass niemand etwas gesehen und gehört hatte.

Demirbilek erinnerte Leipold daran, dass eine dritte Person aufgetaucht war, die als Zeugin befragt werden musste. Leipold glänzte mit der Erfolgsmeldung, Anzeigen von einer Seraya im Internet gefunden zu haben, die ihre Dienste im Laufhaus in der Hansastraße anbot. Er sei gerade auf dem Weg dorthin, um die registrierte Prostituierte höchstpersönlich zu befragen. Demirbilek dachte sich seinen Teil über Leipolds Arbeitseifer und wollte wissen, was er über Seraya noch herausgefunden habe.

»Sie heißt Melek Sevmez, hat keine Vorstrafen und ist ordentlich gemeldet. Was dich freuen wird, sie hat deutsche Papiere. Blutmäßig Türkin.«

Blutmäßig?, wiederholte Demirbilek für sich. »Was heißt jetzt blutmäßig, Pius?«

»Eltern beide Türkisch. Vollbluttürkin, wenn du so willst, aber geboren in München. Türkische Münchnerin oder Münchner Türkin. Verstehst? Blutmäßig türkisch, passmäßig deutsch.«

»Ach, vergiss es! Melde dich, wenn du sie gesprochen hast.«

Aus Verärgerung über Leipolds Blut- und Passphilosophie presste Demirbilek den Ausschaltknopf seines Handys zu lange und schaltete es damit ungewollt aus. Sein Gesicht begann dabei zu sprechen, so kam es jedenfalls Vierkant vor, die neben ihm am Lenkrad wartete, die Hand am Zündschlüssel.

»Was ist? Denken Sie bitte laut, Herr Demirbilek«, sagte sie.

Er zog den Sicherheitsgurt zu sich. »Ich bin nicht die Lottofee, Isabel. Sieh mich nicht so erwartungsvoll an. Ich weiß nichts, ich vermute nur.«

Vierkant schielte zu ihrem Lottoschein auf der Ablage und packte ihn in ihre Umhängetasche. »Ohne Vermutungen und

Handy können wir unsere Arbeit nicht machen, Chef.« Sie holte sich sein Telefon und schaltete es wieder ein.

Demirbilek ließ den Gurt zurückschnallen und drehte seinen Oberkörper zu ihr. »Ich habe mir gerade ausgemalt, wie Osman Okcan das erste Mal in seinem Leben auf die Wiesn geht, irgendwann betrunken ist und einer Professionellen vorgestellt wird.«

»Sex und Rausch?«

»Vollrausch und Trieb.«

Vierkant ließ die Hand vom Zündschlüssel. »Zwei triftige Gründe, um mit der Dame in der Lounge des Shisha-Cafés auf Verkehr aus zu sein …«

»Etwas in der Richtung hat Okcan ja zugegeben, wobei er behauptet, für Sex nie in seinem Leben bezahlt zu haben. Wenn es so war, warum war dann Fleischauer dabei?«

Vierkant überlegte. »Als Zuhälter? Er hat die Dame ja Okcan vorgestellt.«

»Brauchbarer Gedanke, Isabel. Gehen wir davon aus, Okcan hat doch für Liebesdienste bezahlt. Sagen wir mehr als die üblichen paar Hundert, weil er ja gerne großzügig Geld verteilt. Fleischauer kriegt seinen Anteil. Schön und gut. Aber lohnt sich das?«

»Wenn er Geld braucht, schon. Da zählt jeder Euro. Eine andere Vermutung wäre ein abgekartetes Spiel. Die zwei haben Okcan in die Lounge gelockt, um ihn auszunehmen.«

»Falscher Ansatz. Okcan hat auf der Wiesn um halb elf einen Anruf von seinem Bruder bekommen und sich mit ihm in der Lounge verabredet. «

»Kommt das nicht aufs Gleiche hinaus?«

Demirbilek nickte. Er dachte in dieselbe Richtung, sagte aber das Gegenteil, um seine Hypothese zu prüfen. »Wo ist da ein Motiv? Nicht der Dolmetscher wurde getötet, sondern sein Bruder.« Ihm kam ein anderer Gedanke. »Möglicherweise hat der Professor gestört, bei dem, was Fleischauer und Seraya vorhatten.«

Vierkant schwieg eine Weile. Dann kam auch ihr ein anderer Gedanke. »Es gibt aber keine Hinweise, dass der Professor in der Lounge geschlagen worden ist und sich übergeben hat, sagen die Techniker.«

»Trotzdem sehe ich keine andere logische Erklärung, als dass der Professor Seraya und/oder Fleischauer begegnet sein muss. Vielleicht ist der Professor den beiden gefolgt.«

»Den beiden?«

»Oder ihr alleine. Der Professor war ja auch betrunken.«

»1,2 Promille im Blut.«

»Geht ja noch. Reicht aber wahrscheinlich aus, um beim Anblick einer dirndltragenden Sexbombe in Wallung zu geraten.«

»Geht auch ohne Alkohol«, merkte Vierkant an. Sexuelle Übergriffe während der Wiesnzeit waren wahrlich keine Seltenheit. »Wer weiß, vielleicht ist ja der Professor als Freier eingesprungen, wenn Okcan wirklich so betrunken war, wie er behauptet?«

»Der Diensthabende an der Rezeption hat bezeugt, dass der Dolmetscher wankte wie eine lebende Bierleiche, als sein Bruder ihn durch die Lobby führte.« Sein Blick wanderte zu dem Gebäude der Privatuni.

»Ja, richtig, ich habe das Vernehmungsprotokoll gelesen. Was stimmt an den Überlegungen nicht?«, erkundigte sie sich.

Der Kommissar dachte laut weiter. »Wir müssen eine Lücke schließen. Wir können davon ausgehen, dass der Professor seinen Bruder nicht nur durch die Lobby geführt hat, sondern ihn auch in sein Hotelzimmer brachte. Die Frage ist, ob der Professor Seraya oder Fleischauer vorher in der Lounge begegnet ist.«

»Hätten wir Serayas DNA, könnten wir sie mit den Hautabriebspuren auf dem Gesicht des Opfers vergleichen. Mittlerweile wissen wir, dass sie von einer Frau sind.«

»Hast du das Pius gesagt?«

»Natürlich, und dass er auf seine charmante Weise nach einer freiwilligen DNA-Probe fragen soll.«

Demirbilek nickte. »Der Professor muss ja irgendwie auf das Oktoberfest gekommen sein. Vom Hotel aus sind es zu Fuß vielleicht zehn Minuten bis zum Fundort der Leiche. Warten wir ab, was unser fleißiger Pius im Laufhaus in Erfahrung bringt.«

»Wollen Sie die Befragung nicht selbst übernehmen? Das ist unsere heißeste Spur.«

»Lassen wir ihm die Freude, Isabel.«

Vierkant schüttelte den Kopf. »Männer!«

44

Mit hastigen Atemzügen füllte sie ihre Lunge mit dampfend heißer Luft, um die Hitze auf der Haut zu ertragen. Sie versuchte, den ekelerregenden Geruch aus Fleischauers Wohnung und Schöns Jogginganzug aus den Poren zu brennen. Seraya hielt es ein paar weitere Sekunden unter dem prasselnden Wasserstrahl aus, dann machte sie den erlösenden Schritt aus der Duschkabine.

Das Geräusch des laufenden Wassers dröhnte weiter in ihrem Kopf. Sie blickte auf den angelaufenen Spiegel, froh, ihren nackten Körper nicht zu sehen. Das Handtuch lag auf dem Toilettendeckel bereit. Sie sehnte sich nach einem größeren Badezimmer mit Wanne und Bidet. Der wenige Platz in ihrem Apartment bereitete ihr an schlechten Tagen Probleme. An guten war es ihr egal, in dem heruntergekommenen, städtischen Siedlungsblock am Innsbrucker Ring zu wohnen. Etwas Besseres wollte und konnte sie sich nicht leisten, weil sie ihren Eltern monatlich Geld schickte.

Die zweiundvierzig Quadratmeter bestanden aus einer Küche mit Sitzecke, einem Wohnraum, in dem sie auf einem Doppelbett schlief, und dem Badezimmer. Zu Hause arbeitete sie nicht. Das war tabu, kein Freier kam in ihre eigenen vier Wände. Eine der wenigen Regeln, die sie aufgestellt hatte, seit sie Männern mit sexuellen Dienstleistungen gefällig war. Wasser tropfte an ihrem leicht behaarten Körper hinab auf die Kacheln. Sie griff durch den Wasserstrahl und legte den Hahn um. Der heiße Dampf verzog sich nur allmählich aus dem fensterlosen Raum, während sie sich abtrocknete.

Seraya trat aus dem Badezimmer in den Wohnraum und schnappte nach kühlerer Luft. Mit dem Handtuch um die Hüfte bereitete sie Kaffee zu. Der verkalkte Wasserkocher brauchte seine Zeit. Sie liebte es, leichten Stoff auf der Haut zu tragen, und schlüpfte in ein frisch duftendes Nachthemd. Der intensive Veilchenduft erinnerte sie an ihre Kindheit, an das Gefühl, von ihrer *anne* in der Badewanne gewaschen zu werden. Am liebsten hätte sie jedes Mal, wenn sie zu Bett ging, ein frisches Nachthemd angezogen, nur um diesen Duft zu riechen.

Mit der Tasse Kaffee nahm sie auf der Sitzecke Platz. Zwei Löffel lösliches Pulver, etwas Sahne und ein Hauch Zucker. Das Alleinsein tagsüber war sie nicht gewohnt, normalerweise arbeitete sie um diese Uhrzeit. Entweder im Laufhaus oder in Hotelzimmern verstreut über die ganze Stadt. Tagsüber war oft erstaunlich viel los, mehr als an den Abenden, wenn Spiele des FC Bayern live übertragen wurden.

Sie nippte an dem zu heißen Kaffee und zwang sich, nachzudenken. Sie musste eine Entscheidung treffen. Eine, die sie eigentlich bereits getroffen hatte. Doch mit dem unerwarteten Auftauchen der Polizei bei Fleischauer war sie nicht mehr sicher, ob sie sich einen Gefallen damit tat, um ihren Anteil zu kämpfen. Sie durchsuchte Fleischauers Handy, das sie ihm abgenommen hatte, nach einem Hinweis, fand aber nichts, was sie auf seine Spur oder auf die Spur des Geldes brachte. Welche Möglichkeiten hatte sie sonst, die beiden zu finden? Vielleicht waren sie mit dem Pick-up schon über alle Berge.

Ohne es anfangs zu merken, verfiel sie in ein Zwiegespräch mit sich selbst, den Blick auf die dampfende Kaffeetasse gerichtet. Was war nur mit dir los, *kızım?* Warum hast du so heftig zugeschlagen und ihm das Wiesnherz in den Mund gestopft? Du bist

Kickboxerin, hast Wettkämpfe bestritten. Weil er mich vergewaltigen wollte. Er ist mir gefolgt, hat mir unter das Dirndl gefasst, von hinten, als wäre ich sein Eigentum. Stimmt, aber er war betrunken. Er ist durch die Tür in das Wohnmobil gestürzt und liegen geblieben. Du hättest ihm genauso gut aufhelfen, ihn mit ins Laufhaus nehmen und ihn dort ausnehmen können. Seraya lachte über sich. Ach wirklich? Bei dem Hochbetrieb während der Wiesn? Wie hätte ich da an ein freies Zimmer kommen sollen? Dann eben oben bei der Bavaria, in den Büschen eine schnelle Nummer, schnelles Geld. Tamer hätte die Fotos gemacht, fertig. Nein!, nicht mit mir, ich bin eine anständige Hure, in Büschen vögele ich nicht, nicht mal für Geld. Du warst wütend wegen des verpatzten Geschäftes, wegen der tausend Euro, warst zornig auf die bösen Clowns, hast auf den Fremden eingedroschen, weil er nicht Okcan war, wie du im ersten Moment geglaubt hast. Im Kaftan sahen sie sich zum Verwechseln ähnlich, hast auf ihn geschossen mit dem Luftgewehr, das im Wohnmobil herumlag, weil dein Deal geplatzt war, hast ihm das Wiesnherz mit dem nackten Fuß in den Mund gestopft, bis er kotzen musste, der arme Kerl. Aber er hat gelebt, als ich mit ihm fertig war. Hat er nicht, *kızım,* hat er nicht. Du hast ihn getötet, bist eine Mörderin.

Aufgewühlt von dem beängstigenden Streit mit sich selbst, eilte sie in das Badezimmer, um sich das Gesicht zu waschen. Beim Blick in den Spiegel erinnerte sie sich daran, wie sie mit Okcan unbemerkt durch den Hinterhof in die Lounge des Shisha-Cafés gelangt war und sie Tamer weggeschickt hatte, damit sie in Ruhe arbeiten konnte, um anständige Fotos hinzubekommen. Okcan war aber zu betrunken gewesen, und sie hatte nicht bemerkt, wie der Mann, den sie später im Wohnmobil niedergeschlagen hatte, in die Lounge getreten war.

Willst du das der Polizei sagen, wenn sie bei dir auftaucht wie bei Tamer? Ihn haben sie gefunden, und eine Hure namens Seraya in München zu finden, wird ihnen auch gelingen. Was erzählst du der Polizei? Ganz sicher nicht die Wahrheit. Glaubt dir sowieso niemand. Bist und bleibst eine Hure. Wenn eine wie du behauptet, sich gegen einen Vergewaltiger gewehrt zu haben – ist ja lächerlich. Hast keine Verletzungen am Körper, nicht einen Kratzer. Vielleicht solltest du nachhelfen, damit es wenigstens nach versuchter Vergewaltigung aussieht.

Der Ton der eigenen Türglocke war ihr fremd. Seit ihre Eltern und Geschwister in die Türkei zurückgekehrt waren, bekam sie nicht oft Besuch.

Sie zuckte zusammen und rührte sich sekundenlang nicht. Es läutete erneut. Dann ein weiteres Mal, bis dem Läuten ein Klopfen an die Wohnungstür folgte. Auf Zehenspitzen bewegte sie sich zurück in die Küche. Im ersten Moment glaubte sie, Tamers Stimme zu hören, die nach ihr rief. Es war der bayerische Einschlag, der sie darauf brachte. Doch diese Stimme war tiefer und sprach ihren Namen falsch aus. Das nächste Rufen ließ sie erstarren. Sie erkannte die Stimme jetzt, obwohl sie den Mann erst vor ein paar Stunden kennengelernt hatte. Wie hieß er noch? Etwas Päpstliches, ein kurzer Name. Pius, genau. Der bayerische Bulle, der ihr mit seinen Blicken den Jogginganzug vom Leib gerissen hatte. Es klopfte wieder. Die Stimme sagte etwas von Informationen, Zeugenbefragung und nannte die Namen der bösen Clowns.

»Ich komme ja schon!,«, schrie sie mit vorgetäuschter Müdigkeit.

Lautlos tapste sie zum Bett und brachte es in Unordnung. Auf dem Weg zur Wohnungstür öffnete sie erst zwei, nach kurzem Überlegen den dritten Knopf ihres Nachthemdes. Die Brüste, die ein kleines Vermögen gekostet hatten, würden dem Besucher als Erstes ins Gesicht hüpfen. Alles andere wird sich ergeben.

Sei ein schlaues Luder, *kızım,* und rette deinen tätowierten Hintern. Dann öffnete sie dem Mann mit Lederjacke die Tür.

45

Noch vor der Rückfahrt ins Präsidium fiel Demirbilek im Dienstwagen ein, dass er bei der Vernehmung des Direktors versäumt hatte, nach Selma zu fragen. Ihn interessierte, was eine Professorin für Orientalistik in einer Privatuni mit handfesten, nach Kapitalvermehrung ausgerichteten Studiengängen verloren hatte. »Ich muss noch mal zurück, Isabel. Warte hier«, sagte er und stieg aus.

Kaum berührten seine Schuhe den Asphalt, ließ er die Beine zurück in den Wagen schwingen und schloss die Tür. »Lass den Motor laufen.«

Vierkant blickte in die Richtung, die ihr Chef im Visier hatte. Doktor Eyüp Zeytin spurtete aus dem Gebäude und sprang, als wäre jemand hinter ihm her, in ein Taxi.

»Na dann. Sehen wir mal, wohin unser Herr Direktor so eilig möchte«, sagte Vierkant und folgte dem Taxi.

Die Fahrt führte durch die Oberföhringer Straße, bei der sich der Taxifahrer penibel an die Geschwindigkeitsbegrenzung hielt. Demirbilek versuchte, den Dolmetscher zu erreichen, während Vierkant mit nervösem Augenzucken Abstand zu dem Taxi hielt. Als sie die Ismaninger Straße erreichten, hielt der Wagen am Straßenrand.

»Was macht er denn?«, fragte Vierkant irritiert.

Die Ermittler beobachteten, wie der Direktor ausstieg, um in ein Tabakwarengeschäft zu gehen. Es dauerte eine geraume Weile, bis er sich wieder in das wartende Taxi setzte. Als die Fahrt fortgesetzt wurde, läutete Demirbileks Telefon. Eine unterdrückte Nummer.

»Ja?«

»*Komiser Bey*? Zeki *effendi?*«

»Herr Okcan. Wo sind Sie?«

»Das Handy war aus. Ich war im Flugzeug …«

»Wir hatten eine Absprache! Sie sollten in München bleiben, bis ich mich melde!«

»Bitte, Herr Kommissar, vergeuden Sie keine Zeit mit mir, fassen Sie lieber den Mörder meines Bruders! Ich habe Ihnen alles gesagt, was ich weiß. Das gebe ich Ihnen gerne noch schriftlich. Meine Eltern brauchen mich jetzt hier in Istanbul. Was glauben Sie, was in meiner Familie los ist? Mein Vater und meine Mutter haben ihren erstgeborenen Sohn und ich meinen Bruder verloren.«

Demirbilek legte auf. Darum würde er sich später kümmern, am besten, indem er seinen geschätzten Istanbuler Kollegen Kaymaz auf Okcan ansetzte.

Mittlerweile war Vierkant dem Taxi in die Prinzregentenstraße gefolgt, das nun in der Auffahrt zum Prinzregententheater anhielt. Die Ermittler beobachteten, wie Direktor Zeytin ausstieg und in die Richtung des Cafés ging, das zum Theater gehörte. Dabei zündete er sich mit Streichhölzern eine Zigarette an.

»Sie haben doch gerade mit ihm in Istanbul gesprochen«, stellte Vierkant mit halb geöffnetem Mund fest.

Demirbilek griff über ihre Oberschenkel zum Zündschlüssel und stellte den Motor ab. Zeitgleich mit Vierkant hatte auch er Osman Okcan entdeckt, der sich dieses Mal in einem piekfeinen Geschäftsanzug und Krawatte präsentierte. Mit Schal um den Hals sprach er in das Mikrophon des Ohrstöpsels an seinem Handy.

Demirbilek versuchte, sich einen Reim darauf zu machen, warum Okcan ihn eben am Telefon angelogen hatte. Ihm schwirrte langsam der Kopf von den unübersichtlichen Zusammenhängen.

Bei der Aufklärung des Falles hatte sich innerhalb kürzester Zeit ein Sammelsurium merkwürdiger Menschen zusammengefunden. Nun kam zu dem Opfer selbst, einem angesehenen Hochschullehrer, dessen Vorgesetzter hinzu, der den Professor des Diebstahls von Sponsorengeldern bezichtigte. Für den studentischen Zeugen bürgte der Direktor, nicht aber für dessen Lehrer. Wer weiß, vielleicht log der angebliche Zeuge, und weder der Professor noch sein Bruder war im Gang gewesen?, zog Demirbilek eine weitere Möglichkeit in Erwägung. Doch warum traf sich dann Okcan mit dem Direktor? Ob Zeytin mit dem Diebstahl etwas zu tun hatte? Er traute dem Mann, den er nicht sonderlich leiden konnte, einiges zu, nicht aber zum Dieb zu werden und damit seinen Beruf und den Ruf seiner Uni aufs Spiel zu setzen.

»Verstehst du das, Isabel?«

»Nein. Aber die beiden kennen sich, sehen Sie mal.«

Der Direktor nahm den weinenden Okcan freundschaftlich in die Arme und drückte ihn fest an sich. Sie schwiegen eine Weile in Trauer, dann bot Zeytin Okcan eine Zigarette an. Demirbilek bekam unbändige Lust, eine zu rauchen.

»Ach, wäre das schön, wenn wir den beiden zuhören könnten«, seufzte Vierkant. »Doch wie auf die Schnelle einen richterlichen Beschluss für einen Lauschangriff herzaubern?«

»Wenn sie ins Café gehen, könnte man vielleicht mithören, was die zwei zu bereden haben«, sagte Demirbilek, als er eine Frau mit Kinderwagen die Straße überqueren sah.

»Müsste jemand sein, der Türkisch kann«, ergänzte Vierkant gedankenverloren.

»Zu mir nach Hause, Isabel. An der nächsten Kreuzung Blaulicht«, befahl Demirbilek.

Auf der Fahrt telefonierte er mit Jale, um sie auf einen Blümchentee zu überreden. Viel Überredungskunst brauchte er nicht.

46

Ja, du spinnst!«, waren die Worte, die aus Leipolds offen stehendem Mund polterten. »Das gibt es nicht! Bist du Seraya?«

»Oh«, tat die Prostituierte erstaunt. »Was machst du denn hier? Bist du mir von der Schlierseestraße nachgeschlichen?«

»Ach was! Bin dienstlich hier«, wedelte Leipold mit seinem Dienstausweis. »Wegen deinem Freund mit dem komischen Namen.«

Seraya lächelte. »Du meinst bestimmt Tamer Fleischauer.«

»Genau. Wegen ihm und dem anderen, der sich Bude nennt. Das ist wenigstens ein witziger Name.« Er machte eine Pause, musterte sie eingehend, dann blickte er an ihr vorbei in das Apartment. »Und jetzt pack deine Titten ein, sonst komme ich auf dumme Ideen.«

Seraya grinste. Sie hatte genug Razzien mitgemacht und wusste, dass Polizeibeamte im Rotlichtmilieu akkurat nach Vorschrift vorgingen, um sich nichts zuschulden kommen zu lassen. Allein durfte der wandelnde Testosteronheini wahrscheinlich gar nicht ihre Wohnung betreten.

»Bin gerade aufgestanden! Männerbesuch habe ich nicht erwartet. Also sei nicht so grob. Was willst du denn? Ich kenne die zwei Clowns kaum«, erwiderte sie und ließ ihn an der Tür stehen.

»Was hast du dann vor Fleischauers Wohnhaus zu suchen gehabt?«, rief Leipold ihr nach.

Er tat sich schwer, seine Erregung angesichts der halb nackten Frau unter Kontrolle zu halten. Mit gemischten Gefühlen betrat er das Apartment. Die Tür ließ er sperrangelweit offen stehen. Beim Auffüllen des Wasserkochers drehte sich Seraya zu ihm.

»Mach die verdammte Tür zu, es zieht!«

Das hätte auch meine Elisabeth sagen können, ging es Leipold durch den Kopf. Er schloss die Tür und schritt zu der Zeugin im Nachthemd, das ganz anders geschnitten war als die Nachthemden seiner Ehefrau. Bei Elisabeth wirkten sie wie ein Panzerhemd, bei der türkischen Prostituierten wie eine Einladung zu einer erotischen Achterbahnfahrt. »Zieh dir was Anständiges an, oder arbeitest du zu Hause?«

»Nein, zu Hause arbeite ich nicht. Dürfen Bullen einen Kaffee annehmen, oder gilt das als Bestechung?«

»Sowieso. Milch und Zucker, wenn du schon dabei bist. Also, was hattest du beim Fleischauer zu suchen? Du warst bei ihm, verarsch mich bloß nicht. Wir müssen ihn und den anderen sprechen. Gehört ihr drei zusammen, oder wie ist das?«

Leipold setzte sich auf die Eckbank und sah zu der jungen Frau, die mit dem Rücken zu ihm an der Küchenzeile Kaffee zubereitete, die Beine leicht gespreizt. Er verbot sich die ungehörigen Phantasien, die ihn übermannten, und versuchte, seinen Blick auf etwas anderes zu richten. Auf den billigen Hängeschrank, auf die noch billigere Kochtopfgarnitur auf der Spüle, auf die zerbeulten Teekessel auf dem Herd, wie er sie aus Zekis Küche kannte. Doch sein Blick wanderte zurück zu Serayas verlängertem Rücken, auf die Tätowierung, die durch den dünnen Stoff schimmerte. Er biss sich auf die Lippen, um nicht zu fragen, welches Motiv in den wunderbar geformten Hintern gestochen war. Da drehte sie sich um.

»Gefällt er dir, mein Arsch? Macht er dich scharf, hast du es nötig, oder was ist?«

Kaum hatte sie die Worte ausgesprochen, konnte Leipold beobachten, wie sich das hübsche Gesicht drastisch veränderte. Sie begann zu schluchzen. Mitten in der armselig kleinen Küche. Im Stehen, ohne sich zu rühren. Die Tränen liefen ihr wie Rinnsale in Miniatur über die ungeschminkten Wangen, über den Stoff, der dadurch fleckig nass wurde und die aufstehenden Brustwarzen zum Vorschein brachte.

Leipold blieb regungslos sitzen, verunsichert von der geballten Ladung an Gefühlen, die die Prostituierte mit ihm teilte. Eben hatte sie gelacht, jetzt weinte sie, schniefte und wischte mit den Handballen über die nasse Wange. Was hat die arme Frau?, fragte er sich. Ich habe doch bloß ihren Hintern bewundert.

Mit einem Mal stakste Seraya an Leipold vorbei zum Bett und ließ sich bäuchlings darauffallen.

Eine Weile blieb der Kommissar sitzen, dann blickte er über die Schulter. Das Doppelbett stand unter dem breiten Fenster, das zur Straße führte. Einfallendes Herbstlicht des sonnigen Vormittags umgarnte ihren halbherzig bedeckten Körper. Er sah das schwarze Büschel Haare, das Gesicht hatte sie in das Kissen gesteckt. Als das Schluchzen lauter wurde, stand er auf und folgte ihr. Wenigstens fragen, was sie hat, musst du schon, sagte er sich.

Er ließ seinen Blick über ihren Kopf wandern, den Rücken entlang zu ihrem Tangaslip und blieb auf dem Tattoo hängen, das vom verrutschten Nachthemd zur Betrachtung freigegeben worden war. Es war nichts Besonderes. Trotzdem war das, was Leipold als Arschgeweih ausmachte, wunderschön anzusehen. Perfekt eingearbeitet bis in die Rundungen ihrer Pohälften. Ein Meisterwerk, wenn ihn jemand gefragt hätte. Das tat aber niemand. Leipold war allein mit der weinenden, halb nackten Frau.

»Mädel, was hast du denn? Ich muss dich als Zeugin sprechen. Ist doch nichts passiert, oder?«, fragte er tröstend. Die Vernehmungstechnik hast du aber nicht auf der Polizeischule gelernt. Pius, reiß dich zusammen, warnte er sich selbst.

Als von der Schluchzenden keine Antwort kam, setzte er sich vorsichtig zu ihr an den Rand des Bettes. Die Matratze gab nach. Serayas Körper wippte ganz leicht hin und her. Tunlichst vermied er es, sie zu berühren, auch wenn die Lust danach kaum zu unterdrücken war.

»Komm, sag was. Was hast du denn?«, wiederholte er.

Ein brummender Schluchzton folgte. Dann drehte sich Seraya mit einem Ruck um. Das Gesicht war nass, als wäre sie gerade aus der Dusche gekommen.

Leipolds Hand griff erst nach dem Ring in seinem rechten Ohr. Er nestelte kurz daran, danach ließ er dieselbe Hand zu der Brust schweben, die der dünne, nach Veilchen duftende Stoff nicht mehr bedeckte.

47

Mit einem Grinsen, das strahlend genug für Werbeplakate einer Zahnpastamarke gewesen wäre, verließ Jale Cengiz das Café am Prinzregententheater, kurz nachdem Direktor Zeytin und Osman Okcan gegangen waren.

Die Zielfahnder, die der Sonderdezernatsleiters beordert hatte, machten sich an die Arbeit und verfolgten die beiden Herren, die in unterschiedliche Richtungen aufbrachen. Demirbilek und Vierkant erwarteten ihre hochschwangere Kollegin beim Dienstwagen.

»Und?«, fragte der Kommissar. »Wie hat der Tee geschmeckt?«

»Ich habe zwei Kannen getrunken und bin dreimal auf die Toilette gerannt.« Sie holte das Aufnahmegerät aus der Handtasche. »Als ich mich an den Nebentisch gesetzt habe, haben die beiden noch locker eine Viertelstunde geredet. Ich weiß nicht, ob alles drauf ist.«

»Erzähl schon, was haben sie besprochen?«

»Ich habe nur Wortfetzen aufgeschnappt. Hoffentlich ist das auf dem Band besser zu verstehen. Die meiste Zeit ging es um die Sekretärin des Direktors.«

Demirbileks Erstaunen fiel selbst Vierkant auf, die sich einige Schritte abseits gestellt hatte, um an ihr plärrendes Handy zu gehen.

»Um die Sekretärin? Ich weiß nicht mal ihren Namen«, wunderte sich Demirbilek.

»Sie heißt Ipek. Sie hat wohl das Sponsorengeld gestohlen. Und nicht der Professor.«

»Das nette junge Ding?«, staunte Vierkant und kehrte zu Cengiz und Demirbilek zurück. »Warum dann die Aussage des Studenten?«

»Eine Idee des Direktors, um den Verdacht erst gar nicht auf die Sekretärin zu lenken.« Cengiz schüttelte den Kopf, um sich zu sammeln. »Das ging ständig hin und her. Und der Direktor spricht ein derart gestelztes Türkisch, das einem übel werden könnte.«

»Also?«, fragte Demirbilek ungeduldig nach.

»Mal sehen, ob ich das zusammenbekomme. Der Professor hat Ipek am Hauptbahnhof mit gepackten Koffern gesehen. Er hat sie angesprochen, weil er sich gewundert hat, dass sie nicht mit zur Unifeier auf die Wiesn kommt. Ich glaube, Ipek hat sich wie auf frischer Tat ertappt gefühlt und ohne Umschweife dem Professor gestanden, das Sponsorengeld gestohlen zu haben. Sie wollte mit dem Geld zu ihrem Freund in die Türkei zurück, um mit ihm durchzubrennen. Den Job in der Privatuni macht sie nicht freiwillig, sie ist die Tochter von Zeytins Schwester. Ihre Eltern haben sie gezwungen. Die arme Ipek. Was gibt es nur für selbstsüchtige, dumme Eltern!«

»Du machst das bei deiner Kleinen besser«, beruhigte Vierkant sie.

»Ja, Isa. Meine Kleine wird zu nichts gezwungen.« Cengiz atmete durch.

Demirbilek wurde ungeduldig. Weniger wegen seines Wunsches, Großvater eines Enkelsohnes zu werden, den er zum Fußballtraining bringen konnte, als dass er wissen wollte, was Cengiz noch herausbekommen hatte.

»Das heißt, der Direktor ist Ipeks Onkel?«, kam er auf das eigentliche Thema zurück.

»Ja, genau, der Onkel«, bestätigte Cengiz. »Der Professor hat Ipek noch am Bahnhof das Geld abgenommen, hat aber den Direktor nicht erreicht. Aus dem Grund hat der Professor das Sponsorengeld in seinem Hotelsafe aufbewahrt. Der Direktor hat sich erst am späten Abend gemeldet, als der Professor mit den Kollegen schon auf der Wiesn feiern war. Die Herren haben sich für den nächsten Morgen wegen der Rückgabe des Geldes verabredet.«

»Wozu es nicht mehr gekommen ist. Wir haben aber kein Geld gefunden. Nicht im Zimmer, nicht im Safe, bis auf ein paar Wertsachen. Ehering, Ausweis und so weiter. Aber keine Fünfzigtausend«, stellte Demirbilek nüchtern fest. »Wenn es keiner unserer Beamten bei der Durchsuchung gestohlen hat, wurde es vorher entwendet. Jemand war um ein Uhr irgendwas mit der Schlüsselkarte im Zimmer des Professors. Das muss der Dieb gewesen sein. Die Videoauswertung hat aber nichts gebracht. Wiesnzeit. Ein ständiges Kommen und Gehen, bis spät in die Morgenstunden.«

»Ich durchforste die Überwachungsvideos. Wenn der Dieb mit der Zimmerkarte hineinmarschiert ist, muss er ja auf dem Video zu sehen sein«, regte sich Cengiz auf. »Der Dieb kommt ja wohl auch als Täter infrage.«

»Nichts da, Jale. Du guckst dir höchstens schnulzige Soaps an. Ich setze jemand anderen daran. Du hast aber recht, liebe Schwiegertochter. Der Dieb muss auf dem Video zu sehen sein, wenn er Professor Okcans Hotelsafe geleert hat. So, jetzt ist Schluss mit dem Ausflug. Ich danke dir oder besser deinen Ohren«, scherzte er. »Ab nach Hause. Ist Aydin inzwischen wach?«

»Dein Sohn hat sich in dein Bett gelegt, ich habe nicht nachgesehen. Er war übrigens die ganze Nacht weg. Weißt du, ob er betrunken war?«

»Das war er, und wie.«

Cengiz machte ein besorgtes Gesicht. »Hast du mit ihm geredet?«

»Ja, aber nichts Wichtiges«, hielt sich Demirbilek bedeckt, um seiner angehenden Schwiegertochter unnötige Sorgen zu ersparen. »Fahr mit dem Taxi und wecke ihn am besten. Ja?«

»Ich mache lieber einen Spaziergang nach Hause«, verabschiedete sie sich und gab ihrem angehenden Schwiegervater zwei Wangenküsse. Vierkant drückte sie fest und innig an sich. Die gemeinsame Arbeit mit und insbesondere für Hauptkommissar Zeki Demirbilek schweißte die Kolleginnen zu engen Freundinnen zusammen.

Demirbilek blickte Cengiz nach, wie sie am Theatergebäude abbog und verschwand. »Es wird schon gutgehen«, sagte er abwesend.

»Wie bitte?«, fragte Vierkant nach.

»Nichts weiter, Isabel. Was ist eigentlich mit Pius? Hat er sich aus dem Laufhaus gemeldet?«

Vierkants Gesicht verfinsterte sich. »Vorhin der Anruf. Das war Kollege Herkamer. Er wollte wissen, ob Pius bei uns ist, wegen einer Information, die er für seinen Fall dringend benötigt.«

»Er wird einfach etwas länger brauchen«, antwortete Demirbilek, in Gedanken bei seinem Sohn. Er bat Allah mit einem Gebet, das er aus dem tiefsten Innersten holte, um Verstand für Aydin. Mach keine Dummheit, mein Junge.

»Verhören wir Okcan und den Direktor?«

»Und die Sekretärin. Alle drei im Präsidium. Veranlasse alles Notwendige. Ich brauche eine Stunde für mich. Nachdenken.«

»In der Moschee?«

»Mal sehen.«

48

Der Abstecher in die Moschee fiel kurz aus. Zeki trank zwei Gläser *çay* und sah eine Weile lang arbeitslosen Männern zu, die im Aufenthaltsraum *okey* spielten, die türkische Variante von Rummikub. Nachdem er für den Tee eine in Okcans Stil hohe Spende in die Gemeindekasse geworfen hatte, verabschiedete er sich wieder, um bei einem Spaziergang einen klaren Kopf zu kriegen. Zu seinem Leidwesen trat die Ordnung in seinen Gedanken nicht ein, bis er in die Fraunhoferstraße einbog.

Sein Freund Robert hatte dort einen Antiquitätenladen, den er als Hobby betrieb. Der über Fünfzigjährige lebte bescheiden und war finanziell abgesichert. Lange vor Istanbuls Boomzeit hatte er dort eine Eigentumswohnung zu einem Spottpreis erworben. Durch die Mieteinnahmen konnte er es sich leisten, die Öffnungszeiten seines Ladens nicht allzu genau zu nehmen. Mittagspausen konnten sich bis Ladenschluss hinziehen, ein Kunde, der die Nase über seine konzeptlose Sammlung an Antiquitäten rümpfte, konnte sich schneller vor der Tür wiederfinden, als er in der Lage war, sich zu entschuldigen. Zeki bedeutete Roberts Freundschaft viel. Über alle Maßen schätzte er dessen Ehrlichkeit ihm gegenüber. Dabei war es einerlei, ob er Robert um Rat fragte, er bekam seine ungeschminkte Einschätzung, ob er wollte oder nicht.

Das geschah nahezu ausnahmslos beim *tavla,* das beide über alles liebten. Die klickenden Töne des Würfels auf dem Spielbrett regten Zeki an, frei zu assoziieren, wenn er bei komplizierten oder verwirrenden Zusammenhängen in einem Fall nicht weiterwusste. Oft setzte er sich über die Dienstvorschriften hinweg, um seine Gedanken mit Robert bei einer Partie zu teilen. Nie konkret, mit Nennung von Namen Beteiligter, vielmehr plauderten die Freunde locker über den Fall und nahmen dabei den Standpunkt und Blickwinkel eines Außenstehenden ein.

Genau ein solches Gespräch suchte Zeki jetzt, doch diskutierte Robert gerade mit einem auf Jung machenden Jeanstypen, der ihn offenbar mit Fragen über das genaue Herstellungsjahr einer Standuhr nervte. Der Szenenbildner wollte das Stück für einen Film erwerben. Sobald Robert seinen Freund in der Tür erblickte, verkündete er dem Interessenten, dass er die Uhr doch nicht verkaufen wolle. Nach einer hitzigen Diskussion komplimentierte er den Kunden hinaus und legte das Schild an der Schaufenstertür um, das in hundert Sprachen »geschlossen« verkündete. München war eine touristische Hochburg, die Vorkehrung machte aus Sicht des Antiquitätenhändlers Sinn.

»Robert, ich habe wenig Zeit.«

»Dann komm schon!«

Mit dem nächsten Zug, wenn das Würfelglück mitspielte, würde Robert das erste Spiel für sich entscheiden, sah Zeki kurze Zeit darauf voraus. Und so trat es ein. Er war nicht unglücklich darüber, als Robert – wie er es seit Jahren tat – den Gewinner in ein Schulheft notierte, das er stets in dem reich verzierten Spielbrett aufbewahrte. Eine Regel der geteilten Leidenschaft war es, erst bei der zweiten Partie mit einer Unterhaltung zu beginnen, wenn überhaupt. Hastig stellte Zeki seine Steine auf.

»Jetzt habe ich auch noch Jale zu den Ermittlungen hinzugezogen«, machte er sich Luft. »Sie hat im Café zwei Verdächtige belauscht.«

»Hauptsache, dein Sohnemann bekommt nichts mit. Schickst eine Schwangere in den Dienst, Zeki!«

»Jale hat zwei Kannen Tee getrunken, nichts weiter.«

Er war fertig mit dem Aufstellen der Steine. Seine nervösen Handbewegungen waren dem Antiquitätenhändler nicht entgangen.

»Wenn du das so siehst. Trotzdem nicht in Ordnung«, meckerte Robert weiter.

»Hoffe, du hast noch kein Hochzeitsgeschenk gekauft«, wechselte Zeki entnervt das Thema.

»Bin ich blöd und kauf was, wenn der ganze Laden mit Schätzen vollgestellt ist?« Robert schüttelte den Kopf. »Was ist mit Aydin? Kriegt er Muffensausen?«

»Schlimmer. Er hat sich in eine andere verliebt.«

Robert zuckte mit den Achseln. »Besser jetzt als danach.«

»Wer weiß«, versuchte Zeki, sich Mut zu machen, »vielleicht kommt er wieder zur Vernunft.«

Robert schwieg und würfelte. Ein Zweierpasch.

»Und wen jagst du zurzeit?«

»Ich habe keine Ahnung. Das ist mein Problem. Wenige Verdächtige, viele offene Fragen. Ein paar konnten wir aber gerade klären. Dank Jale. Sie ist unschlagbar, einfach unersetzlich.«

Mit einem Mal verdrehte Zeki die Augen. Dann schüttelte er den Kopf. Er hatte tatsächlich den türkischstämmigen Polizeibeamten, der Jale während des Mutterschutzes vertreten sollte, vergessen. Statt Jale hätte er genauso gut ihn als Bewährungsprobe in das Café setzen können.

»Spiel schon!«, forderte Robert.

Zeki würfelte und zog zwei Steine. »Ich habe einen Termin heute Morgen vergessen.«

»Kein Wunder, dir arbeitet ja nur noch die Hälfte deiner Frauen zu«, merkte Robert süffisant an. »Und jetzt sag mir, weshalb du so gar nicht bei der Sache bist. Selma, oder?«

Er nickte. »Sie kommt nach München.«

»Für ein ganzes Semester«, ergänzte Robert.

Robert war mit Selma befreundet. Dass sie ihn eingeweiht hatte, störte ihn nicht. Trotzdem maulte er: »Schon klar, dass sie es dir erzählt hat.«

»Du hättest ihr nur wieder einen Platz in deinem Ehebett angeboten.«

Zeki hob den Kopf. »Ich bin mit Derya zusammen.«

Robert verzog keine Miene. »Körperlich auf alle Fälle.«

»Was wird das, Robert?«

»Du bist hier, um zu spielen und zu reden. Genau das tun wir. Du bist dran, mach schon.«

Zeki besann sich darauf, bei seinem besten Freund zu sein, der einfache Wahrheiten mit einfachen Worten ausdrückte. »Derya ist eine gute Frau«, murmelte er, während er überlegte, wie er die Vier und die Zwei ziehen sollte.

»Natürlich ist sie das. Nur du nicht der richtige Mann für sie.«

»Woher willst du das wissen?«

»Weil ich dich kenne, Zeki. Lange genug. Weißt du noch, wer Frederike ist?«

Zeki senkte den Kopf. An Frederike, seine zweite Ehefrau, hatte er eine Ewigkeit nicht mehr gedacht. Die Ehe war von kurzer Dauer gewesen. Ein paar Monate, mehr nicht. »Was hat das mit Frederike zu tun?«

»Frederike war auch eine gute Frau, trotzdem hat sie sich von dir scheiden lassen.«

Als Berater in Herzensangelegenheiten war Robert nie zimperlich.

»Ich muss doch irgendwann von Selma loskommen.«

»Musst du.«

»Ja, muss ich! Und Derya hilft mir dabei.«

»Tut sie nicht. Du nutzt sie aus, mein Freund.«

»Das mache ich nicht.«

»Derya liebt dich, aber liebst du sie?«

Zeki wollte aus tiefstem Herzen mit ja antworten. Doch er konnte nicht. Sein Mund trocknete aus. Die Zunge blieb am Gaumen hängen.

Robert merkte, wie sehr er seinem Freund ins Innerste schaute. »Denk mal nach! Glaubst du, Selma kommt nach München, um an einer vor Geld stinkenden Privatuni elitäres Gesocks aus höheren Kreisen, egal, ob türkisch oder syrisch oder aus Kuwait oder sonst wo, zu unterrichten? Selma bestimmt nicht.«

»Sie kommt, weil Aydin heiratet und Vater wird. Sie wird Großmutter, Robert!«

»Dafür reichen eine oder zwei Wochen. Geburt, Hochzeit, zurück nach Istanbul. Sie bleibt aber mindestens drei Monate.«

»Worauf willst du hinaus?«

Robert stand auf und steckte die Hände in sein zerschlissenes Sakko. »Zeki, das geht seit Jahren jetzt so. Keine, ganz gleich, wie gut sie ist, hat eine Chance an deiner Seite, auch nicht Derya, weil du deine geschiedene Frau nicht aus deinem Dickschädel lassen kannst. Du willst es selbst nach sechs Jahren nicht wahrhaben.«

Zekis Kopf schwirrte. »Was heißt das jetzt? Meinst du, sie bleibt so lange, weil sie zu mir zurückwill?«

Robert bedachte seinen Freund mit einem mitleidigen Gesicht. »Nein, Zeki. Ich will darauf hinaus, dass dir Selma die Gelegenheit gibt, endlich mit ihr Schluss zu machen. Selma ist eine einfühlsame Frau. Sie weiß, wie sehr du leidest. Das ist deine Chance, Zeki. Du hast Selma drei Monate hier in der Stadt. Du wirst sie oft sehen und mit ihr sprechen, um ein für alle Mal zu klären und zu kapieren, dass eure Beziehung gescheitert ist.«

Zeki schluckte. Natürlich verschloss er die Augen vor der Realität nicht, er wusste und spürte, dass Selma nicht zu ihm zurückkehren wollte. Doch musste er deshalb die Hoffnung aufgeben, sie könnte es sich anders überlegen? Die drei Monate wollte er nutzen, um sich ihr wieder zu nähern, ihr zu zeigen, dass er sich geändert hatte. Dass er die Familie nicht mehr nur in der Theorie obenanstellte.

Sein bester Freund aber riet ihm gerade, Selma in seinem Herzen sterben zu lassen.

49

Osman Okcans Vernehmung kam nicht zustande, da er dem Zielfahnder im Gewirr eines Kaufhauses im Untergeschoss am Stachus entwischt war. Ob der Dolmetscher seine Beschattung bemerkt hatte, konnte der mit sich hadernde Beamte nicht sagen. Demirbilek beließ es dabei. Warum sich darüber auch noch aufregen?

Er ließ weiter nach Okcan fahnden und nahm Direktor Zeytin bei der Vernehmung in die Mangel. Vierkants einfühlsames Wesen war bei der Befragung seiner Sekretärin von Nutzen. Beide bestätigten unabhängig voneinander, was Cengiz im Café aufgeschnappt hatte. Direktor Zeytin ergoss sich in Rechtfertigungstiraden und wiederholte mehrmals, keine Anzeige erstattet zu haben. Demirbilek unterstellte ihm, dass er dem unbescholtenen Professor den Diebstahl in die Schuhe schieben wollte, nachdem er von dessen Tod erfahren hatte. Die Nichte und gleichzeitige Sekretärin dagegen versicherte tränenreich, dass sie das erste Mal in ihrem Leben etwas gestohlen habe. Die juristisch nicht verwertbare Tonaufnahme aus dem Café war wegen eines mehr oder weniger durchgängig schreienden Babys kaum zu gebrauchen. Die Frage, wo das Sponsorengeld abgeblieben war, das möglicherweise als Tatmotiv herangezogen werden musste, konnten die Verhörten nicht beantworten.

Genauso wenig fanden die Ermittler eine Antwort auf die Frage, wo Hauptkommissar Leipold steckte. Auf eine sich eigentümlich anfühlende Art und Weise war er seit Stunden telefonisch nicht erreichbar. Von verschwunden sein – davon wollte Demirbilek nicht sprechen. Er ließ Vierkant Leipolds Ehefrau anrufen und vorsichtig nach dem Verbleib von Pius fragen. Als Elisabeth Leipold sich Sorgen zu machen begann, übernahm Demirbilek das Telefonat. Die Notlüge, Isabel habe nichts davon gewusst, dass Pius sein Handy im Büro vergessen habe und bei Befragungen auf der Theresienwiese unterwegs sei, beruhigte sie fürs Erste. Vierkant dankte ihrem Chef für seine Hilfe – als Katholikin war sie nun mal nicht imstande, zu lügen. Zwar verhielt es sich bei denen, die an Allah glaubten, keinen Deut anders, auch bei Muslimen war es verboten, zu lügen. Dennoch hegte der türkische Kommissar die Hoffnung, der Allmächtige würde in seiner Großmut Verständnis für seine nicht allzu große Sünde aufbringen.

Demirbilek schickte zwei Beamte, um im Laufhaus nachzuforschen. Dort bestätigten mehrere diensttuende Frauen, dass der Kommissar mit der Lederjacke versucht hatte, Seraya zu sprechen, und zu ihrer Wohnung weitergezogen war. Auch dort suchten die Beamten nach ihm. Doch weder auf Klopfen noch Rufen hin wurde die Tür geöffnet. Von den Nachbarn kannte niemand die junge Frau gut genug, um zu wissen, wo sie sein konnte. Einen Mann mit Bierbauch und Lederjacke hatte auch niemand gesehen. Die Beamten brachen die Suche ab und kehrten ins Migra-Büro zurück. Demirbilek verordnete allen, sich keine Sorgen um den an Dienstjahren sehr erfahrenen Kollegen zu machen, und berief eine Besprechung am nächsten Morgen ein. Vierkant erhielt die Anweisung, Cengiz' Vertretung zu dem Termin zu holen. Nach bitten war dem Sonderdezernatsleiter nicht zumute. Dafür lief es nicht gut genug mit den Ermittlungen.

Gerade als er sich auf den Weg machen wollte, betrat ein junger Mann in dunkler Bundfaltenhose und Turnschuhen das Büro. Eben noch hatten sie von dem Schnurrbartträger gesprochen, den Chefin Feldmeier als Schwangerschaftsvertretung für Cengiz ausgesucht hatte. Ohne Schnurrbart und Nietenlederjacke wirkte der zuletzt als V-Mann eingesetzte Kollege wesentlich sympathischer.

Demirbilek setzte sich wieder.

»Ich habe heute früh zwei Stunden gewartet«, eröffnete der junge Mann das Gespräch.

»War mein Handy nicht an?«, wunderte sich Demirbilek ernsthaft. »Macht nichts. Dein proaktives Verhalten wird hiermit positiv festgehalten. Ich sieze in der Regel. Wenn mir ein Du entwischt, wie gerade jetzt, heißt das nicht, dass wir die besten Freunde sind. In Ordnung?«

»Tabii«, bestätigte der junge Mann auf Türkisch.

»Deutsch, bitte.«

»Natürlich, Chef.«

Er führt sich gut ein, schmunzelte Demirbilek in sich hinein, ohne dabei eine Miene zu verziehen. »Irgendwo in den Personalakten, die ich so ungern lese, steht sicher Ihr Name.«

Vierkant holte einen Stuhl und bot dem neuen Kollegen an, sich zu setzen.

Der Kollege dankte, blieb aber stehen. »Polizeioberkommissar Serkan Kutlar.«

»Setzen Sie sich, Serkan, du auch Isabel«, sagte Demirbilek zu Vierkant gewandt. »Sein Name passt zu uns. Serkan bedeutet so viel wie ›adliges Blut‹.«

Die beiden setzten sich vor Demirbileks Schreibtisch. Kutlar grinste zu Vierkant hinüber. »Im Osmanischen Reich war es auch eine Bezeichnung für ›Krieger‹.«

»Wie interessant«, lächelte Vierkant. »Isabel kommt von Elisabeth. Bedeutet so viel wie ›die Gott verehrt‹. Krieger können wir in unserer kleinen Abteilung weniger gut brauchen, ehrlich gesagt. Wir sind eine mehr ermittelnde, keine kriegführende Einheit. Den Chef sieze ich, Kollegen werden geduzt. Einverstanden?« Sie reichte ihm die Hand. »Isabel.«

Kutlar schüttelte sie. »Serkan.« Dann wandte er sich wieder an Sonderdezernatsleiter Demirbilek. »Sie wollten abklären, ob ich Ihren Anforderungen genüge.«

»Bei dem Namen?«, lächelte Demirbilek und erhob sich. »Isabel zeigt dir, wie das bei uns läuft.«

50

Leipold zog gerade die Unterhose an, als es an der Tür läutete. Seraya schlief eingemümmelt unter einem Berg flauschiger Decken. Sie wachte vom Läuten auf und gähnte, woraufhin Leipold ihr hastig den Mund zuhielt und ihr Zeichen gab, still zu sein. Es klopfte. Wortfetzen waren zu hören. Leipold erkannte die Stimmen der Zusatzbeamten, die offenbar auf der Suche nach ihm waren. Er blickte auf die Uhr in Serayas Küche und erschrak. Seit Stunden hielt er sich hier auf und war nicht erreichbar gewesen. Das Handy hatte er ausgeschaltet, nachdem abzusehen war, worauf das Zusammensein mit der Zeugin hinauslaufen würde.

Während das Klopfen und Rufen weiterging, verharrte Leipold regungslos und schwelgte in Serayas Gesicht. Sie war verschlafen und ungeschminkt besonders schön anzusehen. Das glänzende Nabelpiercing faszinierte ihn, und er hatte zusehen dürfen, wie sie für ihn Ringe in die durchstochenen Brustwarzen steckte, nachdem er die Löcher beim Liebesspiel entdeckt hatte. Die Wangen waren vom Schlaf leicht errötet und mit Härchen übersät, genauso wie ihre Beine. Für die unansehnliche Behaarung hatte sie sich entschuldigt. Während des Oktoberfestes war Zeit für gar nichts, auch nicht dafür, die ständig nachsprießenden Härchen zupfen zu lassen. Das Los einer türkischen Tochter, wie sie ihm lächelnd gestand.

Ohne Reue oder schlechtes Gewissen genoss Leipold in seiner Phantasie noch einmal das, was er erlebt hatte, wie Seraya auf raffinierte Weise verstanden hatte, ihm Lust und Befriedigung zu verschaffen. Sie war eine Professionelle durch und durch. Eine Spitzenkraft, die nicht gerade günstig sein würde. Nicht das erste Mal bezahlte er für Sex. Er überlegte, ob er genügend Geld bei sich hatte. Geräuschlos beugte er sich zu seiner Lederjacke auf dem Boden, um im Geldbeutel nachzusehen. Dabei streifte sein Blick abermals die Küchenuhr. Nach dem Verhör musste er unbedingt ins Büro und vorher zu Hause anrufen, um Bescheid zu geben, dass es später werden würde.

Da spürte er Serayas Hand auf seinem Rücken. Die kreisenden Bewegungen schmeichelten seinen Sinnen und seiner Seele. Er schloss die Augen und genoss die unerwartete Massage. Durch die Tür drangen die sich entfernenden Schritte.

»Du verdienst dir jeden Cent«, flüsterte er zufrieden.

»Zu Hause arbeite ich nicht, habe ich doch gesagt«, erwiderte sie leise.

Leipold öffnete überrascht die Augen. »Das geht nicht. Ich bezahle dich natürlich.«

Seraya machte weiter, während sie die Ohren spitzte. »Sie sind jetzt weg. Willst du noch mal?«

Amüsiert schüttelte Leipold den Kopf. »Danke, dass du mir das zutraust. Aber bei mir geht jetzt erst mal gar nichts mehr.«

Leipold zog sich weiter an. »Ich bin verdammt spät dran. Wenn der Zeki die zwei losgeschickt hat, wird es einen Grund geben.«

»Zeki? Wer ist das?«

»So was wie ein Kollege mit Cheffunktion. Manchmal mehr Münchner als Türke, manchmal andersherum.«

»Wenn er ein Chef ist, habe ich von ihm gehört. Wird er nicht Kommissar Pascha genannt? Hat sich im türkischen Milieu herumgesprochen«, meinte Seraya und schlüpfte in ihr Nachthemd.

Leipold war fertig angezogen, er rückte die Lederjacke zurecht. »Jetzt zieh dir was mit mehr Stoff an. Wir müssen noch reden. Scheiße, dass ich eingeschlafen bin. Sakrisch spät schon.«

»Da gibt es nicht viel zu reden.«

Seraya sprang aus dem Bett und huschte in das Badezimmer.

»Zu Hause muss ich unbedingt duschen«, sprach Leipold zu sich selbst und ging zur offen gebliebenen Badezimmertür.

Vor seinen Augen lupfte Seraya das Nachthemd und setzte sich auf die Kloschüssel. Diese Art der Intimität ging dem Kommissar, der sich wieder als solcher empfand, ein Stück zu weit. Er drehte sich unter Serayas Lachen weg.

»Du hast mich gerade gevögelt, aber beim Pissen kannst du mir nicht zusehen?«

Leipold zuckte mit den Achseln und eröffnete mit dem Rücken zu ihr die überfällige Vernehmung. »Du hast den Dolmetscher auf der Wiesn getroffen, stimmt doch?«

»Nicht getroffen. Tamer hat mich bestellt. Arbeit war das.«

»Okay. Bezahlte Wiesntour mit Okcan, gute Laune, du machst ihn mit dem scharfen Dirndl an und so weiter«, hakte Pius ungeduldig nach. »Dann seid ihr in die Lounge gefahren. Warum nicht ins Laufhaus, wenn du ihn arbeitsmäßig vögeln solltest?«

»Glaubst du, einer wie der geht in eine Absteige? Er hat euch doch bestimmt schon alles erzählt!«

»Langsam, Mädel. Nicht frech werden. Ich verhöre dich gerade.«

»Nachdem du mich wie ein Ochse gefickt hast«, stellte Seraya klar. Diesmal war kein witzig gemeinter Unterton in ihrer Stimme.

Leipold räusperte sich verlegen und vergegenwärtigte sich seine Situation, die ihm schlagartig bewusst wurde. Dass er mit einer Zeugin geschlafen hatte, war prekär und schlimm genug. Wenn sie obendrein behauptete, von ihm zu sexuellen Handlungen und Beischlaf gezwungen worden zu sein, würde Aussage gegen Aussage stehen. Am Ende würde er sich als Polizeibeamter mit seiner Version gegen eine Prostituierte durchsetzen, aber die Schlammschlacht nicht überleben. Nicht bei seiner Chefin und nicht bei seiner Frau. Scheiße, Pius, du Depp, was hast du angestellt?

Leipold hörte die Spülung und drehte sich zu ihr. Sie schlüpfte gerade in ein relativ züchtiges Kleid, das auf dem Wäschekorb lag. Dabei ignorierte sie den Polizeibeamten, warf einen kontrollierenden Blick in den Spiegel und ging an ihm vorbei zum Bett, um es in Ordnung zu bringen.

»Warte«, sagte Leipold und folgte ihr.

»Was willst du noch?«

»Hör zu. Ich bin im Dienst, verstehst du das nicht? Ich ermittle in einem Tötungsdelikt, steht ja überall in der Zeitung. Ein Toter auf der Wiesn passt niemandem in den Kram, verstehst? Ich bin hier, um dich als Zeugin zu vernehmen. Wenn ich es mir recht überlege, verhältst du dich aber gerade wie eine Verdächtige.«

Seraya drehte sich ruckartig zu ihm. »Na gut, ich sage aus. Aber du musst mir helfen, Pius. Okcans Bruder ist handgreiflich geworden und wollte mich vergewaltigen. Ich habe mich gewehrt und zugeschlagen, ein wenig zu fest und zu oft vielleicht. Das gebe ich zu. Aber als ich gegangen bin, lebte er noch. Das schwöre ich auf alles, was mir heilig ist.«

»Wo gegangen?«

»Aus dem Wohnmobil.«

Bevor Leipold genauer nachfragen konnte, schluchzte sie, hilfsbedürftig und verzweifelt wie eine Frau, die den Beistand eines starken Mannes brauchte. Leipold reagierte, wie sie es geplant hatte. Er kam zu ihr. Sie weinte an seiner Schulter weiter.

»Armes Ding«, tröstete Leipold sie im Glauben, die Situation zu seinem Vorteil gewendet zu haben. »Bestimmt hast du deshalb vorhin auch geweint. Warum sagst du mir das nicht gleich? Ich bin doch kein Unmensch.«

Der Kommissar konnte Serayas Gesicht nicht sehen. Zufrieden lächelte sie mit der Wange auf seiner Lederjacke. Sie hatte den Polizeibeamten so weit, dass er ihr aus der Hand fressen würde. Verabschiede dich von deinem Anteil, *kızım.* Das Geld ist es nicht wert, in den Knast einzufahren. Die bösen Clowns haben Okcans Bruder auf dem Gewissen. Nicht du. Genau das machst du Pius weis.

»Komm, wir setzen uns. Und du erzählst mir ganz genau, was passiert ist, ja?«, munterte Leipold sie auf.

Seraya beendete das Schluchzen und wischte die Tränen aus den Augen. Ihr Gesicht erhellte sich. »Hilfst du mir wirklich? Die beiden sind Freunde, die wollen mir den Mord anhängen.«

»Mord war das gar keiner, Dummerl«, beruhigte Leipold sie. »Totschlag höchstens. Ich helfe dir schon, komm jetzt, setz dich.«

Wieder schrillte die Türglocke. Leipold erschrak dieses Mal nicht, obwohl er allen Grund dazu gehabt hätte.

51

Am frühen Abend näherte sich Zeki der Weilerstraße, wo er seit über zehn Jahren lebte. Er spazierte das letzte Stück in der vagen Hoffnung, dass Jale und Aydin sich ausgesprochen und versöhnt hatten. Wenn nicht, was dann?, fragte er sich müde. Beim Treppensteigen in den zweiten Stock verbannte er die Ermittlungsarbeit aus seinen Gedanken und steckte den Schlüssel in das Schloss.

Seine Wohnung erwartete ihn mit lauter Musik. Wer auch immer da war, nahm keine Notiz davon, dass er nach einem langen, harten Arbeitstag heimkam. Musik ist ein gutes, kein schlechtes Zeichen, wies er sich an, um Ruhe zu bewahren. Vivaldi tönte. *Vier Jahreszeiten.* Welcher Satz durch die Wohnung schallte, wusste er jedoch nicht, obwohl er die Musik sehr mochte und oft hörte. Er schlüpfte in seine Schlappen und betrat die Küche.

Jales Platz auf dem Sofa war leer. Der Küchentisch war zur Seite gerückt. Aydin tanzte im Pyjama, dasselbe Modell, wie er ihn trug. Der klassisch gestreifte Schlafanzug, den jeder, der sich Türke nannte, tragen sollte, fand Zeki im Gedenken an seine Großmutter, die ihm das eingebleut hatte.

Das Violinsolo, das aus dem CD-Player tönte, interpretierte sein Sohn gerade zu einem Heavy-Metal-Gitarrenriff um. Zeki setzte sich auf die Tischplatte, die Stühle waren ihm zu weit in eine Ecke verräumt. Er versuchte nicht, zu ergründen, was gerade vor sich ging oder passiert sein musste, wenn Aydin sich mit Musik abreagierte. Das hatte er als Junge schon getan, wenn es Streit gab. Aydin hatte inzwischen seinen Vater bemerkt, hüpfte aber unbeirrt, versunken in Rhythmus und Melodie, weiter. Er war durchgeschwitzt und machte einen beseelten Eindruck. Woran lag das?, fragte Zeki sich. An der göttlichen Musik, oder hatte Allah seine Gebete erhört? Das Violinsolo ging zu Ende. Vivaldis Klassikschlager erfüllte weiterhin die Küche, während sich Aydin erschöpft neben seinen Vater auf die Tischplatte setzte.

»Wo ist Jale?«, fragte der Vater den Sohn.

Aydin hechelte, ohne eine Antwort zu geben.

Zeki stand auf und strich Aydin durch die Haare, der ihn für die Geste dankbar anlächelte. Dann schaltete er den CD-Player aus. In der Stille, die einsetzte, verspürte er Hunger. Er hatte den Tag über kaum etwas gegessen und öffnete den Kühlschrank.

»Ich ziehe aus, *baba*«, hörte er Aydin in seinem Rücken sagen.

Zeki glaubte, sich verhört zu haben. Er drehte sich nicht um, was er oft tat, einfach, um der Person gegenüber seine wahren Gefühle nicht preiszugeben. »Weißt du, was du da sagst?«, fragte er ruhig.

»Ich habe Jale alles erzählt, was ich auch dir heute Morgen gesagt habe.«

Zeki wandte sich Aydin zu. Die Kühlschranktür blieb offen. »Dann zieh aus mein Sohn und sag die Heirat ab. Ich mische mich in eure Beziehung nicht ein.«

Kaum hatte er die Worte von sich gegeben, donnerte er die Kühlschranktür zu und wollte die Küche verlassen.

»Jale will es so. Ich möchte bei ihr und dem Kind bleiben«, erklärte Aydin weiter.

Zeki blieb abrupt stehen und verarbeitete die Worte seines Sohnes, die in seinen Ohren ehrlich klangen. Allah hatte seine Gebete erhört. Aydin hatte sich für seine Familie entschieden, hatte einen Fehler gemacht, den er jetzt bereute. Alles andere würde sich fügen.

»Bist du dir sicher, dass du das willst?«, fragte er, wieder ohne sich umzudrehen.

»Ja, ich bin mir sicher«, hörte Zeki in seinem Rücken Aydins feste Stimme. Er glaubte ihm. Die Worte sprach er aus, als würde er einen Eid ablegen.

Ohne eine Erwiderung ging Zeki zu Jale, und Aydins Zimmer, in dem er seine beurlaubte Kollegin vermutete. Er atmete durch und klopfte an. Es war Deryas Stimme, die ihm antwortete: »Zeki, gleich. Jale zieht sich gerade um.«

Er trat einen Schritt zurück und wäre am liebsten aus der eigenen Wohnung geflohen. Wie kompliziert willst du es mir noch machen?, flehte er nach oben. Er legte die Hände auf das Gesicht und wusste in der Situation nichts anderes zu tun, als an den Fall zu denken. Eine gedankliche Übersprungshandlung, die ihn zu der Frage führte, warum er Leipold die Vernehmung einer entscheidenden Zeugin allein überlassen hatte. Er machte sich nun wirklich Sorgen. Es waren mittlerweile fünf Stunden ohne ein Lebenszeichen von ihm vergangen. Reiß dich zusammen, Zeki, befahl er sich. Du bist Familienvater, kein Teamvater. Leipold ist ein erfahrener Polizist, er weiß, was er tut. Jedenfalls meistens, korrigierte er sich und hob den Kopf, als sich die Zimmertür vor ihm öffnete.

Seine Ex-Frau, die in Istanbul sein sollte, trat auf den Flur und verschränkte die Arme über dem Bauch. »Jale hat sich hingelegt. Es geht ihr gut. Bitte, Zeki, reg dich nicht auf.«

Zeki sagte nichts, weil er vor lauter Überraschung, Selma zu sehen, nichts hervorbrachte. Zu stammeln verbot er sich. Diese Blöße wollte er sich nicht geben. Auch als Derya aus dem Zimmer trat und hinter sich die Tür schloss, blieb er stumm. Wie Selma verzog Derya die Mundwinkel zu einem Lächeln. »Jale braucht etwas Ruhe. Mach dir keine Sorgen, Zeki.«

Da standen nun die zwei Frauen, die unterschiedliche Nischen in seinem Herzen bewohnten, und lächelten ihn auf nahezu dieselbe Weise an. Warum lächeln Frauen, wenn ihnen zum Schreien zumute sein sollte?, fragte er sich und spürte, wie auch sein Gesicht von einem schiefen, unbeholfenen Lächeln überzogen wurde.

Wenigsten einer, der ehrlich ist, sagte er sich, als jäh Aydins Schluchzen aus der Küche drang.

Gleichzeitig riss Jale die Tür auf und schrie: »Verpiss dich, Aydin, du verdammtes Arschloch!«, und knallte die Tür wieder zu.

Derya und Selma, Schulter und Schulter, erschraken nicht bei dem Knall. Ganz anders Zeki. Er zuckte zusammen und war kurz davor, zu explodieren.

»Das geht seit einer Stunde so«, erklärte Derya. Sie drehte sich zu Selma, als wäre sie ihre beste Freundin. »Stimmt doch?«

Selma nickte. »Aydin ist mit den Nerven am Ende. Er hat mich nach eurem Gespräch heute Morgen angerufen, ob ich nicht kommen könnte. Wollt ihr Männer nicht einen Spaziergang machen? Aydin muss sich beruhigen. Eine Stunde vielleicht?«

»Wir Frauen kochen in der Zwischenzeit«, trug Derya zu dem Plan bei und blickte zu Selma, die ihre Idee gut fand.

Als sich die beiden Frauen Zeki wieder zuwandten, versuchte er, die Flucht zu ergreifen. Doch genau in diesem Moment trat Özlem aus dem Badezimmer, die ihren Urlaub mit den Freunden abgebrochen hatte, und hätte ihren Vater beinahe mit der Tür gerammt.

Immerhin ist die Familie jetzt vollzählig, rechnete Zeki nach, umarmte seine Tochter und floh zu seinem Sohn in die Küche.

52

Leipold kam mit dröhnenden Kopfschmerzen wieder zu Bewusstsein. Er wusste nicht, wo er sich aufhielt, noch wie viel Zeit vergangen war. Der Kopf schmerzte, als er ihn zu bewegen versuchte, um einen Anhaltspunkt zu finden, auf wessen billigem PVC-Boden er lag. Langsam streckte er die Beine von sich und wollte aufstehen, spürte aber, wie ihm die Kraft dazu fehlte, und blieb auf allen vieren sitzen. Ganz sachte hob er den Kopf. Er musste die Augen nach oben bewegen, um mehr als nur den Boden zu sehen. Sein Blick blieb an einer geschlossenen Wohnungstür hängen. Die kennst du doch!

Mit der flachen Hand rieb er sich vorsichtig den Schädel, dort, wo es am meisten weh tat. Verschmiertes Blut zeigte sich auf der Handfläche. Ein Fetzen Erinnerung fegte durch sein Gehirn. Ein Wiesnbesuch ohne Hau den Lukas war nicht vorstellbar, kam ihm in den Sinn. Wie bei der Jahrmarktsattraktion war etwas Metallenes auf seinen Kopf gehämmert. Jetzt erinnerte er sich an den Schlag, der ihn niedergestreckt hatte. Als die Erkenntnis einsetzte, ging es ihm etwas besser, da sein Gedächtnis die Erinnerung nicht mehr verweigerte.

Er war in Serayas Apartment aufgewacht. Bevor er niedergeschlagen wurde, war er im Begriff gewesen, sie zu verhören. Es hatte geläutet. Er hatte die Tür geöffnet, weil er glaubte, seine Kollegen, die nach ihm suchten, wären zurückgekehrt. Nach dem Öffnen der Tür ging alles rasend schnell. Ein Mann mit Maske stand einen halben Meter vor ihm im Hausgang. Zeit, zu reagieren, hatte er keine. Der Maskierte schlug mit voller Wucht sofort zu. Aber mit was hatte das hinterhältige Schwein zugeschlagen?, fragte er sich wütend. Dann erschrak er. Wo war Seraya?

Die pulsierenden Schmerzen erlaubten es ihm nicht, den Kopf über die Schulter zur Küche und zum Wohnraum zu drehen, um sich zu vergewissern, ob es ihr gutging. Es pochte und dröhnte im Schädel, als würden Gesänge und Musik aus allen Wiesnbierzelten zeitgleich sein wehrloses Gehirn malträtieren. Musst zum Arzt, eine Gehirnerschütterung wirst du haben, diagnostizierte er für sich.

An Aufstehen war nicht zu denken. Vorsichtig rutschte er auf dem Hosenboden in den Raum hinein. In der tristen, kleinen Küche befand sich Seraya nicht. Er drehte seinen Körper ein Stück weiter und entdeckte sie. Das hübsche Ding lag mit dem Rücken auf dem Bett in dem Kleid, das sie im Badezimmer angezogen hatte. Leipold rief leise ihren Namen, im Sitzen konnte er ihr Gesicht nicht sehen. Hatte sie sich hingelegt und ihn hier bewusstlos auf dem Boden zurückgelassen?

Den abwegigen Gedanken gab er auf, als er etwas Rotes auf dem Teppich neben dem Bett entdeckte. Dort, wo seine Lederjacke gelegen hatte. Eine schleichende, aus der Mitte seines Körpers kommende Angst stieg in ihm auf. Er schloss die Augen. Visionierte sich in seine Lieblingskirche, die Ludwigskirche bei der Universität, an der er oft vorbeifuhr, aber nie Zeit fand, in Andacht darin zu verweilen.

Jetzt kniete er direkt vor dem Altar und betete. Bitte, lieber Herrgott, lass das nicht Blut sein. Ich flehe dich an, erspare mir das. Lass diese Prüfung bitte an mir vorübergehen. Ich gelobe Besserung. Werde meiner Frau von jetzt bis zum Tag meines Ablebens auf immer treu und ergeben sein, wie es sich für einen guten Ehemann gehört. Bitte, lass die arme Seraya nicht tot sein.

Angst und Sorge um die türkische Prostituierte ließen ihn die Schmerzen ertragen. Irgendwie kam er auf die Beine. Der friedliche Eindruck der Frau im einigermaßen sittsamen Kleid bestätigte sich nicht beim Näherkommen.

Leipold schluckte und fasste sich an seinen Ohrring. Absolut unfähig, etwas zu denken oder zu tun.

53

Zeki hatte beim fluchtartigen Verlassen seiner Wohnung Aydin Bescheid gegeben und wartete vor der Haustür auf ihn. Er war froh über die paar Minuten, in denen er allein sein konnte. Die Gedanken in seinem Kopf schwirrten, sie zu bändigen schien unmöglich.

Nicht wegen Selmas überraschendem Besuch war er durcheinander, sondern weil er spürte, wie wenig es ihm ausmachte, ihr physisch nahe zu sein, noch dazu in der eigenen Wohnung. Im Kopf, trotz der Gefühle für Derya, war sie ohnehin immer präsent. Jetzt, da sie leibhaftig vor ihm gestanden hatte, fühlte er wenig. Zu wenig für die Gedanken, die er sich sonst um sie machte. Eine weitere Beobachtung irritierte ihn. Das Gefühl für Derya hatte sich geändert, als er sie neben Selma stehen sah. Hatte er nicht geglaubt, Derya nicht zu lieben? Wie Robert behauptete?

Seine Verunsicherung wuchs. In seiner Vorstellung brachte er Derya und Selma durcheinander. Wie kann das sein, Zeki! Selma kennst du, seit du denken kannst, du bist in Istanbul mit ihr aufgewachsen. Derya hast du etwa vor einem Jahr kennengelernt.

Wahrscheinlich lag es an dem Grund für Selmas unerwartetes Auftauchen. Dass sie kurzfristig aus Istanbul gekommen war, zeigte, wie ernst die Lage war. Das Familiendrama bei den Demirbileks mochte den Gang der Welt nicht ändern, beeinflusste aber das Leben der ihm wichtigsten Menschen. Zeki machte sich Sorgen. Sorgen um seine Familie und um sich selbst. In diesem

Zustand versuchte er, sich zu erinnern, wie seine Eltern bei schwierigen Situationen gehandelt hatten. Ihm fiel nichts ein, was vergleichbar gewesen wäre.

Aydin trat aus der Haustür; er hatte eine schwarze Jacke übergezogen, der Kragen war hochgekrempelt. Wortlos schritt Zeki los und gab damit den Weg vor. Vater und Sohn gingen gemächlich nebeneinander bis zur Hochstraße, wo sie den Fußweg nach unten zum Auer Mühlbach nahmen.

Am Bach hakte sich Aydin bei seinem Vater unter, der den Weg in Fließrichtung einschlug. Die Sonne war längst untergegangen. Noch hatte keiner von beiden das Wort ergriffen. Was gab es zwischen ihnen auch zu reden? Reden musste Aydin mit Jale. Reden musste Zeki mit Derya über seine merkwürdigen Gefühle für sie. Ob es Sinn hatte, mit Selma zu reden?, hing er seinen Gedanken nach, als sein Handy in der Jackentasche vibrierte. Zeki ging weiter. Aydin aber blieb stehen und löste den Arm. Vater und Sohn sahen sich in die Augen, bis Aydin zur Manteltasche nickte und Zeki den Anruf entgegennahm.

»Endlich, Pius, wo bist du?«

»Ich habe richtig, richtig Scheiße gebaut, Zeki …«

Leipolds Worte durchzuckten ihn wie ein Stromschlag. In seiner Stimme lag eine Schwere, die die Welt zu erdrücken schien. »Warte, Pius. Sag nichts! Warte! Vielleicht ist es besser, du behältst für dich, was immer es ist, was du mir sagen willst.«

Leipold schwieg.

»Denkst du nach?«

»Ja.«

»Mach das in Ruhe. In einer Minute rufst du wieder an.«

Zeki beendete das Gespräch und sah mit betroffener Miene an Aydin vorbei zu dem Bach, der im Schein der erleuchteten Fenster der angrenzenden Häuser funkelte. Der Sohn bemerkte die Sorgen im Gesicht seines Vaters.

»Ist was mit Pius?«

»Ja. Er ruft gleich wieder an.«

»Komm, wir gehen zurück. Ich fahre dich.«

»Aber …«

»Wenn Pius dich anruft, muss etwas passiert sein, bei dem nicht jeder Kumpel helfen kann. Er braucht seinen Freund.«

»Wir zwei wollten reden.«

»Für heute habe ich genug geredet, *baba*. Außerdem warten vier Frauen zu Hause …«

Leipolds Rückruf ließ Aydin verstummen. Zeki nickte seinem Sohn zu, hakte sich bei ihm unter und machte sich mit ihm auf den Rückweg.

»Pius? Soll ich kommen?«

54

Demirbilek ließ sich von seinem Sohn am Innsbrucker Ring in der Nähe der Adresse, die ihm Leipold genannt hatte, absetzen und schickte Aydin nach Hause. Der Wohnblock wirkte mit seinem Betoncharme wenig einladend. Kaputte Fahrräder standen und lagen kreuz und quer, weniger kaputte waren mit Schlössern abgeschlossen, die teurer als die Fahrräder selbst zu sein schienen. Aus nahezu allen Fensterreihen flimmerte das Blau der Fernsehapparate. Die meisten Parabolantennen waren in südliche Richtung zum Satellitensystem Türksat ausgerichtet.

Mit beklemmendem Gefühl erreichte Demirbilek den dritten Stock, konnte Leipold aber nirgends sehen und finden. Offenbar hatte sein Kollege mit der Beförderung zum Hauptkommissar sein ermittlungstechnisches Grundwissen vergessen oder in den unzähligen Bieren versenkt, die er in seinem Leben getrunken hatte, wetterte Demirbilek. Er wird doch nicht in Serayas Apartment sein? Er klopfte leise gegen die Tür, die umgehend aufgerissen wurde.

»Komm da sofort heraus! Du bist an einem Tatort, Pius«, flüsterte Demirbilek mit Blick auf die Frauenleiche, von der Leipold am Telefon erzählt hatte.

Mit einem Ruck zog er seinen Kollegen aus der Wohnung. Es zeigte sich, dass Leipold außer ihm niemanden verständigt hatte. Trotz Protesten verlangte Demirbilek von Leipold, das sofort nachzuholen. Seit seinem Anruf waren zwanzig Minuten vergangen. Die Suche nach dem Täter hätte längst auf Hochtouren laufen müssen.

Die beiden Hauptkommissare setzten sich auf den Treppenabsatz im Hausgang. Leipold erzählte sachlich, wie er beim Anblick der schönen Frau schwach geworden war und mit ihr geschlafen hatte. Demirbilek erfuhr auch, dass die Prostituierte ihn in der Schlierseestraße angerempelt und angesprochen hatte und damit aller Wahrscheinlichkeit nach Fleischauers Flucht ermöglicht hatte.

Inmitten des leise geführten Gespräches öffnete sich eine Wohnungstür, aus der eine blonde Frau in mittlerem Alter mit einer Zigarette im Mund schielte. Leipold hielt seinen Ausweis hoch, Demirbilek sparte sich die Mühe.

»Ich habe nichts gesehen und nichts gehört«, ließ die Frau die Beamten wissen und sperrte hinter sich ab.

Seraya stecke wohl mit dem Reiseunternehmer und dessen Freund unter einer Decke, machte Leipold weiter. Als Moralapostel verstand sich Demirbilek nicht, wollte aber wissen, wie er auf die hirnverbrannte Idee gekommen war, im Dienst mit einer Prostituierten zu schlafen, die er in einem Mordfall als verdächtig einstufte. Kleinlaut gestand Leipold, nach allen Regeln der Kunst verführt worden zu sein, erzählte von den Tränen, den aus dem Nachthemd hervorstechenden Brüsten, dem Nabelpiercing.

Mehr Details wollte Demirbilek nicht erfahren. Tränen hin oder her, Emotionen vorzugaukeln, gehöre schließlich zum Tätigkeitsprofil einer Liebesdienerin, meinte er nur und schob nach, Pius' Verhalten nicht gutzuheißen.

»Stellt sich für mich die Frage, ob du überhaupt im Dienst warst, als du mit ihr intim wurdest. Vielleicht hattest du eine späte Mittagspause, hast Besorgungen gemacht. Überstunden hast du ja genug, wolltest deine Ruhe, vielleicht hattest du Kopfweh? Kater von gestern, das glaubt dir jeder, so was in der Richtung.«

Verdutzt sah Leipold ihn an.

»Ich bin ein großer Freund einfacher Lösungen. Korrekt ist das natürlich nicht, aber unter den Umständen. Muss ich mehr sagen?«

»Nein, musst du nicht.«

»Gut. Jetzt lass hören, was die Tote ausgesagt hat. Oder hast du sie gar nicht verhört?«

»Warte mal«, stoppte Leipold ihn. »Warum hilfst du mir?«

Demirbilek war drauf und dran, ihm klarzumachen, dass sich eine solche Frage unter Freunden erübrige, wobei er genau genommen Leipold nicht als engen, eher als kollegialen Freund empfand und ihn als unfreiwilliges Mitglied seines kleinen Migra-Teams schätzte. Er war sein Chef und fühlte sich für ihn verantwortlich. »Weil ich nicht will, dass du wegen einer unverzeihlichen Dummheit wie dieser suspendiert wirst. Außerdem hat das deine Elisabeth nicht verdient. Das ist ja nicht das erste Mal.«

Leipold räusperte sich. Der Kloß im Hals wog schwer. Bei der Begebenheit, die Demirbilek ansprach, war Leipold tatsächlich als Privatperson in einen Mordfall in einem Bordell verwickelt gewesen. Zur Strafe hatte ihn der damalige Chef vorübergehend in Demirbileks Sonderdezernat versetzt.

»Unsere Ferner wird herausbekommen, dass das Opfer kurz vor ihrem Tod Verkehr hatte«, warnte Demirbilek. »Besser, du sprichst ein offenes Wort mit ihr.«

Sein Kollege drehte sich entsetzt zu ihm. »Warum? Das kann ja jemand anderes gewesen sein. Der Täter zum Beispiel.«

»Ach, Leipold, du bist wirklich durcheinander. Ferner ist verdammt gut in ihrem Job. Oder hast du auf dem Bett deine Spuren beseitigt? Sprich mit ihr. Also, hast du Seraya verhört oder nicht?«

»Doch, doch«, erwiderte Leipold. »Aber nur kurz, ich war mittendrin, als der Schweinehund kam und mich niedergestreckt hat.«

»Genau das stört mich, Pius«, nahm Demirbilek den Faden auf. »Der Maskierte klingelt. Erschrickt nicht, dass statt einer Frau ein dickbäuchiger Mann mit Lederjacke die Tür öffnet. Er schlägt sofort zu. Dann tötet er die Frau, auf die er es abgesehen hatte. Der Täter muss eiskalt sein und möglicherweise gewusst haben, dass jemand in der Wohnung ist.«

»Wenn schon«, meinte Leipold. »Die Frage ist, ob Serayas Ermordung mit unserem anderen Fall zusammenhängt, oder?«

Demirbilek nickte. »War es wirklich nur eine Person? Nicht zwei?«

Leipold zuckte mit den Achseln. »Denkst du an Fleischauer und den anderen? Gesehen habe ich jedenfalls nur einen.«

Die Kommissare schwiegen und lauschten einer Weile der Geräuschkulisse aus den Wohnungen. Leipold kramte den Schnupftabak aus der Hosentasche, überlegte es sich aber doch anders.

»Die Befragungen im Milieu überlasse ich lieber anderen. Seraya hat von einem Wohnmobil gesprochen. Könnte sein, dass der Professor auf der Freisinger Landstraße oder draußen an der Stuttgarter Autobahn ermordet wurde.«

»Zu weit weg, wenn du mich fragst. Die Leiche von dort zum Fundort auf die Wiesn zu bringen macht keinen Sinn. Aber in der Hansastraße stehen sie doch auch mit Wohnmobilen. Vernünftige Idee, die Befragungen Kollegen zu überlassen. Kutlar …«

»Wer ist das?«

»Der Neue bei der Migra, egal jetzt. Kutlar soll das übernehmen. Seraya hat also ausgesagt, dass Professor Okcan in einem Wohnmobil ums Leben gekommen ist?«

»Das nicht wirklich. Er soll sie in einem Wohnmobil vergewaltigt haben – hat sie mir unter Tränen gestanden, sie hat sich gewehrt.«

»Gewehrt? Im Wohnmobil? Bei der Arbeit? Die Frauen sind nicht alleine dort auf dem Straßenstrich. Wie geht das zusammen? Außerdem hat sie den Spuren nach den Professor halb totgeschlagen.«

»Ja, aber er soll noch gelebt haben, als sie mit ihm fertig war. Fleischauer und Schön wollen ihr den Mord anhängen, hat Seraya behauptet. Weiter bin ich mit der Befragung nicht gekommen.«

»In einem Wohnmobil«, dachte Demirbilek laut nach, als die Sirenen der Einsatzfahrzeuge durch das Treppenhaus drangen. »Was hast du in der Zeit gemacht, als das Handy aus war? Lass dir was einfallen.«

Leipold schnaufte laut. Dann standen beide auf, um die eintreffenden Kollegen zum Tatort zu führen.

Gerichtsmedizinerin Ferner wollte ihre Ruhe und verweigerte jedwede Stellungnahme, als Demirbilek nach zehn Minuten wissen wollte, ob sie schon was sagen könne. Hetze und Penetranz gingen ihr an diesem Tatort besonders gegen den Strich. Was wären die Herren Kommissare ohne die Zuarbeit der Tatortspezialisten? Nichts! Ohne Passgeber kein Tor, half sie Demirbilek auf die Sprünge und schickte ihn weg.

Der Sonderdezernatsleiter beauftragte Vierkant, die Befragung der Nachbarn durch die Einsatzkräfte zu organisieren. Kutlar schickte er los, um den Concierge zu holen, wie sich der Hausmeister der Anlage nannte. In der Zentrale erkundigte er sich, ob Fleischauer und Schön ganz oben auf der Fahndungsliste standen. Mit dem Telefon in der Hand überlegte er, ob er zu Hause anrufen und fragen sollte, wie sich die Dinge entwickelten, als er Ferner aus dem Haus kommen sah. Sie streckte die Arme von sich.

Demirbilek pfiff, um sie auf sich aufmerksam zu machen. Er hockte auf einem kaputten Fahrrad bei Leipold, der sich von einem Sanitäter auf dem Bürgersteig verarzten ließ.

»Stopp! Hört sofort auf!«, rief Ferner wutentbrannt. Sie rannte wie von einer Tarantel gestochen auf den Sanitäter zu.

»Was machst du da? Ist das eine Verletzung, die mit dem Mord da oben zusammenhängt?«

Leipold kam dem erschrockenen Sanitäter zuvor und klärte die Gerichtsmediziner darüber auf, vom Täter niedergestreckt worden zu sein.

»Das sagst du mir erst jetzt, Pius! Ja, spinnst du!«

»Mir hat er es gesagt, Sybille. Sieh ihn dir an, damit er verarztet werden kann«, griff Demirbilek ein.

»Tut nicht so, als wärt ihr Berufsanfänger in dem Job, Zeki. Was wird hier gespielt?«

»Wir spielen nicht, sieh dir jetzt den verletzten Kollegen an. Und nerv nicht.« Demirbilek schob einen türkischen Fluch hinterher.

Erbost bis in die Haarspitzen sprach Ferner in das Walkie-Talkie. »Schick mir jemanden, der Fotos machen kann.«

Dass Fremdverschulden vorlag, stand außer Frage, berichtete sodann die Gerichtsmedizinerin kurz und knapp. Sie hatte Erfahrung darin, von Männern hintergangen zu werden, was sich in Sprache und Gestik zeigte, die sie Leipold und Demirbilek gegenüber an den Tag legte.

Nach den Fotoaufnahmen untersuchte sie oberflächlich Leipolds Kopfverletzung und kam zu dem Schluss, dass es sich wahrscheinlich um dieselbe Tatwaffe handelte. Faustgroß und aus Metall. Alu, vielleicht Edelstahl. Ein Hammer konnte es wegen des Druckprofils, das sie auf Serayas zerstörter Nase fand, nicht sein. Die Tatwaffe hatte zackige Einkerbungen hinterlassen. Auf der Schädeldecke des Opfers war wegen der Haare kein Profil deutlich auszumachen. Wenn die Leiche kahl geschoren war, würde sie mehr dazu sagen können.

Leipold hatte ihrem Bericht mit zunehmend mürrischer Miene zugehört, wie Demirbilek bemerkte. Wohl um ihn noch weiter zu ärgern, gratulierte sie Leipold zur Güte seines bayerischen Dickschädels, der ihm das Leben gerettet habe. Wie sie aufgrund der Auffindesituation einschätzte, hatte der Täter bei Seraya zweimal zugeschlagen. Einmal traf er die Nase, wahrscheinlich weil sie sich abgewendet hatte, der zweite Schlag auf den Hinterkopf direkt von oben war tödlich. Was die Tatzeit betraf, ging sie davon aus, dass die Prostituierte seit mehreren Stunden tot war. Genauer konnte sie es noch nicht sagen. Stutzig machte die Gerichtsmedizinerin Leipolds Rolle in dem Szenario, weil auch sie mehrfach versucht hatte, ihn zu erreichen. Leipold schwieg auf die merkwürdig freundlich formulierte Frage, wo er gesteckt habe.

»Du warst weggetreten vom Schlag, oder?«, fragte Ferner.

»Ja, klar.«

»Logisch«, gab Ferner zweideutig zurück. »Dann sind wir ja fertig, die Herren Kommissare.«

Plötzlich verzog sich Leipolds Gesicht. Er überlegte noch mal kurz. »Jetzt fällt mir ein, was er in der Hand hatte. Der hat mich mit einem Fleischhammer fertiggemacht.«

»Mit einem Fleischhammer?«, fragte Demirbilek überrascht.

»Ja, ich habe das Ding auf mich zukommen sehen. Ist ja absurd.«

»Was ist daran absurd?«, fragte Ferner. »Die Frau war aus Sicht des Täters ein Stück Fleisch.«

»Und was war ich für ihn?«, wollte Leipold wissen.

Ferner grinste unmerklich. »Das behalte ich lieber für mich.«

55

Die zwei Freunde saßen in einer Obergiesinger Kneipe. Beim zweiten Bier kamen Fleischauer und Schön überein, dass die Wiesnaktion mit Osman Okcan nicht zu den Höhepunkten ihrer über zwei Jahrzehnte andauernden Freundschaft zählte. Die Krise mit Verwünschungen, Handgreiflichkeiten und Demütigungen war für die zwei mit einem Männergespräch aus der Welt geräumt. Geholfen hatten die Erinnerungen an die gemeinsamen Erlebnisse und Streiche aus den Kindertagen. Die Blutsbrüderschaft, die sie als Zehnjährige in Badehosen mit Glasscherben vom Isarstrand zelebriert hatten, lebte wieder auf.

Gerade lachten sie über das damalige Besäufnis mit geklautem Bier und Chips aus dem Supermarkt. Fleischauer bestellte eine weitere Runde bei der Bedienung. Für seinen Freund ein Helles aus der Flasche, für sich ein Pils vom Fass.

»Wir trinken aus, dann fahren wir und machen unsere Aussage«, nahm der Deutschtürke das Gespräch wieder auf.

Schön nickte und sog an seiner E-Zigarette. »Nach drei Halben willst du mit dem Auto zur Polizei, spinnst du?«

»Nehmen wir halt ein Taxi. Also, noch mal. Die werden uns bestimmt nicht zusammen verhören. Das muss sitzen!«

»Komm, Tamer. Hab's schon kapiert. Mach mich nicht nervös, ich sage schon das Richtige. Wir haben es ja oft genug durchgekaut«, maulte Schön.

Fleischauer wedelte zur Theke wegen der Bestellung. Der Wirt aber war auf etwas anderes konzentriert, er neigte den Kopf und bemerkte ihn nicht. Fleischauer wandte sich wieder an Bude. »Pass auf. Noch mal in Kürze, ohne Details. Das ist jetzt für mich. Du konntest schon immer besser auswendig lernen. Okay?«

»Ja, mach halt schon!«

Fleischauer konzentrierte sich. »Also, ich gebe zu, Seraya beauftragt zu haben, Osman Okcan zu verführen. Du hast sie im Laufhaus abgeholt, wir haben sie auf der Wiesn mit Okcan bekannt gemacht. Du bist loungegemäßig aus dem Schneider, weil du dem Papa beim letzten Wiesnansturm am Schießstand geholfen hast. Ich gebe zu, dass ich mit ihr und Okcan in der Lounge war, um Fotos zu machen. Den Cops gefällt bestimmt, dass ich den Dolmetscher erpressen wollte, wie er die Dirndlsexbombe vögelt. Aber es ist ja nichts passiert, weil er zu besoffen war. Seraya hat Okcans Bruder, also den Professor, in der Lounge getroffen. Ich habe Seraya zu dir ins Wohnmobil geschickt wegen der Aufwandsentschädigung, die sie von mir haben wollte. Ich war zu der Zeit schon zu Hause …« Fleischauer verstummte, die Kellnerin kam auf ihren Tisch zu.

Als sie die Getränke abstellte, machte sie einen Augenaufschlag, den Fleischauer missinterpretierte. Er bezog die schmeichelnde Geste auf sich, weil er zwischen den Fingern mit einem Zehner wedelte, als bezahle er eine Tabledancerin. Sie aber meinte den Chef, der ihn sprechen wollte.

»Bin gleich bei dir!«, rief Fleischauer dem Wirt zu, dann machte er weiter, während Schön sein Helles antrank. »Vergiss alles, was im Wohnmobil passiert ist. Vergiss die Scheiße, dass wir den Kerl für Seraya mit dem Pick-up zum Müllhaufen gefahren haben …«

Schön übernahm. »Seraya ist zu mir ins Wohnmobil gekommen, ich habe ihr die Aufwandsentschädigung gegeben …«

»Wie viel?«

»Die Hälfte. Fünfhundert. Danach ist sie wieder weg. Richtung Bavaria zur Hansastraße.«

»Ganz genau.«

»Mehr weiß ich nicht.«

»Mehr kannst du auch nicht wissen. Du hast den Bruder nicht in der Lounge gesehen. Der Rest ist uns wurscht. Hast du das Wohnmobil wirklich sauber gemacht? Die ganze Kotze …«

»Ja, doch!«

»Okay. Dann kann die Schlampe erzählen, was sie will. Wir zwei sagen dasselbe aus. Punkt. Aus. Fertig. Happy End.«

Fleischauer erhob sein Pils, stieß mit seinem Freund an und trank in einem Schluck aus. Mit einem Wohllaut quittierte er das süffige Pils. »Bin gleich zurück, ich muss mal für Sultane. Dann bestellen wir ein Taxi. Schau du mal nach, was der Wirt will.«

Beim Gang zur Toilette gab er dem Wirt ein Zeichen, gleich bei ihm zu sein, während Schön sich an der Theke aufbaute.

»Und Dieter? Hast was zum Lachen?«, fragte er den Wirt erwartungsvoll.

»Eher weniger. Ist vielleicht besser, wenn ihr euch zwei vom Acker macht.«

Schön hüpfte auf der Stelle hoch, um den Oberkörper über die Theke zu beugen. Der Wirt zeigte seinen Gästen gerne witzige YouTube-Filmchen, die die Welt nicht brauchte. Schön warf einen Blick auf den Monitor. Seine gute Laune verflüchtigte sich sofort. Ungläubig fokussierte er die Fahndungsfotos auf der Website des Münchner Polizeipräsidiums, bis ihm schwindelig wurde.

Beim panikartigen Umdrehen stieß er einen Gast um, ließ ihn liegen und ergriff die Hand seines Freundes, der gerade aus der Toilette zurückkam.

Auf dem Bürgersteig vor dem Lokal verlor Fleischauer die Geduld. »Scheiße, Bude, was ist denn?«

Ein Streifenwagen fuhr neben den Trambahngleisen den Nockherberg hoch. Schön zog seinen Freund Richtung Zugbrücke, um dort auf den Fußweg am Bergsteig abzubiegen. Wohin er wollte, wusste er nicht, Hauptsache weg.

»Was ist passiert? Was hat der Dieter dir gezeigt?«, wollte Fleischauer endlich wissen.

»Wir müssen abhauen. Lass uns das Geld aus dem Schreberhäuschen holen und verschwinden.«

»Warum denn?«

Ein Containerzug polterte die Gleise entlang. Schön wartete ab, bis die kreischenden Fahrgeräusche verebbt waren.

»Weil Seraya tot ist. Sie ist ermordet worden.«

»Was redest du da für einen Blödsinn? Wie tot?«

»Tot halt! Die Polizei fahndet nach uns! Mit Fotos! Das ist ein Wahnsinn!«

Fleischauer fiel etwas ein. »Tot sagst du?«, wiederholte er leise. Sein Gesicht veränderte sich. Trauer über Serayas Tod kam weder bei ihm noch bei seinem Freund auf.

»Was ist?«, fragte Schön.

»Der Dolmetscher hat mich angerufen, er wollte wissen, was los war, nach der Scheiße da in der Lounge. Ich dachte schon, er hat im Vollrausch vielleicht doch mitbekommen, wie ich ins Hotelzimmer geschlichen bin und die Kohle aus dem Safe geholt habe. Hat er aber nicht. Ich habe ihm dasselbe erzählt, was wir der Polizei verklickern werden. Dass Seraya seinen obergescheiten Bruder niedergesemmelt hat.«

»Aha«, stutzte Schön.

»Denk mal nach! Seraya ist jetzt tot.«

Fleischauer fing zu lachen an, als würde er den Verstand verlieren. »Okcan hat sie umgebracht. Ist doch logisch! Ja, kapierst du nicht, was das für uns bedeutet?«

Schön verstand immer noch nicht. »Die Polizei sucht uns wegen Mordes, und du lachst deppert herum!«

Sein Freund schüttelte den Kopf. Schön brauchte einfach

manchmal etwas länger. »Also, ich habe Seraya nicht auf dem Gewissen. Du?«

»Spinnst du! Bin doch kein Mörder!«

»Na also. Unsere Geschichte, die wir der Bullerei erzählen, hört auf, wenn Seraya aus der Lounge geht. Verstehst du? Wir brauchen nichts vom Wohnmobil auszusagen.«

Schön tat sich schwer, seinem Freund zu folgen.

»Mensch, Bude, denk nach. Es weiß niemand außer uns, dass wir mit Seraya im Wohnmobil waren! Uns kann nichts mehr passieren. Das Beste ist, wenn wir Bock dazu haben, nehmen wir den Dolmetscher aus.«

»Wie?«

»Wie wohl? Okcan weiß von mir, dass Seraya seinen Bruder niedergeschlagen hat. Nur ein Wort darüber zur Polizei und der Scheich landet im Knast.«

Fleischauer strahlte seinen Freund an, der endlich verstand, dass Tote keine Aussage machen konnten.

56

Es war spät geworden, als sich der Aufmarsch an Einsatzfahrzeugen und Beamten am Innsbrucker Ring auflöste. Die beiden Kommissare verabschiedeten sich und traten jeder für sich den Heimweg an. Demirbilek spielte mit dem Gedanken, mit Leipold trotz vorgerückter Stunde ein Bier trinken zu gehen, ließ es aber, weil er merkte, dass er sich vor den familiären Problemen zu drücken versuchte.

Gegen ein Uhr morgens betrat er wieder seine Wohnung. Dieses Mal herrschte Stille. Keine Musik, keine Stimmen aus der Küche – bei vier Frauen unvorstellbar, meldete seine paschaeske Haltung –, auch kein tanzender Sohn, der ihn erwartete. Die Stille kribbelte besorgniserregend über seine Haut. War etwas passiert? Wo waren Selma, Özlem und Derya? Nach den Gerüchen in der blitzsauberen Küche hatte es in Öl gebratene Auberginen mit Knoblauchsoße gegeben. Wahrscheinlich noch *pilav,* Reis mit angebräunten Reisnudeln, der auch ohne weitere Zutaten schmeckte. Wäre er beim Abendessen dabei gewesen, hätte es Fleisch dazugegeben. Sein Magen meldete sich knurrend. Wo waren alle?

Suchend blickte er sich um und entdeckte seinen Pyjama und seine Bettdecke auf dem Sofa, das tagsüber während der letzten Wochen Jales Stammplatz gewesen war.

Trotz bohrender Neugier verzichtete er darauf, in Jales und Aydins Zimmer nachzusehen. Dennoch blieb er davor stehen und lehnte seine Stirn gegen die Tür. Er schloss die Augen, Vater und angehender Großvater wünschten sich, dass die beiden nach dem Streit und der Aufregung friedlich und versöhnt schliefen.

Bedenken, in sein eigenes Schlafzimmer zu gehen, hatte er trotz des für ihn gerichteten Schlafplatzes nicht. Vorsichtig drückte er die Klinke nach unten und blieb in der Tür stehen. Nach einem kurzen Schreck musste er schmunzeln.

Gleich darauf machte er sich im Badezimmer für die Nacht fertig und ging den nächsten Arbeitstag durch. Tamer Fleischauer und Dirk Schön waren in einer Kneipe keine zehn Minuten von seiner Wohnung entfernt von Streifenpolizisten aufgegriffen worden. Demirbilek hatte den Neuen zusammen mit einem Zusatzbeamten beauftragt, die zwei Verdächtigen dem Haftrichter vorzuführen. Aufgrund der Indizienlage und dem Umstand geschuldet, dass beide Zeugen schwer betrunken waren, ordnete der Richter die Untersuchungshaft an. Die Vernehmung war für acht Uhr früh festgesetzt. Die Freunde, sagten ihm Bauch und Kopf, hatten mit dem Ableben von Professor Hassan Okcan etwas zu tun. Ob sie Seraya, die den schönen Namen Melek Sevmez trug, auf dem Gewissen hatten, vermochte er nicht einzuschätzen. Zu viel Bauchgefühl konnte auch hinderlich sein. Die Verhöre würden hoffentlich die Fakten zutage bringen, für die er und sein Team bezahlt wurden. Als Ermittler waren sie Sammler von Tatsachen, Beweisen, Spuren, forensischen Wahrheiten, Zeugenaussagen, Schlussfolgerungen und Geständnissen.

Wegen Leipolds Erinnerung an *einen* Maskierten, der ihn niedergeschlagen und Seraya getötet hatte, ließ sich in der Theorie der Fall bilderbuchmäßig aufklären. Denn der dritte, am schwersten zu durchschauende Verdächtige, war zwischenzeitlich ebenfalls gefasst worden. Demirbilek hatte Vierkants Freundin Sabinchen von der Fahndungsabteilung beauftragt, die Schließfächer am Ostbahnhof zu bewachen. Und tatsächlich tauchte ein Mann auf, der Gepäck und FC-Bayern-Einkaufstüten holte, um sie Okcan am Bahnsteig zu überreichen. Für den Abholdienst hatte der Dolmetscher dem Fremden zwei Hunderter versprochen. Bei der Festnahme fanden sie bei ihm ein Flugticket von Frankfurt nach Istanbul.

Für wie dumm hielt Okcan ihn und die bayerische Polizei, dass er glaubte, auf die dreiste Weise entwischen zu können? Mit schelmischer Genugtuung hatte er sich für den Verdächtigen etwas Besonderes überlegt und Vierkant mitten in der Nacht ins Büro geschickt, um das Verhör vorzubereiten.

Während er seine Zähne putzte, erinnerte ihn das Antlitz des müden Mannes im Spiegel an seinen Großvater, der schuld an seiner Marotte mit den Stofftaschentüchern war. Als Kind hatte ihm sein vor Jahren verstorbener *dede* über Tage hinweg mit ein und demselben Taschentuch die Nase geputzt oder, noch schlimmer, das Gesicht mit dem rotzverschmierten Stoff sauber gewischt. Deshalb trug er jeden Tag drei frische Stofftücher bei sich.

Es war ihm nicht bewusst, obwohl er es im Spiegel sehen konnte, dass er mit dem Zähneputzen aufgehört hatte. Die Bürste klemmte im geschlossenen Mund. Bilder aus Istanbuler Kindertagen ersetzten wie eine Projektion sein Spiegelbild. Wie schnell hintereinandergeschnittene Filmbilder tauchten Erinnerungen auf. Fußballspiele auf der Straße, heimliche Treffen mit Selma im Luna Park, einem ohne Bier auskommenden Jahrmarkt, der erste verklemmte Kuss auf Selmas Mund nach einem Muschelbrot unter der Galatabrücke. Schwüle Tage in Fatih an der Hand seines Großvaters. Sein Beschneidungsfest. Der alte Mann im Tanz mit seinem Vater. Er als Junge unter der Decke mit Schmerzen vom frischen Schnitt. Diese Prüfung zu bestehen war ein Leichtes gewesen. Er musste einfach nur tapfer sein und die Zähne zusammenbeißen. Auch jetzt wollte er tapfer sein, da es Allah gefiel, ihm eine weitaus schwerere Prüfung aufzuerlegen.

Was nur sollte er machen, wie mit der verfahrenen Situation umgehen? Er hatte gesehen, wie Selma und Derya gemeinsam in seinem Doppelbett lagen. Beide selig schlafend, als seien sie immer schon beste Freundinnen oder Schwestern.

Er wollte gar nicht wissen, wie es dazu kommen konnte. Allah, flehte er, was willst du mir damit sagen?

DRITTER TAG
NACH DER WIESN

57

»Setzen Sie sich, Herr Okcan«, bat Vierkant höflich.

»Bist ein Wiesnprofi, bravo, Bude!«, machte sich Leipold lustig.

Die Stimmen dröhnten beinahe gleichzeitig aus den Lautsprechern. Demirbilek hörte sie im Nebenraum auf der Überwachungsanlage. Die kristallklaren Bilder auf den zwei Monitorpaaren lieferten Kameras mit unterschiedlichen Perspektiven aus den Verhörräumen. Mit den Händen hinter dem Kopf beobachtete der Sonderdezernatsleiter die parallel verlaufenden Vernehmungen.

Vierkant befragte Okcan in einem fensterlosen, nüchtern eingerichteten Zimmer mit zwei Stühlen, einem Tisch mit Mikrophon und Aufnahmegerät. Zwei Pappbecher mit Wasser standen wie hindrapiert darauf. Neonlicht von der Deckenlampe sorgte für kühle Lichtstimmung.

Zu Vierkants Sicherheit hatte Demirbilek zwei attraktive Beamtinnen an der Tür postiert, die auf der Monitorscheibe mit Holster an der Seite wie Fetishgirls aus einem Erotikmagazin wirkten. Er verfolgte grinsend, wie die uniformierten Frauen den

Dolmetscher zurück auf den Stuhl pflanzten, weil dieser entrüstet aufgesprungen war. Demirbilek hatte seine Oberkommissarin beauftragt, für den Verdächtigen ein anderes Möbel zu organisieren, dessen Sitzhöhe über ihren Stuhl ragte. Okcan war umgeben von zwei aufreizenden Polizistinnen und Vierkants Ausschnitt, in den er schauen musste beziehungsweise durfte, ob er das nun wollte oder nicht.

Mit einem Gähnen wandte sich Demirbilek zu dem anderen Monitorpaar. Die Müdigkeit rührte vom unruhigen Schlaf und vom frühmorgendlichen Weckerläuten. Er hatte sich vom Sofa gequält, eine deutliche Nachricht hinterlassen, alle Familienmitglieder am Abend sehen zu wollen, und war ohne Frühstück zum Präsidium aufgebrochen. Erst die Arbeit, dann der Versuch, die familiären Verhältnisse zu klären, hatte er sich seine Vorgehensweise zurechtgelegt. Von einem gemeinsamen Frühstück wäre er nicht rechtzeitig losgekommen, da war er sich sicher gewesen. Außerdem sah er sich weder geistig noch körperlich imstande, mit Selma und Derya an einem Tisch zu sitzen.

Zeitgleich mit Vierkants Verhör ging es bei Leipold weniger turbulent zu. Fleischauer und Schön hatten sich bereits Einzelverhören unterzogen, bei denen sie nahezu dasselbe ausgesagt hatten.

Nun saßen beide vor Leipold in dem Spezialverhörraum, dessen Ausgestaltung auf einer von Demirbileks Ideen beruhte, die er gegen alle Bedenken und Vorschriften durchsetzen konnte. Der wie eine Suite wirkende Raum hatte ein Fenster, durch das die Frühsonne schien. Er war gemütlich eingerichtet, mit Stehlampen, einem Sofa – auf dem Demirbilek hie und da Mittagsschlaf hielt –, einer Kaffeetheke samt Knabbereien. Wie das Obst in der Schale, das Demirbilek bei Vierkant in Auftrag gegeben hatte. Die Verdächtigen waren gezeichnet von der Nacht auf der Pritsche in Untersuchungshaft. Beide waren betrunken gewesen, als sie von einer Streife in der Obergiesinger Kneipe gefasst worden waren. Kater und Schlafmangel zeichneten ihre Gesichter. Auf das rechtlich zustehende Frühstück in der U-Haft hatten sie verzichtet und gierten mit hungrigen Mägen auf die Birnen, Äpfel und Mandarinen. Als Schmankerl hatte sich Leipold überlegt, die Kaffeemaschine defekt sein zu lassen. Ohne Kaffee am Morgen würden sich die beiden verkaterten Verdächtigen um Kopf und Kragen reden, sagte er siegessicher voraus.

Leipold wählte nach sorgsamer Überlegung einen Apfel aus, nahm die beiden ins Visier und folgte weiter seinem Plan, den bayerischen Grantler zu markieren. Der Menschenschlag war nicht immer mürrisch und ablehnend.

»Nehmt halt, wofür ist das Obst sonst da? Zahlen ja wir als Steuerzahler schließlich, oder?«

Demirbilek blickte wieder zu dem Monitorpaar, das Vierkants Verhör übertrug. Wäre Cengiz nicht in Mutterschutz, hätte er nicht seine niederbayerische Kollegin mit Okcans Vernehmung beauftragt. Da sie die einzige Frau im Team war, konnte er nicht anders, hatte er ihr in der Nacht zuvor eröffnet und sie gebeten, etwas Schickeres als sonst im Dienst zu tragen. Vielleicht die nette, leicht durchsichtige Bluse, die sie bei ihrem Vorstellungsgespräch anhatte, schlug er ihr vor. Dass er sich überhaupt daran erinnerte, überraschte Vierkant. Trotz der wenig schmeichelhaften Worte fühlte sie sich sexuell nicht belästigt. Verletzt in ihrer Weiblichkeit fühlte sie sich jedoch schon und warf ihrem Chef einen durchdringenden Blick zu. Pascha, schimpfte sie ihn.

Umso erfreuter war Demirbilek, Vierkant nicht in der Bewerbungsbluse zu sehen, sondern in einem für herbstliche Verhältnisse zu luftigen Kleid, das knapp bis über die Knie ging. Sichtlich fühlte sich seine Kollegin mit den zu neckischen Zöpfen geflochtenen Haaren wohl. Sie strahlte vor Selbstbewusstsein.

Auf den Gedanken, Vierkant in das Rennen zu schicken, war Demirbilek gekommen, weil er hinter der freundlichen, großzügigen Masche des Dolmetschers einen ganz anderen Charakter vermutete. Jemand, der auf der ganzen Welt Trophäen in Form heimlich und anzüglich fotografierter Frauen sammelte, musste krankhaft voyeuristische Züge haben. Er wollte ihn mit dem Anblick einer freizügig gekleideten Polizistin aus der Reserve locken, ihn gedanklich ablenken und zu unüberlegten Äußerungen verleiten. Vierkant wusste, was er von ihr erwartete.

»Ich will mit dem türkischen Kommissar reden. Nicht mit Ihnen«, hörte Demirbilek Okcan aus dem Lautsprecher sagen.

»Dürfen Sie gleich. Sie kennen ja die Herren Fleischauer und Schön und Frau Sevmez. Sie waren gemeinsam auf der Wiesn.«

»Wie oft soll ich es denn noch wiederholen? Ja, ich war mit ihnen dort! Wenn Frau Sevmez diese Seraya ist.«

»Melek Sevmez. Sie hat unter dem Namen Seraya als Prostituierte gearbeitet.«

»Das wusste ich nicht, als sie mir vorgestellt wurde.«

»Sie wunderten sich aber nicht, weil Sie es ihr angesehen haben, wie mir mein Chef gesagt hat.«

Okcan nickte.

»Haben Sie mehr Fotos von Seraya für Ihre Sammlung gemacht, außer das beim Einsteigen in das Auto?«

»Nein, ich kann mich jedenfalls nicht erinnern. Sie haben den Fotoapparat, sehen Sie nach.«

»Haben wir.«

»Und?«

Vierkant ignorierte die Frage, eine Technik, die sie Demirbilek abgeschaut hatte. Es machte die Befragten mit der Zeit unsicher, Gegenfragen unbeantwortet zu lassen. Unbeantwortetes nagte, fraß sich ins Gehirn wie ein ungelöstes Rätsel, belegte Kapazitäten, die Schuldige zum Lügen und Vertuschen brauchten. Die Konzentration ließ nach.

Vierkant legte mehrere Tatortfotos vom Opfer auf den Tisch, das mit einem Fleischhammer erschlagen worden war. Ferner hatte bei der Obduktion die vermutete Tatwaffe bestätigt. »Nicht schön, wie Seraya da im Bett liegt, oder?«

Okcan warf einen flüchtigen Blick darauf, dann rutschte er auf dem Stuhl zur Seite, um nicht die blutüberströmte Leiche vor Augen haben zu müssen. »Warum muss ich mir das ansehen?«

»Weil wir nach dem Täter suchen. Wir gehen von einem Mann aus.«

»Und was ist mit dem Mörder meines Bruders?«

»Bei Professor Hassan Okcan gehen wir nicht von einer Tötungsabsicht aus. Demzufolge reden wir von Totschlag. Genau genommen wurde Ihr Bruder nicht ermordet …«

Okcan sprang abermals vom Stuhl auf, diesmal setzte er sich jedoch wieder, bevor die Beamtinnen eingriffen. »Ich habe seine Leiche in der Pathologie identifiziert, er wurde totgeschlagen. Für wie blöd halten Sie mich?«

»Für blöd genug, dass Sie Frauen nachstellen und ekelhafte Fotos machen, von denen die Frauen nichts wissen. Ich bin sicher, auf Ihrem Computer zu Hause oder im Büro würden wir Schnappschüsse aus Toiletten, Umkleidekabinen, Bädern und sonst wo finden. Einem wie Sie, verzeihen Sie, wenn ich direkt werde, traue ich so ziemlich alles zu. Zum Beispiel, eine Prostituierte zu erschlagen. Sie waren mit Melek Sevmez in der Lounge. Was war los? Wollte sie nicht mit Ihnen?«

Demirbilek fand es großartig, wie Vierkant die Behauptung im Stile einer Pastorin mit sanftmütigem Timbre in der Stimme unterbreitete. Okcan verzog erst keine Miene, was den Kommissar stutzig machte, dann zeigte er doch noch eine Reaktion. Er strich sich über das Kinn, lächelte breit und sah unverhohlen in Vierkants Ausschnitt. Demirbilek war beeindruckt, wie seine Kollegin dem lüsternen Männerblick standhielt.

»Sie wollte schon, ich konnte aber nicht, weil ich zu betrunken war«, gab Okcan schließlich von sich.

»Ach wirklich? Seraya wollte schon, Sie konnten aber nicht. Sind Sie mit der Absicht in die Lounge gefahren, mit dem Opfer Geschlechtsverkehr zu haben?«

»Wahrscheinlich. Ich weiß es aber nicht mehr. Und bitte, was hat das mit dem Tod meines Bruders zu tun?«

Innerlich applaudierte Demirbilek, weil seine Mitarbeiterin die Frage nicht beachtete.

»Also, wie nun? Hatten Sie Verkehr mit Seraya oder nicht?«, insistierte Vierkant.

»Nein, glaube ich jedenfalls.«

»Vielleicht Ihr Bruder? Er war in der Lounge, wie wir wissen.«

»Ja, und?«

»Das Opfer verdiente mit sexuellen Dienstleistungen seinen Lebensunterhalt. Sie sind und Ihr Bruder war ein Mann im besten Alter. Warum nicht?«

»Stimmt, warum nicht? Aber ich zahle nicht für Sex. Habe ich in meinem ganzen Leben nicht gemacht.«

»Komisch, aus der Lounge gibt es keine Fotos. Warum eigentlich?«

Okcan richtete sich auf dem Stuhl auf. »Gut, dass Sie das fragen. Ich habe darüber nachgedacht. Ich wollte tatsächlich Fotos machen, war aber nicht mehr in der Lage dazu. Seraya hat mir den Apparat aus der Hand genommen.«

»Ja?«

»Mein Bruder muss ihn eingesteckt haben. So muss es gewesen sein. Ich war nicht mehr auf der Wiesn nach der Lounge.«

»Das sagten Sie meinem Chef gegenüber bereits. Bitte, Herr Okcan, machen Sie sich keine falschen Hoffnungen, wenn ich Ihnen damit schmeichele, Sie für einen attraktiven Mann zu halten. Dass Sie für Sex nicht zahlen, ist löblich. Nur, was machen Sie, wenn eine Frau nicht will, Sie aber schon?«

»Hören Sie auf damit! Ich hatte nichts mit ihr. Ich war auf der Wiesn, ich war betrunken, sie trug ein sexy Dirndl, aber ich war besoffen!«

»Ja, das Wiesnbier. Schmeckt einfach viel zu gut.«

Vierkant stand nun auf und verschränkte die Arme. »Wenn ich Sie mir ansehe, Herr Okcan, kann ich mir schwer vorstellen, dass Sie Seraya getötet haben. So brutal sind Sie nicht, nicht wahr?«

Okcan nahm einen Schluck Wasser. »Das bin ich natürlich nicht. Außerdem, warum sollte ich das tun? Ich kannte die Frau kaum.«

»Gut reagiert. Sie sprechen das Motiv an. Haben Sie eines?«

»Ich sage jetzt nichts mehr, bis mein Anwalt kommt. Außerdem bin ich türkischer Staatsbürger …«

»Der auf deutschem Hoheitsgebiet vernommen wird. Falls Sie mit Kontakten zur türkischen Botschaft brillieren wollen, sparen Sie sich die Mühe. Mein Chef geht mit dem Kulturattaché jeden letzten Freitag im Monat in die Moschee zum Beten. Und noch etwas, Herr Okcan. Erlauben Sie mir den Hinweis, dass uns – vor allem meinem Chef – vollkommen einerlei ist, welche Fahne auf Ihrem Pass weht.«

»Wo bleibt denn eigentlich mein Anwalt?«

»Er kommt schon noch. Wollen Sie vielleicht einen Kaffee?«

»Nein, danke. Ich bestehe auf einer Pause, um zu beten.«

Vierkant deutete zum Fenster. »In der Richtung liegt Mekka.«

58

Demirbilek pfiff anerkennend durch die Zähne. Was war nur mit seiner zurückhaltenden, auf Harmonie bedachten Kollegin über Nacht geschehen? Sie blühte regelrecht auf. Außerdem log sie, auch etwas, was nicht zu ihr passte. Demirbilek war ein einziges Mal mit dem Kulturattaché beim Freitagsgebet gewesen.

Vorsorglich hatte Demirbilek die Chefin in die Aktion eingebunden. Feldmeier unterhielt sich gerade mit Okcans Anwalt – das Thema der Unterhaltung hatte er ihr überlassen. Eine halbe Stunde sollte sie den Rechtsbeistand hinhalten. Demirbilek schickte Vierkant eine Kurznachricht, dass sie die Tatwaffe, wie vorab besprochen, nun ins Spiel bringen sollte, und wandte sich dem anderen Monitorpaar zu.

Leipold hatte inzwischen den Apfel aufgegessen und versuchte sich in Bürobasketball. Dass der Butzen nicht in den Abfalleimer einschlug, konnte er seinem Kollegen vom Gesicht ablesen. Unvermittelt darauf, ein wenig theatralisch, wie Demirbilek auf dem Monitor verfolgen konnte, beugte er sich zu Fleischauers rechtem Ohr.

»Du bist der Gescheite, dein Freund der Dumme. Du Boss, er Jasager. So sehe ich das. Auch eine Art von bayerisch-türkischer Freundschaft.«

»Ich kann praktisch kaum Türkisch.«

»Schäm dich! Nimm dir ein Beispiel an unserem Sonderdezernatsleiter. Der Zeki kann das, beide Sprachen. So gehört sich das«, laberte Leipold, als wäre er auf einer Integrationsberatungsstelle.

Fleischauer schüttelte den Kopf, dann lachte er. »Sie können ja auch kein Deutsch. Wie Sie daherreden, ist …«

»Sind ja auch in Bayern, nicht in Deutschland! So, ihr zwei Burschen. Jetzt fangen wir wieder ganz von vorne an. Erst Sie, Herr Schön.«

Der Angesprochene reagierte nicht. Geistesabwesend schälte er die zweite Mandarine.

»Bude! Du bist gemeint!«, schreckte Leipold ihn auf.

»Gibt's wirklich keinen Kaffee? Ich zahle ihn auch …«

»Sitzen wir hier im Café zum Polizeipräsidium, oder was? Also Mund auf. Fang am besten dort an, als du Seraya im Laufhaus abgeholt hast.«

Demirbilek widmete sich wieder dem anderen Raum. Dort stieg aus Plastikbechern Dampf auf. Vierkant hatte Kaffee holen lassen, während Okcan sein Gebet verrichtet hatte. Sie stellte ihren Stuhl neben den Verdächtigen und setzte sich.

»Herr Okcan, ich kenne das von meinem Chef. Türken denken und fühlen, was Familie angeht, in ganz anderen Kategorien. Habe ich nicht recht?«

Okcan nippte an dem Kaffee. Sein Blick wanderte über den Ausschnitt der Beamtin. »Ist es bei Polizistinnen üblich, im Herbst Sommerkleider zu tragen?«

»Warum? Gefällt Ihnen was nicht? Sie sehen doch gern nackte Haut. Ich habe Ihre Fotos ausgewertet. Was ich nicht verstehe, ist das mit der Sexpuppe in Oberammergau.«

Okcan lachte auf. »Gute Aufnahme, finden Sie nicht?«

»Ich finde es einfach nur eklig.«

»War ja nur ein Spaß. Habe ich gemacht, weil mich die dumme Fotze an der Rezeption …«

»Dumme Fotze?«

Okcan bereute augenblicklich seine Wortwahl und merkte, den Bogen überspannt zu haben. »Entschuldigen Sie, ist mir herausgerutscht. Ich meine das nicht so.« Er sammelte sich kurz. »Die Dame an der Rezeption hat mich wegen meines Kaftans für einen al-Qaida-Terroristen gehalten. Aus reiner Boshaftigkeit habe ich sie und das Personal auf Trab gehalten und eine Sexpuppe bestellt.« Er lachte, nicht dreckig, sondern versonnen, als hätte er einen dummen Jungenstreich gemacht. »Die Fotos habe ich Freunden gemailt. Sie können gerne die Adressen haben, oder checken Sie mein Handy.«

»Haben wir bereits, Herr Okcan, keine Sorge.«

»Na dann. Wie lange dürfen Sie mich eigentlich festhalten?«

Wieder ignorierte Vierkant die Frage und feuerte im Gegenzug ihre eigene ab. »Warum haben Sie gelogen?« Okcan schwieg. »Sie haben Herrn Demirbilek angelogen, als Sie behaupteten, in Istanbul zu sein. Wir wissen aber, wo Sie waren.«

Die Feststellung erstaunte Okcan, die Reaktion zeigte er das erste Mal im Laufe des Verhörs. »Und wo?«

»Wir wissen, dass nicht Ihr Bruder das Sponsorengeld gestohlen hat, wie Direktor Zeytin behauptet hat.«

»Nein, mein Bruder hat nichts gestohlen. Allah ist mein Zeuge, Hassan war ein guter, gebildeter Mensch, der sich und …«

»Gebildet das sicher, aber unvorsichtig. Wir haben auf seinem Online-Account, das er mit seinem Smartphone synchronisiert, eine sechsstellige Zahlenfolge gefunden. Ihr Bruder hat die Safekombination in die Notiz-App seines Handys geschrieben. Wäre ein Leichtes für Sie gewesen, das Geld aus dem Hotelsafe zu holen«, fiel Vierkant ihm ins Wort.

Allmählich schien Okcan von der plumpen Schikane die Nase voll zu haben. Er schwieg eisern.

»Kommen Sie, raus mit der Sprache. Jemand ist mitten in der Nacht in das Zimmer gegangen und hat das Handy mit der Zahlenkombination gefunden. Wer weiß, vielleicht hatten Sie einen Partner?«

»Ich habe meinen Bruder nicht bestohlen …«

»War ja nicht sein Geld, sondern das der Privatuni. Also?«

Okcan hatte sich wieder im Griff und hielt den Mund. Jetzt wäre der richtige Zeitpunkt, die Tatwaffe ins Spiel zu bringen, sagte sich Demirbilek.

Prompt griff Vierkant in ihre Umhängetasche und knallte einen Beweismittelbeutel auf den Tisch. Den Fleischhammer darin hatte Demirbilek auf dem Weg ins Präsidium bei seiner Stammmetzgerei ausgeliehen; laut Obduktionsbericht musste die tatsächlich benutzte Tatwaffe in etwa so ausgesehen haben. Das Blut darauf stammte von flach geklopften Schweineschnitzeln, hatte er sich von der Metzgerin informieren lassen.

Demirbilek beobachtete Okcans Reaktion haargenau, als die Beamtin ihn mit der Waffe überrumpelte. Er zuckte wegen des Knalls zusammen, das Gesicht verzog sich in einer Mischung aus Überraschung, Ekel und Wut. Vierkant hatte ihn so weit, begeisterte sich Demirbilek. Nun musste sie noch klären, ob er sich für die Tatzeit ein Alibi zurechtgebastelt hatte, und dieses demontieren. Nur eine Frage der Zeit.

Demirbilek war zu sehr fasziniert von Vierkants Elan und Kaltschnäuzigkeit, als dass er registrierte, wie in Leipolds Verhörsuite die Tür geöffnet wurde. Sonja Feldmeier trat ein. Hätte Demirbilek den Monitor im Visier, hätte er ihre üble Laune bemerkt. Die mächtig hohe Frauenstimme ließ die Lautsprechermembran vibrieren und Demirbileks Aufmerksamkeit zum anderen Monitorpaar wandern.

Mit kreidebleichem Gesicht erhob sich Leipold gerade langsam vom Stuhl. Fleischauer und Schön atmeten erleichtert auf, als Kommissariatsleiterin Feldmeier die Vernehmung unterbrach.

»*Ne oldu? Ne istiyor bu şimdik?* Warum gerade jetzt?«, regte sich Demirbilek auf Türkisch und Deutsch über Feldmeiers Eingreifen auf. »Wir hatten die drei doch so weit! *Allahım, yardimci ol!*«

Ob Allah zu helfen bereit war, musste sich erweisen.

59

Arkadaşım! Mein Freund! Wie kannst du mir das antun?, hätte Demirbilek am liebsten Leipold ins Gewissen gerufen. Doch Leipold war gar nicht im Dienstzimmer des Migra-Chefs, er war zum Rapport bei der Chefin einen Stock höher. Als wäre das nicht genug, musste Demirbilek Okcans Vernehmung nach Protesten seines Anwalts abbrechen. Mittlerweile war der Verdächtige wieder auf freiem Fuß. Demirbilek hatte das Gefühl, mit leeren Händen dazustehen. Die drei Tatverdächtigen hatten eine Verschnaufpause bekommen, die nicht eingeplant war. Er hatte beabsichtigt, nach dem ersten Vernehmungsdurchgang die drei miteinander zu konfrontieren, sie zu dritt ins Kreuzverhör zu nehmen. Und nun das.

Er vermutete, dass Leipold entgegen seinem Rat nicht mit Gerichtsmedizinerin Ferner gesprochen hatte. Er hatte versucht, sie zu erreichen, doch sie wurde erst später zum Dienst erwartet. In dem mittlerweile vorliegenden Bericht der Spurensicherung über Serayas Apartment und in dem Obduktionsergebnis tauchte Leipolds Name nicht auf. Hatte er sich in der Kollegin, die stets korrekt nach Vorschrift arbeitete, getäuscht? Aus welchem Grund hatte die Chefin Leipold aber dann aus einer laufenden Vernehmung geholt? Hatte er Leipold den falschen Rat gegeben, ihrer Kollegin die Umstände zu erklären und sie zu bitten, die Untersuchungsergebnisse nicht an die große Glocke zu hängen? Wenn Kollegen Mist bauten, kam es durchaus vor, Regelungen zu finden, die sich in einer Grauzone zwischen fast richtig und beinahe falsch bewegten.

Von Demirbileks Sorgen um Leipolds berufliche Zukunft wusste der neue Kollege Kutlar vor ihm am Schreibtisch nichts. Er hielt einen Stapel Unterlagen in der Hand und las dialektfrei von seinem Bericht ab, den er nach den Befragungen auf Münchens einschlägigen Straßenstrichen verfasst hatte.

»Wo bist du geboren, Serkan?«, fragte Demirbilek unvermittelt. Manchmal war es hilfreich, sich gedanklich abzulenken, um auf eine Lösung zu kommen.

»Wie bitte?«, unterbrach Kutlar mitten im Satz.

»Einfache Frage. Einfache Antwort.«

»In München. Warum?«

»Wo in München wohnst du?«

»Ist das wichtig?«

»Wenn du mein Sohn wärst, würde ich mich glatt vergessen. Wenn ich eine Frage stelle, ist sie wichtig. Also?«

»Neuhausen.«

»Nicht Schwabing?«

»Nein. Am Rotkreuzplatz. Ich habe die Wohnung meiner Eltern …«

Demirbilek stutzte und unterbrach ihn. »Behalt's für dich. Wir reden bei einem *çay* darüber. Ich habe einen Auftrag. Eine Besorgungsfahrt.«

»Aber ich bin nicht fertig mit meinem …«

»Mein Junge, ich habe dir mit viel Mühe zugehört. Das meiste, was du aus deinem vorbildlichen Bericht vorgetragen hast, ist nicht bis in meine Gehirnwindungen vorgedrungen. Ich habe abgespeichert, dass Seraya das letzte Mal vor etwa einem Jahr in einem Wohnmobil anschaffen war. Daraus schlussfolgere ich, dass Professor Hassan Okcan nicht in einem mobilen Puffzimmer zu Tode gekommen ist. In Zukunft keine literarischen Ausführungen. Berichte kurz. Verhöre und Teambesprechungen dagegen ausführlich. Das ist eine Anweisung, an die du dich hältst, wie auch an alle anderen Anweisungen, die ich dir im Laufe unserer Zusammenarbeit gebe. Noch Fragen?«

»Äh …«

»Jetzt gehst du in die Kantine, richtest dem Chef dort einen lieben Gruß von mir aus und holst eine Tasse *kahve*. In spätestens zehn Minuten bist du wieder da. Abfahrbereit. Du hast doch einen Führerschein?«

»Motorrad, Auto …«

»Nichts gelernt. Ein Ja hätte genügt …«

Kutlar drehte sich nach der bereits zweiten einschlägigen Erfahrung mit Demirbileks Temperament auf dem Absatz um und entschwand aus dessen Dienstzimmer.

Der Sonderdezernatsleiter suchte einen Notizzettel auf seinem aufgeräumten, weil kaum benutzten Schreibtisch. Er fand nichts Passendes und griff nach den Papieren, die Kutlar mitgebracht und zurückgelassen hatte, um eine Rückseite für eine Notiz zu verwenden.

Er überflog die erste Seite, eine Auflistung der Gegenstände und Habseligkeiten, die Fleischauer und Schön bei der Einlieferung in die Untersuchungshaft bei sich getragen hatten. Eine Information über Schöns Schlüsselanhänger war Gold wert, ähnlich wie die, dass Okcan Frauen »dumme Fotzen« nannte, wenn er die Kontrolle über sich verlor. In Gedanken lobte er Vierkant und wollte sich Kutlar zur Brust nehmen, wenn er Zeit dafür fand.

Demirbilek beendete gerade sein zweites Telefonat, bei dem er den Neuen nicht dabeihaben wollte, als dieser zurückkehrte. Im Stehen nahm er die rosenverzierte Kaffeetasse von Kutlar entgegen, trank den *kahve* in drei Schlucken aus und reichte die Tasse zusammen mit der Notiz dem verdutzten Mitarbeiter zurück.

»Was mache ich damit?«, fragte Kutlar.

»Die Tasse in die Kantine zurückbringen, was sonst? Auf dem Zettel steht eine Adresse. Dort fährst du hin, holst ein Kuvert ab und kommst auf direktem Weg zurück. Ruf an, wenn du im Präsidium bist. Keine SMS. Ich hasse das! Nach der Fahrt vergisst du das alles.«

»Ist das eine Anweisung?«

»Eine dienstliche.«

Kutlar sah auf die Adresse und drehte beim Hinausgehen das Papier um. Es war die Zusammenfassung seines Berichtes, den er für außerordentlich gelungen hielt. *Summary* hatte er die letzte Seite betitelt, wie es ihm auf der Polizeischule beigebracht worden war.

60

Demirbilek führte weitere Telefonate und machte sich dann selbst auf den Weg in die Kantine, was an sich ungewöhnlich war. Bis auf den türkischen Kaffee, den ihm der Küchenchef aufgrund einer Sonderregelung auf Bestellung für ihn alleine kochte, hatte er mit dem Essensraum nichts zu tun. In der Küche bedankte er sich für den *kahve*, weil er gut schmeckte, obwohl der Kantinenchef kein Wasser aus Istanbul dafür benutzte.

Im Anschluss setzte er sich ungefragt an Vierkants Tisch, die im Gespräch mit ihrer Freundin Sabinchen war. Demirbilek verlor keine Zeit, erwähnte die gute Arbeit der Zielfahnderin bei Okcans Festnahme am Ostbahnhof und gab ihr zu verstehen, mit Vierkant allein sein zu wollen. Wie auf Wolken schwebte die Polizeimeisterin nach den Lobesworten davon.

»Mich dürfen Sie auch mal ruhig so loben«, beschwerte sich Vierkant.

Demirbilek machte sich eine gedankliche Notiz über den Wunsch, mehr nicht. »Leipold sitzt seit einer halben Stunde bei der Chefin.«

»Finde ich auch komisch. Wissen Sie denn, ob er etwas ausgefressen hat?«

»Hat er. Du willst nur nicht wissen, was. Lass deinen Kaffee stehen und komm. Weißt du, wo Herkamer steckt?«

Vierkant atmete durch, wollte etwas erwidern, ließ es aber, weil aus den Augen ihres Chefs nicht nur Tatendrang funkelte. Er machte sich ernsthaft Sorgen um seinen Münchner Kollegen.

Nach Demirbileks Instruktionen klopfte Vierkant an Feldmeiers Büro und wurde schroff hereingebeten.

Die Chefin hatte Mobiliar und Wandschmuck vom Vorgänger übernommen. Warum Zeit vergeuden für ein Dienstzimmer, in dem sie nicht lange bleiben wollte? Der Flurpost nach liebäugelte Feldmeier mit einem politischen Posten in Berlin, der mit mehr Prestige verbunden war. Wenn die Karriereplanung diesbezüglich scheitern sollte, beabsichtigte sie, Münchens erster weiblicher Polizeipräsident zu werden. Als geborene Augsburgerin empfand sie einen Eintrag in die Stadtgeschichte der Landeshauptstadt fast reizvoller, gerade weil sie München insgeheim verachtete.

Vierkant stand vor der offenen Tür und nickte Leipold zu, der wie ein frisch kastrierter Dackel vor Feldmeiers Schreibtisch saß.

»Was gibt es, Oberkommissarin?«, fragte Feldmeier.

Der rote Lippenstift war etwas verschmiert, bemerkte Vierkant. Sie schien viel geredet zu haben. »Ich muss den Hauptkommissar dringend sprechen. Wegen der neuen Spur, der ich nachgehen sollte. Die ist ein Volltreffer.«

»Wie?«, entfuhr es Feldmeier. »In welchem Fall überhaupt?«

Leipold bemühte sich, seine Überraschung nicht zu zeigen.

Durch die offen stehende Tür schielte plötzlich Leipolds Mitarbeiter Herkamer und rief beim Vorbeigehen hinein: »Pius, Servus! Habe es gerade gehört. Super Arbeit. Essen wir nachher zusammen Mittag?«

»Machen Sie die Tür zu, Frau Vierkant! Und setzen Sie sich«, befahl Feldmeier angefressen.

Die Oberkommissarin wollte das gerade tun, als Demirbilek mit Vierkants Tasche und Leipolds Lederjacke auftauchte.

»Isabel, Pius, wir müssen zur Theresienwiese. Dringender Einsatz in den Fällen Professor Okcan und Sevmez. Wir stehen kurz vor dem Durchbruch. Die neue Spur haben wir dir zu verdanken, Pius. Respekt. Gute Arbeit.«

Er warf Leipold seine Lederjacke zu und reichte Vierkant die Umhängetasche. Leipold nickte der Chefin zu, zog die Jacke an und gesellte sich zu Demirbilek. Mit offenem Mund verfolgte Sonja Feldmeier, wie die drei Mitarbeiter sie zurückließen.

Nach einigen Schritten im Flur hielt Demirbilek Leipold zurück und ließ Vierkant vorgehen, um unter vier Augen mit ihm zu reden. »Was hast du Feldmeier von Seraya gesagt?«

»Gar nichts zuerst. Sie hat schon gewusst, dass ich Depp mit Seraya im Bett war. Ich werde suspendiert.«

»Aber woher weiß sie davon? Von mir hat sie es nicht, und in Ferners Bericht steht auch nichts.«

Leipold zuckte mit den Achseln. Er sah mitgenommen aus. »Vielleicht hat Sybille mit ihr geredet?«

Demirbilek überlegte. »Warte mit Isabel im Auto, ich komme gleich«, und kehrte in Feldmeiers Dienstzimmer zurück.

Die Chefin hatte den Telefonhörer am Ohr, um sich nach Leipolds Verdiensten zu erkundigen, als der Schatten des Sonderdezernatsleiters auf ihrem Schreibtisch auftauchte. Sie blickte hoch, Demirbilek stand kerzengerade vor ihr.

»Ich tue das nicht gerne. Leipold hat einen Fehler gemacht ...«

»Was? Sie wussten Bescheid?« Sie knallte den Hörer nieder.

Demirbilek fuhr unbeirrt fort. »Ich möchte Sie bitten, Gnade vor Recht walten zu lassen. Schenken Sie Leipold die Möglichkeit, weiter als Polizist ... «

»Schenken?«, unterbrach sie ihn irritiert. »Sie wussten, er hat mit einer Tatverdächtigen geschlafen, und haben keine Meldung gemacht?«

»Er hat Seraya ...« Demirbilek brach ab.

Aus Feldmeiers Siegeslächeln sprach nichts, was Demirbilek im Entferntesten mit Großmut in Verbindung brachte. In ihren

Augen fand er nichts, was darauf hindeutete, dass sie bereit war, Leipold seinen Fehler zu verzeihen. Der Wille, ihn disziplinarisch zu maßregeln, ihm mit der Suspendierung die Karriere zu verbauen, war beschlossene Sache, las er in ihrem Gesicht, das ausgesprochen attraktiv wirkte. Sie fühlte sich bestätigt und wohl in der Rolle der Bestraferin. Demirbilek war im Gegensatz zu Feldmeier der Auffassung, dass Überzeugungen nichts wert waren, wenn sie sich nicht an außergewöhnliche Situationen anpassten. Deshalb griff er, obwohl er gehofft hatte, das nicht tun zu müssen, in seine Sakkotasche.

In dem Kuvert, das in der Zwischenzeit Kutlar für ihn abgeholt und ihm überreicht hatte, befand sich auf einem USB-Stick das heimlich aufgenommene Gespräch, bei dem seine Chefin laut und deutlich gestand, ermittlungsrelevante Informationen an einen Wiesnwirt weitergegeben zu haben.

»Hören Sie sich das an und gehen Sie in sich. Ich hoffe, Sie nehmen mein Geschenk an.«

Mit den Worten verließ er das Büro seiner Chefin, die den USB-Stick in die Luft hielt, als wäre er eine tickende Zeitbombe.

61

Lasst uns beten, dass ich recht habe, sonst stehen wir alle dumm da«, sagte Demirbilek später im Dienstwagen und meinte das nicht sprichwörtlich.

Er murmelte eine längere Sure, bis Vierkant am Lenkrad die Geduld verlor, obwohl sie abwarten wollte, bis ihr Chef mit seinem Gebet fertig war. Sie schlug ein Kreuz und steuerte zu den arabischen Lauten ein niederbayerisch gefärbtes Vaterunser bei. Demirbilek endete mit einem tiefen *»Amin«*, Vierkant mit einem jauchzenden »Amen«. Allah und Gott gelangten bei den Bitten um Beistand, die wie ein Wettstreit wirkten, gleichzeitig durch das Ziel. Mit einem Kopfschütteln verfolgte Leipold auf dem Rücksitz das Treiben.

»Fahr los«, befahl Demirbilek ungeduldig.

Vierkant startete den Wagen. Sie waren gerade mal bis zum Ende der Maxburgstraße gekommen, als Demirbilek sie stoppen ließ und sich zu Leipold umdrehte.

»Bist du fit? Kannst du Fleischauer und Schön in die Mangel nehmen?«

»Ich? Ich bin suspendiert. Du hast die Feldmeier sauber überrumpelt, deshalb sitze ich überhaupt hier. Heute bei Dienstschluss gebe ich meine Dienstmarke ab«, quälte Leipold aus sich heraus, halb lag er, halb saß er auf dem Rücksitz. Die Vene an seiner Schläfe spannte sich unter der Haut bedrohlich dick. Sein Atem ging schwer.

»Warum bist du überhaupt noch mal zur Chefin zurück?«, übernahm Leipold die Rolle des Fragenden. Dass sein Türke etwas im Schilde führte, ahnte er, nur was, darüber rätselte er, seit er im Auto saß.

»Du hast hoffentlich nicht mit Elisabeth gesprochen?«, fiel Demirbilek siedend heiß ein.

»Wann denn? Und was hätte ich denn sagen sollen?«

Vierkant nutzte die Chance, etwas beizusteuern. »Die Wahrheit! Die hättest du deiner Frau sagen können.«

Leipold schnaufte laut aus. »Die Wahrheit ist keine Einbahnstraße, Isa. Der Feldmeier habe ich sie erzählt. Meiner Frau erspare ich sie lieber.« Er räusperte sich verlegen. »Was hast du mit der Chefin besprochen, Zeki?«

Vierkant kam Demirbileks Antwort zuvor. Sie merkte, wie er krampfhaft versuchte, vor ihr nichts auszuplaudern. »Er hat die vermutlich unschöne Angelegenheit dich betreffend mit einer Art Bombe entschärft, stimmt doch Herr Demirbilek?«

Der türkische Kommissar schwieg. Natürlich hatte Peter seine Ehefrau angerufen und ihr von dem Kurierboten erzählt. Außerdem, schien ihm, hatte er mit Geheimnissen bei Vierkant sowieso keine Chance.

»Was heißt das?«, wollte Leipold wissen.

»Wir gehen wie gewohnt unserer Arbeit nach. Entspann dich, Pius. Ich kann mir vorstellen, dass die Feldmeier ein Auge zudrückt.«

Leipold schob seinen Körper zwischen die beiden Sitze, um Demirbilek näher zu sein. »Hast du mit ihr einen Handel gemacht?«

»Nein, ich habe ihr ein Geschenk gemacht. Ob sie es annimmt, weiß ich nicht. Mehr brauchst du nicht zu wissen.«

Vierkant schmunzelte bei der Formulierung.

»Also? Wie sieht es aus? Nimmst du dir die Blutsbrüder noch mal vor?«, hakte Demirbilek nach.

»Bin ja im Dienst – wenigstens noch ein paar Stunden.«

»Gut. Ich möchte nicht mehr Zeit verlieren. Nimm die beiden ran. Die zwei waren kurz vor dem Umfallen. Zwei Schwerpunkte. Erstens Schöns Wohnmobil. Fleischauer war in der Tatnacht dort, auch wenn er eiskalt das Gegenteil behauptet. Zweitens die Fünfzigtausend. Einer von beiden, wahrscheinlich …«

»Der Pseudotürke war in Okcans Hotelzimmer«, unterbrach Leipold ihn. »Bude hat nicht die Nerven dafür.«

»Ich bin derselben Ansicht, Herr Hauptkommissar.« Demirbilek drehte sich Vierkant zu. »Du gehst mit Pius zurück und treibst Okcan auf. Versuch es zuerst beim Direktor. Also haut jetzt ab, ich nehme das Auto, ein wenig frische Luft wird euch guttun. Die Spur zu dem Wohnmobil haben wir wirklich dir zu verdanken, Pius, auch wenn dein Verhör mit Seraya recht kurz ausgefallen ist. Ich melde mich von der Theresienwiese, Isabel.«

62

Demirbilek fuhr zwischen Lastern und nervenden Fahrradfahrern quer über die Theresienwiese und bemerkte plötzlich einen Wagen, der hinter ihm herfuhr. Kutlar saß mit Sonnenbrille in dem schicken Cabriolet und hupte. Ohne den neuen Mitarbeiter zu beachten, hielt er vor Schöns Schießgeschäft und stieg, getrieben von einer lustvollen Eile, aus. Er wollte die Aufklärung des Falles voranbringen, am liebsten zu Ende führen.

Das Wiesngeschäft war inzwischen in seine Bestandteile zerlegt worden, um abtransportiert zu werden. Das dazugehörige Wohnmobil stand aufgebockt hinter Stapeln von Holzbrettern. Die Sonne glänzte auf den Fensterscheiben. Zugezogene Vorhänge verhinderten Neugierigen die Sicht ins Innere.

»Wonach suchen wir eigentlich?«, fragte Kutlar.

»Hast du Schöns Schlüssel besorgt?«

Kutlar zeigte ihm den Schlüsselbund, an dem ein Hymer-Emblem-Anhänger baumelte, wollte ihn aber nicht hergeben. »Ich habe das Gefühl, dass Sie mich gleich wieder wegschicken.«

»Du hast genug getan, was nicht ganz in Ordnung ist. Später legst du den Schlüsselbund in bewährter V-Mann-Manier zu Schöns Sachen zurück. Ich gehe da alleine hinein.«

»Vier Augen sehen mehr, Chef. Außerdem muss ich den Fehler wiedergutmachen, nicht vom Hymer-Anhänger auf ein Wohnmobil als möglichem Tatort gekommen zu sein. Ich habe die Auflistung der Gegenstände ja auch gelesen. Aber nicht kapiert – wie Sie.«

»Fahr zurück, hilf Isabel, den Dolmetscher ausfindig zu machen. Ich fürchte, er könnte versuchen, sich abzusetzen. Er scheint genug Kontakte in der Welt zu haben. Das hier mache ich lieber allein.«

»Ich dachte, ich komme in ein kleines verschworenes Team. Den Ruf hat die Migra angeblich«, beharrte Kutlar.

Demirbilek überlegte kurz und entschied sich um. Ihm gefiel die Hartnäckigkeit des Neuen. »Fünf Minuten, dann verschwindest du.«

Der Innenbereich des Wohnmobils war aufgeräumt, geschrubbt und auf Hochglanz poliert. Eine professionelle Arbeit, wie Demirbilek vermutete. Der Rückzugsort eines Schaustellers nach drei Wochen Dauerstress auf der Wiesn sah sicher nicht so wohnlich und ordentlich aus, überlegte der Kommissar, während Kutlar sich Plastikhandschuhe überzog und ein Paar an seinen Chef weiterreichte. Er lehnte ab, stattdessen holte er ein Stofftaschentuch hervor. Kutlar wusste nichts von Demirbileks Abneigung gegen Plastiküberzieher.

»Sieht aus, als hätte jemand Spuren beseitigen wollen, oder?«, fragte der junge Kollege.

Demirbilek schwieg, um seine Enttäuschung nicht zu zeigen. Etwas zwischen vager Hoffnung und starkem Wunsch, eine Spur zu finden, gärte in ihm. Er ließ den Raum auf sich wirken.

Wurde hier Professor Okcan geschlagen, ist an seinem Erbrochenen erstickt und von hier aus auf die Müllhalde gebracht worden? Wenn, wie sollte das ohne Zeugen vonstattengehen? Mit Sicherheit waren an dem letzten Wiesntag bis in die Morgenstunden Betrunkene, Nimmersatte und arbeitende Menschen auf dem Festplatz umhergestreunt.

»Mitdenken, Serkan«, wandte er sich an seinen Kollegen. »Einen Mann, der achtzig Kilo wiegt, von hier fünfhundert Meter bis zur Müllhalde tragen. Geht das?«

»Zu zweit vielleicht. Aber nicht unbemerkt.«

»Pkw?«

»Großer Kofferraum. Müsste direkt an die Tür gefahren worden sein. Umständlich. Dagegen Transporter oder Laster …«

»Oder Pick-up.« Demirbilek dachte an das amerikanische Monstrum, das Schön fuhr.

»Wie kommen Sie auf einen Pick-up, Chef?«

Es klopfte an der Tür. Kutlar drehte sich überrascht um.

»Wir bekommen Hilfe«, erklärte Demirbilek und öffnete. Er erwartete einen Kriminaltechniker, den er zu der spontanen, nicht genehmigten Aktion gebeten hatte.

Der blondhaarige Mann grinste verkrampft, bevor ihn jemand zur Seite schob.

Hinter ihm tauchte Sybille Ferner auf, die ihren Mitarbeiter wegschickte. Stocksteif, kurz vorm Bersten, beäugte sie Kutlar, den sie nicht kannte. Demirbilek schickte seinerseits den neuen Kollegen hinaus und schloss die Tür, als Ferner eingetreten war.

Seine blondhaarige Kollegin hielt ihre Wut nicht mehr zurück, als sie mit ihm unter vier Augen war. »Zeki! Wenn du wirklich glaubst, ich wäre fähig, einen Kollegen hinzuhängen, selbst wenn es ein Pius Leipold ist, der eine Verdächtige vögelt, dann, dann …« Die Stimme versagte, sie kämpfte mit den Tränen, konnte sie zurückhalten und bekam sich wieder in den Griff. Sie atmete dramatisch ein und aus und strich sich eine Strähne aus dem Gesicht. »Frag nicht den Hiwi, wenn du die Chefin haben kannst.«

Demirbilek wollte etwas erwidern, erklären, dass er die Berichte gelesen hatte und wusste, dass Leipolds Name nicht darin auftauchte.

Die Gerichtsmedizinerin war schneller mit Worten, als er mit dem Formulieren seiner Gedanken. »Spar dir eine Entschuldigung. Und: Ich habe keine Ahnung, woher Feldmeier von Leipolds Mist, den er gebaut hat, weiß. Von mir jedenfalls nicht.«

»Dann kriegst du Probleme, wie Pius.«

Die Gerichtsmedizinerin reagierte unbekümmert, sah sich um und überlegte wohl, wie sie vorgehen sollte. »Mein Bericht ist als vorläufig klassifiziert, mein lieber Zeki. Sehe ich aus wie eine, die für notgeile Kollegen ihren Job riskiert? Ich habe zwei Söhne zu versorgen. Was glaubst du, was die kosten! Musste wie immer schnell gehen. Wie sollte ich unter Zeitdruck auf die abwegige Idee kommen, die Spermaspuren auf Serayas Bett mit Hauptkommissar Pius Leipold in Verbindung zu bringen?«

»Woher weiß Feldmeier es dann?«

»Nicht von mir. Du bist der Chefermittler, das musst du klären. So, also das hier ist der mögliche Tatort? Hat ja jemand ordentlich sauber gemacht. Sieht nach professioneller Arbeit aus – auf den ersten Blick zumindest.« Ohne sich an Demirbilek zu wenden, sprach sie weiter und begutachtete dabei den Raum. »Vielleicht will der Herr Sonderdezernatsleiter jemanden beauftragen, die Putzfirma ausfindig zu machen? Wir vom Fußvolk sehen uns hier in Ruhe um – ohne die Herrschaft der ermittelnden Abteilung.«

»Was du wissen solltest, ich habe keinen richterlichen …«

»Weiß ich. Schleich dich, bevor ich es mir anders überlege.«

Demirbilek wandte sich zur Tür.

»Nein, warte, ich habe noch was für dich. Ich habe im Schnellverfahren die DNA der türkischen Prostituierten mit dem Hautabrieb …«

»Das ist gut. Seraya hat Pius gegenüber zugegeben, den Professor geschlagen zu haben. Wir wissen aber nicht, wo. Wir brauchen dich, um das vor Gericht zu beweisen.«

Demirbilek verließ das Wohnmobil und schickte Kutlar ins Büro. Er selbst wartete bei seinem Wagen. Die Situation, in die er entgegen seiner Planung geraten war, gefiel ihm gar nicht. Zum Nichtstun verdammt zu sein, passte nicht zu seiner Stimmungslage. Er wollte arbeiten, fertig werden. Abhaken. Ohne Vorwarnung meldeten sich Selma und Derya in seinen Gedanken zu Wort. Er verscheuchte sie, obwohl sie ihn anflehten, sich mit ihm aussprechen zu wollen.

»Nein! Jetzt nicht! Wir reden heute Abend!«, hörte er sich plötzlich zischen. Gleichzeitig erschrak er. Du führst Selbstgespräche, Zeki!

Aus dem Augenwinkel entdeckte er einen blonden Haarschopf. Die Gerichtsmedizinerin lag flach auf dem Boden des Wohnmobils, ihr Kopf lugte aus der Tür.

Demirbilek schlenderte neugierig zu ihr und beobachtete, wie sie mit einer Pinzette an der Alutreppe herumstocherte. Sie schien etwas gefunden zu haben. Der Kollege hinter ihr setzte seine Füße links und rechts neben ihren Körper und beugte sich mit einem Glasröhrchen zu ihr hinunter.

Im Liegen hob Ferner den Kopf. »Innen finden wir auch Spuren. So sauber, wie es aussieht, ist es nie, selbst wenn Profis geputzt haben. Dauert aber. Hier draußen waren sie nicht ganz so gewissenhaft. Was ich gerade gefunden habe, könnte Erbrochenes sein, möglicherweise ein Stück Wiesnherz. Ist auf dem Oktoberfest nicht gerade eine Besonderheit. Trotzdem, könnte vom Opfer sein. Besorg dir schnellstens einen Beschluss. Ich fahre ins Labor.«

Demirbilek nickte, dachte nach, was er ihr Nettes sagen könnte, wollte sich mit einem geistreichen Spruch bedanken, doch ihm fiel nichts ein. Ferners glänzende Augen, das Gesicht, das sie in die Sonne hielt, das Haar, das durcheinandergeraten war, brachte ihn auf eine Idee. »Der Mann, der dich und deine zwei Jungs verlassen hat, ist ein Vollidiot.«

Betroffen lächelte die Gerichtsmedizinerin ihren türkischstämmigen Kollegen an. »Zeki, ich liebe deine Komplimente.«

63

Serkan Kutlar fand nach langem Suchen einen Parkplatz vor der türkischen Privatuni in Unterföhring. Vierkant hatte ihn mit dem Auftrag dorthin geschickt, Direktor Zeytin nach Okcans Aufenthaltsort zu befragen. Der Dolmetscher war nach der Entlassung aus der U-Haft wie vom Erdboden verschluckt.

Kutlar schloss seinen Saab ab. Das taubenblaue Cabriolet hatte er von seinem verstorbenen Vater geerbt. Allein deshalb hütete er den Wagen wie seinen Augapfel. Er blieb stehen, um eine Stelle auf dem Lack zu inspizieren, die wie ein Kratzer auf ihn wirkte. Mit großer Erleichterung stellte er fest, dass es sich bloß um Staub handelte.

Die wenigen Sekunden, das kurze Verharren am Auto, das Wenden des Kopfes nach unten, rückte den Mann, den er suchte, in sein Blickfeld. Er duckte sich nicht, wie Unerfahrene das gemacht hätten. Als V-Mann hatte er gelernt, nicht überhastet zu reagieren, in heiklen Situationen eher weniger statt mehr zu tun. Er drehte seinen Körper ein wenig und wandte damit sein Gesicht ab. Die Zielperson kannte ihn nicht, was die Beschattung erheblich erleichterte.

Kutlar setzte sich in seinen Saab und folgte dem Verdächtigen, der in eine Limousine stieg und selbst lenkte. Über die Fahrzeughalterabfrage erfuhr er, dass der Wagen auf Direktor Zeytin zugelassen war. Er informierte Vierkant darüber und erfuhr im Gegenzug, dass Fleischauer und Schön nach Einspruch ihres hinzugezogenen Anwaltes aus der U-Haft entlassen worden waren, noch bevor Leipold das Verhör fortführen konnte. Auf die Frage, wie der Chef darauf reagiert hatte, meinte sie nur, er sei nicht in bester Stimmung.

Mittlerweile war Kutlar dem Wagen bis nach Untergiesing gefolgt und fuhr die Pilgersheimer Straße entlang. Kurze Zeit darauf bog die Limousine am Ende eines Spielplatzes in eine Seitenstraße ab.

»Okcan parkt in der Teutoburger Straße«, berichtete er Vierkant über die nachträglich eingebaute Freisprechanlage. »Gibt es da irgendetwas, was mit dem Fall zusammenhängt? Er geht gerade in ein Schreberhäuschen.«

»Bleib dran. Wir kommen! Das ist Schöns Schreberhäuschen«, krächzte Vierkants Stimme über die Lautsprecher.

Es dauerte keine fünfzehn Minuten, bis Demirbilek von der Theresienwiese und Vierkant mit Leipold zusammen aus dem Präsidium in Untergiesing eintrafen. Sie stellten ihre Autos ab und setzten sich zu Kutlar in den Wagen, der von seinem Parkplatz aus einen guten Blick auf das Zielobjekt hatte.

Kutlar kontrollierte die Uhrzeit. »Der Verdächtige Osman Okcan ist seit exakt siebzehn Minuten in dem Häuschen. Es ist sonst niemand hineingegangen oder herausgekommen«, informierte er seine Kollegen über die Lage.

»Was machen wir? Vielleicht trifft er sich ja mit Bude?«, fragte Leipold, der mit Vierkant hinten Platz genommen hatte.

»Ruf im Labor an, Isabel. Sybille soll sich beeilen. Wenn wir einen Beweis haben, dass Professor Okcan in Schöns Wohnmobil umgekommen ist, marschieren wir rein«, entschied Demirbilek.

Vierkant stieg aus und führte das Telefonat ein paar Schritte abseits auf dem Bürgersteig. Das Gespräch verlief wie erwartet. Mit der Information, dass die Gerichtsmedizinerin nicht zaubere, sondern forensische Wissenschaft betreibe, kehrte sie zu den

Kollegen zurück und beobachtete dabei, wie Demirbilek die Straße Richtung Häuschen überquerte. »Hat er wieder die Geduld verloren?«

»Sein Bauch hat mit ihm gesprochen. Wir sollen warten.«

»Seid mir nicht böse, aber wie könnt ihr zwei Hirnochsen den Chef allein gehen lassen!«

Vierkant lief über die Straße. Sie war etwa zehn Meter von Demirbilek entfernt, als die Tür des Schreberhäuschens aufgerissen wurde. Okcan trat mit einem Gewehr in der Hand nach draußen. Vierkant befürchtete schon einen Schusswechsel, da zog Demirbilek seine Dienstwaffe aus dem Holster und warf sie in hohem Bogen ins Gebüsch. Okcan reagierte wütend, stach mit dem Gewehrlauf dem Kommissar in die Seite und bugsierte ihn in das Häuschen.

»Lieber Herrgott, bitte nicht!«, erschrak Vierkant und blickte sich verstört zu ihren Kollegen um, die aus dem Saab heraus das Geschehen mitverfolgten.

Leipold sprang heraus und rannte auf Vierkant zu. »Wieso hat der Depp seine Waffe weggeworfen?«

Vierkant zuckte mit den Achseln. »Um sich und Okcan nicht zu gefährden, wahrscheinlich.«

»Schwachsinn! Du verständigst das Einsatzkommando. Ich sehe nach, was da los ist.«

»Das tust du nicht! Nicht alleine! Nimm Serkan mit.«

Leipolds Handy klingelte. »Zeki!«

»Servus, Pius. Ich rufe im Auftrag von Herrn Okcan an. Ihr sollt nichts unternehmen, sonst tötet er mich. Also kein Einsatzkommando! Er überlegt noch, was er für mich als Geisel im Austausch verlangt. Ich plaudere jetzt ein wenig mit ihm. Wenn ich nach zehn Minuten nicht herauskomme, holst du …«

Leipold guckte auf das Handy. Die Verbindung war abgebrochen. Nach dem Geräusch zu urteilen hatte Okcan ihm das Handy aus der Hand gerissen. »Einen Scheißdreck werde ich tun«, rief Leipold verärgert.

»Was ist?«, fragte Vierkant besorgt.

»Plaudern will er mit ihm! Wahrscheinlich ruft er gleich noch mal an und bestellt Döner mit allem.«

64

In dem Schreberhäuschen befanden sich mit Osman Okcan und ihm selbst vier Männer, zählte der Kommissar. Zwei davon lebten nicht mehr.

Fleischauer und Schön lagen nebeneinander auf dem Bretterboden. Überall waren Geldscheine verstreut, als hätte ein Kampf stattgefunden. Demirbilek konnte zunächst nicht genau sehen, wie die Freunde getötet worden waren. Erst als er auf der Mattscheibe des Fernsehgerätes Bahnen von Blut entdeckte, bemerkte er ein Küchenmesser mit weiß-blauem Griff neben der ausfahrbaren Antenne auf dem Gehäuse.

»Haben Sie denn gestanden?«, wollte Demirbilek von Okcan wissen. Er spürte keine Angst, nicht bei dem Luftdruckgewehr, das auf ihn gerichtet war, nicht bei der Bestürzung, die sich in Okcans Gesicht eingebrannt zu haben schien. Der Dolmetscher ließ sich auf das Sofa sacken.

»Gestanden?« entgegnete Okcan gedankenverloren. »Was gestanden?«

Demirbilek zog einen Schemel zu sich und setzte sich zwei Meter entfernt gegenüber Okcan hin, der das Gewehr auf den Oberschenkeln ablegte. »Sagen Sie es mir.«

Der Dolmetscher starrte auf die Leichen. »Tamer hat sich auf mich gestürzt.«

»Kommen Sie mir jetzt nicht mit Notwehr!«, erwiderte Demirbilek sarkastisch. »Warum haben Sie sich mit ihnen überhaupt getroffen?«

»Weil Tamer den Hals nicht vollbekommen hat.«

Okcan deutete auf die Geldscheine auf dem Boden. »Das ist das Geld aus dem Hotelsafe. Das war ihnen nicht genug. Die beiden wollten mich erpressen. Tamer rief nach dem Verhör an und hat mich hierherbestellt.«

Demirbilek witterte die Chance auf ein Geständnis. Dass die beiden getöteten Freunde Seraya auf dem Gewissen hatten, wollte er nicht glauben. »Womit wollte er Sie denn erpressen?«

»Ich weiß von Tamer, dass Seraya meinen Bruder ermordet hat.«

»Darauf läuft es faktisch hinaus, juristisch aber …«

»Ersparen Sie mir juristische Spitzfindigkeiten, *Komiser Bey!*«

Demirbilek senkte den Kopf, um nachzudenken, um zu entscheiden, wie er den Täter, ohne sich selbst und ihn in Gefahr zu bringen, ausschalten könnte. Dabei entdeckte er aus dem Augenwinkel etwas, was ihn bis in die Haarspitzen hinein stutzig machte.

Ein wie das Küchenmesser weiß-blau gestreiftes Handtuch lag einen Meter entfernt von den Leichen auf dem Boden. Der Sechziger-Fanartikel in einem Untergiesinger Schreberhäuschen wäre nicht ungewöhnlich gewesen. Die wertvoll wirkende Gebetskette darauf aber schon.

»Haben Sie gebetet?«, erschrak Demirbilek.

»Natürlich. Ich bete fünfmal am Tag. Sie nicht?«, wunderte sich Okcan.

Demirbilek fuhr hoch. »Sie haben zwei Menschen erschlagen und sich dann zum Gebet niedergekniet? Sind Sie von allen guten Geistern verlassen? Meinen Sie, Allah wird Ihr Gebet erhören? Nach den Morden?«

Der Dolmetscher schob das Gewehr von den Oberschenkeln und sprang zum Fernseher, um nach dem Messer zu greifen. »Woher wollen Sie wissen, was Allah denkt! Setzen Sie sich!«

Demirbilek nahm wieder Platz und beobachtete, wie sich ein Blutstropfen von der Messerspitze löste, die Okcan ihm vor das Gesicht hielt, und zu Boden fiel.

Demirbilek fragte sich unnötigerweise, von welchem der Opfer das Blut stammte, und erinnerte sich an Leipolds Beschreibung, wonach die beiden wie Blutsbrüder zueinander standen. Er hatte sich auf dem wackligen Schemel nicht bewegt und blickte über die Messerspitze hinweg in Okcans Gesicht. »Setzen Sie sich wieder. Beruhigen Sie sich.«

Mit dem blutigen Messer in der Hand folgte Okcan Demirbileks Anweisung, setzte sich und legte das Messer neben sich auf das Sofa.

»In Allahs Namen bitte ich Sie, das hier zu beenden …«

»Seien Sie still! Ich muss nachdenken.«

Demirbilek schwieg eine Zeitlang, dann sah er auf seine Uhr. »Sie haben noch sieben Minuten, bis mein Kollege das Einsatzkommando verständigt.«

»Wie haben Sie mich überhaupt gefunden?«, giftete Okcan zurück.

»Mit Allahs Hilfe, der einen aufmerksamen Mitarbeiter auf Ihre Spur gebracht hat. Warum kein Messer wie bei den beiden hier, warum ein Fleischhammer bei Seraya?«

»Seien Sie still!«

»Rache zu nehmen mit einem Hammer …«

Gereizt und überfordert mit der Situation explodierte Okcan. »Ich war im Kaufhaus, um mir eine Waffe zu besorgen. Ich wollte auf die türkische Nutte einschlagen, wie sie auf meinen Bruder eingeschlagen hat. Ich konnte nicht mehr schlafen, weil ich von seinem zerschundenen Gesicht geträumt habe. Und jetzt seien Sie still. Oder ich steche Sie ab wie die zwei.«

»Tun Sie das ruhig. Ich bin es leid, über die Familie nachzudenken. Mein Sohn ist dabei, den Fehler seines Lebens zu begehen. Alles nicht einfach gerade, ich meine privat.«

»Wie?«, stutzte Okcan.

»Meine Ex-Frau ist in München.«

»Wie bitte?

»Meine Ex-Frau ist früher als geplant zur Hochzeit meines Sohnes gekommen.« Er stockte, ihm fiel etwas anderes ein. »Haben Sie eigentlich Kinder?«

Okcan zögerte, ob er auf die unerwartete Frage antworten sollte. »Nein, aber Hassan *abi*. Zwei Söhne. Was soll aus ihnen jetzt werden ohne Vater?«

»Und ohne Onkel. Sie haben drei Menschen ermordet, werden verhaftet und verurteilt werden.«

»Ich habe die drei, die am Tod meines Bruders schuld sind, ihrer gerechten Strafe zugeführt. Allah wird in seiner allumfassenden Güte Verständnis haben.«

»Wird er nicht«, hielt Demirbilek dagegen. »Dass Sie Seraya getötet haben, verstehe ich aus Ihrer Sicht, weil Sie Rache nehmen wollten. Aber warum Tamer und Bude?«

»Weil sie Seraya geholfen haben, weil sie die Leiche …« Er brach bei der furchtbaren Vorstellung ab.

»Weil sie Ihren Bruder auf dem Müllhaufen entsorgt haben?«

Okcan nickte. »Ja. Wie ein Stück Dreck. Dann habe ich in der Zeitung von den Säuen gelesen, die ihn angefressen haben. Mein Bruder war ein angesehener Professor, er war ein guter Mensch. Scheißmünchen. Hassan *abi* hätte sich an der Privatuni nie bewerben dürfen.«

»Meine Ex-Frau …«

Okcan griff zum Messer. »Lassen Sie mich in Ruhe mit Ihrer Fotze von Ex…«

Demirbilek sprang unvermittelt vom Schemel auf und jagte seinem Gegenüber die Faust in das Gesicht. In den Schlag, der Okcans Nase traf, legte der Kommissar all seine Wut auf den Mörder und all seine Verzweiflung über seine familiäre Situation hinein.

»Das hat dir deine Mutter sicher nicht beigebracht! Sag das nie wieder zu einer Frau! Vor allem nicht zu meiner Selma! Schäm dich!«, brüllte er auf den zu Boden Gefallenen ein, der sich mit einer Hand die blutende Nase hielt, mit der anderen das Messer umklammerte. Demirbilek schlug ihm die Tatwaffe mit dem Fuß weg und blieb über ihm stehen.

Er rieb sich das schmerzende Handgelenk und musste trotz der makabren Situation schmunzeln.

Der niedergestreckte Dolmetscher hielt sich ächzend die blutüberströmte Nase, zwei erstochene beste Freunde lagen unweit neben ihm. Demirbilek aber sinnierte darüber, dass sein Nachname ins Deutsche übersetzt »eisernes Handgelenk« bedeutete.

65

Mama, schau mal! Tatütata!«, rief ein Pimpf und hopste aufgeregt auf und ab. Dann nahm er seine Füßchen in die Hand und lief im Tempo eines losgelassenen Aufziehautos dem Wagen des Einsatzkommandos nach.

Seine Mutter, die auf der Parkbank des Spielplatzes in ihr Handy vertieft war, reagierte spät, lief aber, nachdem sie die Gefahr erkannt hatte, ihrem Kind in Weltrekordzeit hinterher. Mütter waren zu allem fähig, wenn es um ihren Nachwuchs ging. Eine Hundertstelsekunde langsamer, sie hätte ihren Jungen nicht davor bewahrt, in den abbiegenden Streifenwagen zu laufen, der dem Einsatzfahrzeug folgte.

Demirbilek überließ es Leipold, den Leiter des Großeinsatzes über die Auffindesituation zu informieren, der laut seiner Anweisung erst in zwei Minuten hätte beginnen sollen und damit unnötig gewesen war. Osman Okcan hatte sich seiner Verhaftung durch ihn nicht widersetzt.

Nun stand Demirbilek mit Vierkant bei Kutlars Saab und beobachtete, wie Beamte den Täter abführten. Demirbilek schüttelte sich, als Okcan in den Streifenwagen bugsiert wurde und er an den Beginn der Ermittlungen auf der Theresienwiese dachte. Es war der dritte Tag nach der Wiesn, die der Täter besucht hatte, um sich vor dem Abflug nach Istanbul auf dem weltgrößten Volksfest für ein paar Stunden zu vergnügen.

Demirbilek hatte genug. Auf weitere Gespräche mit Kollegen oder der Chefin war er nicht erpicht. Er drückte Feldmeiers Anrufe weg. Ohne weiteren Kommentar umarmte er Vierkant zum Abschied, dann Kutlar, der ihm seine Dienstwaffe zurückgab. Der Junge hat sich gut ins Team eingeführt, dachte er sich, ließ das aber den neuen Mitarbeiter nicht wissen. Zu viel Lob war Demirbileks Sache nicht. Da Leipold in einer lebhaften Konversation mit dem Einsatzleiter war, verzichtete er auf eine Verabschiedung von ihm. Er wollte zu Fuß zu seinem Freund Robert laufen. Über die Wittelsbacherbrücke war es ein schöner Spaziergang.

Er hatte sich bereits vom Einsatzort entfernt, als ihm etwas durch den Kopf schoss. Er rannte dem wegfahrenden Streifenwagen nach, bis er den Kofferraum erreichte und darauf klopfte. Der Wagen hielt an, der Kommissar machte sich an der Fensterscheibe auf Okcans Seite bemerkbar. Der Fahrer ließ die Scheibe herunterfahren. Demirbilek kontrollierte die Gesichter der drei uniformierten Kollegen im Wagen. Keiner von den Beamten wirkte wie ein Türke auf ihn, er wollte sichergehen, dass niemand verstand, was er in seiner Muttersprache mit dem Dolmetscher bereden wollte.

»Eine Frage, Osman *Bey*.«

Der Angesprochene wandte den Kopf zur Seite. Seine Augen waren trüb, die von Demirbileks Faustschlag zugerichtete Nase schmerzte offenbar noch, obwohl sie verarztet war. Das Atmen durch den Mund fiel ihm schwer.

»Haben Sie unserer Chefin von Leipolds Aufenthalt in Serayas Apartment erzählt? Anonym vielleicht?«

Der Dolmetscher verzog unter Schmerzen das Gesicht, versuchte, etwas zu sagen, schüttelte aber nur den Kopf.

Demirbilek nickte zum Abschied. In Okcans Gesicht, der sich bei der Weiterfahrt des Wagens zu ihm umdrehte, konnte er keine Reue erkennen.

66

Später bei der Vernehmung im Präsidium, zu der Demirbilek auf Feldmeiers Anweisung erscheinen musste, obwohl er am Telefon mit ihr darüber diskutiert hatte, dass Leipold die Vernehmung genauso gut durchführen konnte, verweigerte Okcan jedwede weitere Auskunft. Die erdrückende Indizienlage, vor allem die sichergestellte Tatwaffe und Demirbileks Aussage über das Geständnis im Schreberhäuschen reichten aus, um ihn zu verhaften. Die Welt und die Wiesn steckten voller Überraschungen. Einer der über sechs Millionen Oktoberfestbesucher war ein dreifacher Mörder geworden.

Nach der Beendigung des zähen Verhörs überraschte Vierkant die Runde mit der Idee, gemeinsam etwas zu essen. Demirbilek hatte eigentlich vor, sofort nach Hause zu fahren, sah sich aber aufgrund der Umstände verpflichtet, sein Team nicht allein zu lassen.

Die Nerven lagen bei allen blank, was sich in einem Streit zwischen Demirbilek und Leipold zeigte, die sich nicht einigen konnten, wer die Rechnung übernehmen sollte. Vierkant beendete den Streit und beschloss, dass sich die Streithälse die Einladung teilen sollten, und bestand darauf, draußen eine Pizza zu essen, um endlich aus dem Büro zu kommen. Kutlars Vorschlag, statt Pizza am nahe gelegenen Stachus einen Burger zu holen, fand Gehör bei den Zusatzbeamten, wurde aber von Demirbilek und den beiden anderen vehement abgelehnt. Bei der aufkommenden Diskussion nahm sich Demirbilek als Chef die Freiheit, eine Entscheidung zu treffen.

Letztlich landete das Migra-Team zwar am Stachus, aber ohne Burger. Demirbilek hatte bei einem befreundeten Dönerimbiss am Hauptbahnhof eine außerordentliche Lieferung bestellt. Das Team fand Plätze auf den steinernen Bänken um die Brunnenanlage.

Das beleuchtete Wasserspiel vor Augen wandte sich Leipold an Demirbilek. »Zeki, ich weißt jetzt, von wem die Chefin das mit Seraya hat …«

Leipold sprach nicht weiter, denn die Gerichtsmedizinerin kam die Rolltreppe vom Untergeschoss der U- und S-Bahn-Station hochgefahren. Demirbilek hatte Ferner zu der spontanen Feier des abgeschlossenen Falles eingeladen.

Mit strahlendem Lächeln grüßte die Gerichtsmedizinerin alle und setzte sich neben Vierkant. »Ach, unser München ist schon herrlich«, sagte sie mit Blick auf die vielen Menschen, Münchner wie Touristen, die Burger verschlangen und Eis schleckten. Der späte Herbstabend gestaltete sich mild, der Wind, der über den ganzen Tag hinweg ruhelos gewesen war, hatte aufgehört zu wehen.

»Keinen Döner?«, fragte Vierkant ihre Kollegin.

»Um Gottes willen! Höchstens Falafel, wenn es mal sein muss.« Sie blickte lächelnd zu Demirbilek, der gerade den letzten Bissen hinunterschluckte. »Bleibt doch alles beim Alten, wie es aussieht, Zeki? Habe schon wieder was läuten gehört, dass die Chefin gar nicht mehr nach Berlin will.«

»Ach, Sybille, was du nicht alles läuten hörst«, erwiderte Demirbilek müde und drückte Kutlar seine Dönerverpackung in die Hand, damit dieser sie in dem überquellenden Abfalleimer entsorgte.

Beim Abwischen seiner Hände mit dem letzten Stofftaschentuch des Tages dachte er an das Telefonat mit Feldmeier, die ihn gefragt hatte, ob sein Geschenk ein einmaliges Geschenk sei, denn nur unter der Bedingung würde sie es annehmen. Das Ehrenwort, das sie ihm abverlangte, das heimlich aufgenommene Gespräch kein weiteres Mal gegen sie zu verwenden, gab er allzu gern.

Demirbilek schmunzelte bei Leipolds Anblick, der mit großem Appetit seinen Döner fertig aß und sich den Mund mit dem Ärmel seiner Lederjacke sauber wischte, bevor er das unterbrochene Gespräch mit ihm weiterführte. »Es gab einen anonymen Anruf. Ich habe mir die Aufzeichnung angehört und die Stimme wiedererkannt.«

»Serayas Nachbarin. Die Blonde, die nichts gesehen und gehört haben wollte«, überraschte Demirbilek ihn mit seiner Antwort. Die Frage hatte ihn nicht ruhen lassen, bis er selbst auf den Gedanken gekommen war.

Leipold nickte.

»Sagst du deiner Elisabeth, was passiert ist?«

»Ich wollte es ihr heute nach Dienstschluss beichten, aber da die Chefin die Suspendierung zurückgezogen hat …«

Leipold brach ab. Kutlar hatte die Runde gemacht und sich verabschiedet, nun stand er vor den Hauptkommissaren.

»Danke für den Döner, er war hervorragend. Ich muss jetzt los«, verabschiedete sich der Neue. »Richten Sie bitte Jale Grüße aus? Isabel hat erzählt, sie wohnt bei Ihnen.«

»Ihr kennt euch?«, stutzte Demirbilek.

Alle waren überrascht, nicht nur der Sonderdezernatsleiter.

»Ja, natürlich.« Kutlar überlegte einen Moment. »Typisch Jale, klar, dass sie davon nichts erzählt hat. Sie wollte ursprünglich meinetwegen nach München und hat sich deshalb auf die Stelle bei der Migra beworben.«

Wieder reagierten alle mit überraschten Gesichtern.

»Und warum ist sie nicht zu dir gezogen, unsere Jale? Wir haben damals für sie nach einer Wohnung gesucht«, fragte Leipold nach.

Demirbilek wollte die Hintergründe gar nicht wissen.

»Bevor das mit der Migra geklappt hat, hat sie mit mir Schluss gemacht und ich bin versetzt worden. Wir haben uns seitdem nicht mehr gesehen. Aber das spielt ja weiter keine Rolle. Wenn Jale zurückkommt, bin ich ja wieder weg«, erklärte Kutlar.

Dann verschwand er mit schnellen Schritten zur Sonnenstraße, wo sein falsch geparktes Cabriolet gerade von einer Politesse aufgeschrieben wurde.

67

Aydin stand in Boxershorts, einem Shirt mit der Aufschrift »I love Istanbul – and you?« sowie einer Tasse heißer Schokolade vor seiner Freundin.

Jale war gleich wieder aufgestanden, nachdem sie zu Bett gegangen war, und im Dunkeln auf Aydins Fuß getreten, der auf dem Gästefuton auf dem Boden schlief. Nun lag sie unter der Daunendecke auf dem Sofa in der Küche, putzmunter, aufgewühlt vom inneren Kampf mit der Entscheidung, Aydin eine zweite Chance zu geben.

Dabei ging es nicht um seine Rolle als Ehemann, die Hochzeit hatte sie mit Hinweis auf die Schwangerschaft per E-Mail-Verteiler abgesagt und das Handy ausgeschaltet, um die zu erwartenden Anrufe nicht beantworten zu müssen. Jale war in der entscheidenden Phase der Überlegungen, ob sie Aydin als Vater des Kindes, das sie unter ihrem Herzen trug, weiterhin zu vertrauen bereit war. Das Baby, argumentierte sie, spüre alles, auch einen untreuen Erzeuger.

Aydin kämpfte mit seinem tonnenschweren Gewissen, das einem Gefühl nahekam, Sklave zu sein. Er war auf Gedeih und Verderb Jales Gutdünken ausgeliefert. Mit Verzweiflung in der Seele, einem Unwohlsein, das sich in aufgerichteten Haaren auf den Unterarmen zeigte, bot er Jale noch mal die Trinkschokolade an.

Heißhunger auf *salep* war der Grund gewesen, weshalb sie aus dem Bett geflüchtet war. Aydin wollte guten Willen zeigen und hatte mit Kakao improvisiert. Er blickte ihr mit einem Lächeln direkt in die Augen. Die Tasse in seiner Hand zitterte leicht, da er sich dabei ertappte, wie er an die andere Frau dachte, mit der er Jale betrogen hatte. An das Konzert in Istanbul, das Unbeschwerte in ihrem Lachen. »Probier es wenigstens, ich habe Zimt in den Kakao getan«, versuchte er, sie umzustimmen.

»Was hat das mit *salep* zu tun?«

»Nichts, aber …« Er stockte und kostete einen Schluck. Sie hatte recht, Kakao mit Zimt hatte nichts mit dem süßen, eigenwilligen Geschmack von *salep* zu tun. »Ich kann doch nicht …«

»Du kannst, wenn du willst. Konntest dich ja auch in eine deiner Groupies verlieben und sie flachlegen, obwohl du mit mir *salep* trinken gehen wolltest.«

»Die Läden haben geschlossen, auch die türkischen.«

»Echte Türken scheren sich einen Dreck um Öffnungszeiten.«

Aydin gab auf. Er ging zur Spüle, schüttete den Kakao weg und zog sich in dem zu kleinen Zimmer um, das er mit Jale bewohnte. Im Lebensmittelgeschäft anzurufen, wo man seinen Vater als Stammkunden kannte, hatte keinen Sinn. Dort war niemand mehr, auch kein türkischer Krämer. Er würde zu einem türkischen Lokal fahren und nach *salep*-Pulver fragen. Für eine Schwangere, der es danach gelüstete, würde man Verständnis zeigen.

Als Aydin gegangen war, fühlte sich Jale mit einem Schlag wohler. Gleichsam spürte sie, wie die Tränen zurückkamen, wie Enttäuschung und Wut sie wieder in Besitz nahmen.

Sie hatte darauf bestanden, dass Selma und Derya nicht noch eine Nacht hier verbrachten. Die zwei hatten ihr beigestanden, hatten ihre eigenen Erfahrungen mit Männern mit ihr geteilt. Selma auch von ihrer Schwangerschaft und Derya von ihrem Wunsch nach einem Kind.

Jale war Selmas entsetztes Nachfragen noch ihm Ohr, ob Derya mit Zeki ein Kind wolle und ob er davon wisse. Natürlich habe sie ihm nichts gesagt, hatte Derya verschämt geantwortet. Selma entschuldigte sich bei ihr für die harschen Worte und umarmte sie. Jale war glücklich darüber, wie gut sich die zwei Frauen verstanden. Bei der Verabschiedung war Selma auf Deryas Angebot eingegangen, bei ihr zu übernachten; am Morgen wollten sie mit Frühstück zurückkommen.

Mit den Gedanken bei den einfühlsamen Worten der älteren Freundinnen, dem Verlangen nach süßem *salep* und dem zum Ritual gewordenen Massieren ihres Bauches schlief Jale schließlich ein.

Zeki traf eine Stunde später zu Hause ein. Es war bereits nach elf. Viel zu spät, rügte er sich, die Auszeit am Stachus mit seinem Team hatte sich in die Länge gezogen. Wieder war es ihm zu still in der Wohnung, als er plötzlich ein Kreischen aus der Küche hörte. Es war Jale, die glaubte, dass Aydin zurückgekehrt sei.

»Was ist passiert, mein Kind?«, platzte Zeki erschrocken in die Wohnküche. »Kommt das Baby?«

Er entdeckte die nasse Bettdecke. Panik erfasste ihn. Ohne auf Jales Worte zu hören, rief er aus Gewohnheit die Einsatzzentrale an.

»Wo bleibt Aydin? Ich muss in die Klinik! Die Fruchtblase ist geplatzt«, presste Jale hervor, während er auf die Verbindung wartete.

Zeki hatte keinen Schimmer, wie er sich bei einer Frau verhalten sollte, deren Fruchtblase gerade geplatzt war. Bei den eigenen Zwillingen war seine Mutter zufälligerweise bei ihnen gewesen, als bei Selma die Wehen einsetzten. Die Mutter hatte für ihren Sohn den Überblick behalten; er war vor zwanzig Jahren – wie jetzt auch – extrem überfordert mit der Situation. Wo steckten Selma und Derya? Geburt ist Frauensache, fluchte er in sich hinein, als endlich eine Kollegin in der Zentrale abhob, die für ihn den Notarzt bestellen wollte.

»Ich will keinen Notarzt, *dede!* Bestell ihn sofort ab«, befahl Jale resolut, wie es manchmal Zeki als Chef zu tun pflegte.

»Aber …«

»Bestell den Arzt ab! Ich will ganz normal in die Klinik gebracht werden, bitte! *Lütfen!*«, artikulierte sie klar und deutlich. Dann streckte sie die Beine unter der Decke hervor und versuchte, vom Sofa aufzustehen.

Zeki kam ihr zu Hilfe. »Wo willst du hin?«

»Meinst du, ich gehe so unter Leute! Ich zieh mir etwas Anständiges an. Im Badezimmer ist die gepackte Tasche. Du bestellst ein Taxi.«

68

Zeki war nicht bewusst gewesen, wie teuer Zigaretten geworden waren. Die letzte Packung, von der er täglich höchstens eine rauchte, hatte er sich von Jale mitbringen und in das Etui füllen lassen.

Er stand mit einer Handvoll Münzen vor dem Automaten gegenüber der Frauenklinik in der Maistraße und schlug auf den Kasten ein, der von ihm verlangte, einen Altersnachweis in den Schlitz zu schieben.

Eine Schwester, die vor dem Klinikgebäude rauchte und anscheinend mit jahrelanger Erfahrung gesegnet war, was die Nervosität werdender Väter betraf, trabte zu ihm hinüber und bot ihm eine Zigarette an. Eine weiße, dünne, wie sie Frederike, seine zweite geschiedene Ehefrau geraucht hatte. Aus diesem Grund lehnte Zeki dankend ab und fragte stattdessen um Hilfe bei dem Automaten.

Als die Schwester ihm das Feuerzeug reichte und er endlich rauchen konnte, lächelte sie milde. »Erstes Kind?«

Der Kommissar schüttelte den Kopf, ohne sich über den von ihr gemeinten Sinn der Frage klar zu sein.

»Warum dann so aufgeregt?«

Jetzt erst verstand er. »Erstes Mal Großvater«, erklärte er. »Ich habe meine Schwiegertochter gerade im Taxi hergebracht.«

»Oh«, staunte die Schwester. »So jung?«

»Sehen Sie erst mal den Vater. Er kommt hoffentlich rechtzeitig.«

Die Schwester verabschiedete sich mit guten Wünschen, als ein Mann zu ihnen gerannt kam.

Aydin blieb außer Puste vor ihm stehen. »Und? Bin ich zu spät?«, fragte er mit den Händen in der Seite.

»Geh rein und steh Jale bei.«

»Das Auto ist verreckt«, erklärte er, als er zu Atem gekommen war. »Warum bist du nicht in der Klinik?«

»Jale wollte nicht, dass ich bleibe.«

Er sah in Aydins Augen und verstand, dass er nicht die Wahrheit sagte. Das Auto war nicht verreckt. Er war woanders gewesen. Doch was hätte er ihm entgegnen oder gar befehlen sollen? Liebe die Frau, die gerade dein Kind zur Welt bringt?

Aydin umarmte seinen Vater und rannte weiter zum Haupteingang der Klinik, verlor, wie Zeki beobachtete, dabei etwas aus seiner Tasche und verschwand durch die schwere Holztür. Zeki schritt zu dem weiß glänzenden Etwas und hob das Päckchen *salep*-Pulver auf.

Es war ein langer, anstrengender Tag geworden, den er mit einem Spaziergang nach Hause beschließen wollte. Mitten auf dem Bürgersteig hielt er inne, weil er in der Aufregung bei der Taxifahrt und der Anmeldung in der Klinik vergessen hatte, Allah um seinen Segen für eine gute Geburt zu bitten, für ein gesundes Baby, egal, ob Mädchen oder Junge, und für Jales Wohlbefinden.

Er ahnte nicht, dass ihn jemand beobachtete, als er die Handflächen nach oben richtete, eine Sure sprach und sich durch das Gesicht fuhr.

»Gehen wir zusammen heim?«, hörte er eine Stimme hinter sich.

Tränen schossen vollkommen unvermittelt in seine Augen. Mit einer Kraft, die einem Tsunami gleichkam. Er schämte sich nicht für seine Gefühle. Sie waren alles, wonach er in dem Moment, in dem er Selmas Stimme hörte, greifen konnte. Weder seine Liebe zu seinem Beruf noch die Liebe, die er als Vater für seine Kinder und für seine Familie empfand, kam dem übermächtigen Gefühl nahe, das er für die Frau spürte, die er seit Kindertagen liebte.

Er wartete, bis Selma zu ihm aufgeschlossen und sich bei ihm eingehakt hatte. Schweigend flanierten sie auf den vom Mondschein erhellten Straßen durch das Glockenbachviertel, vorbei an Roberts Antiquitätengeschäft, in dem Licht brannte. Ohne anzuhalten, warfen beide einen flüchtigen Blick durch das Schaufenster.

»Doktor Zeytin hat gekündigt«, sagte sie mit einem Mal, als sie die Reichenbachbrücke überquerten.

»Wundert mich nicht«, merkte Zeki an.

»Ich habe seinen Posten als Direktorin der Privatuni angeboten bekommen.«

Zeki blieb stehen. »Warum gerade du?«

»Weil ich München kenne, und wahrscheinlich will man sich modern geben und eine Frau berufen«, plauderte Selma weiter und setzte den Weg fort.

»Und? Hast du angenommen?«, erwiderte Zeki ebenso beiläufig, ohne zu zeigen, wie es in seinem Kopf zu rattern begann. Selma kehrt nach München zurück. Nicht nur für ein paar Wochen.

»Ich überlege noch«, hörte er sie sagen.

Mittlerweile waren sie über den Mariahilfplatz gelaufen. Im Schein der schummrigen Wegbeleuchtung begann Selma wieder zu sprechen.

»Aydin war vorhin bei mir, also in Deryas Wohnung. Deshalb …«

»Es ist in Ordnung, wenn er mit seiner Mutter spricht«, unterbrach Zeki sie.

Er wollte nicht über Aydin sprechen, das hörte Selma an seinem Tonfall. »Sei nicht so hart mit ihm. Er hat es sich nicht ausgesucht, sich in eine andere Frau zu verlieben.«

»Das Einzige, was jetzt zählt, ist, dass es Jale und dem Baby gutgeht«, wollte Zeki das Thema beenden.

Selma blieb stehen, direkt unter einer Laterne, die den Fußweg am Auer Mühlbach ausleuchtete. »Dass du so viel Platz in deinem Herzen hast? Woher nimmst du die Kraft?«

Als er später seine geschiedene Frau vor sich durch die Wohnungstür treten ließ, blieb sie im Flur stehen und drehte sich zu ihm um. Selma kam nicht dazu, das zu sagen, was ihr auf dem Herzen lag – das Telefon im Flur läutete.

Beide starrten wie vom Donner gerührt auf den Apparat. Zeki hob ab, hörte zu und legte auf. Mehr als Erleichterung lag in seinem Gesichtsausdruck.

»Du bist gerade Großmutter geworden, gratuliere *babaanne.*«

Tränen flossen bei der Nachricht über Selmas Wangen, erschöpft lehnte sie sich an die Flurwand. »Ist alles gutgegangen?«

»Ja. Aydin hat geheult wie du jetzt, aber mit Jale und dem Baby ist alles in Ordnung. Lass uns hinfahren. Er hat nicht einmal gesagt, ob es ein Junge oder ein Mädchen ist.«

»Das kann warten, komm, *dede.*«

Zeki bemerkte die feinen Lachfalten um ihre Augen. Das untrügliche Zeichen ließ ihn warmes Badewasser auf seiner Haut spüren, und er hörte die ersten Sätze der Erzählungen aus *Tausendundeine Nacht*.

Voller Leidenschaft und Zuneigung, in Erinnerung an die gemeinsamen Erlebnisse, an das, was sie über viele Jahre als Kinder, Jugendliche und Ehepaar verbunden hatte, aufgewühlt von der Macht des Augenblicks und dem Wunder der Geburt ihres Enkelkindes, verbrachten Zeki und Selma die Nacht miteinander.

Es war früher Morgen, als die Tür ging. Zeki wachte auf und strich Selmas Haare aus ihrem Gesicht. Dann stand er auf und sammelte sich einen Augenblick. Die ganze Nacht über hatten sie auf Nachrichten aus der Klinik gewartet und waren dabei eingeschlafen.

Im Flur stand sein übermüdeter Sohn, der offenbar kein Auge zugemacht hatte. Özlem stand mit strahlendem Gesicht bei ihm. »*Tebrikler dedecim*«, beglückwünschte sie liebevoll ihren Vater, der Großvater geworden war.

Zeki umarmte seinen Sohn mit aller Kraft, als er Selmas Stimme aus dem Schlafzimmer vernahm.

»Aufstehen Oma, *babaanne*«, rief er ihr durch die Tür zu.

Selma trat heraus und stürmte in die Arme ihres Sohnes. Özlem brach in Tränen aus.

Frauen!, dachte Zeki und nahm auch seine Tochter in den Arm.

Selmas vertraute Hand legte sich auf sein Gesicht. Zeki küsste sie und war glücklich – für einen kurzen, langen Augenblick. So lange, bis an der offen stehenden Tür Derya auftauchte und wortlos wieder ging.

»Geh ihr nach, Zeki«, sagte Selma unter Tränen. »Derya liebt dich.«

Der erste Fall für Zeki Demirbilek

*Cover- und Preisänderungen vorbehalten

Su Turhan

Kommissar Pascha

Ein Fall für Zeki Demirbilek

Piper Taschenbuch, 336 Seiten

€ 9,99 [D], € 10,30 [A]*

ISBN 978-3-492-31167-0

Rechte Lust hat Zeki Demirbilek auf seine neue Aufgabe nicht. Er soll Chef sein. Gerade er. Teamresistent und streitsüchtig, wie er ist. Und dann dieses Angebot! Jetzt, wo er Schluss machen wollte – mit Deutschland, mit München, mit all dem Mist, der ihn so nervt. Doch dann ziehen seine Kollegen eine grausam zugerichtete Leiche aus dem Eisbach – ein Türke, vermutlich. Hunderte Reißnägel stecken in der Brust des Toten, zu einem arabischen Schriftzug formiert: – »Teufel«.

PIPER

Leseproben, E-Books und mehr unter www.piper.de

»Schön bissig und hübsch inkorrekt.« taz

*Cover- und Preisänderungen vorbehalten

Su Turhan
Kruzitürken
Ein Fall für Kommissar Pascha

Piper Taschenbuch, 336 Seiten
€ 9,99 [D], € 10,30 [A]*
ISBN 978-3-492-31169-4

In seinem dritten Roman um den raubeinigen, türkisch-bayerischen Ermittler lässt Su Turhan Kommissar Pascha bei einer internationalen Bauchtanzshow in einem Doppelmordfall ermitteln. Denn hinter der Bühne werden zwei der Tänzerinnen brutal ermordet. Ist der Geschäftsmann Okan Gök, Geldgeber der Show und Inhaber eines Laden auf der Maximilianstraße, Münchens Nobelmeile, in den Fall verwickelt? Schließlich soll er seinen Tänzerinnen auch privat nähergekommen sein ...

PIPER

Leseproben, E-Books und mehr unter www.piper.de